СТИВЕН

КИНГ

МИЗЕРИ

Издательство АСТ
Москва

УДК 821.111-313.2(73)
ББК 84(7Сое)-44
К41

Серия «Король на все времена»

Stephen King
MISERY

Перевод с английского А. Георгиева

Фото автора на обложке: *Shane Leonard*

Кинг, Стивен.

К41 Мизери : [роман] / Стивен Кинг ; [пер. с англ. А. Георгиева]. — Москва : Издательство АСТ, 2022. — 381, [3] с. — (Король на все времена).

ISBN 978-5-17-081072-7

Писатель Пол Шелдон, прославившийся серией любовно-приключенческих романов, чудом выживает в автокатастрофе.

Вот только приходит он в сознание не в больнице, а в чужом доме, хозяйка которого немолодая одинокая медсестра Энни Уилкс. Именно она спасла его, вытащив из-под обломков и оказав первую помощь.

Однако очень скоро он понимает, что Энни далеко не та, кем кажется. Она — давняя поклонница книг Пола и вырвала его из лап смерти с целями, бесконечно далекими от гуманности и милосердия...

УДК 821.111-313.2(73)
ББК 84(7Сое)-44

ISBN 978-5-17-081072-7

Стефани и Джиму Леонардам —
они знают, за что. Да-да, знают.

богиня

Африка

Мне хотелось бы с благодарностью упомянуть здесь имена трех медиков, которые очень помогли мне, предоставив для этой книги фактический материал. Спасибо:

Рассу Дорру, фельдшеру
Флоренс Дорр, медицинской сестре
Дженет Ордуэй, доктору медицины и психиатрии

Если читатель не заметит в книге промахов — это благодаря им. Если же он найдет в книге вопиющие ошибки, в них виноват я сам.

Разумеется, такого лекарства, как «новрил», не существует, но используются аналогичные препараты на кодеиновой основе; к сожалению, случается, что персонал больниц, аптек и других медицинских учреждений не содержит эти препараты под достаточно надежными замками.

Все места действия и действующие лица вымышлены.

С.К.

Часть первая

Энни

Когда ты заглядываешь в бездну,
сама бездна заглядывает в тебя.

Фридрих Ницше

1

коричневый ухмнннн
йерннн коричневый ухмнннн
фэйунннн
Вот такие звуки: даже в дымке.

2

Но иногда звуки — как и боль — отступали, и оставалась только дымка. Он помнил темнóту: дымке предшествовала плотная темнота. Означает ли это, что состояние его улучшается? Он видит свет (пускай сквозь дымку), а свет — это хорошо, и т.д. и т.п., так? А во тьме были эти звуки? Он не знал ответов на эти вопросы. Есть ли смысл спрашивать? И на этот вопрос он не знал ответа.

Боль помещалась глубже, под звуками. К востоку от солнца и к югу от его ушей. Вот и все, что ему *было* известно.

В течение какого-то времени, очень долгого, как ему казалось (и в *самом деле* долгого, так как существовали только боль и дрожащая, как будто от ветра, дымка), внешняя вселенная состояла только из этих звуков. Он не знал, кто он и где находится, да и знать не хотел. Хорошо было бы умереть, но сквозь болевую дымку, окутавшую его сознание подобно летней грозовой туче, он не отдавал себе отчета, желает ли он смерти.

Время шло, и он усвоил, что боль периодически оставляет его. Когда он в самый первый раз вынырнул из непроглядной черноты, которая предшествовала дымке, к нему пришла мысль, не имевшая никакого отношения к его теперешнему положению. Мысль об обломке деревянного столба, торчавшем из песка на пляже Ревир-Бич. Когда он был маленьким, отец с матерью часто брали его с собой на Ревир-Бич, и он всякий раз настаивал, чтобы родители разложили плед так, чтобы можно было лежать на нем и смотреть на этот обломок, который казался мальчику клыком погребенного под песком чудовища. Ему нравилось сидеть и смотреть, как прилив наступает на берег и в конце концов накрывает деревяшку целиком. А потом, несколько часов спустя, когда уже съедены все сандвичи и весь картофельный салат, когда в отцовском термосе не осталось ни капли и когда мама уже готова сказать, что пора собираться домой, обломанная верхушка полусгнившего дерева вновь показывалась над поверхностью воды. Сначала выглядывал только острый край, и его накрывало прибоем, потом дерево все больше и больше высовывалось из воды. К тому времени, как его родители выбрасывали мусор в большую круглую урну с надписью СОБЛЮДАЙТЕ ЧИСТОТУ НА ПЛЯЖЕ, собирали игрушки Поли

(это меня зовут Поли я — Поли я сегодня обгорел и вечером ма смажет меня маслом «Джонсонз бэби» — пронеслась мысль в той темной грозовой туче, внутри которой он сейчас жил) и складывали плед, деревянный столб, почерневший и скользкий, уже почти целиком торчал из воды, и на его боках там и сям белела пена. Отец пытался тогда объяснить, что это прилив, но он-то всегда знал, что это столб. Прилив приходит и уходит, а столб остается. Просто иногда его не видно. Без столба прилива *не бывает*.

Воспоминание ползало по кругу, как сонная муха, и сводило его с ума. Он принялся было отыскивать в нем смысл, но тут вмешались звуки.

фэйунннн

кррркрасное все кррраснннное

коричневый ухмнннн

Время от времени звуки прекращались. Время от времени прекращался *он*.

Первое его явственное воспоминание о *нынешнем* времени, о времени, проведенном в грозовой туче, было воспоминанием о прекращении, о мгновениях, когда он сознавал, что не может сделать вдох, и в этом нет ничего страшного, так и должно быть, так и полагается, собственно говоря; он только рад выйти из игры.

А потом над ним возник чей-то рот, несомненно, женский, хотя губы были жесткие, сухие, и этот рот принялся дуть в его рот, накачивая воздух ему в легкие, и когда эти чужие губы отодвинулись, он впервые почувствовал запах своей тюремщицы, почувствовал запах ее дыхания, запах воздуха, который она вдыхала в него против его воли; с такой вот силой мужчина проникает в женщину, которая не желает соития. Этот запах сложился из жуткой смеси ароматов ванильного печенья, мороженого в шоколаде, жареного цыпленка и арахисового масла.

Ее голос заорал над его ухом:

— Дыши, черт побери! *Дыши,* Пол!

И те губы опять сомкнулись с его губами. В его горло снова потекла струя воздуха. Влажная струя, такая несется вслед за мчащимся поездом и тащит за собой обрывки газет и конфетные обертки; потом губы отпрянули, и он подумал: *Господи, не надо больше, мой нос не выдержит,* но он ничего не мог поделать, и некуда было деваться от этого *смрада, смрада, от этого проклятого СМРАДА.*

— Дыши, черт тебя подери! — кричал невидимый голос, и он думал: *Хорошо, я буду дышать, все, что угодно, пожалуйста, только не делай этого больше, не заражай меня,* и он даже *попытался* вдохнуть, но не успел, потому что ее губы, сухие и холодные, как кусок подсоленной кожи, опять соединились с его губами и выдыхаемый ею воздух снова наполнил его.

Когда она в очередной раз убрала губы, он не просто *выпустил* воздух из легких, а *вытолкнул* его и тут же самостоятельно сделал глубокий вдох. Выдохнул. И замер в ожидании, что его грудь (он пока не мог ее видеть) поднимется сама, как поднималась всю жизнь безо всяких усилий с его стороны. Но грудь не поднялась, и тогда он снова набрал в легкие воздуха и задышал сам, как можно чаще, чтобы ее запах выветрился поскорее из его тела.

Никогда прежде обыкновенный воздух не казался ему таким чудесным.

Он опять стал проваливаться в туман, но пока окружающий мир окончательно не скрылся во мгле, услышал, как какая-то женщина сказала:

— Ух! А ведь совсем близко был.

Не так уж и близко, подумал он и уснул.

Ему снился обломок деревянного столба, настолько настоящий, что он, пожалуй, смог бы дотянуться до него и прикоснуться ладонью к зеленовато-черному шершавому боку.

Снова возвратившись в прежнее состояние полусознания, он сумел обнаружить связь между обломком столба и своим нынешним положением — боль тоже наплывала на него. Впрочем, его боль похожа не на морской прилив. Он извлек урок из сновидения, которое на самом деле было воспоминанием. Ему только *казалось,* что боль накатывает и уходит. Боль похожа на тот столб, который всегда на месте, его лишь не видно время от времени. Когда боль не погружала его сознание в каменно-серое облако, он молча благодарил ее, но теперь его уже нельзя обмануть: она все еще здесь и скоро покажется. И столбов теперь *два* вместо *одного;* боль — это два столба, и какая-то частица его разума давно знала тот факт, который лишь много позже стал достоянием основной части сознания: два поломанных столба — это две его искалеченные ноги.

Лишь спустя долгое время ему удалось освободиться от засохшей на губах чужой слюны и прохрипеть:

— Где я?

У его кровати сидела женщина с книжкой в руках. На обложке стояло имя автора — Пол Шелдон. Ему удалось вспомнить, что это имя — его собственное, и он не удивился такому открытию.

Когда он наконец выговорил свой вопрос, женщина ответила:

— Сайдвиндер, штат Колорадо. — И добавила: — Меня зовут Энни Уилкс. Я...

— Знаю, — перебил он. — Вы — моя самая большая поклонница.

— Да, — подтвердила она, улыбаясь. — Именно так.

3

Темнота. За ней — боль и туман. А потом — осознание того, что боль хотя и не прекращается, зато время от времени как будто нехотя идет на перемирие и прячется, и тогда наступает облегчение. Первое истинное воспоминание: задержка, а затем — насильственное возвращение в жизнь при посредстве пакостного женского дыхания.

И следующее подлинное воспоминание: ее пальцы время от времени проталкивают ему в рот что-то вроде капсул «контака», а воды не дают, и капсулы эти тают во рту; они очень горькие, вкус их отдаленно напоминает вкус аспирина. Хорошо было бы эту горечь выплюнуть, но он понимал, что все же не стоит этого делать. Потому что горькие капсулы и были тем приливом, который заливал черный столб

(нет СТОЛБЫ их ДВА ладно их два хорошо теперь ты помолчишь ш-ш-ш)

и вроде бы заставлял его исчезнуть на время.

Боль теперь не прекращалась, а как бы стачивалась через большие промежутки времени (так же, должно быть, постепенно стачивался и тот столб на пляже Ревир-Бич, ибо ничто на Земле не вечно, хотя маленький мальчик, каким он тогда был, наверняка посмеялся бы над столь дикой мыслью), и окружающие предметы стали быстро приобретать привычный облик, и наконец весь внешний мир, а также собственные воспоминания, опыт, предрассудки снова заняли свое место в его сознании. Его зовут Пол Шелдон, он писатель, пишет романы двух сортов: хорошие романы и бестселлеры. Он дважды был женат и дважды разводился. Он слишком много курит (точнее, курил до последних событий, в чем бы эти «последние события» ни заключались). С ним случилось что-то очень плохое, но он все-таки жив. И это темное облако тает. Еще не скоро его самая большая поклонница принесет ему старую механическую пишущую машинку «Ройал», которая, как ему покажется, ухмыльнется и заговорит с ним голосом Дакки Дэддлса. Но задолго до этого Пол поймет, что чертовски влип.

4

Какая-то часть его мозга, способная к предвидению, позволила ему разглядеть ее еще до того, как он ее увидел, и где-то в подсознании он понял ее раньше, чем стал понимать разумом, — иначе с чего бы у него возникли такие жуткие, даже зловещие ассоциации? Когда она входила в комнату, перед ним тут же возникали образы африканских языческих идолов, описанных в романах Генри Райдера Хаггарда*, он думал о каменных гробницах, о неумолимом роке.

Нелепо было уподоблять Энни Уилкс языческой богине из романов «Она» и «Копи царя Соломона», но в то же время сравнение почему-то представлялось уместным. В фигуре этой крупной женщины, казалось, не было ни единой плавной линии — ни округлостей бедер, ни очертаний ягодиц, ни даже икр ниже ее вечных шерстяных юбок, которые она неизменно носила в помещении (а прежде чем выйти на улицу, уходила в свою невидимую спальню и там натягивала джинсы). Обширное, но скудное тело. При взгляде на нее невольно приходили в голову мысли об узелках и шишках, а не о соблазнительных пространствах женской плоти.

Его *раздражало,* что она представлялась ему *твердой,* словно в ней не было кровеносных сосудов, а может быть, и внутренних органов; она казалась ему цельной, как бы высеченной из единой глыбы фигурой по имени Энни Уилкс. В нем постепенно крепла уверенность, что ее глаза нарисованы и не движутся вовсе, как глаза портрета, которые словно наблюдают за тобой, в какой бы точке комнаты ты ни находился. Ему приходила в голову мысль, что, если он выставит два пальца рогаткой и ткнет ими в ее ноздри, пальцы его пройдут внутрь разве что на одну восьмую дюйма, а потом соприкоснутся с твердым (ну, чуть-чуть упругим) препятствием; даже ее серый шерстяной джемпер и старушечьи юбки составляли одно целое с твердым, жилистым телом. Потому и неудивительно, что она казалась ему похожей на языческого идола из приключенческого романа. Как идол она внушала только одно: смущение, постепенно переходящее в ужас. При виде идола все прочие чувства пропадают.

---

* Хаггард Генри Райдер (1856—1925) — английский писатель. Действие многих его романов происходит в экзотических странах. — *Здесь и далее примеч. пер.*

Впрочем, постойте, не совсем так. Он *получал* от нее кое-что еще. Таблетки, помогавшие волне захлестнуть те столбы.

Таблетки — это волна; Энни Уилкс — луна, чьи передвижения вызывают прилив. Она приносит ему по две капсулы каждые шесть часов. Сначала он ощущал лишь, как два пальца проталкивают капсулы ему в рот (и очень скоро понял, что лучше охотно глотать то, что ему дают эти пальцы, несмотря на горький вкус во рту), потом научился воспринимать ее джемпер и каждую из полудюжины юбок; он заметил, что под мышкой у нее, как правило, бывал зажат один из его романов в мягкой обложке. По ночам она являлась в розовом пушистом халате — и лицо ее блестело от крема (ему ни разу не приходилось видеть баночку, но он мог бы с легкостью назвать основной ингредиент этого крема: резкий запах ланолина был очень красноречив) — расталкивала его, выдергивала из мутной, отягощенной сновидениями дремоты и протягивала на ладони таблетки, а из-за ее массивного плеча в окно заглядывала безносая луна.

Спустя некоторое время — когда тревога приобрела такие масштабы, что стало невозможно не обращать на нее внимания, — он сумел узнать, чем она его кормит. Обезболивающее на кодеиновой основе. Называется — новрил. Подкладывать ему судно чаще, чем раз в шесть часов, не имело смысла не только потому, что его рацион состоял исключительно из жидких и желеобразных продуктов (ранее, когда он существовал внутри черного облака, его питание осуществлялось при помощи внутривенных инъекций), но и из-за того же новрила: запор был побочным эффектом этого лекарства. Имелся и другой, более серьезный побочный эффект: препарат мог вызвать у особо чувствительных больных затрудненное дыхание. Пол не относился к числу особо чувствительных больных, но он очень много курил на протяжении почти восемнадцати лет, и по крайней мере один раз его дыхание *остановилось;* возможно, были и еще случаи, которых он, пребывая в густом мареве, не запомнил. А в тот раз ей пришлось делать ему искусственное дыхание рот в рот. Возможно, в тот раз просто проявился побочный эффект, но сам он впоследствии стал подозревать, что она дала ему лишнюю дозу. Она думала, будто всегда знает, что делает, но это не всегда соответствовало истине. И в этом заключалась одна из причин, по которым он боялся Энни.

Приблизительно через десять дней после исчезновения темного облака он обнаружил (почти одновременно) три обстоятельства. Первое: у Энни Уилкс имеется большой запас новрила (и всяких других лекарств у нее хватает). Второе: у него развилась зависимость от этого препарата. И третье: Энни Уилкс помешанна и опасна.

5

Боли и грозовой туче предшествовала мгла; когда Энни рассказала ему о том, что с ним случилось, он начал припоминать, что же предшествовало мгле. Произошло это вскоре после того, как он задал вопрос, традиционный для всех, кто приходит в сознание после долгого перерыва, и она ответила, что он находится в маленьком городке Сайдвиндер, штат Колорадо. Затем она добавила, что прочла все восемь его романов, а *самые* любимые романы из серии о Мизери прочла четыре, пять, а то и шесть раз. Ей бы очень хотелось, чтобы он писал быстрее. Она сказала, что едва поверила, что ее пациентом является *тот самый Пол Шелдон,* даже после того, как своими глазами увидела удостоверение личности, лежавшее у него в бумажнике.

— Кстати, а где мой бумажник? — спросил он.

— Я взяла его на хранение. — Ее улыбка внезапно исчезла, и появившееся на лице настороженное выражение совсем ему не понравилось; оно было похоже на глубокую *расселину,* которой почти не видно среди травы и цветов. — Вы думаете, я оттуда что-нибудь *украла?*

— Что вы, конечно, нет. Дело в том, что... — *Дело в том,* подумал он, *что там сейчас все, что осталось от моей жизни. Там моя жизнь вне этой комнаты. Вне боли. Вне этого времени, что тянется, как длинная розовая жвачка. Потому что до таблеток остался всего час или около того.*

— Так в чем же дело, мистер? — настойчиво переспросила она, и он с тревогой заметил, что взгляд ее узких глаз становится мрачнее. *Расселина* делалась шире, словно в ее голове в эту минуту происходило землетрясение. За окном пронзительно завывал ветер, и ему вдруг представилась картина: она поднимает его с кровати, швыряет через плечо, он падает на пол возле стены, как мешок с картошкой, а потом она выволакивает его на улицу и бросает в сугроб. Он, конечно, замерзнет, но прежде, чем он умрет, острая пульсирующая боль охватит его ноги.

— Дело в том, что отец всегда советовал мне держать бумажник при себе, — произнес он, удивляясь, с какой легкостью ему удалось солгать. В свое время отец виртуозно научился не замечать Пола — за исключением тех случаев, когда было просто необходимо обратить на него внимание. Насколько Пол мог припомнить, отец лишь однажды соизволил дать ему совет. Когда Полу исполнилось четырнадцать лет, отец подарил ему на день рождения презерватив «Красный дьявол» в упаковке из фольги. «Положи это в бумажник, — сказал Роджер Шелдон, — и если окажется, что ты чувствуешь возбуждение, когда вставляешь, выбери мгновение, когда ты уже достаточно возбужден, чтобы хотеть, и недостаточно возбужден, чтобы плюнуть на последствия. В этом мире и так хватает ублюдков, и мне не хотелось бы, чтобы ты в шестнадцать лет мог назвать себя отцом».

Вслух Пол добавил:

— Я думаю, он столько раз повторял мне, чтобы я держал бумажник при себе, что эта фраза навсегда отпечаталась в моем сознании. Очень прошу меня простить, если я вас оскорбил.

Она успокоилась. Улыбнулась. *Расселина* исчезла. На ее месте вновь кивали головками яркие полевые цветы. Он подумал, что если сейчас ощупать ее лицо, то под улыбкой обнаружится упругая темная масса.

— Вы меня не обидели. Бумажник в надежном месте. Подождите-ка, у меня для вас кое-что есть.

Она вышла и тут же вернулась с миской дымящегося овощного супа. Он не мог сейчас много есть, но в этот раз съел больше, чем ожидал. Она кормила его с ложки и рассказывала о том, что произошло, и пока она говорила, он все припоминал. Он решил: если уж приходится валяться с переломанными ногами, не мешает знать, что его к этому привело. Но вот способ получения информации его раздражал: как будто он — персонаж книги или пьесы и события его жизни представляют собой не реальную историю, а чей-то вымысел.

Итак, примерно две недели назад эта женщина отправилась на машине в Сайдвиндер, чтобы обзавестись кое-какими продуктами и кормом для скота... и посмотреть новые книжки в аптеке Уилсона* — дело было в среду, а книжки привозят по вторникам.

— Я как раз *думала* о вас, — сказала она и ловким профессиональным движением промокнула уголки его рта салфеткой. — Представляете, какое интересное совпадение! Я надеялась, что «Сын Мизери» уже вышел, но мне не повезло.

Она сказала, что в пути ее застигла гроза, хотя до самого полудня метеорологи уверенно утверждали, что гроза должна разразиться южнее, в районе Нью-Мексико и Сангре-де-Кристо**.

— Да-да, — сказал он и вспомнил тот день. — По радио твердили, что гроза пройдет стороной. Я главным образом потому и поехал.

---

* В американских аптеках, помимо лекарств, часто продается разнообразная печатная продукция.

** Сангре-де-Кристо — горный массив на территории штата Колорадо.

Он попытался шевельнуть ногой. Ногу немедленно пронзила вспышка боли, и он застонал.

— Не надо, — сказала она. — Пол, если ваши ноги сейчас заговорят, вам уже не удастся заставить их замолчать... А таблетки я вам смогу дать только через два часа. Я и так вам даю слишком много.

Почему я не в больнице? Этот вопрос напрашивался, но Полу казалось, что ни ему, ни ей не хочется, чтобы он был задан вслух. По крайней мере сейчас.

— Когда я зашла в магазин за кормом, Тони Робертс сказал, чтобы я шевелилась, если хочу вернуться домой до грозы, и я ответила...

— *Далеко* отсюда до города? — перебил он.

— Прилично, — неопределенно ответила она, глядя в окно. В наступившем молчании Пол взглянул на ее лицо и испугался, ибо увидел пустоту на ее лице; черная *расселина* затаилась на альпийском лугу — черное ничто, где не растут цветы; если упасть в эту черноту, то лететь, вероятно, придется долго. Перед ним было лицо женщины, которая внезапно утратила всякую связь с собственным прошлым; лицо женщины, которая не просто забыла то, что необходимо помнить, а безнадежно утратила память как таковую. Однажды ему довелось посетить лечебницу для душевнобольных — это было много лет назад, когда он собирал материал для «Мизери значит несчастье», первой из четырех книг, которые в последние восемь лет служили основным источником его доходов, — там-то он и видел подобное выражение... точнее, отсутствие выражения. Такое состояние называется термином *кататония,* но то, что пугало его, не имело точного названия, пожалуй, у него было лишь смутное ощущение, что ее разум стал таким, каким он представлял себе ее тело: твердым, жилистым, лишенным каких-либо каналов или полостей.

Затем ее лицо начало медленно проясняться. Мысли как будто стали вплывать обратно. Неожиданно он осознал, что слово *вплывать* не совсем верное. Она не *наполнилась* чем-то, как резервуар или пруд, она, скорее, *разогрелась. Да-да, она разогревается, как какой-нибудь электроприбор. Как тостер или, скажем, электрообогреватель.*

— И я сказала Тони, что гроза уйдет к югу.

Сначала она говорила очень медленно, как в полусне, а потом ее речь обрела нормальный темп и нормальные разговорные интонации. Но теперь он был начеку. *Все,* что она говорила, казалось немного неправильным. Речь Энни можно было сравнить с мелодией, сыгранной в неверном ключе.

— Но он ответил: «Нет, она передумала». Я говорю: «Ах черт! Тогда я запрягаю тачку и еду». А он: «На вашем месте я бы лучше в городе остался, мисс Уилкс. По радио говорят, будет настоящий буран». Но мне, конечно, *надо* было возвращаться — иначе кто покормит скотину? Ближайшие соседи — Ройдманы, и от них досюда несколько миль. Кстати, Ройдманы меня и не любят.

Сказав последнюю фразу, Энни глянула на него в упор, но так как он промолчал, она властным жестом положила ложку на край миски.

— Вы наелись?

— Да, спасибо, я уже сыт. Было очень вкусно. А много у вас животных?

Это важно, думал он, *потому что если скотины много, значит, тебе нужна помощь. По крайней мере приходящий работник.* Помощь — вот главное слово. Он заметил, что обручального кольца у нее нет.

— Не то чтобы очень, — ответила она. — Полдюжины кур-несушек. Две коровы. И Мизери.

Он моргнул. Она рассмеялась:

— Вам я, должно быть, кажусь сволочью, раз назвала свинью именем той замечательной женщины, которую вы описали. Но так уж ее зовут, и я никого не хотела обидеть. — Подумав, она добавила: — И она такая ласковая. — Потом Энни сморщила нос и на мгновение *превратилась* в свинью;

он даже заметил у нее на подбородке несколько жестких щетинок. Она хрюкнула.

Пол в изумлении уставился на нее.

Она ни на что не обращала внимания. Она снова испарилась, глаза ее сделались мутными, и только свет торшера, стоящего у кровати, слабо отражался в них.

Наконец она пришла в себя и тихо заговорила вновь:

— Я проехала миль пять, а потом повалил снег. Все очень быстро занесло, в этих краях так всегда бывает. Я ехала вперед и вдруг увидела у дороги вашу перевернутую машину. — Она с укором взглянула на него. — Вы даже фары не включили.

— Это случилось неожиданно, — сказал он, так как именно в этот момент вспомнил, что это случилось неожиданно. Он пока не помнил, что был тогда здорово пьян.

— Я остановилась, — продолжала она. — Если бы в том месте был подъем, я могла бы и не остановиться. Понимаю, это не по-христиански, но на дорогу намело уже три дюйма снега, и если остановиться, то легко можно застрять. Гораздо проще сказать себе: «Ну, они, наверное, выбрались из машины, уехали на попутной», и так далее. Но ваша машина была уже за Ройдманами, а там идет ровный участок. Так что я подошла и сразу услышала стон. Это *вы* стонали, Пол.

Она одарила его странной, материнской улыбкой.

И в первый раз в мозгу Пола Шелдона отчетливо возникла мысль: *Я в беде. С этой женщиной не все в порядке.*

6

Она сидела рядом с ним в просторной комнате, вероятно, спальне, еще минут двадцать и говорила. По мере того как его организм усваивал съеденный суп, боль в ногах просыпалась. Он старался сосредоточиться на том, что она говорит, но это ему удавалось не в полной мере. Его разум как будто раздвоился. С одной стороны, он слушал ее рассказ о том, как она выволокла его из разбитого «Камаро-74», и одновременно чувствовал, как пульсирующая боль — два старых деревянных столба — выходит на поверхность воды в час отлива. С другой стороны, он представлял себя в номере отеля «Боулдерадо», где он заканчивал новый роман, на сей раз — хвала Создателю за Его маленькие милости — не посвященный Мизери Честейн.

У него имелось множество причин не писать больше о Мизери, но среди этих причин была одна, затмевающая все прочие, железная и безусловная. Мизери — хвала Создателю за Его великие милости — умерла за пять страниц до конца романа «Сын Мизери». Когда это произошло, все были в слезах, в том числе и сам Пол, правда, он плакал от истерического хохота.

Заканчивая новую книгу, роман об угонщике автомобилей, он вспоминал, как печатал последнюю фразу «Сына Мизери»: «Так Йен и Джеффри покинули Литтл-Данторп, поддерживая друг друга в печали, исполненные решимости вновь обрести собственную жизнь». Когда он печатал эту фразу, то так смеялся, что ему трудно было находить нужные клавиши на клавиатуре машинки, и несколько раз пришлось исправлять ошибки. Хвала Создателю за то, что фирма Айби-эм разработала специальные приспособления для быстрой замены текста.

Затем Пол напечатал слово КОНЕЦ и заметался по комнате (дело происходило все в том же номере отеля «Боулдерадо»), выделывая антраша и вопя:

— *Свободен! Наконец-то свободен! Господи Всемогущий, наконец-то я свободен! Эта дура наконец купила ферму!*

Новый роман носил название «Быстрые автомобили», и, завершив его, Пол не смеялся. Он лишь просидел несколько секунд за машинкой, думая: *На будущий год ты, друг мой, вполне можешь получить Литературную премию Америки.* А потом он поднял...

— ...шрам на правом виске, но это ничего. А вот ваши ноги... Уже темнело, но я даже не наклоняясь увидела, что ваши ноги не...

...трубку и заказал в номер бутылку «Дом Периньон». Он вспомнил, как, дожидаясь шампанского, вышагивал тогда взад и вперед по комнате, в которой писал все свои книги начиная с 1974 года; вспомнил, что дал коридорному на чай купюру в пятьдесят долларов и спросил его, не слышал ли тот прогноза погоды; вспомнил, как довольный, польщенный, ухмыляющийся коридорный сказал, что ожидалась гроза, но тучи должны сместиться к югу, в сторону Нью-Мексико; вспомнил прохладную бутылку, сухой хлопок пробки; вспомнил, как отхлебнул кисловато-терпкое вино, открыл дорожную сумку и нашел авиабилет до Нью-Йорка; и еще вспомнил, как внезапно, в то самое мгновение, он решил...

— ...что я лучше отвезу вас к себе! Тащить вас было трудновато, но я женщина крупная — вы, должно быть, сами заметили, — а на заднем сиденье у меня как раз лежали одеяла. Я втащила вас в машину, завернула в них, и уже тогда, хоть и в сумерках, мне показалось, что я вас *знаю!* Я подумала, может...

...он просто выведет свой «камаро» из гаража и поедет на запад, и черт с ним, с самолетом. Да и что он забыл в Нью-Йорке? В городском доме сейчас тоскливо, пусто, холодно, мрачно, а может, туда уже и воры забирались. *Хрен с ним,* подумал он и выпил еще шампанского. *На запад, парень, гони на запад!* Безумная идея, а значит, что-то в ней есть. Значит, остается только переодеться, взять...

— ...сумку я нашла и тоже положила к себе в машину, а больше ничего не разглядела, и еще я боялась, что вы тут у меня на руках умрете, так что я завела старушку Бесси и...

...рукопись «Быстрых автомобилей» и ехать в Вегас, Рино или даже в Город Ангелов*. Он вспомнил, что вначале эта мысль показалась ему довольно дикой — в такое путешествие мог бы, пожалуй, отправиться двадцатичетырехлетний маль-

---

* Лос-Анджелес.

чишка, каким он был, когда продал издателю свой первый роман, а не мужчина, которому два года назад исполнилось сорок. Но после нескольких бокалов шампанского эта идея уже не казалась дикой. Скорее, она казалась благородной. Великая Одиссея Куда-Нибудь, способ вернуться к реальной жизни из царства вымысла. И он отправился...

— ...как молния! Я была уверена, что вы умираете... Ну то есть совершенно *уверена!* Так что я достала у вас из заднего кармана бумажник, посмотрела на ваши водительские права, прочитала имя — *Пол Шелдон* — и подумала: вот совпадение. Но фотография была похожа на вас, и я тогда так перепугалась, что пошла в кухню и присела у стола. Я сначала думала, в обморок упаду. А потом все же решила, что фотография — тоже, наверное, совпадение, ведь на этих фотографиях, что лепят на документы, вообще никого узнать нельзя, но потом мне попались ваш членский билет писательской ассоциации и карточка ПЕН-клуба, и тогда я поняла, что вы...

...неприятности, когда пойдет снег, но сначала он зашел в бар в «Боулдерадо», дал Джорджу на чай двадцать баксов, и тот принес ему еще бутылку «Дом Периньон», которую он и выпил, двигаясь по шоссе И-70 под серым, цвета ружейной стали, небом, и где-то к востоку от туннеля Эйзенхауэра свернул с главной магистрали, так как все дороги были сухими, грозовые тучи двигались на юг, да и въезжать в чертов туннель не хотелось. Он врубил старую запись Бо Диддли и не включал радио; однако мало-помалу машину стало все сильнее заносить, и наконец он понял, что дело не в случайных порывах ветра, что положение гораздо серьезнее; тучи, вероятно, не ушли на юг; вероятно, они оказались как раз над его головой, и теперь у него могут возникнуть проблемы,

(как раз теперь у него полно проблем)

но он был уже достаточно пьян и потому решил, что справится. Поэтому он не остановил «камаро» в Кане и не стал искать убежища, а поехал дальше. Он вспомнил, как надвинулись тускло-серые, как бы хромированные сумерки. Вспомнил, как шампанское вроде бы начало выветриваться. Вспомнил, как наклонился вперед, чтобы достать сигарету, и именно тогда машину стало заносить в последний раз; он вывернул руль, но с управлением не справился; еще он вспомнил сильный тупой удар, и мир перевернулся. Он начал...

— *...кричать!* И когда я услыхала, как вы кричите, то поняла, что вы будете жить. Умирающие почти никогда не кричат. У них сил нет. Я знаю. И я решила, что *заставлю* вас жить. Так что я нашла обезболивающее и заставила вас проглотить. Потом вы заснули. А когда проснулись и опять стали кричать, я дала вам еще дозу лекарства. У вас поднялась температура, но я ее быстро сбила. Я вам давала кефлекс. Раз или два вы были на грани, но теперь все прошло. — Она поднялась. — А теперь, Пол, вам пора отдыхать. Надо набираться сил.

— Ноги болят.

— Правильно. Через час можно будет принять лекарство.

— Нет, сейчас. Пожалуйста. — Ему было стыдно умолять ее, но он не мог сдержать себя. Настал отлив, море отступило, прогнившие столбы, до жути реальные, торчали над берегом, и с их существованием невозможно было не считаться.

— Через час. — Она не дрогнула. Просто пошла к двери с миской и ложкой в руке.

— Подождите!

Она обернулась и поглядела на него сурово и в то же время нежно. Ему не понравилось выражение ее лица. *Совсем* не понравилось.

— Так вы меня подобрали две недели назад?

Теперь у нее снова было опустошенное и злое лицо. Ему еще придется узнать, что она плохо ориентируется во времени.

— Вроде того.

— И я был без сознания?

— Почти все время.

— Что же я ел?

— Внутривенно, — пристально посмотрев на него, коротко ответила она.

— Внутривенно? — переспросил он, и она решила, что его тон выражает не удивление, а непонимание.

— Я вводила вам пищу в вену, — объяснила она. — По трубкам. У вас следы на руках. — Она смотрела на него, и взгляд ее вдруг стал острым и оценивающим. — Вы обязаны мне жизнью, Пол. Надеюсь, вы будете об этом помнить. Надеюсь, это останется в вашей памяти.

И она вышла из комнаты.

7

Час прошел. Так или иначе, но этот час прошел.

Он лежал в постели, обливался потом и в то же время дрожал. Из соседней комнаты доносилась мелодия «Ястребиного глаза», затем ее сменили «Жаркие губы», а потом он услышал голоса диск-жокеев с WKRP, бешеной радиостанции Цинциннати. После этого голос диктора известил всех жителей Колорадо, мечтающих о наборе первоклассных ножей, что их звонков С Нетерпением Ожидают по телефону 800.

Пол Шелдон тоже С Нетерпением Ожидал.

Как только часы в соседней комнате пробили восемь, появилась Энни с двумя капсулами лекарства и стаканом воды.

Она присела на его кровать, а он нетерпеливо приподнялся на локтях.

— Два дня назад я *наконец-то* получила вашу новую книжку, — сообщила она. В стакане звякнули кубики льда. От этого звука можно сойти с ума. — «Сын Мизери». Она мне очень нравится... как и все остальные. Она даже лучше. Лучше всех!

— Благодарю, — с трудом выговорил он. Пот стекал по лбу, и он это чувствовал. — Пожалуйста... Ноги... Очень больно...

— Я так и *знала,* что она выйдет замуж за Йена, — произнесла она, мечтательно улыбаясь, — и я думаю, что Джеффри и Йен должны опять стать друзьями. Ведь так и *будет?* — И тут же перебила себя: — Нет-нет, не говорите! Я хочу узнать сама. Каждый раз приходится очень долго ждать, пока появится продолжение.

Пульсирующая боль поднималась вверх, и в пах словно впился железный крюк. Он уже успел убедиться, что мошонка не пострадала, но ощущения были таковы, как будто ее скрутили и долго мяли. А ниже колен, похоже, *не осталось* живого места. Он даже не хотел смотреть. С него хватало того, что он видел: кривые неровные очертания под одеялом.

— Пожалуйста, мисс Уилкс. Больно...

— Зовите меня Энни. Меня так все друзья называют.

Она протянула ему запотевший от холода стакан. А капсулы остались у нее. Она была для него луной, чье притяжение вызывает прилив, который накроет гнилые столбы. Она поднесла лекарство к его лицу (он немедленно раскрыл рот)... и тут же убрала.

— Я позволила себе заглянуть в ваш портфель. Вы ведь не стали бы возражать?

— Нет. Конечно, нет. Лекарство...

Капли пота на лбу казались ему и холодными, и горячими. Наверное, очень скоро он закричит.

— Я увидела, что там у вас лежит рукопись, — продолжала она, медленно наклоняя раскрытую правую ладонь. Капсулы наконец соскользнули с нее и упали в левую руку. — Она называется «Быстрые автомобили». Это не о Мизери, я поняла. — Она взглянула на него с легким неодобрением, впрочем, смешанным, как и в прошлый раз, с любовью. Она смотрела на него, *как мать.* — В девятнадцатом веке не было автомобилей, ни быстрых, ни любых других. — Собственная незамысловатая шутка понравилась ей, и она хихикнула. — И еще я позволила себе просмотреть ее... Вы не возражаете?

— Прошу вас, — взмолился он. — Не возражаю, но...

Ее раскрытая левая ладонь наклонилась, и капсулы с тихим щелчком перекатились на правую.

— А что, если я ее прочту? Вы не возражаете, если я почитаю?

— Нет... — Кости его разбились вдребезги, и в ноги вонзились бесчисленные осколки битого стекла. — Нет... — Он попытался улыбнуться, отчаянно надеясь, что ему это удастся. — Нет, конечно, нет.

— Дело в том, что я никогда бы не решилась так поступить без вашего позволения, — серьезно произнесла она. — Я слишком вас уважаю. По правде говоря, Пол, я ведь вас люблю. — Внезапно ее щеки вспыхнули тревожным малиновым цветом. Одна капсула упала с ее руки на одеяло. Пол потянулся за ней, но Энни оказалась проворнее. Он застонал, но она не обратила на это внимания, только подобрала капсулу и вновь посмотрела в окно отсутствующим взглядом. — Вашу *фантазию,* — сказала она. — Ваше *творчество.* Я только это имела в виду.

Он пробормотал в отчаянии, хотя думать мог лишь об одном:

— Я знаю. Вы — моя самая большая поклонница.

Она не просто разогрелась на сей раз; она *вспыхнула.*

— Точно! — выкрикнула она. — *Вот именно!* И вы не будете возражать, если такая... такая любящая поклонница почитает вашу новую книгу? Правда, ваши книги про Мизери нравятся мне больше других.

— Не возражаю, — проговорил он и прикрыл глаза. *Не возражаю, хоть наделай из рукописи бумажных шляп, только... пожалуйста... я умираю.*

— Вы очень *добры,* — мягко сказала она. — Я *знала,* что вы такой. Я вас таким и представляла, когда читала ваши книги. Человек, который придумал Мизери Честейн, то есть сначала придумал, а потом *вдохнул в нее жизнь,* не может быть другим.

Тут ее пальцы, такие невероятно близкие теперь и до отвращения желанные, оказались у него во рту. Он втянул в себя обе капсулы и проглотил их еще до того, как успел поднести к губам стакан с водой.

— Как маленький мальчик, — произнесла она; он не видел ее, так как до сих пор не открыл глаза, к которым уже подступили жгучие слезы. — *Хороший* мальчик. Я у вас столько всего хочу спросить... столько всего хочу узнать...

Она поднялась, и пружины кровати скрипнули.

— Нам будет хорошо здесь, — сказала она, но Пол так и не открыл глаза, хотя сердце его заколотилось в ужасе.

8

Он поплыл. Прилив вернулся, и он поплыл. Какое-то время в соседней комнате работал телевизор, а потом умолк. Время от времени били часы, и он старался сосчитать удары, но в промежутках проваливался в забытье.

IV. Внутривенно. По трубкам! У вас следы на руках.

Он приподнялся на локте, потянулся к лампе и в конце концов сумел зажечь ее. Он взглянул на свои руки и увидел бледные розовато-коричневые пятна на локтевых сгибах, а в центре каждого пятна запеклась черная кровь.

Он снова лег и стал глядеть в потолок и прислушиваться к завываниям ветра. Итак, посреди зимы он оказался на пороге смерти наедине с женщиной, у которой не в порядке голова, которая вводила ему питательный раствор в вены, пока он лежал без сознания, и которая обладает, похоже, бесконечным запасом одурманивающих таблеток, и эта женщина не сообщила ни одной живой душе о том, что он находится здесь.

Все это важно, но он уже начинал понимать, что есть кое-что еще более важное: начинается отлив. Он принялся ждать звонка ее будильника. Будильник наверху прозвонит очень не скоро, но уже пора ждать.

Она помешанна, но она нужна ему.

В какое же неприятное положение я попал, подумал он и уставился невидящими глазами в потолок, а на лбу у него опять выступили капельки пота.

9

На следующее утро она снова принесла ему суп и сказала, что прочитала сорок страниц «книги-рукописи». Еще она сказала, что эта книга показалась ей хуже других.

— Тяжело следить за сюжетом. Рассказ скачет взад-вперед во времени.

— Это такой прием, — ответил Пол. Он находился где-то на полпути между настоящей болью и ее полным отсутствием, поэтому мог чуть лучше вникнуть в смысл ее слов. — Просто литературный прием. Персонаж... персонаж определяет форму повествования. — Он смутно предполагал, что рассказ о литературных приемах может заинтересовать ее, даже увлечь. Бог свидетель, когда он был помоложе, ему случалось читать лекции, и слушателей необыкновенно интересовала литературная кухня. — Понимаете, сознание мальчика взбудоражено, и вот...

— Вот именно! Он *очень* взбудоражен и из-за этого не так интересен. Не то чтобы он *совсем* неинтересен — я уверена, у вас не может быть неинтересных героев, — но *не так* интересен. А сколько грубостей! Ругательства попадаются через слово! В нем нет...

Она замолчала, подбирая слово и продолжая в то же время кормить его супом. При этом она регулярно вытирала ему рот, когда в углах скапливалась слюна. Делала она это почти не глядя, как опытная машинистка, печатая, почти не смотрит на клавиатуру, поэтому он догадался, что в свое время она была медсестрой. Не врачом, нет; врач не чувствует с такой точностью, в какой момент у пациента начинает течь слюна.

Если бы метеоролог, сказавший тогда в прогнозе, что гроза пройдет стороной, был таким же профессионалом в своем деле, как Энни Уилкс в своем, я не попал бы в эту проклятую дыру, с горечью подумал он.

— В нем нет *благородства!*— неожиданно выкрикнула она, подскочила на месте и чуть не пролила говяжий суп с перловой крупой ему на лицо.

— Согласен, — покорно произнес он. — Энни, я понимаю, что вы имеете в виду. Верно, благородства в Тони Бонасаро нет. Он — парень из трущоб и старается вырваться из дурного окружения, а эти слова... как вам сказать... их все говорят в той...

— Да *нет* же! — перебила она и метнула на него яростный взгляд. — Когда я приезжаю в город и иду в магазин, как вы думаете, что я там делаю? Что я, по-вашему, *говорю?* «Ну-ка, Тони, дай мне своего гребаного свиного корма, долбаной кукурузы и дерьмовых таблеток»? А он что должен ответить? «Хрен с тобой, Энни, вовремя ты пришла»?

Она снова взглянула на него; лицо ее было похоже на небо перед ураганом. Он испуганно откинулся на подушку. Суповая миска дрожала в ее руках. Одна капля упала на одеяло, за ней вторая.

— А потом я пойду в банк и скажу миссис Боллингер: «Тут у меня, бес его знает, какой-то чек, так что валяй, задница, выкладывай капусту, пятьдесят баксов, ну, шевелись»? И что, вы думаете, когда меня приводили к присяге в Ден...

Мутная струя говяжьего бульона хлынула на одеяло. Женщина молча наблюдала за ней, потом перевела взгляд на Пола, и лицо ее перекосилось.

— Эй! Поглядите, до чего вы меня довели!

— Я виноват...

— *Конечно! Вы! Виноваты!*— заорала она и швырнула миску в угол. Миска разбилась. Суп выплеснулся на стену. Шелдон ахнул.

Энни отвернулась. Она сидела молча секунд, наверное, тридцать, и в течение этого времени сердце Пола Шелдона, кажется, не билось вовсе.

Наконец она приподнялась и вдруг хихикнула.

— Такой вот у меня *характер,* — сказала она.

— Я виноват, — повторил он. Внезапно у него пересохло горло.

— И *правильно.* — Напряжение исчезло с ее лица, и она мрачно посмотрела в угол. Он решил, что сейчас она опять потеряет самообладание, но она только вздохнула и тяжело поднялась на ноги.

— В книгах про Мизери у вас не было необходимости употреблять такие слова, потому что люди в то время вообще так не говорили. Этих слов даже не знали тогда. Время волчье — и язык волчий, так я считаю, а тогда было *хорошее* время. Вы, Пол, обязаны вернуться к книгам про Мизери. Искренне вам говорю. Как ваша самая большая поклонница.

Она подошла к двери и обернулась:

— Я сейчас уберу вашу книгу-рукопись в ваш портфель и дочитаю «Сына Мизери». А потом, когда закончу, всегда смогу вернуться к той.

— Не надо, если она настолько выводит вас из себя, — возразил он и попытался улыбнуться. — Мне не хотелось бы, чтобы вы выходили из себя. Я вроде бы завишу от вас.

Она не улыбнулась в ответ!

— Да, — сказала она. — Вы от меня зависите. Вы зависите от меня, Пол, верно?

И она вышла из комнаты.

10

Наступила пора отлива. Столбы снова были здесь. Он уже ждал, когда пробьют часы. Когда часы пробьют два раза. Его голова покоилась на подушке, и он смотрел на дверь. Энни вошла. Поверх свитера и одной из своих обычных юбок она надела фартук. В руке у нее было пластмассовое ведро.

— Полагаю, вы бы не отказались от вашего любимого лекарства, — проговорила она.

— Да, прошу вас. — Он попытался заискивающе улыбнуться, и к нему вернулось дурацкое ощущение — он казался нелепым, чуждым самому себе.

— Оно у меня, — отозвалась она, — но сначала я должна убрать вот этот беспорядок в углу. Беспорядок, который устроили вы. Вам придется подождать, пока я не приберу.

Ноги под одеялом казались скрюченными ветками, а по щекам медленно стекали холодные струйки пота. Он лежал и смотрел, как она прошла в злополучный угол, поставила на пол ведро, собрала осколки суповой миски и выбросила их, затем выудила из ведра намыленную тряпку и начала отмывать стену от засохших остатков супа. Он лежал и смотрел, и вскоре его стала бить дрожь, а от дрожи усилилась боль. Один раз она оглянулась и увидела, что он дрожит и простыни промокли от пота. Тогда она одарила его слабой понимающей улыбкой, за которую он с радостью зарезал бы ее.

— Все засохло, — сказала она, снова поворачиваясь к нему спиной. — Боюсь, вам придется набраться терпения, Пол.

Она продолжала оттирать стену. Грязное пятно медленно исчезало с обоев, но она упорно мочила тряпку, выжимала и снова терла. Он не мог видеть ее лица, но мысль — *уверенность,* — что она отключилась и, возможно, будет мыть стену следующие несколько часов, сводила его с ума.

Наконец — как раз когда часы ударили один раз, отбивая половину третьего, — она поднялась и бросила тряпку в воду, затем, ни слова не говоря, вышла из комнаты с ведром в руках. А он все лежал и прислушивался к скрипу деревянного пола под ее тяжелыми, уверенными шагами. Вот она вылила воду из ведра, вот — невероятно, но факт — открыла кран, как будто захотела налить еще воды для продолжения уборки. Он принялся беззвучно плакать. Еще ни разу вода не отступала так далеко; ему ничего не было видно, кроме засыхающих комьев грязи и двух вечных изломанных столбов.

Она вернулась в комнату и помедлила на пороге, разглядывая его мокрое лицо все с тем же смешанным выражением строгости и материнской любви. Затем ее взор упал на стену, на которой не осталось ни единого пятнышка от пролитого супа.

— Теперь надо прополоскать, — заявила она, — иначе останется пятно. Я должна все привести в порядок. Если я живу одна, это еще не причина отлынивать от работы. Знаете, Пол, какое у моей матери было любимое выражение? Это и мой девиз. Она часто повторяла: «Раз оставишь грязь — чистоты не будет».

— Пожалуйста, — простонал он. — Я умираю... от боли.

— Неправда. Вы не умираете.

— Я закричу. — Он действительно был готов кричать, настолько ему было больно. Боль пронизывала ноги и доходила до сердца. — Я не смогу удержаться.

— Ну кричите, — невозмутимо ответила она. — Только не забывайте, что этот беспорядок устроили вы. А не я. Это целиком ваша вина.

Каким-то образом ему удалось сдержать крик. Он наблюдал за тем, как она мочила тряпку, отжимала ее и протирала стену, мочила, отжимала и протирала. И наконец, когда часы (в гостиной, как он полагал) пробили три, она выпрямилась и взяла в руки ведро.

Сейчас она уйдет. Уйдет, и я услышу, как она наполняет ведро, и она не вернется, может быть, еще несколько часов, потому что, наверное, срок наказания еще не закончился.

Но она не ушла, а подошла к его изголовью, запустила руку в карман фартука и извлекла оттуда не две капсулы, а три.

— Вот, — нежно произнесла она.

Он затолкал капсулы в рот, а когда поднял глаза, то увидел, что она подносит к его лицу желтое пластмассовое ведро. Как падающая с неба луна, оно закрыло ему все поле зрения. С края ведра на одеяло закапала серая вода.

— Запейте, — сказала она. В ее голосе по-прежнему слышалась нежность.

Он лежал и смотрел на нее во все глаза.

— Давайте пейте, — настаивала она. — Я понимаю, их можно проглотить и без воды, но поверьте, пожалуйста, что я смогу заставить их выйти обратно. В конце концов, я здесь только полоскала тряпку. Хуже вам от этой воды не будет.

Она нависла над ним, как скала, слегка наклоняя ведро. Он даже видел плавающую внутри тряпку; видел тонкий слой мыльной пены на поверхности воды. Он быстро сделал глоток, и капсулы скользнули по пищеводу. Такой же вкус он ощущал в детстве, когда мать заставляла его чистить зубы мылом.

Вода достигла желудка, и он громко рыгнул.

— Пол, я не стану выводить их наружу. И больше до девяти часов вы не получите.

Мгновение она смотрела на него совершенно пустыми глазами, затем ее лицо осветилось, и она улыбнулась:

— Вы больше не будете выводить меня из себя, правда?

— Не буду, — прошептал он. Навлекать на себя гнев луны, которая вызывает прилив? Что за чушь! Что за *дикая* чушь!

— Я люблю вас, — сказала она и поцеловала его в щеку. И вышла, не оглядываясь, держа ведро так, как мощная деревенская женщина могла бы держать подойник с молоком — слегка отведя в сторону, так, чтобы ни капли не пролилось.

А он откинулся на подушку. Во рту и в глотке остался вкус грязи и пластмассы. Вкус мыла.

Я не буду... не буду... не буду...

Но вскоре эти слова стали отдаляться, и он понял, что засыпает. Прошло уже достаточно времени, и лекарство начало действовать. Он победил.

На этот раз.

11

Ему приснилось, что его пожирает какая-то птица. Нехороший сон. Потом раздался выстрел, и он подумал: *Да, правильно, так ее! Стреляй! Застрели поскорее эту сволочь!*

А затем он проснулся и сразу понял, что Энни Уилкс всего лишь захлопнула дверь черного хода. Вышла, чтобы сделать что-то по хозяйству. Он слышал скрип снега под ее подошвами, когда она проходила мимо окна. На ней была эскимосская парка с поднятым капюшоном. При каждом выдохе из-под капюшона вылетало облачко пара. Она не взглянула в его сторону, по-видимому, думая о делах, ожидавших ее в сарае. Ей надо покормить скотину, вычистить стойла, да мало ли какие могут быть у нее дела. Небо уже сделалось темно-багровым — закат. Пять тридцать, а то и шесть часов!

Время отлива еще не настало, и он мог бы еще поспать — ах, как ему *хотелось* еще поспать! — но нужно было обдумать сложившуюся дикую ситуацию, пока он еще в состоянии более или менее связно мыслить.

Как выяснилось, хуже всего было то, что он не хотел думать даже когда мог, хотя и сознавал, что выбраться из этой ситуации невозможно, не обдумав ее. Его разум стремился вытолкнуть мысли об этом, в точности как ребенок отпихивает тарелку с едой, прекрасно зная, что ему не позволят выйти из-за стола, пока он не съест все.

Ему не хотелось обдумывать ситуацию, так как даже просто *находиться* в ней было невыносимо. Ему не хотелось ничего обдумывать, потому что стоило все-таки начать думать, как перед ним возникали весьма неприятные картины: вот лицо женщины делается пустым, вот при виде ее ему на ум приходят каменные идолы; теперь ко всем этим образам прибавился новый — к его лицу приближается, как стремительно падающая луна, желтое пластмассовое ведро. Если он будет думать об *этом,* то тем самым все равно не изменит ситуацию; думать об этом, возможно, еще хуже, чем не думать вовсе. И все же стоило ему подумать об Энни Уилкс и о своем собственном положении в ее доме, как именно эти картины представали перед ним и вытесняли все прочие. Его сердце начинало биться чересчур быстро, конечно, от страха, но отчасти и от стыда. Он мысленно видел, как его губы тянутся к краю ведра, видел мыльную пленку на поверхности грязной воды, видел плавающую в ведре тряпку, он видел все это и тем не менее без всяких колебаний сделал глоток этой воды. Никогда и никому он об этом не расскажет (если предположить, что ему удастся отсюда выбраться); может быть, он будет пытаться лгать самому себе, но он никогда не сможет полностью убедить себя, что все происходило иначе.

Но, в каком бы плачевном положении он ни находился (а он считал, что его положение крайне плачевно), ему хотелось жить.

Думай же, черт тебя подери! Господи, неужели ты настолько боишься, что не хочешь даже попытаться?

Нет — но *почти* настолько.

И вдруг ему в голову пришла нелепая злобная мысль: *Ей не понравилась новая книга, потому что она слишком тупа, чтобы понять, в чем там суть.*

Мысль более чем нелепая; в данных обстоятельствах ее мнение о «Быстрых автомобилях» не имело совершенно никакого значения. Но обдумать ее слова — это по крайней мере шаг в новом направлении, а злиться на нее — лучше, чем бояться ее. Поэтому он продолжал думать.

Слишком тупа? Нет. Слишком уперта. Она не просто не желает перемен, ей противна сама идея перемены!

Да. Пусть она сумасшедшая, но разве ее оценки так уж отличаются от оценок, которые дали этой книге сотни тысяч читателей (на девяносто процентов — читательниц) во всей стране, с нетерпением дожидавшихся очередной пятисотстраничной порции приключений юной сироты, вышедшей замуж за пэра Англии? Вовсе нет. Всем им нужна Мизери,

Мизери и еще раз Мизери. Каждый раз, когда он год или два занимался другой книгой (по его собственному определению, «серьезной» работой), уверенность в успехе сменялась надеждой на успех, и наконец приходило горькое разочарование, а тем временем женщины, многие из которых подписывались как «ваша самая большая поклонница», засыпали его гневными письмами. В одних письмах сквозило смущение (и эти письма почему-то ранили писателя сильнее всего), в других было полно упреков, а то и прямого недовольства, но смысл всегда был один и тот же: *Мы не этого ждали, мы не этого хотели. Пожалуйста, вернитесь к Мизери. Мы желаем знать, что делает Мизери.* Он мог написать новую «Тэсс из рода д'Эрбервиллей»* или «Шум и ярость»**; это не изменило бы положения. Они все равно жаждали бы Мизери, Мизери, Мизери.

Тяжело следить за сюжетом. Он не так интересен... А сколько грубости!

Гнев стал опять вскипать в нем. Гнев на ее дубовую тупость, гнев на то, что она смогла удержать его в своей власти, как узника, поставить перед выбором — пить грязную воду из ведра или умирать от боли в переломанных ногах, а потом, в довершение всех унижений, найти его самое уязвимое место и *раскритиковать* его лучшую книгу.

— Черт тебя побери, сука, всех ругательств, вместе взятых, для тебя мало, — сказал он вслух и вдруг почувствовал себя лучше, как будто снова стал самим собой; правда, он знал при этом, как убог и бесполезен его бунт — она все равно в сарае, она его не слышит, а час отлива не наступил, и обломанные столбы еще скрыты под водой. И все же...

Он вспомнил, как она пришла к нему с таблетками, шантажируя его, чтобы получить разрешение прочесть «Быстрые автомобили». Он почувствовал, что щеки заливает краска стыда и унижения, но теперь к этим чувствам примешивался *непод-*

---

* Роман английского писателя Томаса Гарди (1840—1928).

** Роман Уильяма Фолкнера (1897—1962).

дельный гнев: маленькая искра полыхнула неярким языком пламени. Никогда в жизни никому он не показывал рукопись, не выправленную им самим и не перепечатанную. *Никогда.* Даже Брайсу, своему агенту. *Никогда.* Да что говорить, он даже...

На мгновение мысли оборвались. До него донеслось отдаленное коровье мычание.

Да что говорить, он даже *копий* не делал, пока не был готов беловой вариант.

Рукопись «Быстрых автомобилей», находящаяся сейчас в распоряжении Энни Уилкс, — это единственный в мире экземпляр. Пол сжег даже свои черновые заметки.

Два года тяжкого труда. Ей книга не нравится, и она помешанна.

Она любит романы о Мизери. Она любит Мизери, а вовсе не какого-то маленького мексиканского сквернослова из Испанского Гарлема, промышляющего кражами автомобилей.

Он вспомнил, как подумал недавно: *хоть наделай из рукописи бумажных шляп, только... пожалуйста...*

Чувство гнева и унижения опять поднялось в нем, отдавшись первой вспышкой тупой боли в ногах. Да. Труд, гордость своим трудом, качество этого труда... Когда боль усиливается до определенного предела, все это становится не более чем тенью из волшебного фонаря. И она сделает это — она *может* это сделать и оттого кажется ему, который большую часть своей сознательной жизни считал, что из всех возможных определений ему больше всего подходит слово *писатель,* чудовищем, от которого *необходимо* держаться как можно дальше. Она действительно каменный идол, и пусть она и не убила его, она способна убить то, что в *нем.*

Из сарая послышалось нетерпеливое повизгивание свиньи. Энни оправдывалась, но сам он считал, что Мизери — самое подходящее имя для свиньи. Он вспомнил, как Энни изображала свинью, как ее верхняя губа сморщилась и задралась к носу, щеки сделались плоскими, и она в самом деле *стала похожа* на свинью и *захрюкала*.

Голос из сарая:

— Свинка, свинка, *хрю-хрю!*

Он прикрыл глаза ладонью и попробовал удержать свой гнев, так как гнев придавал ему храбрости. Храбрец способен думать. А трус — нет.

Итак, эта женщина когда-то работала медицинской сестрой, в этом он уверен. А сейчас она работает? Нет, так как на работу не ходит. Почему же она оставила профессиональную деятельность? Кое-какие шарики у нее крутятся не так, как надо. Если он разглядел это, несмотря на застилающую глаза боль, ее коллеги тем более должны были разглядеть.

Впрочем, у него есть определенная информация, показывающая, *насколько* не так вертятся ее шарики. Она выволокла его из разбитой машины и, вместо того чтобы вызвать полицию или «скорую помощь», отвезла к себе домой, уложила в комнате для гостей и вводила ему по трубкам в вены пищу и хрен знает сколько наркотической дряни. Достаточно, чтобы вызвать у него как минимум один раз «нарушение дыхания», как она выразилась. Она никому не сказала, что он находится здесь, а раз не сказала до сих пор, следовательно, не намерена говорить и впредь.

Поступила бы она так же, если бы увидела, что в автокатастрофу попал какой-нибудь Джо Блоу из Кокомо? Нет. Скорее всего нет. Она удержала у себя именно его, так как *он* — Пол Шелдон, а *она...*

— Она — моя самая большая поклонница, — пробормотал Пол и снова прикрыл глаза рукой.

Из темных глубин всплыло жуткое воспоминание: однажды мама повела его в бостонский зоопарк, и он там увидел огромную птицу. У нее были удивительные перья — красные, пурпурные и ярко-синие, он таких в жизни не встречал. И еще никогда прежде не видел таких грустных глаз. Он спросил тогда маму, где родина этой птицы, и когда та ответила *Африка,* он понял, что птица эта обречена умереть в клетке далеко-далеко от тех мест, в которых Господь предназначил ей жить. Он расплакался, и мама купила ему рожок мороженого, он перестал плакать, а потом вспомнил и заплакал опять, и тогда мама увела его домой, а пока они ехали в троллейбусе, сказала ему, что он плакса и нюня.

Перья. *Глаза.*

Пульсирующая боль в ногах набирает обороты.

Нет. Нет, нет.

Он плотнее прижал руку к глазам. Из сарая доносились редкие глухие удары. Он не мог определить, что там делала Энни, но в воображении

(вашу ФАНТАЗИЮ ваше ТВОРЧЕСТВО я только это имею в виду)

он уже видел, как она стоит на сеновале, расположенном под крышей сарая, и ударами каблука сбрасывает на пол тюки спрессованного сена.

Африка. Эта птица из Африки. Из...

Затем он почти услышал ее пронзительный, режущий, как нож, взволнованный голос, почти крик: *И что, вы думаете, когда меня приводили к присяге в Ден...*

К присяге. Когда меня приводили к присяге в Денвере.

Клянетесь говорить правду, всю правду и ничего, кроме правды, да поможет вам Бог?

(«Не понимаю, откуда он все это берет».)

Клянусь.

(«Он вечно что-нибудь записывает».)

Назовите ваше имя.

(«Ни у кого из МОИХ родственников не было такого воображения».)

Энни Уилкс.

(«Такого яркого воображения!»)

Меня зовут Энни Уилкс.

Ему хотелось, чтобы она сказала еще что-нибудь. Но она молчала.

— Говори, — прошептал он, старательно прикрывая рукой глаза; это лучший способ заставить работать *воображе-*

ние. Его мать любила говорить миссис Малвени, когда они стояли у забора, разделявшего их владения, какое у него замечательное воображение, какое оно яркое, какие удивительные истории он постоянно записывает (понятно, она говорила так лишь тогда, когда не называла его плаксой и нюней). — Говори, говори, говори.

Он видел зал заседаний суда в Денвере, видел Энни Уилкс, стоящую у кафедры; на ней были не джинсы, а красно-черное платье и ужасного вида шляпка. Он видел, что в зале очень много народу, а судья лыс и в очках. У судьи белые усы. И родинка под белыми усами. Белые усы почти закрывают родинку, но ее все-таки видно.

Энни Уилкс.

(«Вчера он читал до трех ночи! Можешь себе представить?»)

Такая... такая любящая поклонница...

(«Он постоянно что-то записывает, что-то придумывает»).

Теперь надо прополоскать.

(«Африка. Эта птица из»)

— Продолжай, — прошептал он, но продолжения не последовало. Судебный пристав предлагал ей назвать свое имя, и она раз за разом повторяла, что ее зовут Энни Уилкс, но больше ничего не говорила; ее жилистая твердая зловещая фигура торчала у кафедры, называла свое имя и больше ничего.

Все еще пытаясь вообразить, по какой причине бывшая медсестра, впоследствии захватившая в плен любимого писателя, оказалась в суде в Денвере, Пол погрузился в сон.

12

Он лежал в больничной палате. Громадное облегчение охватило его — настолько громадное, что ему захотелось кричать. Пока он спал, что-то произошло, пришли какие-то люди, а возможно, у Энни переменились планы или настроение. Он уснул в доме женщины-чудовища, а проснулся в больнице.

Но зачем же они поместили его в такую огромную палату? Она же как самолетный ангар! И в ней много-много рядов одинаковых коек, на которых лежат люди, и у всех одинаковые трубки для внутривенного питания подсоединены к одинаковым бутылочкам. Он сел на койке и увидел, что все эти люди тоже одинаковы: все они — это *он.* Затем он услышал отдаленный бой часов и понял, что звук этот долетел до него сквозь пелену сна. Ему снится сон. На место облегчения пришла печаль.

В дальнем конце гигантской палаты открылась дверь и вошла Энни Уилкс, правда, теперь она надела длинное платье с фартуком, а на голове у нее был чепец; она была одета как Мизери Честейн в романе «Любовь Мизери». Одну руку она согнула в локте, и на ней висела плетеная корзинка, прикрытая полотенцем. Он увидел, что она откинула полотенце, достала из корзинки щепотку чего-то и бросила ее в лицо первого спящего Пола Шелдона. Песок. Оказывается, это Энни Уилкс, которая подражает Мизери Честейн, которая подражает Песочному человеку*. Песочная *женщина.*

Тут же он увидел, что, как только песок коснулся головы первого Пола Шелдона, его лицо сделалось мертвым и белым, и тогда нахлынувший ужас вырвал его из сна и он попал в комнату, где у его постели стояла Энни Уилкс. В руке она держала книжку «Сын Мизери» в бумажной обложке. Судя по закладке, Энни прочитала примерно три четверти.

— Вы стонали, — сказала она.

— Мне приснился плохой сон.

— Что же вам снилось?

В ответ он произнес первое пришедшее в голову слово, которое не отразило бы истины:

— Африка.

---

* Согласно германским поверьям, Песочный человек приходит к детям по вечерам и сыплет им в глаза песок, отчего они засыпают. Этот образ переосмыслен в сказке Э.Т.А. Гофмана «Песочный человек».

13

Она вошла к нему на следующее утро, не слишком рано, и лицо ее было пепельного цвета. Он дремал, но тут же проснулся и приподнялся на локтях:

— Мисс Уилкс? Энни? С вами все в по...

— Нет.

Господи, да у нее инфаркт, подумал он и на мгновение встревожился, но тревога тут же уступила место ликованию. *И пусть! Лучше обширный! Пусть ее сердце разорвется ко всем чертям!* Он будет более чем счастлив, когда поползет к телефону, и наплевать, что ему будет дьявольски больно. Если понадобится, он поползет к телефону хоть по битому стеклу.

У нее *действительно* был сердечный приступ... но какой-то неправильный.

Она подошла к нему, даже, скорее, подкатилась, переступая, как моряк, который только что сошел с корабля после долгого плавания.

— Что... — Он попытался отпрянуть от нее, но не было места. Только изголовье кровати, а за ним стена.

— Нет!

Она дошла до кровати, натолкнулась на нее, пошатнулась, и Полу показалось, что она вот-вот рухнет на него. Но она просто стояла и смотрела на него сверху вниз. Лицо ее было белее бумаги, на шее выступили сухожилия, а в центре лба пульсировала маленькая жилка. Руки ее то сжимались в твердые, как будто каменные, кулаки, то разжимались.

— Ты... ты... ты *грязный подлюга!*

— Что... Я не... — Но внезапно он понял. Из него как будто исчезли все внутренние органы. Он вспомнил, где была закладка накануне вечером. Три четверти книги. Теперь она ее дочитала. И ей известно все, что можно было узнать. Она узнала, что не Мизери была бесплодна, а *Йен.* Да она же сидела в своей все-еще-не-увиденной-им гостиной, раскрыв рот и вытаращив глаза, и читала о том, как Мизери узнала правду, приняла решение и украдкой улизнула к Джеффри! Наверное, в ее глазах стояли слезы, когда она читала о том, какое отнюдь не целомудренное дельце провернули Мизери и Джеффри за спиной человека, которого они оба любили, и как сделали этому человеку драгоценный подарок — ребенка, которого тот будет считать своим! И уж конечно, сердце Энни отчаянно заколотилось, когда Мизери объявила Йену, что она беременна, и Йен стиснул ее в объятиях, повторяя: «Дорогая моя, дорогая!» Ей полагалось бы зарыдать от горя, когда Мизери умерла во время родов (ребенка, вероятно, Йен и Джеффри будут воспитывать вместе), но вместо этого она обезумела от ярости.

— *Она не может быть мертвой!* — завопила Энни Уилкс. Ее кулаки сжимались и разжимались все энергичнее. — *Мизери Честейн НЕ МОЖЕТ БЫТЬ МЕРТВОЙ!*

— Энни... Пожалуйста, Энни...

На столике возле кровати стоял стеклянный кувшин. Энни схватила его и замахнулась. Холодная вода выплеснулась ему в лицо. Кубик льда упал на подушку у левого уха и скользнул вниз, к плечу. В воображении

(«таком ярком!»)

он видел, как кувшин опускается на его лицо, как раскалывается череп, ледяная вода заливает мозг и он умирает, а руки покрываются гусиной кожей.

Она хотела этого — никаких сомнений.

В самое последнее мгновение она отвернулась от него и швырнула кувшин в сторону двери, и он раскололся, как недавно раскололась супница.

Потом она снова посмотрела на него и тыльной стороной ладони откинула волосы с лица.

— Подлюга! — выдохнула она. — Ты мерзавец и грязный подлюга! Как ты *мог!*

Он торопливо заговорил, глядя ей в глаза и сознавая, что его жизнь, вполне возможно, зависит от того, что он сейчас скажет:

— Энни, в 1871 году женщины *часто* умирали при родах. Мизери отдала жизнь ради мужа, лучшего друга и ребенка. *Душа* Мизери навсегда останется...

— Мне не нужна ее *душа!* — закричала она. Ее скрюченные пальцы готовы были, как когти, вцепиться в него и вырвать ему глаза. — Мне нужна *она!* Ты *убил* ее! Ты — ее *убийца!*

Она опять сжала кулаки и с силой опустила их на подушку, как раз возле его головы. Он подпрыгнул на кровати как кукла, и ноги немедленно отозвались болью.

— *Я не убивал ее!* — отчаянно крикнул он.

Она замерла; на него смотрело пустое черное лицо — уже знакомая черная *расселина.*

— Ну *конечно,* нет, — со злым сарказмом отозвалась она. — А если не вы, Пол Шелдон, то кто же это сделал?

— Никто, — ответил он уже спокойнее. — Просто она умерла.

По крайней мере это было правдой. Если бы Мизери Честейн была настоящей женщиной, полиция вполне могла бы предложить ему «оказать содействие в расследовании», как обычно говорят те, кто не привык называть вещи своими именами. Прежде всего у него был мотив — он ненавидел ее. Уже в третьей книге он ее возненавидел. Однажды он написал небольшую книжку, неофициально напечатал ее маленьким тиражом и к первому апреля разослал дюжине своих близких знакомых. Книжка называлась «Увлечение Мизери». В ней рассказывалось о том, как весело Мизери провела выходные в загородном доме, трахаясь с Ворчуном, ирландским сеттером Йена.

Он мог бы убить ее... но не убивал. Ее конец вопреки его отвращению к ней в какой-то мере стал неожиданностью для него самого. До самого конца надоевших ему похождений Мизери он оставался верен себе в искусстве подражания — конечно, бледного подражания — жизни. Мизери умерла совершенно неожиданно. Факт оставался фактом, и счастливый смех автора в конце ничего не менял.

— Вы лжете, — прошептала Энни. — Я думала, вы *добрый*, но вы *не* добрый. Вы — старая глупая скотина и грязный подлюга.

— Ее не стало, вот и все. Так бывает. В жизни случается, что человек...

Она опрокинула столик. Единственный неглубокий ящик вылетел. Наручные часы Пола и монеты, которые были в день аварии у него в карманах, раскатились по полу. А он даже и не знал, что они все время лежали здесь. Ему удалось отодвинуться от нее.

— Вы, наверное, думаете, что я *вчера* родилась, — сказала она. — Я работала и видела десятки — нет, *сотни* умирающих людей. Иногда человек мучается, иногда умирает во сне; просто был человек — и его не стало, совершенно верно, как вы и говорите.

Но о литературном герое НЕЛЬЗЯ сказать, что его просто не стало! Бог забирает нас, когда, по Его разумению, приходит время, а писатель — это Бог для героев романа, он сотворил их точно так же, как Бог сотворил всех нас, Бога мы не заставляем ничего объяснять, правильно, но про Мизери я тебе, грязный подлюга, одно скажу, я тебе скажу, что ее Бог валяется тут с переломанными ногами, и этот Бог сейчас в МОЕМ доме, он ест МОЮ еду... и...

Энни отключилась. Она выпрямилась, опустив руки по швам, и уставилась на пришпиленную к стене старую фотографию Триумфальной арки. Она просто стояла, а Пол Шелдон лежал и смотрел на нее. На подушке возле ушей остались две круглые вмятины. Он услышал, как по осколкам кувшина стекает на пол вода, и ему вдруг пришло в голову, что он мог бы совершить убийство. И раньше случалось, что он задавался этим вопросом, естественно, в чисто теоретическом плане, но сейчас вопрос перестал быть праздным, и у Пола имелся на него ответ. Не швырни она этот кувшин на пол, он сам бы разбил его и попытался сейчас, пока она стоит неподвижно как пень у его кровати, перерезать ей горло острым осколком.

Он глянул вниз, но возле кровати валялось только то, что упало с перевернутого стола: ручка, несколько монет, расческа и часы. Бумажника не было. И, что важнее, тут не было солдатского перочинного ножа.

Она успела чуть-чуть прийти в себя; по крайней мере ее ярость утихла. Она печально посмотрела на него:

— Думаю, сейчас мне лучше уехать. Некоторое время мне не стоит находиться рядом с вами. Я думаю, это было бы... неразумно.

— Уехать? Куда?

— Не важно. Есть одно место. Если я останусь тут, то могу совершить неразумный поступок. Мне надо подумать. До свидания, Пол.

Она направилась к двери.

— А вы вернетесь и дадите мне лекарство? — тревожно спросил он.

Но она уже взялась за дверную ручку и молча захлопнула за собой дверь. Впервые он услышал, как ключ поворачивается в замке.

Потом он услышал ее удаляющиеся шаги. Он вздрогнул, когда она что-то выкрикнула — он не разобрал слов, потом что-то упало и разбилось. Хлопнула дверь. Двигатель машины издал несколько хлопков и заработал нормально. Громко заскрипел снег под шинами. Звук мотора постепенно удалялся, становясь похожим на тихий храп, потом на жужжание пчелы и наконец пропал.

Он остался один.

Один и заперт в этой комнате в доме Энни Уилкс. Заперт в кровати. Отсюда до Денвера... ну, скажем, как от бостонского зоопарка до Африки.

Через какое-то время часы в гостиной пробили полдень и начался отлив.

14

Пятьдесят один час.

Он знал, сколько времени прошло, благодаря ручке, которая в день аварии оказалась у него в кармане. Он сумел дотянуться до пола и поднять эту ручку. Каждый раз, когда били часы, он делал отметку на руке — четыре вертикальные палочки, пятая перечеркивает их по диагонали. Когда она вернулась, у него на руке было десять таких картинок и еще одна палочка. Сначала палочки получались довольно аккуратные, потом начали становиться все менее ровными — по мере того как его руки дрожали все сильнее и сильнее. Скорее всего он не пропустил ни одного часа. Он дремал, но по-настоящему ни разу не заснул. Часы каждый час будили его своим боем.

Через некоторое время он почувствовал голод и жажду — даже на фоне боли. Началось нечто вроде скачек на ипподроме. В начале забега явным лидером была Царица Боль, а Забывший Покушать отстал мили на полторы. О Мечте о Воде зрители могли бы вовсе позабыть. Затем, приблизительно к утру следующего за отъездом Энни дня, Забывший Покушать приблизился к Царице Боли вплотную, и они шли ноздря в ноздрю.

Всю ночь Пол то начинал дремать, то просыпался в холодном поту, уверенный, что умирает. В какой-то момент он стал *надеяться,* что умирает. Все, что угодно, лишь бы прочь отсюда. Он никогда не предполагал, что боль может быть такой сильной. А столбы все росли. Он видел облепивших их моллюсков, видел мертвых насекомых, оставшихся на изломах дерева. Насекомым повезло. Им уже не больно.

Около трех часов он сорвался и стал кричать, хотя в этом не было смысла.

В полдень второго дня — Двадцать Четыре Часа — он догадался, что, помимо боли в ногах и пояснице, существует кое-что еще, не менее скверное. Бессилие. Эту лошадку можно было бы назвать Месть Слабакам. Теперь таблетки требовались ему уже не по одной причине.

Он подумал о том, чтобы слезть с кровати, но его остановила мысль о возможном падении и удесятеренной боли. Слишком хорошо он мог представить,

(«Так ярко!»)

как он будет себя при этом чувствовать. Может быть, он все равно попытался бы, но она заперла дверь. Так что он сможет сделать? Подползти к двери со скоростью улитки и улечься у порога?

В отчаянии он отшвырнул одеяло, надеясь вопреки всякой вероятности, что ноги его не в таком плохом состоянии, как можно было судить по неясным очертаниям под одеялом. В самом деле, они были не в *таком* плохом состоянии; гораздо хуже. В ужасе он смотрел на то, что оставалось у него ниже колен. В мозгу всплыл возглас героя Рональда Рейгана из фильма «Королевская прогулка»: *«Где же остальное?»*

Все остальное здесь, и, возможно, все остальное еще можно восстановить; перспектива выздоровления стала в его представлении еще более отдаленной, и все-таки он предполагал, что технически это возможно... Но, вероятно, он уже никогда не сможет ходить, во всяком случае, не сможет до тех пор, пока его ноги не будут заново переломаны, скорее всего в нескольких местах. Потом в них придется вставить стальные стержни и безжалостно подвергнуть их еще пятидесяти безумно болезненным процедурам.

Она наложила на переломы шины, и, разумеется, он об этом знал, чувствовал жесткие тесные обручи, но до сих пор не знал, при помощи каких материалов она выполнила эту операцию. Обе ноги ниже колен были сжаты тонкими стальными прутьями, похожими на распиленные алюминиевые костыли. Эти прутья были тщательно привязаны. Должно быть, примерно так выглядели ноги древнеегипетского сановника и архитектора Имхотепа в тот день, когда археологи нашли его гробницу. Ноги казались причудливо выкрученными в местах переломов. Левое колено — пульсирующий сгусток боли, — казалось, не существовало вовсе. Бедро, затем — отвратительное вздутие, напоминающее соляной купол. Бедра Пола раздулись и как будто слегка вывернулись наружу. На бедрах, в паху, даже на пенисе все еще были видны многочисленные шрамы.

Раньше он думал, что его кости раздроблены. Как выяснилось, он ошибался. Кости были *искрошены.*

Со стоном, со слезами на глазах он натянул на себя одеяло. Нет, выползать из постели нельзя. Лучше просто лежать, лучше умереть здесь, лучше смириться с этой болью, она тоже ужасна, лучше лежать и ждать того мгновения, когда никакая боль уже не будет беспокоить.

Около четырех часов второго дня дала о себе знать Мечта о Воде. Он давно чувствовал сухость во рту и в горле, но теперь жажда заметно усилилась. Язык распух. Стало больно глотать. Он вспомнил о кувшине с водой, который Энни швырнула на пол.

Он задремал, очнулся, задремал опять.

День окончился. Наступила ночь.

Возникла необходимость помочиться. Он обернул пенис простыней, надеясь, что из нее получится более или менее эффективный фильтр, и помочился сквозь слой ткани в подставленные дрожащие ладони. Затем выпил то, что сумел донести до рта, стараясь думать об этой жидкости как о воде, прошедшей очистку, после чего облизал влажные пальцы. Вот еще один факт, о котором он никогда никому не расскажет, даже если доживет до того дня, когда ему представится шанс с кем-нибудь заговорить.

Теперь он думал, что она мертва. У нее очень неустойчивая психика, а подобные люди часто кончают самоубийством. Он видел,

(«Так ярко!»)

как она лезет под сиденье «старушки Бесси», достает оттуда револьвер, вкладывает дуло себе в рот и спускает курок. *«Если Мизери умерла, я не хочу жить. Прощай, жестокий мир!» И с этими словами заплаканная Энни выстрелила в себя.*

Он хихикнул, застонал, закричал. Ветер завыл за окном — и никакого иного ответа.

А может, авария? Могло такое быть? О, вполне, вполне могло! Он теперь видел ее за рулем, видел мрачное лицо, она жмет на газ, затем

(«Ни у кого из МОИХ родственников не было такого воображения».)

отключается и съезжает с дороги. Вниз, вниз, вниз. Удар — и взрыв, огненный шар. Она и не осознала, что умерла.

Если она умерла, то и он умрет здесь, как крыса в ловушке.

Он все еще думал, что вот-вот потеряет сознание, и тогда ему станет легче, но беспамятство не приходило. Вместо него пришел Тридцатый Час, и Сороковой пришел. Царица Боль и Мечта о Воде слились в одну лошадь (Забывший Покушать уже давно остался далеко позади), и он теперь чувствовал себя как насекомое на гладком стекле микроскопа или как червяк на крючке — бессмысленно корчился и ждал лишь смерти.

15

Когда она вошла, он решил, что видит сон, но вскоре реальность — или просто жестокая жизнь — вступила в свои права, и он принялся стонать, просить и умолять, но слова не выговаривались, он проваливался в глубокую пропасть небытия. Лишь одно он видел ясно: на ней темно-синее платье и нелепая шляпа; именно в такого рода наряде она приносила присягу перед судом в Денвере в его воображении.

На ее щеках играл здоровый румянец, и глаза жизнерадостно светились. Энни Уилкс была настолько хороша собой, насколько вообще может быть хороша собой Энни Уилкс. В мозгу Пола Шелдона пронеслась последняя отчетливая и здравая мысль: *Она похожа на вдову, которая только что потрахалась после десяти лет полного воздержания.*

В руке она держала стакан воды — большой стакан воды.

— Попейте, — произнесла она и приподняла его голову так, чтобы он мог отхлебнуть и не поперхнуться; рука ее еще не успела согреться после мороза. Он торопливо сделал три больших глотка, острая сухая боль обожгла язык, вода потекла по подбородку на рубашку, и тогда она убрала стакан.

Он трясущимися руками потянулся к стакану.

— Нет, — сказала она. — Нет, Пол. Сначала понемногу, не то вас вырвет.

Чуть погодя она снова поднесла стакан к его губам и позволила сделать еще два глотка.

— Хорошо, — пробормотал он и слизнул каплю с губ. Ему смутно вспомнился солоноватый вкус горячей мочи. — Капсулы... больно... пожалуйста, Энни, пожалуйста, помогите ради Бога — *мне так больно...*

— Я все знаю, но сначала вы должны меня выслушать, — возразила она и взглянула на него сурово, но в то же время по-матерински нежно. — Мне нужно было уехать отсюда и подумать. Я думала долго и, надеюсь, придумала то, что надо. Я не была вполне уверена; у меня иногда путается в голове. Я это знаю. И с этим мирюсь. Именно поэтому я и не могла вспомнить, где была, когда меня об этом много раз спрашивали. Так вот, я помолилась. Вы знаете, Пол, Бог *есть* и Он слышит наши молитвы. Всегда слышит. И я помолилась Ему. Я сказала: «Милосердный Боже, когда я вернусь домой, Пол Шелдон, возможно, будет уже мертв». Но Бог ответил: «Он не умрет. Я сохранил его, и ты сможешь наставить его на путь, по которому ему следует пойти».

Вместо «наставить» она сказала что-то вроде «настоять», но Пол все равно почти не слышал ее; его взгляд был прикован к стакану с водой. Она дала ему еще три глотка. Он шумно глотнул, как жеребец на водопое, рыгнул и вскрикнул, когда по телу прошла судорога.

Она же тем временем продолжала добродушно смотреть на него.

— Я дам вам лекарство, и боль пройдет, но сначала вам нужно кое-что сделать, — сказала она. — Сейчас я приду.

Энни встала и направилась к двери.

— *Нет!* — закричал он.

Она не отреагировала. Он остался лежать в коконе боли, стараясь не стонать и не в силах сдержать стон.

16

В первое мгновение он подумал, что у него начался бред. То, что он увидел, было слишком дико, чтобы происходить на самом деле. Энни вернулась, неся в руках маленькую жаровню для барбекю.

— Энни, мне очень больно. — Слезы катились у него по щекам.

— Я знаю, милый. — Она поцеловала его в щеку — легко, как будто коснувшись пером. — Уже скоро.

Она вышла, а он лежал и тупо смотрел на жаровню для барбекю; такими обычно пользуются во дворе, а эта почему-то стоит в комнате и вызывает в памяти образы безжалостных идолов, требующих жертвоприношений.

Разумеется, Энни и задумала совершить жертвоприношение — потому что, когда она вошла в комнату, в одной руке у нее была рукопись «Быстрых автомобилей», единственный в мире вещественный результат его двухлетних трудов. В другой руке она держала коробок спичек.

17

Нет, — сказал он и вздрогнул. Его как кислотой обожгло при мысли, что меньше чем за сотню баксов он мог бы изготовить в Боулдере ксерокопию рукописи. Разные люди — Брайс, обе бывшие жены, черт возьми, даже мама — постоянно твердили, что только идиот способен не сделать на всякий случай лишнюю копию. В «Боулдерадо» или в его нью-йоркском доме может случиться пожар; может налететь смерч, может произойти наводнение или еще какое-нибудь стихийное бедствие. Но он всегда отказывался по совершенно нелепой причине: будто бы изготовление лишних копий может принести несчастье.

И вот несчастье произошло. Даже стихийное бедствие. Ураган «Энни»*. Простодушной женщине даже в голову не пришло, что где-то может существовать копия «Быстрых автомобилей», и если бы он *послушался,* если бы не пожалел поганую сотню долларов...

— Да, — возразила она и протянула ему спички. Роман, отпечатанный на белой бумаге «Хаммермилл Бонд», лежал у нее на коленях. Лицо ее оставалось безмятежным.

— Нет, — сказал он, отворачиваясь; щеки его пылали.

— Да. Это мерзость. Она вас до добра не доведет.

— Да пропади оно пропадом, ваше добро! — заорал он; ему было уже все равно.

Она тихо рассмеялась. Ее темперамент явно решил отдохнуть. Но Пол достаточно хорошо знал Энни Уилкс и понимал, что темперамент может вернуться в любую минуту и крикнуть с порога: *Я не могу оставаться в стороне! Как вы тут без меня?*

— Прежде всего, — заговорила Энни, — добро не пропадет пропадом. *Зло* — да, но не добро. И второе: я *знаю,* что

---

* В США разрушительные ураганы принято называть женскими именами.

такое добро. *Вы* добрый, Пол. Вам только бывает нужна помощь. А теперь возьмите спички.

Он упрямо помотал головой:

— Нет.

— Да.

— Нет!

— Да.

— *Нет, черт побериии!*

— Ругайтесь сколько хотите. Мне уже приходилось слышать брань.

— Я этого не сделаю. — Он закрыл глаза.

Когда он открыл их, то увидел в ее руке картонный квадратик, на котором ярко-синими буквами было написано слово НОВРИЛ. Дальше шли слова, напечатанные красными буквами: ОБРАЗЕЦ. НЕ ПРИМЕНЯТЬ БЕЗ ПРЕДПИСАНИЯ ВРАЧА. Ниже располагались четыре капсулы, запечатанные пластиковой пленкой. Он попытался схватить их. Энни отвела руку подальше.

— Когда сожжете, — сказала она. — Как только сожжете, я дам вам их — пожалуй, все четыре, — и боль отступит. Вы опять почувствуете себя хорошо и сможете взять себя в руки, я поменяю вам постельное белье — вижу, что вы его намочили, и вам, должно быть, неудобно, — и кроме того, я поменяю *вас*. К тому времени вы проголодаетесь, и я покормлю вас супом. И тостик поджарю без масла. Но я ничего не могу для вас сделать, пока вы не сожгли ее. Мне очень жаль, Пол.

Его язык уже был готов сказать: *Да! Да, согласен!* — поэтому его пришлось прикусить. Пол отодвинулся от нее — от соблазнительных, манящих, до безумия желанных белых капсул в прозрачной упаковке, наклеенной на картонный квадрат.

— Вы дьяволица, — сказал он.

— Ну да! *Да!* Так думает любой ребенок, когда мама входит на кухню и видит, что он играет флаконом с раствором для мытья раковины. Он, конечно, не говорит так, потому что у него нет вашего образования. Он просто говорит: «Мама, ты плохая!»

Она откинула у него со лба прядь волос. Ее пальцы погладили его по щеке, по шее и на мгновение сочувственно сжали его плечо.

— Маме неприятно, когда сын говорит, что она плохая, или кричит, когда у него что-то отнимают, вот как вы сейчас. Но она-то знает, что поступает правильно и исполняет свой долг. И я исполняю свой долг.

Она постучала по рукописи костяшками пальцев. Сто девяносто тысяч слов, пять живых людей, о которых здоровый, не умирающий от боли Пол Шелдон так заботился, сто девяносто тысяч слов и пять человек, которые с каждым мгновением казались ему все менее важными для него.

Лекарство. Лекарство. Ему необходимо принять это треклятое лекарство. Его герои — это тени, лекарство реально.

— Пол?

— *Нет!* — хныкнул он.

Легкий шорох капсул под прозрачной оболочкой — тишина — шорох спичек в коробке.

— Пол?

— *Нет!*

— Я жду, Пол.

Какого хрена ты разыгрываешь из себя героя, ради кого, черт тебя подери, стараешься? Что это, кино или телешоу? Зрителей, которые восхитились бы твоим мужеством, нет. Можешь исполнить ее желание, можешь сопротивляться. Будешь сопротивляться — умрешь, а она все равно сожжет рукопись. И что? Лежать и страдать ради книги, у которой тираж будет вполовину меньше, чем у наименее популярного из романов о Мизери; ради книги, которую Питер Прескотт непременно обгадит — элегантно, это он умеет — в нашем литературном оракуле под названием «Ньюсуик»? Опомнись, парень! Даже Галилей отрекся, когда увидел, что враг настроен серьезно.

— Пол! Я жду. И могу ждать весь день. Правда, я подозреваю, что к концу дня вы впадете в глубокую кому; по-моему, вы уже сейчас в предкоматозном состоянии, а у меня много...

У нее такой монотонный, невыразительный голос...

Да! Давай сюда спички! Давай бикфордов шнур! Давай бомбу и напалм! Я согласен уничтожить ее, мадам, если только вы этого хотите!

Голос соглашателя, задача которого — выжить. Но другая часть его сознания, слабеющая, в предкоматозном состоянии, продолжала твердить: *Сто девяносто тысяч слов! Пять персонажей! Два года труда! И самая главная мысль: Истина! Там то, что ты* ПО-НАСТОЯЩЕМУ *знаешь о жизни!*

Она встала, и пружины кровати застонали.

— Хорошо. Должна вам сказать, вы — очень упрямый ребенок, а я не могу сидеть возле вас всю ночь, даже если бы мне этого и хотелось. В конце концов я ехала сюда целый час и отчаянно торопилась. Попозже я загляну к вам — на случай, если вы пере...

— Так сожгите ее *сами!* — завопил он.

Она обернулась и посмотрела на него.

— Нет, — сказала она, — я не могу сама, хотя и хотела бы сделать это и облегчить ваши страдания.

— Почему?

— Потому, — уверенно ответила она, — что вы должны сделать это по доброй воле.

Тогда он захохотал, а ее лицо помрачнело в первый раз после возвращения, и она вышла из комнаты с рукописью под мышкой.

18

Она вернулась через час, и он взял спички.

Она положила титульный лист на жаровню. Он попытался зажечь спичку и не сумел, потому что не мог попасть головкой спички по зажигающей поверхности и потому что спичка выпадала из рук.

Тогда Энни взяла коробок, зажгла спичку и вложила ее в его пальцы, он поднес язычок пламени к уголку листа, бросил спичку в ведро и принялся завороженно наблюдать, как пламя пробует бумагу на вкус и начинает жадно ее пожирать.

— Мы же никогда не закончим, — сказал он. — Я не могу...

— Нет, мы все сделаем быстро, — возразила она. — Пол, вам надо только сжечь несколько страниц — это будет зна́ком, что вы все понимаете.

Она положила на жаровню первую страницу «Быстрых автомобилей». Он вспомнил, как писал эту страницу месяца двадцать четыре назад у себя в Нью-Йорке. *«У меня тачки нет, да, — говорил Тони Бонасаро, поднимаясь по лестнице, обращаясь к девушке, стоявшей наверху, — и я плохо учусь, но езжу быстро».*

Ему вспомнился тот день — как в радиопрограмме «Золотые деньки». Он вспоминал, как бродил по комнатам, когда книга переполняла его, рвалась наружу, и он испытывал родовые схватки. Вспомнил, как нашел в тот день под кроватью лифчик Джоан, который та потеряла три месяца назад, — сразу ясно, как работает женщина, которую наняли для уборки; вспомнил, как прислушивался к гулу автомобилей и как издалека доносился монотонный звон колокола, призывающий верующих к церковной службе.

Вспомнил, как сел за рабочий стол.

Как всегда — благословенное легкое чувство начала, чувство падения в залитую ярким светом пропасть.

Как всегда — мрачная уверенность, что не удастся написать так, как желал.

Как всегда — боязнь не суметь закончить, страх врезаться в стену.

Как всегда — удивительное нервное возбуждение: *путешествие начинается.*

Он посмотрел на Энни Уилкс и отчетливо, хотя и негромко, сказал:

— Энни, прошу вас, не заставляйте меня это делать.

Она все так же протягивала ему коробок спичек:

— У вас есть выбор.

И он сжег книгу.

19

Она заставила его сжечь первую страницу, последнюю и еще восемнадцать страниц — по две соседних из девяти разных мест, ибо девять, по ее словам, — это число силы, а удвоенная девятка приносит удачу. Он заметил, что она вымарала фломастером все ругательства, по крайней мере на тех страницах, которые успела прочитать.

— Хорошо, — сказала она, когда догорела девятая пара листов. — Вы хорошо себя вели, мужественно, я знаю, что вам было больно, почти так же, как от переломов в ногах, и я не буду больше тянуть.

Она убрала жаровню и положила оставшиеся страницы рукописи в ведро, поверх скорчившихся черных остатков сожженных им страниц. В комнате пахло жженой бумагой. *Запах как в сортире дьявола,* подумал он. Если бы внутри ссохшейся оболочки, которая некогда была его желудком, что-нибудь оставалось, он бы выблевал все это наружу.

Она зажгла еще одну спичку и вложила в его руку. Каким-то образом ему удалось склониться с кровати и бросить спичку в жаровню. Уже ничто не имело значения. Ничто.

Она слегка толкнула его локтем.

Он открыл измученные глаза.

— Все кончено.

Затем она опять чиркнула спичкой и вложила спичку в его руку.

И он опять сумел склониться к жаровне, пробудив жившие в ногах ржавые бензопилы, а потом прикоснулся пламенем спички к углу толстой рукописи. На этот раз пламя вспыхнуло и охватило всю пачку.

Он откинулся на подушку и прикрыл глаза; он слышал треск горящей бумаги и ощущал волны палящего жара.

— Славно! — взволнованно крикнула она.

Он открыл глаза и увидел, что в струях горячего воздуха над жаровней кружатся клочки сгоревшей бумаги.

Энни выбежала из комнаты. Он услышал, как вода льется из крана в ведро. Равнодушно проследил за черным обрывком бумаги, пролетевшим через всю комнату и приземлившимся на тюлевой занавеске. Что-то вспыхнуло — он успел подумать, что в комнате, возможно, вспыхнет пожар, — но огонь тут же погас, и на занавеске осталась лишь небольшая дырка с черными краями, как будто ткань прожгли сигаретой. Пепел оседал на кровати. И на его руках. Ему не было до этого дела.

Вернулась Энни с ведром воды; она как будто старалась одним взглядом уловить все, уследить за траекторией полета каждого обрывка обгоревшей бумаги. Языки пламени в жаровне вспыхивали и гасли.

— Славно! — снова воскликнула она, по-видимому, решая, куда плеснуть водой и нужно ли вообще это делать. Губы ее дрожали. Пол заметил, как она высунула язык и облизнулась. — Славно! Славно! — повторила она. Кажется, других слов у нее не осталось.

Даже несмотря на чудовищную боль, Пол на миг почувствовал что-то вроде настоящей радости — оттого что Энни Уилкс выглядела как будто испуганной. В таком состоянии ему было не так уж неприятно ее видеть.

Еще одна страница взмыла вверх; по ней еще бежали огоньки. Тогда Энни решилась. В очередной раз воскликнув: «Славно!» — она опрокинула ведро с водой на жаровню. Пепел отчаянно зашипел, и комната наполнилась паром и вонью. Воздух сделался влажным и каким-то жирным.

Когда она вышла, он в последний раз сумел приподняться на локте и заглянуть в нижнюю часть жаровни. Увидел он нечто похожее на обуглившийся пень, плавающий в грязном пруду.

Скоро Энни Уилкс возвратилась в комнату.

Невероятно, но она что-то напевала.

Она помогла ему сесть и положила капсулы ему в рот.

Он проглотил их и откинулся на спину, подумав: *Я ее убью.*

20

Ешьте, — послышался ее голос откуда-то издалека. Он открыл глаза и увидел, что она сидит около него. Впервые его лицо оказалось на одном уровне с ее лицом, и он мог заглянуть ей в глаза. Он сам удивился, когда начал смутно сознавать, что в первый раз за долгие миллионы лет он сидит... по-настоящему сидит.

Что за черт? — подумал он, и глаза его снова закрылись. Наступил прилив. Столбы скрылись под водой. Наконец настал прилив, а следующий отлив может продолжаться вечно, пока есть возможность, он будет качаться на волнах, о том же, как сел, он сможет подумать и потом...

— *Ешьте!* — повторила она, и тут возвратилась боль. Она жужжала теперь в левой половине головы; он застонал и попытался отодвинуться.

— Ешьте, Пол! Вам уже не так больно, и вы можете поесть, иначе...

Зззззззз! Висок! Ее голос сдавил его голову клещами.

— Хорошо, — пробормотал он. — *Хорошо!* Не кричите только, ради Христа.

Он заставил себя открыть глаза. Каждое веко как будто придавила цементная плита. И тут же ложка оказалась у него во рту, и в горло полился горячий суп. Он глотнул, чтобы не захлебнуться.

Внезапно из ниоткуда — *самое удивительное воскрешение, какое ваш комментатор, дамы и господа, когда-либо наблюдал!* — на дорожку стадиона ворвался Забывший Покушать. Первая ложка супа словно пробудила кишечник Пола после гипнотического транса. Он хлебал и глотал суп так быстро, как только мог, как будто не насыщаясь, а становясь все голоднее.

Он весьма смутно помнил, как она выкатила из комнаты зловеще дымящуюся жаровню, а потом вкатила что-то еще, что показалось его затуманенному, угасающему восприятию тележкой из магазина. Впрочем, он не был ни удивлен, ни заинтересован; в конце концов он имел дело с Энни Уилкс. Сначала жаровня, потом магазинная тележка; завтра, возможно, настанет черед счетчика с автостоянки или ядерной боеголовки. Когда живешь в комнате смеха, можно и привыкнуть к неожиданным эффектам.

Казалось, он отключился, но внезапно понял, что Энни прикатила не тележку, а сложенное инвалидное кресло. И он уже сидел в нем, его ноги беспомощно покоились на подставке; поясница как-то нехорошо распухла, и ему было не очень-то удобно.

Она посадила меня сюда, когда я вырубился, подумал он. *Она подняла меня. Мертвый груз. Сильная она, черт возьми.*

— Все! — воскликнула она. — Пол, я очень рада тому, как хорошо вы доели суп. По-моему, вы поправляетесь. Не то чтобы вы были уже «как новенький», увы, — но если у нас не будет... никаких *недоразумений...* думаю, вы скоро поправитесь. Давайте-ка я сменю ваше грязное постельное белье, а потом сменю вашу грязную натуру, а после этого, если вам не будет очень больно и вы еще будете голодны, поджарю для вас тостик.

— Спасибо, Энни, — смиренно ответил он и подумал: *Горло. Если смогу, я дам тебе возможность облизнуться и сказать «Славно!». Но только один раз, Энни.*

Только один раз.

21

Четыре часа спустя он снова лежал в кровати и думал, что сжег бы *все* свои книги за одну-единственную капсулу новрила. Когда он сидел в кресле, то чувствовал себя нормально — как-никак в крови у него было столько одурманивающей дряни, что ею можно было усыпить половину прусской армии, зато теперь в нижней части тела как будто метался рой обезумевших пчел.

Пол громко закричал; должно быть, еда помогла — после того как ему удалось выбраться из темного облака, он еще ни разу не был в состоянии закричать так громко.

Он почувствовал ее присутствие за дверью спальни задолго до того, как она вошла — одеревеневшая, выключенная, и ее пустые глаза уставились то ли на дверную ручку, то ли на собственную руку.

— Вот. — Она дала ему лекарство — на этот раз две капсулы.

Он проглотил их, держась за ее запястье, чтобы не опрокинуть стакан с водой.

— Я привезла для вас из города два подарка, — сказала она, поднимаясь.

— Правда? — прохрипел он.

Она указала на инвалидное кресло, стоявшее в углу; его колеса были заблокированы стальными стержнями.

— Второй подарок покажу завтра. А теперь, Пол, вам надо поспать.

22

Однако заснуть не удавалось. Он долго плавал в наркотическом дурмане и размышлял о сложившейся ситуации. Она как будто стала чуть проще. Ему было легче думать о книге, которую он создал и затем отправил в небытие.

Факты... отдельные факты похожи на лоскуты, их можно сшить вместе, и тогда получится одеяло.

Ближайшие соседи, которые, по словам Энни, ее не любят, живут в нескольких милях отсюда. Как же их фамилия? Бойнтоны. Нет, Ройдманы. Именно. *Ройдманы.* А до города далеко? Нет, явно не очень далеко. Дом Энни Уилкс, дом Ройдманов и город Сайдвиндер (увы, всего лишь маленький городок) находятся внутри круга диаметром от пятнадцати до сорока пяти миль...

И моя машина. Мой автомобиль «камаро» тоже внутри этого круга. Нашла ли его полиция?

По-видимому, нет. Он человек известный; самая элементарная проверка показала бы, что он выехал из Боулдера и пропал. Если бы была обнаружена пустая разбитая машина, зарегистрированная на его имя, началось бы расследование, об этом сообщили бы по телевидению...

Она никогда не смотрит новости, не слушает радио; разве что через наушники.

Ему вспомнился рассказ о Шерлоке Холмсе — про собаку, которая не лаяла. Поскольку полицейские не приходили, значит, его машину не нашли. Если бы ее нашли, полиция проверила бы всех, кто живет внутри пресловутого круга. А сколько людей живет внутри этого круга, вблизи Западного склона Скалистых гор? Ройдманы, Энни Уилкс, может, еще десять — двенадцать человек?

А раз машину не нашли до сих пор, значит, ее и *не найдут.*

Богатое воображение Пола (какого не было у его родственников со стороны *матери*) сразу заработало. Полицейский высок, холодно-красив, и у него бачки чуть длиннее, чем следовало бы. На нем темные очки, в стеклах которых допрашиваемый отражается, как в зеркале. Некоторые особенности произношения выдают в нем уроженца Среднего Запада.

На склоне холма мы обнаружили перевернутую машину, которая принадлежит знаменитому писателю Полу Шелдону. На сиденье и приборной доске пятна крови, но самого Шелдона нигде не оказалось. Наверное, он выполз наружу, может быть, даже прошел какое-то расстояние...

Он усмехнулся, вспомнив, в каком состоянии его ноги, но полицейским, конечно, неизвестно, насколько он пострадал в катастрофе. Они должны предположить, что, если в машине его нет, значит, он мог передвигаться. Похищение — мысль настолько неправдоподобная, что она просто не пришла бы им в голову, по крайней мере сразу. А возможно, они бы и никогда до этого не додумались.

Вспомните, не видели ли вы кого-либо вблизи шоссе в день бури? Высокого светловолосого мужчину сорока двух лет? Возможно, на нем были голубые джинсы, фланелевая рубашка и парка. Не исключено, что он получил травму.

Энни провожает полицейского в кухню и наливает ему кофе. Она позаботилась о том, чтобы все двери между спальней и кухней были закрыты — на случай, если Пол застонет.

Нет-нет, господин офицер, там не было ни души. Вообще-то я ехала из города и очень спешила, потому что Тони Робертс сказал, что эта буря так и не уйдет на юг.

Полицейский допивает кофе и поднимается. *Ладно. Если вы, мадам, встретите кого-нибудь похожего, немедленно дайте нам знать. Это известный человек. О нем писал «Пипл».*

Ну конечно, господин офицер!

И тот уходит.

Вполне возможно, подобная сцена *уже* имела место, а он даже не знал о ней. Может быть, коллега или коллеги придуманного им полицейского навестили Энни, пока он находился под действием лекарства. Одному Богу известно, сколько времени его сознание не работало.

Дальнейшие размышления привели его к выводу, что подобное развитие событий маловероятно. Он не Джо Блоу из Кокомо, о ком можно не беспокоиться. О нем писали журналы «Пипл» (о первом бестселлере) и «Мы» (о первом разводе). Вопрос о нем появился в одной из воскресных газетных викторин. Сами полицейские обязательно проверили бы информацию, хотя бы по телефону. Когда исчезает знаменитость — пусть даже псевдознаменитость, например, писатель, — весь мир встает на уши.

Не забывай, это всего лишь догадки.

Может, догадки, а может, логические выводы. В любом случае это лучше, чем лежать и ничего не делать.

А на шоссе было ограждение?

Он попытался вспомнить — тщетно. Он помнил только, как потянулся за сигаретой, а потом земля и небо непонятным образом поменялись местами. Затем — темнота. Однако логическое рассуждение (или обоснованная догадка, будь по-твоему, зануда) привело его к выводу, что ограждения не было. Если бы на каком-то участке дороги было повреждено ограждение, туда рано или поздно прибыла бы ремонтная бригада.

Так что же *именно* произошло?

Он не справился с управлением, машина съехала под откос и перевернулась. Крутого обрыва в том месте не было; если бы там был крутой обрыв, то стояло бы ограждение. И если бы его машина упала с крутого обрыва, Энни Уилкс едва ли обнаружила бы его, не говоря уж о том, что смогла бы вытащить на дорогу.

Так где же машина? Ясно, погребена под снегом.

Пол прикрыл рукой глаза и увидел снегоочиститель, двигающийся вверх по шоссе мимо того места, где всего два часа назад произошла авария. Машина похожа на оранжевое пятно, смазанное на фоне вечернего снегопада. Водитель обмотал лицо шарфом; на голове у него старомодная сине-белая полотняная спортивная кепка. Справа от обочины, на дне неглубокого оврага, который, несомненно, со временем станет глубже, лежит «камаро» Пола Шелдона; на заднем бампере у него — яркая наклейка с надписью: ХАРТА В ПРЕЗИДЕНТЫ. Но водитель снегоуборочной машины не видит «камаро»; наклейка в сумерках не привлекает внимания, и щетки по бокам машины ограничивают обзор. Водитель устал, он мечтает о том, как проедет в последний раз по маршруту и отправится домой, где его ждет чашка горячего чая.

Снегоуборочные щетки быстро вращаются и поднимают тучи снега, который тут же оседает у ската дороги. «Камаро» теперь занесен по самую крышу. Через некоторое время, когда уже совсем темнеет, в противоположном направлении на той же машине проезжает сменщик первого водителя, и «камаро» окончательно оказывается погребен под снегом.

Пол открыл глаза. По штукатурке потолка идут тонкие трещины, образуя узор, напоминающий три пересекающиеся буквы В. Пол очень хорошо знаком с этими буквами на потолке благодаря бесконечной веренице дней, прошедших с тех пор, как рассеялось темное облако, и все-таки он рассматривает буквы снова и перебирает в уме слова, начинающиеся на В: *ведьма, василиск, вампир.*

Да.

Так могло быть. Вполне могло.

А она подумала о том, что может произойти, когда его машину найдут?

Может быть, и подумала. Она сумасшедшая, но сумасшествие и глупость не одно и то же.

Хотя ей и в голову не пришло, что у него может быть копия рукописи «Быстрых автомобилей».

Да. И она была права. Эта сука оказалась права. У меня не было копии.

Он снова увидел, как чернеют листы бумаги, как пепел поднимается вверх, услышал треск пламени, ощутил запах уничтожения — и заскрежетал зубами, пытаясь выбросить из головы воспоминание; живое воображение — это не всегда хорошо.

Да, у меня не было копии, но девять писателей из десяти оставили бы копию — обязательно оставили бы, если бы у них были такие же высокие гонорары, как у меня, — даже не за книги о Мизери. А она об этом даже не подумала.

Она — не писатель.

Но и не дура, мы, пожалуй, оба так считаем. Она слишком гордится собой; у нее не просто большое самомнение. Ее самомнение воистину огромно. Она считала, что сжечь рукопись — это правильно, и ей действительно не пришло в голову, что ее представление о том, что правильно, может опрокинуть такая мелочь, как обыкновенный ксерокс. Так-то, мой друг.

Предыдущие его умозаключения, возможно, были не более чем карточными домиками, но суждения об Энни Уилкс казались прочными, как скала Гибралтара. Благодаря работе над романами о Мизери он узнал о неврозах и психозах больше, чем обычный неспециалист, и он знал, что, хотя у психопата периоды глубокой депрессии могут чередоваться с периодами едва ли не агрессивного веселья и возбуждения, его болезненно раздутое самомнение никогда не исчезает; такая личность всегда уверена, что находится в центре всеобщего внимания, играет главную роль в великой драме, развязки которой затаив дыхание ждут миллионы зрителей.

Такой склад натуры просто не позволяет человеку думать о предметах, ситуациях, людях, находящихся вне его власти (реальной или воображаемой; невротик в состоянии осознать разницу, для психопата реальная и воображаемая власть неразличимы).

Энни Уилкс хотела, чтобы «Быстрые автомобили» были уничтожены, следовательно, для нее существовал всего один экземпляр.

Может, я бы спас этот чертов роман, если бы сказал, что есть копии. И она бы поняла, что сожжение одной рукописи ничего не даст. Она...

Только что он дышал ровно и уже засыпал, и вдруг у него перехватило дыхание и расширились зрачки.

Да, она бы поняла, что уничтожать рукопись бесполезно. Ей пришлось бы признать, что существует нечто вне ее досягаемости. Ее самомнению был бы нанесен удар, оно возмутилось бы...

Такой вот у меня характер!

Если поставить ее перед неоспоримым фактом, что она *не может* уничтожить «грязную книгу», не захочет ли она уничтожить *создателя* «грязной книги»? Кстати, ксерокопии Пола Шелдона не существует.

Сердце его заколотилось. В соседней комнате пробили часы. Сверху послышались тяжелые шаги. Журчание в туалете. Шум спускаемой воды. Опять тяжелые шаги. Скрип пружин кровати.

Вы больше не будете выводить меня из себя, правда?

Его рассудок вдруг отчаянно рванулся, как застоявшийся жеребец, пытающийся разорвать путы. А что ты, наш доморощенный психоаналитик, скажешь насчет машины? Если ее найдут? Чем это обернется для Пола Шелдона?

— Подождите, — прошептал он в темноту. — Минутку, минутку, не вешайте трубку. Не надо спешить.

Он снова прикрыл глаза рукой, и этот магический жест снова вызвал к жизни полицейского в темных очках и с длинными бакенбардами. *На склоне холма мы обнаружили перевернутую машину,* и тра-та-та, тра-та-та, тра-та-та.

Но на *этот* раз Энни не пригласила его выпить кофе. Она не будет чувствовать себя в безопасности, пока он не отъедет от ее дома на приличное расстояние. Пусть кухня далеко от спальни, пусть все двери закрыты, пусть постоялец одурманен, все-таки полицейский может услышать стон.

Если машину обнаружат, Энни Уилкс будет знать, что ей угрожает разоблачение, ведь так?

— Да, — прошептал Пол. Из-за нарастающего ужаса он уже не обращал внимания на возобновляющуюся боль в ногах.

Ей будут грозить неприятности не потому, что она отвезла его к себе домой, особенно в том случае, если ее дом ближе к месту катастрофы, чем Сайдвиндер (а Пол полагал, что так оно и есть); за это ее скорее всего наградили бы медалью и вручили бы пожизненный членский билет Клуба любителей Мизери — к крайнему стыду Пола, такой клуб действительно существовал. Проблема в том, что она привезла его к себе, устроила на кровати в спальне для гостей и никому об этом не сообщила. Она не позвонила в местное отделение больницы: «Говорит Энни. Я живу на такой-то-маунтин-роуд, и у меня здесь лежит один парень, и выглядит он так, как будто на нем сплясал Кинг-Конг». Проблема в том, что она накачивает его наркотиком, доступа к которому у нее наверняка не должно быть, — если он хотя бы наполовину прав в своих подозрениях относительно Энни. Проблема в том, что она применяла своеобразный способ лечения: втыкала ему в локти иглы для внутривенного кормления и стискивала его ноги распиленными алюминиевыми костылями. Проблема в том, что Энни Уилкс приводили к присяге в Денвере... *и вовсе не в качестве свидетеля защиты,* подумал Пол. *Готов спорить на собственный дом.*

Итак, она наблюдает, как идеально чистая патрульная машина (идеально чистая, если не считать прилипших к колесам комьев грязного снега) удаляется вниз по шоссе... и тогда она чувствует себя в безопасности. Но не в *полной* безопасности, потому что теперь она похожа на зверя. *Разбуженного* зверя.

Легавые теперь не перестанут шнырять вокруг, потому что пропал не старина Джо Блоу из Кокомо; пропал Зевс от литературы, из чьей головы вышла рожденная им Мизери Честейн, на которую молятся владельцы книжных магазинов и которую обожают клиенты супермаркетов. Возможно, если они его не найдут, то прекратят поиски или по крайней мере поищут где-нибудь в другом месте, но не исключено, что кто-то из Ройдманов видел, как она проезжала по шоссе в тот вечер, а на заднем сиденье старушки Бесси громоздилось что-то непонятное, отдаленно напоминающее закутанного в одеяло человека. И даже если никто ничего не видел, с Ройдманов станется сочинить что-нибудь, чтобы сделать ей гадость, — они ее не любят.

Легавые могут вернуться, а ее постоялец, может быть, будет вести себя не так тихо.

Он вспомнил, как бесцельно бегал по комнате ее взгляд, когда в любое мгновение мог начаться пожар. Он видел, как она облизывает губы. Он видел, как она расхаживает взад-вперед, сжимая и разжимая кулаки и то и дело заглядывая в комнату, в которой лежит он, окутанный темной дымкой. И то и дело выкрикивает «Славно!» в пустые комнаты дома.

Она похитила редкую птицу с удивительными перьями — редкую африканскую птицу.

А как они поступят, если узнают?

Конечно, опять приведут к присяге. Вновь приведут к присяге в Денвере. И на сей раз она, возможно, не выйдет оттуда без конвоя.

Он убрал руку от глаз и посмотрел на пьяно покачивающиеся переплетенные буквы В на потолке. Чтобы увидеть все остальное, ему уже не понадобилось прикрывать глаза рукой. Она будет цепляться за него еще день или неделю. Может быть, понадобится новый визит или телефонный звонок, чтобы она решилась избавиться от своей rara avis*. Но в конце концов она это сделает. Дикая собака, если ее преследуют достаточно упорно, зарывает свою добычу в землю.

Она даст ему пять капсул вместо двух, или придушит подушкой, или просто пристрелит. Наверняка в доме есть

---

* Rara avis — буквально: редкая птица *(лат.)*. Употребляется в значении: уникум, редкостный экземпляр, нечто необычное.

ружье — оно есть почти в каждом удаленном от города доме. И — проблемы нет.

Нет, не из ружья.

Хлопотно.

Могут остаться улики.

Пока ничего не произошло, так как машину не нашли. Возможно, его сейчас ищут в Нью-Йорке или Лос-Анджелесе, но никто не станет искать его в Сайдвиндере, штат Колорадо.

А весной...

Три В заплясали на потолке. *Весна. Видно. Вдруг.*

Боль в ногах усилилась. Когда часы пробьют в следующий раз, она придет, но Пол почти боялся ее появления; он боялся, что она прочтет его мысли на лице, как вступление к повести, слишком страшной, чтобы ее написать. Его взгляд скользнул влево. Там на стене висел календарь. Фотография: мальчик съезжает на санках с горки. Календарь был раскрыт на февральской странице, но, если Пол не ошибся в подсчетах, то сейчас было начало марта. Просто Энни Уилкс забыла перевернуть страницу.

Долго еще до того дня, когда из-под тающего снега покажется «камаро», на заднем сиденье которого лежит его чемодан, а в отделении для перчаток — регистрационное свидетельство, где говорится, что владелец машины — Пол Шелдон? Скоро ли начнет таять снег?

Через шесть недель? Или через пять?

Вот столько, наверное, мне осталось жить, подумал Пол, и его пробрала дрожь. Но нижняя половина тела проснулась окончательно, и теперь ему не заснуть до прихода Энни, до новой дозы лекарства.

23

На следующий вечер она принесла ему пишущую машинку «Ройал». Кабинетная модель из той эпохи, когда электрические пишущие машинки, цветные телевизоры, кнопочные телефоны существовали только на страницах научно-фантастических романов. Машинка была черная и элегантная, как пара ботинок на пуговицах. За стеклянным кожухом были видны рычаги, пружины, колесики и стержни. Слева торчала, как поднятый вверх палец голосующего на шоссе человека, потускневшая от долгого бездействия рукоятка возврата каретки. Каретка запылилась, на жесткой резине было множество царапин и вмятин. На передней части машинки полукругом расположились буквы: ROYAL. Энни секунду подержала машинку в руках, осматривая ее, затем со вздохом опустила на кровать между ног Пола.

Он не сводил с нее глаз.

Она ухмыляется?

Господи Иисусе, *похоже* на то.

Как бы то ни было, эта машинка не сулит ему ничего хорошего. У нее двухцветная лента — сверху красная полоса, под ней черная. А он-то уже забыл, что такие ленты существуют. Но приятного чувства ностальгии эта лента у него не вызывала.

— Ну как? — Она радостно улыбалась. — Что скажете?

— Отличная! — быстро ответил он. — Настоящий антиквариат.

Ее улыбка померкла.

— Я покупала не антиквариат. Я покупала подержанную вещь. Подержанную вещь в хорошем состоянии.

Он отреагировал мгновенно:

— Ну-ну! Пишущие машинки вообще нельзя называть антикварными в полном смысле слова. Хорошая машинка служит практически вечно. Эти старые кабинетные машинки — *танки!*

Он погладил бы машинку, если бы мог до нее дотянуться. Если бы мог, он бы *поцеловал* ее.

Ее улыбка вернулась. Его сердце стало биться чуть ровнее.

— Я ее купила в «Старых новостях». Правда, идиотское название для магазина? Конечно, Нэнси Дартмонгер, хозяйка, — дура. — Энни слегка помрачнела, но он сразу увидел, что сердится она не на него; пусть инстинкт самосохранения — это всего лишь инстинкт, но, как в последнее время стал понимать Пол, он помогает делать поразительные открытия. Пол начинал привыкать к смене фаз ее настроения, улавливая его изменения, словно прислушиваясь к тиканью ненадежных часов.

— И она не только дура, она *дрянь*. Дартмонгер! Ей надо бы носить фамилию *Дарт-монстр*. Дважды разводилась, а теперь живет с *буфетчиком*. Поэтому когда вы сказали «антиквариат»...

— На вид она хорошая, — перебил он.

Энни помолчала и затем, как бы извиняясь, сказала:

— Тут нет буквы «н».

— Правда?

— Вот. Видите?

Она повернула машинку так, чтобы он увидел полукруг клавиатуры. На месте буквы «н» оказалась дырка — как дыра от выпавшего зуба, — но все остальные клавиши были в порядке.

— Вижу.

Она опустила машинку. Он ощутил толчок и подумал, что машинка должна весить фунтов пятьдесят. Она пришла из того времени, когда не было сплавов и пластмассы... как и шестизначных сумм авансов за книги, книг по мотивам фильмов, «Ю-Эс-Эй тудэй», «Энтертейнмент тунайт», когда знаменитости не рекламировали кредитные карты или водку.

«Ройал» ухмылялся ему, суля неприятности.

— Она запросила сорок пять долларов, но потом сбавила до сорока. Из-за буквы «н». — Энни хитро улыбнулась. Я-то не дура, казалось, говорила эта улыбка.

Он улыбнулся в ответ. Прилив пришел. Поэтому улыбаться и лгать было легко.

— *Сбавила?* Так вы не по мелочи торговались!

Энни просияла.

— Я сказала ей, что «н» — важная буква, — сообщила она.

— Здорово это вы! *Чертовски* здорово!

Еще одно открытие: льстить легко, стоит только начать.

Она лукаво улыбнулась, словно обещая посвятить его в сладостную тайну.

— Я сказала ей, что буква «н» есть в фамилии моего любимого писателя.

— Она встречается *дважды* в имени моей любимой *сиделки*.

Ее улыбка теперь сверкала во всю мощь. Невероятно, но даже на каменных щеках вспыхнул румянец. *Вот что будет, если в пасти каменного идола из повестей Райдера Хаггарда развести огонь,* подумал Пол. *Разумеется, ночью.*

— Вы надо мной смеетесь! — жеманно произнесла она.

— Нет, — возразил он. — Вовсе нет.

— Отлично!

На мгновение она отвернулась, но выглядела не выключенной, а польщенной, немного взволнованной, и ей надо было собраться с мыслями. Наверное, Пол мог бы порадоваться этой перемене, если бы не машинка, тяжелая и твердая, как сама Энни, и такая же ущербная; она ухмылялась, обнажая дырку, и обещала ему неприятности.

— Кресло на колесах было куда дороже, — заговорила Энни. — У меня же нет доступа к бесплатным товарам для инвалидов, *с тех пор как...* — Она осеклась, нахмурилась и кашлянула. — Но вам пора начинать садиться, так что я ни капельки не жалею, что потратилась. А вы же не можете писать лежа?

— Нет...

— Я припасла доску... Отпилила подходящий кусок... И бумага... Погодите...

Она, как девочка, выбежала из комнаты, оставив Пола наедине с машинкой. Как только она повернулась к Полу спиной, его улыбка исчезла. Выражение «Ройала» не изменилось. Позднее Пол подумал, что он с самого начала знал, чем все это обернется. Так же как знал заранее, каким будет звук пишущей машинки, когда она будет клацать и ухмыляться.

Энни вернулась с пачкой бумаги «Коррасабль Бонд» в целлофановой упаковке и доской примерно три фута на четыре.

— Глядите!

Она водрузила доску на ручки кресла, которое стояло возле кровати, как некий чопорный костлявый посетитель, пришедший навестить больного друга. Пол уже видел собственный призрак, запертый в этом кресле доской.

Она поставила пишущую машинку на доску лицом к призраку и положила рядом с ней пачку бумаги (Пол больше всего на свете ненавидел «Коррасабль Бонд», так как краска смазывалась на отпечатанных страницах, когда их сдвигали в стопке). Энни создала нечто вроде рабочего кабинета калеки.

— Ну как?

В ответ он с легкостью произнес самую большую ложь в своей жизни:

— Выглядит очень симпатично. — А затем он задал вопрос, ответ на который уже знал: — Как вы думаете, что я здесь напишу?

— Да что вы, Пол! — воскликнула она, поворачиваясь к нему; ее глаза как будто пустились в пляс от возбуждения, а щеки раскраснелись. — Я не *думаю, я знаю!* На этой машинке вы напишете новый роман! Ваш лучший роман! «Возвращение Мизери»!

24

«Возвращение Мизери». Он вообще ничего не чувствовал. Наверное, так же ничего не должен чувствовать человек, который только что отрезал себе кисть руки бензопилой и рассматривает теперь забавный тупой обрубок.

— Да! — Она сияла, как прожектор. Сильные руки были сложены на груди. — Пол, это же будет книга для меня! Ваша плата за то, что я выходила вас и возвратила к жизни! Первый и единственный экземпляр последней книги о Мизери! У меня будет что-то такое, чего нет ни у кого в мире и не будет, как ни старайся! *Подумайте* об этом!

— Энни, Мизери умерла. — Но у него уже мелькнула невероятная мысль: *Я мог бы воскресить ее.* От этой мысли он почувствовал себя усталым, но удивления не было. В конце концов, человек, который пил воду из ведра, где плавала половая тряпка, наверняка способен написать книгу по заказу.

— Нет, не умерла, — мечтательно сказала Энни. — Даже когда я так... так вышла из себя и рассердилась на вас, я знала, что на самом деле она не умерла. Я знала, что вы не могли окончательно убить ее. Потому что вы *добрый.*

— Разве? — спросил он и взглянул на пишущую машинку. Она ухмылялась. *Сейчас посмотрим, насколько ты добр, приятель,* шептала она.

— Да!

— Энни, не знаю, смогу ли я сидеть в кресле. В прошлый раз...

— В прошлый раз было больно, не сомневаюсь. И в следующий раз будет больно. Может быть, даже чуть больнее. Но настанет день — и довольно скоро, хотя вам может показаться, что время тянется медленнее, чем на самом деле, — когда будет чуть-чуть лучше. И еще чуть-чуть лучше. И еще чуть-чуть.

— Энни, можете ответить на один вопрос?

— Конечно, дорогой мой!

— Если я напишу для вас эту повесть...

— *Роман!* Хороший длинный роман — как все остальные, а то и еще длиннее!

Он прикрыл глаза, затем снова открыл их:

— Хорошо. Если я напишу для вас этот *роман,* вы меня отпустите, когда он будет готов?

На мгновение по ее лицу пробежало беспокойное облачко, потом она внимательно, изучающе посмотрела на него:

— Пол, вы говорите так, как будто я удерживаю вас *силой*.

Он ничего не ответил, только поднял на нее глаза.

— Я думаю, к тому времени, когда вы его закончите, вы уже будете готовы... готовы снова встречаться с людьми, — сказала она. — Это вы хотели услышать?

— Да, я это и хотел услышать.

— Что ж, так будет честно! Я знаю, считается, что писатели — большие эгоисты, но я никогда не считала, что они обязательно должны быть неблагодарны!

Он продолжал смотреть на нее, и через секунду Энни отвела глаза; она была слегка возбуждена и горела от нетерпения.

Наконец он произнес:

— Если у вас есть все книги о Мизери, они мне понадобятся, потому что при мне нет рабочей тетради.

— Ну конечно, они у меня есть! — воскликнула она и добавила: — Что такое рабочая тетрадь?

— Ну, такая большая тетрадь, куда можно вставлять листы. У меня там разные материалы по Мизери. В основном имена и географические названия, отсылки к разным эпизодам книг. Временные линии. Исторические факты...

Он видел, что она почти не слушает. Уже во второй раз она не проявила никакого интереса к технологии литературного труда, к теме, которая заставила бы затаить дыхание целую аудиторию людей, желающих стать писателями. Причина, полагал он, заключалась в ее предельной непосредственности. Энни — идеальный читатель; она любит читать, и ей глубоко безразлично, как создается книга. Она — воплощение Постоянного Читателя, условной фигуры в беллетристике викторианской эпохи*. Она не желает слушать об отсылках к

---

* Викторианская эпоха — правление английской королевы Виктории — длилась с 1837-го по 1901 г. В эту эпоху создавали свои произведения выдающиеся английские романисты, в частности, Ч. Диккенс.

эпизодам и временных линиях, потому что в ее представлении Мизери и все, кто ее окружает, совершенно реальны. Вероятно, она бы заинтересовалась, если бы он сказал, что у него в тетради данные переписи населения селения Литтл-Данторп.

— Не сомневайтесь, книги у вас будут. Они, конечно, слегка потрепаны, но это же только означает, что книгу любили и не раз перечитывали, правда ведь?

— Да, — сказал он. На сей раз ему не пришлось лгать. — Конечно, правда.

— Буду учиться переплетному делу, — мечтательно проговорила она. — И сама переплету «Возвращение Мизери». Если не считать Библии моей матери, у меня будет единственная *по-настоящему* моя книга.

— Это хорошо, — сказал он, просто чтобы что-нибудь сказать. У него слегка заныло в животе.

— Теперь я пойду, чтобы вы могли спокойно надеть волшебную шляпу, приносящую вам мысли, — проговорила она. — Это великолепно! Вы так не считаете?

— Энни, я и в самом деле тоже так считаю.

— Через полчаса я принесу вам цыплячью грудку с картофельным пюре и горошком. И даже немножко желе, раз уж вы так хорошо себя ведете. И я позабочусь о том, чтобы вы вовремя приняли лекарство. Даже больше: перед сном, если понадобится, вы получите лишнюю капсулу. Я хочу, чтобы вы как следует выспались, потому что завтра вы возвращаетесь к работе. Клянусь, за работой вы станете поправляться быстрее!

Она дошла до двери, остановилась, повернулась к нему и — самое дикое — послала ему воздушный поцелуй.

Дверь за ней захлопнулась.

Он не хотел смотреть на пишущую машинку, и какое-то время ему это удавалось, но его беспомощный взгляд все же упал на нее. Она стояла на бюро и ухмылялась. Смотреть на нее — все равно что смотреть на орудие пытки: испанский сапог, дыбу... Орудие пытки пока стоит без дела, но только пока...

Я думаю, к тому времени, когда вы его закончите, вы уже будете готовы... готовы снова встречаться с людьми.

Ох, Энни, ты врала и себе, и мне. Я это знаю, и ты тоже знаешь. Я это видел по твоим глазам.

Открывавшиеся перед ним ограниченные перспективы вовсе его не радовали: шесть недель жизни, наполненных болью переломанных костей и продолжением общения с Мизери Честейн, урожденной Кармайкл, а затем — поспешное погребение на заднем дворе. Не исключено, что она скормит его останки свинье по кличке Мизери — в этом будет хоть какая-то, пусть черная и жестокая, но справедливость.

Тогда не делай этого. Выведи ее из себя. Она же — ходячая бутыль нитроглицерина. Потряси ее. Вызови взрыв. Все лучше, чем лежать и страдать.

Он попробовал рассматривать сплетающиеся буквы на потолке, но слишком быстро снова перевел взгляд на пишущую машинку. А она все стояла на бюро, безмолвная, толстая, полная слов, которые он не хотел писать, и ухмылялась, и у нее по-прежнему недоставало одного зуба.

По-моему, приятель, ты сам в это не веришь. По-моему, ты захочешь жить, даже если будет больно. Если ради этого тебе придется вернуть Мизери к жизни — ты на это пойдешь. По крайней мере попытаешься. Но сначала тебе придется иметь дело со мной... А мне не нравится твоя физиономия.

— Взаимно, — прохрипел Пол.

Он попробовал выглянуть в окно — там валил снег. Однако очень скоро он снова уставился на пишущую машинку — с отвращением, но и с вожделением, сам не понимая, в какой момент его настроение изменилось.

25

Пересадка в кресло оказалась менее болезненной процедурой, чем он предполагал, и это было хорошо, так как по прежнему опыту он знал, что потом боли будет достаточно.

Энни поставила поднос с ужином на бюро, затем подкатила кресло вплотную к кровати. Она помогла Полу сесть, вызвав приступ тупой боли в области поясницы; впрочем, боль быстро прошла — и наклонилась над ним, прижав его плечо к своей шее. На долю секунды он почувствовал биение ее пульса, и его лицо перекосила гримаса. Затем ее правая рука твердо обхватила его спину, а левая — ягодицы.

— Постарайтесь не двигать ногами, — попросила она и попросту столкнула его в кресло. Сделала она это так же легко, как если бы вставляла книгу на свободное место на книжной полке. Да, у нее есть сила. Даже при благоприятном стечении обстоятельств исход его схватки с ней был бы под вопросом. А в своем нынешнем состоянии он мало чем отличался от восковой куклы.

Она положила перед ним доску.

— Ну, видите, как хорошо? — осведомилась она и пошла к бюро за подносом.

— Энни!

— Слушаю.

— Не могли бы вы повернуть машинку клавиатурой к стене?

— Зачем вам это нужно, хотела бы я знать? — нахмурилась она.

Затем, чтобы она не ухмылялась мне всю ночь.

— Мой давний предрассудок. Я всегда поворачиваю машинку к стене, когда приступаю к книге, — ответил он и тут же оговорился: — Точнее, каждый вечер, пока работаю над книгой.

— А-а, вроде того что ступишь на трещину на тротуаре — сломаешь хребет маме, — закивала она. — Никогда не наступаю на трещины, если только это возможно. — Она развернула машинку; пусть теперь та ухмыляется в голую стену. — Так лучше?

— Намного.

— Какой же вы *дурачок,* — сказала она и принялась кормить его.

26

Ему снилась Энни Уилкс при дворе какого-то арабского калифа из сказок. Она вызывала джиннов и ифритов из старинных сосудов, а потом летала на ковре-самолете. Когда она пролетала мимо него (волосы развевались у нее за спиной, а взгляд был ясный и мужественный, как у стоящего на мостике капитана ледокола), он увидел, что ковер весь бело-зеленый, как фон автомобильных номерных знаков штата Колорадо.

Однажды, рассказывала Энни. *Однажды случилось кое-что интересное. Было это в те дни, когда дедушка моего дедушки был маленьким мальчиком. Эта история повествует о том, как бедный юноша. Мне рассказал об этом человек, который. Однажды. Однажды.*

27

Он проснулся оттого, что Энни растолкала его. В окно светило утреннее солнце — снегопад закончился.

— Просыпайтесь, соня! — Энни едва не дрожала от нетерпения. — На завтрак вам йогурт и вкусненькое вареное яичко, и — пора приступать.

Он глянул на ее взволнованное лицо, и в нем неожиданно проснулось новое чувство — надежда. Ему снилось, что Энни Уилкс — Шахразада, ее мускулистое тело закутано в одеяние из прозрачной ткани, на ногах у нее розовые, расшитые золотом туфли с загнутыми носами, она летала на ковре-самолете и нараспев выкликала заклинания, открывающие лучшие повести на свете. Но конечно же, Шахразада — не *Энни*. Шахразада — это *он*. И если он напишет хорошо, если она не сумеет убить его, пока он не закончил, как бы громко ни повелевали ей сделать это ее звериные инстинкты, сколько бы ни твердили, что она *обязана* это сделать...

Наверное, тогда у него есть шанс?

Он взглянул на бюро и увидел, что, прежде чем разбудить его, Энни развернула машинку, которая ухмылялась своей щербатой ухмылкой и говорила ему, что можно надеяться и бороться, но в конце концов всем распоряжается рок.

28

Она подкатила его к окну, и впервые за многие недели его осветило солнце. Он ощутил, как его побелевшая кожа, на которой кое-где появились небольшие пролежни, бормочет от удовольствия и шепчет благодарные слова. С внутренней стороны в углах оконного стекла появилась изморозь; Пол протянул руку и почувствовал, что от окна веет холодом. Это чувство освежило его и напомнило прежнюю жизнь, как будто он получил весточку от старого друга.

Впервые за несколько недель — которые показались ему годами — он видел перед собой другой пейзаж, а не неизменные голубые обои, Триумфальную арку, страничку календаря на долгий, долгий февраль (он подумал, что будет вспоминать лицо мальчика на санках и его вязаную шапочку всякий раз, как наступит февраль, даже если ему суждено встретить еще пятьдесят февралей). Он смотрел на этот новый мир с той же страстью, с какой в детстве в первый раз смотрел кино — фильм «Бэмби».

Горизонт не слишком далек, как всегда в Скалистых горах, где обзор неизбежно закрывают вздымающиеся вверх горные склоны. Голубое утреннее небо идеально чистое, ни облачка. Склон ближней горы покрыт зеленым лесным ковром. Между домом и краем леса — полоса голой земли площадью акров в семьдесят и безукоризненно белый снег, блистающий на солнце. Трудно сказать, что там, под снегом, — возделанное поле или луг. Только одно строение на этом фоне: аккуратный сарай. Когда она говорила о своей домашней живности или мрачно плелась мимо окна спальни, он представлял себе ее сарай ветхим, таким, какие рисуют в детских книжках о привидениях: покосившаяся и просевшая под тяжестью снега деревянная крыша, пустые запыленные окна (некоторые из них заколочены досками), двойные двери, перекосившиеся и, может быть, висящие на одной петле. Но эта ухоженная, опрятная постройка, выкрашенная в темно-красный цвет, походила скорее на гараж на пять машин, принадлежащий преуспевающему деревенскому джентльмену, которому захотелось выдать его за сарай. Перед ним стоял джип «чероки» — возможно, ему уже лет пять, но за ним явно хорошо ухаживают. Рядом на самодельной деревянной подставке стоял бульдозерный плуг. Чтобы присоединить плуг к джипу, Энни нужно лишь осторожно подъехать к подставке, так, чтобы крюки на бампере оказались напротив зажимов плуга, и закрепить зажимы рычагом. Очень полезное приспособление для женщины, которая живет одна, без соседей, кого она могла бы попросить о помощи (разумеется, кроме этих грязных подлюг Ройдманов, а от них Энни, даже умирая от голода, наверняка не взяла бы и свиную отбивную). Подъездная дорожка аккуратно расчищена — подтверждение, что она действительно пользуется данным приспособлением. Шоссе из окна не было видно.

— Я вижу, Пол, вам нравится мой сарай.

От неожиданности он обернулся. Из-за неосторожного резкого движения проснулась боль и тут же тупо вгрызлась в остатки голеней и в соляной купол, заменявший ему теперь левое колено, поворочалась там, заползла опять в свое укрытие и там задремала.

Энни несла поднос с завтраком. Жидкая пища, завтрак инвалида... но при виде нее у Пола заурчало в желудке. Когда Энни подошла ближе, Пол увидел, что на ней белые тапочки с матерчатой подошвой.

— Да, — ответил он. — Выглядит превосходно.

Она положила доску на ручки кресла и поставила на нее поднос. Затем пододвинула стул и села рядом с его креслом, чтобы смотреть, как он будет есть.

— Хо-ла! Как сделаешь, так и выглядит — так говорила моя мать. Я поддерживаю порядок, потому что, если махну на него рукой, соседи будут гавкать. Им только дай повод на меня наброситься или слух пустить. Пристойная внешность — это очень, очень важно. Что до сарая, то хлопот с ним немного, если только не запускать. Самое противное — убирать снег с крыши.

Гавкать, отметил он про себя. *Надо запоминать лексикон Энни Уилкс для мемуаров — если, конечно, мне суждено когда-нибудь написать мемуары. Еще грязный подлюга, хо-ла. Потом наверняка будут и другие.*

— Два года назад Билли Хавершем установил у меня на крыше сарая батареи. Включаешь их, они нагреваются, и снег тает. В эту зиму им уж недолго осталось работать. Видите, как все само тает?

Он не донес до рта ложку с куском яйца всмятку. Рука застыла в воздухе. Он посмотрел на сарай. На крыше висели сосульки, с них капало и капало. Сверкнув на солнце, капли попадали в узкую обледеневшую канавку для стока воды.

— Еще нет девяти часов, а на улице сорок пять градусов*! — весело болтала Энни, а Пол представлял себе, как из-под тающего снега показывается задний бампер его «камаро», как он блестит. — Ну, пока-то это ненадолго, два-три похолодания еще будет, и буря еще, может, будет, но... Пол, скоро весна! А моя мать всегда говорила: ожидание весны — это как ожидание рая.

Он опустил ложку на тарелку.

— Не хотите доедать? Уже все?

— Все, — согласился Пол; в воображении он видел, как Ройдманы едут из Сайдвиндера в своей машине. Яркий луч бьет в глаз миссис Ройдман, она моргает, заслоняется ладонью... *Хэм, что там такое? Не надо, я не сошла с ума, там что-то лежит! Сверкает так, что я чуть не ослепла. Давай вернемся, я хочу посмотреть!*

— Тогда я все унесу, — сказала Энни, — а вы можете начинать. — Она тепло и ласково посмотрела на него. — Просто сказать не могу, как я этого жду.

Она вышла, а он остался в кресле у окна; вода все так же капала с сосулек под крышей сарая.

29

Нельзя ли достать другой бумаги, не такой, как эта? — спросил он, когда она вернулась, поставила перед ним пишущую машинку и положила бумагу.

— Не такой, как эта? — переспросила она и хлопнула ладонью по целлофановой обертке «Коррасабль Бонд». — Но эта *самая* дорогая! Я *специально* спросила в писчебумажном магазине!

---

* Около семи градусов тепла по шкале Цельсия.

— А разве мама не говорила вам, что самое дорогое — еще не значит самое лучшее?

Лицо Энни потемнело. Желание оправдаться сменилось раздражением. Пол не сомневался, что вслед за раздражением придет ярость.

— Нет, *не* говорила. Зато, мистер Умник, она *говорила* другое: дешево *заплатишь* — дешевку *получишь.*

Он давно обнаружил, что климат в ее душе такой же, как весной на Среднем Западе. В ней ждет своего часа множество бурь, и если бы Пол был фермером, который увидел на небе то, что видел он сейчас на лице Энни, то немедленно велел бы своим домашним спуститься в погреб, чтобы переждать бурю. Лоб ее побелел. Ноздри раздувались, как у зверя, почуявшего лесной пожар. Ладони начали сжиматься в кулаки и разжиматься, ловя воздух и снова выпуская его.

Он нуждался в ней и был перед нею беспомощен, поэтому понял, что надо отступить, чтобы умиротворить ее, как племенам в повестях Хаггарда приходилось умиротворять своих богинь и приносить им жертвы, когда те гневались.

Но другая часть его разума, более расчетливая и менее трусливая, говорила ему, что он не сможет сыграть роль Шахразады, если будет бояться и идти на попятный во время вспышек ее гнева. Если отступить, она только сильнее разъярится. *Если бы у тебя не было чего-то, что ей крайне необходимо,* говорила эта разумная часть его мозга, *она бы отвезла тебя в больницу или убила бы, чтобы обезопасить себя от Ройдманов — ведь для Энни весь мир населяют Ройдманы, в ее восприятии они следят за ней из-за каждого куста. Мальчик мой, Поли, если ты не поставишь эту суку на место немедленно, ты уже никогда не сможешь этого сделать.*

Ее дыхание участилось, кулаки сжимались и разжимались все быстрее, и он понимал, что мгновение спустя она одолеет его.

Собрав остатки мужества и отчаянно пытаясь изобразить в голосе сильное, но, в сущности, незначительное раздражение, он сказал:

— Не надо. Прекратите. Если вы выйдете из себя, это ничего не изменит.

Она застыла, словно получив пощечину, и оскорбленно взглянула на него.

— Энни, — спокойно проговорил он, — это же ерунда.

— Это ваш трюк, — возразила она. — Вы не хотите писать мою книгу и выдумываете отговорки, чтобы не приступать к ней. Я так и знала. Эх, это не сработает. Это...

— Это же глупо, — подхватил он. — Разве я говорил, что не хочу?

— Нет... Нет, но...

— Вот именно. Потому что я *хочу.* Сейчас покажу вам, в чем проблема. Принесите, пожалуйста, коробку Уэбстера.

— Что принести?

— Коробочку ручек и карандашей, — пояснил он. — В газетах их часто называют коробками Уэбстера. В честь Даниэля Уэбстера*. — Эту ложь он выдумал только что, но она достигла желаемого результата — на лице Энни отразилось полное замешательство; она растерялась, соприкоснувшись с миром профессиональных понятий, о котором не имела ни малейшего представления. Замешательство смягчило (и вытеснило) гнев. Пол видел, что Энни даже не знала теперь, имеет ли она *право* сердиться.

Она принесла коробку ручек и карандашей и швырнула ее перед ним на доску, и он подумал: *Ура! Я выиграл!* Но — нет, неверно. Выиграла Мизери.

Но и это неверно. Шахразада. Шахразада выиграла.

— Ну и что? — проворчала Энни.

— Смотрите.

---

* Уэбстер Даниэль (1782—1852) — юрист, государственный и политический деятель. Славился своим красноречием; до сих пор считается крупнейшим оратором в истории США. — *Примеч. ред.*

Он распечатал пачку «Коррасабль» и извлек один лист, затем взял остро отточенный карандаш и провел на листе черту. Потом провел вторую, параллельную черту шариковой ручкой. После этого он провел большим пальцем по слегка шероховатой поверхности бумаги. Обе линии размазались в том месте, где палец прошел по ним; карандашная линия расплылась сильнее, чем та, которую он провел ручкой.

— Видите?

— И что?

— Краска с ленты тоже размажется, — объяснил он. — Не так сильно, как след от карандаша, но сильнее, чем паста авторучки.

— А вы что, собираетесь тереть пальцами каждую страницу?

— Все буквы размажутся за несколько недель или даже дней, если просто класть страницы друг на друга, а потом возвращаться к ним, — сказал он, — а когда работаешь над рукописью, это приходится делать достаточно часто. Постоянно надо проверять имена, даты. Энни, да что говорить, всякому, кто имеет отношение к книжному бизнесу, известно, что редакторы терпеть не могут рукописи, отпечатанные на «Коррасабль Бонд», почти так же, как написанные от руки.

— Не смейте это так называть. Я терпеть не могу, когда вы так говорите.

Он посмотрел на нее с искренним удивлением:

— Как? *Что* называть?

— *Терпеть не могу,* когда вы опошляете данный вам Богом талант, называя его бизнесом.

— Прошу прощения.

— Есть за что, — жестко произнесла она. — С таким же успехом вы можете себя называть проституткой.

Нет, Энни, подумал он, чувствуя прилив ярости. *Я не проститутка. «Быстрые автомобили» — это о том, как не быть проституткой. Этот роман помог мне убить эту проклятую суку Мизери, теперь мне так кажется. Я поехал на Западное побережье, чтобы отпраздновать освобождение от собствен-*

ной продажности. А ты что сделала? Вытащила меня из разбитой машины и заперла здесь. Чтобы ездить на мне. И в твоих глазах я время от времени замечаю, что какая-то часть тебя сознает это. Присяжные, возможно, сняли бы с тебя обвинение по причине психической ненормальности. Но я не прощу тебя, Энни.

— Сильно сказано, — заметил он вслух. — Но что касается бумаги...

— Я достану вам вашу гребаную бумагу, — угрюмо сказала она. — Только скажите, какая вам нужна, и я ее достану.

— Вы должны понимать, что я на вашей стороне...

— Не смешите меня. С тех пор как умерла моя мать, а произошло это двадцать лет назад, никто не был на моей стороне.

— Можете думать что угодно, — сказал он. — Если вы настолько не уверены в себе, что полагаете, будто я не благодарен вам за то, что вы спасли мне жизнь, это ваши трудности.

Он пристально посмотрел на нее и снова заметил в ее глазах оттенок неуверенности, желания поверить. Уже хорошо. Очень хорошо. Он смотрел на нее честно и открыто (насколько ему удавалось имитировать открытость) и представлял себе, как перерезает ей горло осколком стакана, как навсегда вытекает кровь, снабжавшая кислородом ее больной мозг.

— По крайней мере вы должны быть в состоянии поверить, что я — за *книгу.* Вы говорили, что хотите ее переплести. Полагаю, вы собираетесь переплести рукопись. То есть машинописные страницы?

— Разумеется, я так и собиралась поступить.

О, разумеется. Ведь если ты отнесешь рукопись в типографию, там могут возникнуть вопросы. Может, ты ничего не смыслишь в книгоиздании, но ты не до такой степени наивна. Пол Шелдон в розыске, и директор типографии запомнит, что примерно в то время, когда писатель исчез, в его типографию поступила объемистая рукопись романа о любимой героине Шел-

дона. И содержание заказа он запомнит обязательно — заказ такой необычный, что его запомнит кто угодно. Один печатный экземпляр романа.

Единственный экземпляр.

«Как она выглядела, господин офицер? Как же, крупная женщина. Чем-то напоминает каменного божка из романов Хаггарда. Подождите-ка, сейчас я найду ее фамилию и адрес. Надо посмотреть в папке с копиями счетов...»

— И совершенно правильно, — сказал он. — Переплетенная рукопись может выглядеть очень элегантно. Не хуже настоящей книги большого формата. Но, Энни, книга должна служить долго, а если я напечатаю ее на «Коррасабль Бонд», через десять лет у вас останутся только чистые листы. Конечно, если вы не собираетесь просто поставить ее на полку и не прикасаться к ней.

Конечно, не собирается. Ни за что на свете. Она будет раскрывать ее каждый день, может, несколько раз в день. Будет носить с собой и жадно читать.

На ее лице появилось странное каменное выражение. Ему не нравилась эта почти нарочитая демонстрация упрямства. Она действовала ему на нервы. Степень ее ярости он мог вычислить, но это новое непроницаемое выражение было в чем-то очень детским.

— Не надо тратить слов, — произнесла она. — Я уже сказала, что достану вам бумагу. Сорт?

— Когда вы приедете в магазин, скажите, что вам нужно две стопы... Стопа — это пачка в пятьсот листов...

— Знаю, Пол. Я не дура.

— Мне известно, что вы не дура, — сказал он, однако занервничал сильнее. Боль снова начала путешествовать по ногам, а в области таза давала о себе знать даже сильнее — ведь он находился в сидячем положении уже почти час, и стала сказываться перемена привычной позы.

Ради Бога, сохраняй хладнокровие — не потеряй того, что ты выиграл!

Но разве я хоть что-то выиграл? Или я выдаю желаемое за действительное?

— Попросите две стопы белой крупнозернистой бумаги. Хороший сорт — «Хаммермилл Бонд»; «Триад Модерн» тоже. Две стопы будут стоить дешевле, чем стопа «Коррасабль», а этого количества хватит, чтобы все написать и переписать набело.

— Я еду сейчас же, — заявила она.

Он тревожно взглянул на нее и понял, что она опять собирается оставить его без лекарства, причем в кресле. А сидеть уже было больно, и даже если она поторопится, к ее возвращению боль станет чудовищной.

— Не надо ехать сейчас, — быстро возразил он. — Я могу начать и на «Коррасабль» — ведь все равно придется переписывать.

— Только дураки приступают к важной работе с плохими инструментами. — Она взяла пачку бумаги, потом схватила лист с двумя параллельными линиями, смяла в комок и выбросила его и пачку в мусорное ведро. Затем снова повернулась к нему. Каменная маска, изображающая упрямство, не сходила с ее лица. Глаза светились, как две тусклые монеты.

— Я еду в город, — проговорила она. — Я знаю, что вы хотите начать как можно скорее, так как вы *на моей стороне.* — Последние слова она произнесла с едким сарказмом (и, как показалось Полу, с такой ненавистью к себе, о которой сама не подозревала). — Поэтому даже не стану тратить время на то, чтобы положить вас в кровать.

Она улыбнулась, как уродливая кукла, и беззвучно приблизилась к нему. Ее пальцы коснулись его волос. Он содрогнулся. Хотел сдержаться и не смог. Ее неживая улыбка сделалась шире.

— Хотя я предполагаю, что начало работы над «Возвращением Мизери» задержится на день... или два... или даже на три. Да, наверное, вы не сможете сидеть еще дня три. Вам будет больно. Очень жаль. У меня в холодильнике стоит бутылка шампанского. Придется отнести ее в сарай.

— Энни, я могу начать, если только...

— Нет, Пол. — Она направилась к двери, но остановилась и обернулась к нему. На него глядела каменная маска. И только глаза, две тусклые монеты, жили на ней. — Мне хотелось бы, чтобы вы пока кое-что обдумали. Вы можете думать, что проведете меня. Я знаю, что кажусь глупой и медленно соображающей. Но я не глупа, Пол, и умею соображать.

Внезапно каменная маска разлетелась на куски и из-под нее выглянуло лицо до безумия злобного ребенка. На секунду Полу показалось, что его страх достиг предела и он сейчас умрет. Неужели он думал, что перехватил инициативу? Да как он мог! Как можно быть Шахразадой, если ты в плену у безумия?

Она ринулась к нему; колени ее подгибались, локти двигались, как поршни, рассекая затхлый воздух. Волосы падали на лоб и выбивались из-под заколок. Теперь она двигалась не бесшумно; она шла, как Голиаф, атакующий врага. Фотография Триумфальной арки испуганно задребезжала.

— *Аааааа-йааа!* — завопила она и опустила кулак на соляной купол, образовавшийся на месте левого колена Пола.

Его голова откинулась назад, и он взвыл; на шее и на лбу вздулись вены. Боль вырвалась из колена и окутала его ослепительно белой вспышкой сверхновой звезды.

Она рывком подняла пишущую машинку, как будто та была сделана не из металла, а из картона, и швырнула ее на каминную полку.

— Сидите, — сказала она, оскаливаясь, — и думайте, кто здесь главный. Думайте о том, что я могу с вами сделать, если вы будете плохо себя вести или попробуете меня обмануть. Можете кричать, если хотите, потому что никто вас не услышит, ведь здесь никто не останавливается; все знают, что Энни Уилкс сумасшедшая, и знают, что она сделала, хотя ее и признали невиновной.

Она подошла к двери и опять обернулась, предвкушая новую звериную выходку, и тогда он закричал, а ее ухмылка сделалась шире.

— И еще кое-что вам скажу, — тихо промолвила она. — Они думают, что я просто выкрутилась, и они не ошибаются. Подумайте об этом, Пол, пока я буду ездить за вашей гребаной бумагой.

Она вышла, хлопнув дверью так, что затрясся весь дом. Затем Пол услышал, как поворачивается ключ.

Он откинулся назад, весь дрожа и тщетно стараясь унять дрожь, потому что от нее боль усиливалась. По щекам текли слезы. Он вновь и вновь представлял себе, как она мчится к нему и изо всех сил, как молотком, бьет по тому месту, где когда-то было колено, и раз за разом его окутывал бело-голубой болевой взрыв.

— Прошу тебя, Боже, прошу тебя, — стонал он, а в это время из-за окна доносился рев мотора отъезжающего «чероки». — Прошу тебя, Боже, освободи меня или убей... освободи или убей...

Затих удаляющийся звук мотора, а Бог не освободил и не убил Пола Шелдона, он все так же сидел и плакал от боли, которая проснулась окончательно и вгрызалась в его тело.

30

Впоследствии он подумал, что не склонный к точным определениям мир назвал бы все, совершенное им в следующие минуты, актом героизма. И он бы согласился с этим определением, хотя на самом деле совершил всего лишь необходимое для выживания усилие.

В его мозгу смутно звучал голос какого-то до безумия увлеченного игрой спортивного комментатора — Говарда Косселла, или Уорнера Вулфа, или вечно сумасшедшего Джонни Моста, — описывавший разворачивавшиеся перед ним события в передаче «Футбол в понедельник вечером». Как можно назвать этот вид спорта, когда человек стремится добыть лекарство прежде, чем боль убьет его? «Гонка за допингом»?

— Этот Шелдон сегодня вытворяет что-то невероятное! — вопил комментатор в голове Пола Шелдона. — *Не* верю, что кто-нибудь из присутствующих сегодня на стадионе имени Энни Уилкс или сидящих перед экранами телевизоров поверил бы, что после *такого* удара человек способен *заставить* двигаться это кресло... но оно движется! Да! Давайте посмотрим повтор!

Пот струился со лба, заливал глаза, перемешивался со слезами. Пол слизывал соленую смесь с верхней губы. Дрожь не унималась. Боль, казалось, предвещала конец света. Он думал: *Теперь бесполезны все споры о боли. Никто в мире такой боли не знал. Никто. Как будто меня схватили черти.*

И двигаться его заставляла только мысль о новриле, о капсулах, которые хранились где-то здесь, в доме. Дверь спальни заперта... Если лекарство хранится не в ванной на первом этаже, как он всегда подозревал... Если она вернется и поймает его с поличным... Все это не имело значения, все эти мысли — только тени, они по ту сторону боли. Возникнет препятствие — он преодолеет его или умрет. Только и всего.

От попыток двигаться пламя ниже пояса разгорелось сильнее, а в ноги, глубоко в плоть впивались раскаленные щипцы. Но кресло *двигалось.* Очень медленно кресло на колесах двигалось.

Он сумел проехать около четырех футов и тогда вдруг понял, что если не сможет повернуть кресло, то проедет мимо двери в дальний угол комнаты.

Трясясь от боли, он вцепился в правое колесо

(думай о лекарстве, об облегчении думай)

и нажал на него изо всех сил. Резина скрипнула на деревянном полу — как будто мышка запищала. Мышцы его, когда-то мощные, а теперь дряблые, как студень, тряслись, он закусил губу до крови, но кресло медленно поворачивалось.

Он надавил руками на оба колеса, и кресло снова двинулось. На этот раз он проехал футов пять, после чего остановился и выпрямился. Совершив этот маневр, он отключился.

Минут пять спустя он вынырнул на поверхность реального мира, а в его голове снова зазвучал мутный, колющий голос спортивного комментатора:

— Он опять пытается шевелиться! Я просто не могу *поверить,* что такое возможно! Вот вам и Шелдон!

Передняя часть его восприятия знала только боль; зато задняя направляла его взгляд. Он увидел то, что ему нужно, и подкатил кресло поближе. Наклонившись, он обнаружил заколки, которые она потеряла, пока укладывала его. Он закусил губу, не обращая внимания на пот, заливавший ему лицо и шею и темными пятнами выступавший на пижаме.

— Нет, господа, не думаю, что он сумеет достать эту шпильку — для этого нужны фантас-ти-ческие усилия, — и боюсь, на этом он сойдет с дистанции.

А может, и не сойдет.

Он неуклюже наклонился вправо, стараясь поначалу игнорировать боль, пронзившую правую часть тела, боль, похожую на разбухавший пузырь, боль, похожую на зубную, но затем сдался и стал кричать. Но, как и говорила Энни, его некому было услышать.

Его пальцы двигались над шпилькой, примерно в дюйме от пола, а в правом бедре ощущался нарастающий взрыв, который вот-вот разворотит ему живот.

Прошу тебя, Боже, помоги мне...

Несмотря на боль, он сделал еще одно усилие. Его пальцы коснулись шпильки, но сумели лишь подтолкнуть ее на четверть дюйма. Пол, не выпрямляясь, скользнул в кресле вперед и опять закричал от жгучей боли ниже колен. Выпученные глаза, открытый рот, вывалившийся язык... Капли слюны падали изо рта на пол.

Он захватил шпильку пальцами... захватил ее... едва не выпустил... и зажал в кулаке.

Он выпрямился, и его пронзила новая вспышка боли, после чего ему оставалось лишь сидеть неподвижно в течение нескольких секунд, запрокинув голову настолько, насколько позволяла жесткая спинка инвалидного кресла, а шпилька лежала перед ним на доске. Ему вдруг показалось, что он вот-вот пукнет, но это желание быстро прошло.

Что ты делаешь? — сварливо спросила его какая-то часть рассудка. *Ждешь, пока уймется боль? Этого не будет. Она вечно цитирует свою мать, но ведь и твоя мать тебе кое-что говорила, правда?*

Правда. Говорила.

Сидя в кресле, запрокинув голову, обливаясь потом так, что лицо блестело, Пол вслух, почти нараспев, повторил одно из любимых высказываний своей матери:

— Может, есть и феи, и эльфы, но помни: Бог помогает тем, кто помогает себе сам.

Верно. Так что нечего ждать, Поли; здесь с минуты на минуту может появиться только эльф-тяжеловес по имени Энни Уилкс.

Он возобновил движение и медленно покатился в кресле к двери. Она, уходя, заперла дверь, но ему казалось, что он сможет отпереть замок. Тони Бонасаро, превратившийся не так давно в груду пепла, специализировался на кражах автомобилей. Собирая материалы для «Быстрых автомобилей», Пол изучил технологию таких краж с помощью бывшего полицейского по имени Том Твифорд. Том показывал ему, как соединять провода зажигания, если у тебя нет ключа от машины, как отпирать дверцу, используя в качестве рычага тонкий металлический стержень, который на жаргоне автомобильных воров называется Тощим Джимом, как отключать охранную сигнализацию.

Или, говорил ему Том однажды весной в Нью-Йорке года два с половиной назад, *скажем, ты вообще не собираешься угонять машину. Машина у тебя есть, просто малова-*

то бензина. У тебя есть шланг, но в машине, из которой ты решил позаимствовать толику топлива, бак запирается. Проблема? Нет, если знать, что делать; ведь почти все запоры для баков — детские игрушки. Тебе понадобится всего лишь заколка для волос.

Пять бесконечных минут ушло на то, чтобы развернуть кресло и подъехать к двери так, чтобы левое колесо почти коснулось ее.

Замочная скважина старого образца, расположенная в центре тусклой металлической пластины, напомнила ему иллюстрации Джона Тенниела к «Алисе в стране чудес». Он подался в кресле вперед (издав очередной сдавленный стон) и заглянул в нее. Увидел он небольшой коридор, ведущий в соседнюю комнату, по всей видимости, гостиную — темно-красный ковер на полу, старомодный диван, обитый материей такого же цвета, абажур со свисающей бахромой.

Слева находилась еще одна дверь, распахнутая настежь. Сердце Пола забилось сильнее. За этой дверью наверняка располагалась ванная комната — он много раз слышал, как оттуда доносился звук льющейся воды (в том числе и тогда, когда она наполняла водой ведро, из которого он потом с такой готовностью пил). Не оттуда ли она приходит всякий раз, как наступает время для дозы лекарства?

Скорее всего именно оттуда.

Он взял заколку, но она выскользнула из пальцев, упала на доску и покатилась к краю.

— *Нет!* — хрипло завопил Пол и накрыл заколку ладонью, прежде чем та успела скатиться на пол. Он сжал заколку в кулаке, и сознание его выключилось.

Ему показалось, что на этот раз обморок длился дольше, хотя, конечно, наверняка сказать не мог. Боль как будто бы чуть-чуть уменьшилась — если не принимать во внимание дьявольскую боль в левом колене. На ручках кресла лежала доска, а на ней — заколка для волос. На сей раз, прежде чем взять заколку, он как следует размял пальцы правой руки.

Пора, подумал он, беря заколку с доски. *Не дрожать. Не забудь: ДРОЖАТЬ НЕЛЬЗЯ.*

Он потянулся к замочной скважине и вставил в нее заколку, прислушиваясь к гремящему в голове

(Так ярко!)

голосу комментатора.

Липкий, как масло, пот заливал лицо. Он слушал... нет, более того — он чувствовал.

Любой дешевый замок основан на простом шатуне, объяснял ему Том Твифорд, показывая рукой, как работает шатун. *Предположим, вам надо перевернуть кресло-качалку. О чем разговор! Вы беретесь за его дужки и тянете на себя... всего и дел. То же самое с замком. Дерните шатун вверх и быстро, пока он не вернулся на место, открывайте крышку.*

Он дважды поддевал шатун, но оба раза заколка соскакивала и он не успевал привести шатун в движение. Заколка уже слегка погнулась. Пол решил, что еще две или три попытки — и она сломается.

— Прошу тебя, Боже, — проговорил он, снова засовывая заколку в замочную скважину. — Прошу тебя, Боже, ну что тебе стоит? Помоги мне чуть-чуть, я о большем не прошу.

(«Да, господа, Пол Шелдон был сегодня героем, но, по-моему, у него сейчас последняя попытка. Трибуны замерли...»)

Он прикрыл глаза, прислушиваясь к шороху заколки в замке, и голос комментатора стих. Вот оно! Туго идет! Вот шатун! Его видно — он похож на гнутую дугу качалки, он давит на язычок замка, не дает ему выскользнуть, не дает *Полу* выскользнуть.

Детская игрушка. Главное — сохранять спокойствие.

Трудно сохранять спокойствие, когда так больно.

Левой рукой он взялся за дверную ручку и попробовал слегка надавить на заколку. Еще чуть-чуть... Еще чуть-чуть...

Мысленно он представлял себе, как шатун медленно движется в своей тесной пыльной нише, как медленно отходит язычок замка. Никто не просит, чтобы язычок отошел полностью, это никому не нужно — переворачивать качалку никому не нужно, если вспомнить метафору Тома Твифорда. Пусть только еще капельку отодвинется и отпустит дверь... Толчок...

Заколка гнулась и соскальзывала одновременно. Пол чувствовал это. В отчаянии он повернул ручку и толкнул дверь изо всех сил. Щелчок — и заколка переломилась пополам, причем одна половина провалилась в замок, и Пол был уже готов признать свое поражение, но вдруг осознал, что дверь медленно открывается, а язычок замка торчит, как железный ноготь.

— Иисусе, — прошептал он. — Благодарю тебя, Господи.

Давайте посмотрим повтор! — торжествующе завопил у него в голове Уорнер Вулф, и тысячи зрителей, сидящих на трибунах стадиона имени Энни Уилкс, а также миллионы телезрителей издали ликующий крик.

— Не сейчас, Уорнер, — прохрипел он и приступил к долгой, изнуряющей работе: принялся разворачивать инвалидное кресло так, чтобы оно оказалось точно напротив дверного проема.

31

Ему пришлось пережить скверную — не просто скверную, страшную, кошмарную минуту, когда показалось, что кресло не пройдет в дверь. Оно было шире, чем надо, не больше чем на два дюйма, но эти два дюйма все-таки были лишними. *Она вносила его в сложенном виде, поэтому оно и было тогда похоже на магазинную тележку,* мрачно сообщила ему память.

В конце концов ему удалось протиснуться — с огромным трудом — благодаря тому, что он наклонился вперед и ухватился руками за дверной косяк. Оси колес заскрежетали по дереву, но кресло все-таки выехало.

После этого он снова отрубился.

32

Из забытья его вывел ее голос. Он открыл глаза и увидел двустволку, направленную на него. Глаза Энни сверкали от ярости.

— Пол, если ты так рвешься на свободу, — проговорила она, — я с радостью отпущу тебя.

И спустила оба курка.

33

Он вздрогнул, ожидая выстрела. Но ее, разумеется, не было в доме; его мозг уже сообразил, что видел сон.

Нет, не сон — предупреждение. Она может вернуться в любую минуту. В любую.

Дневной свет, проникавший через полуоткрытую дверь ванной, стал ярче. Как будто полдень. Пол был бы рад, если бы сейчас пробили часы, но они упрямо молчали, так что он не мог узнать, насколько его догадка близка к истине.

В прошлый раз ее не было пятьдесят часов.

Вот именно. А в этот раз она может пропадать восемьдесят часов. Или уже через пять секунд ты услышишь, как подъезжает «чероки». Кстати, мой друг, Бюро погоды может сколько угодно предсказывать бурю, но если спросить этих ребят, когда и где именно она разразится, ни хрена они тебе не ответят.

— Логично, — пробормотал он и покатился в кресле в сторону ванной. Оказалось, что ванная представляет собой непритязательную комнату и пол там выложен белой восьмиугольной плиткой. Сама ванна стояла на полу на четырех когтистых лапах; водопроводный кран над ней проржавел. Рядом стоял белый шкаф. Напротив ванны помещалась раковина, а над ней — аптечный шкафчик.

И пластиковое ведро тоже было здесь — он заметил его краешек.

В коридоре оказалось достаточно места, чтобы развернуться и подъехать к двери, но теперь его руки дрожали от изнеможения. В детстве он был хилым мальчиком и, как следствие, в зрелом возрасте заботился о своей физической форме, но теперь его мускулы были всего лишь мускулами инвалида, и годы гимнастики, пробежек, занятий на тренажерах исчезли без следа.

По крайней мере дверной проем здесь был шире — не намного, как раз настолько, чтобы в него можно было проехать без одуряющего страха. Пол преодолел порожек, и колеса инвалидного кресла мягко покатились по плиткам пола. В ванной стоял кислый, какой-то больничный запах — возможно, запах лисола*. Туалета здесь не было, так он и думал, поскольку звук спускаемой воды всегда доносился только сверху. Кстати, теперь он припомнил, что всякий раз, как Энни выносила его судно, вода шумела опять-таки наверху. А здесь — только ванна, раковина и открытый настежь шкаф.

Он быстро окинул взглядом аккуратные стопки голубых полотенец — он уже видел такие в те дни, когда она мыла его губкой — и повернулся к аптечному шкафчику над раковиной.

Этот шкафчик был вне его досягаемости.

Как бы он ни тянулся, между его пальцами и аптечкой оставалось бы добрых девять дюймов; это было очевидно, но

---

* Дезинфицирующее средство с феноловыми добавками.

он все равно потянулся, не веря, что рок, Господь Бог, да не важно кто, может быть столь жесток. Так отчаянно бросается за безнадежно уходящим мячом бейсболист.

Он издал горький, болезненный стон и, задыхаясь, откинулся назад. Серое облако снова подступило к нему. Усилием воли он прогнал облако прочь, огляделся в поисках какого-нибудь инструмента, которым можно было бы воспользоваться, чтобы открыть дверцу аптечного шкафчика, и увидел в углу швабру с длинной синей ручкой.

И что, будешь открывать этим? Ты серьезно? Ну хорошо, можно попробовать. Откроешь, начнешь шарить этой ручкой внутри. Все, что там лежит, полетит в раковину. Склянки разобьются, а если даже склянок там нет, что вообще-то маловероятно, ведь бутылочка какого-нибудь листерина есть в любой домашней аптечке, как ты будешь складывать обратно все, что упадет? И что тебя ждет, когда она вернется и увидит, что содержимое аптечки валяется в раковине?

— Скажу ей, что это Мизери, — прохрипел он. — Скажу, что она искала живую воду, чтобы восстать из мертвых.

И тут он расплакался... даже сквозь слезы продолжая осматривать ванную комнату в поисках чего-нибудь, надеясь, что его осенит идея, что найдется хоть что-нибудь, черт побери...

Он снова посмотрел на белый шкаф, и вдруг дыхание его пресеклось, а глаза широко раскрылись.

В первый раз он бегло взглянул на полки, где лежали полотенца, простыни и наволочки. Теперь же он посмотрел на самую нижнюю полку и заметил там множество квадратных картонных коробок с названиями разных фармакологических фирм на этикетках.

Он развернул кресло; резкое движение отдалось новым приступом боли, но ему было не до того.

Боже, сделай так, чтобы там были не запасы шампуня, не ее тампоны, не фотографии в бозе почившей мамочки, не...

Он дотянулся до одной из коробок, достал ее из шкафа и раскрыл. Не шампунь, не прокладки. Ничего подобного. Дикий хаос: лекарства в коробочках со штампами «Образец». На дне — несколько отдельных разноцветных таблеток и капсул. Некоторые лекарства он знал — например, мотрим или лопрессор, препарат для гипертоников, который его отец принимал в последние три года жизни. О других он никогда не слышал.

— Новрил, — бормотал он, яростно роясь в коробке. Пот струился по лицу, а ноги скручивала пульсирующая боль. — Новрил, ну где этот проклятый *новрил?*

Новрила не было. Он закрыл коробку и засунул ее обратно в шкаф, не особенно заботясь о том, чтобы она попала на прежнее место. Это не важно, здесь полный беспорядок...

Перегнувшись на левую сторону, он сумел достать другую коробку. Он не поверил своим глазам, когда раскрыл ее.

Дарвон. Дарвосет. Комбинированный дарвон. Морфос и комбинированный морфос. Либриум. Валиум. И новрил. Десятки, десятки, десятки коробок с образцами. Прекрасные коробки. Дорогие, желанные, вожделенные коробочки. Он разорвал одну из них и увидел капсулы, запечатанные в пластик, именно такие, как те, что она приносит ему каждые шесть часов.

НЕ ПРИМЕНЯТЬ БЕЗ ПРЕДПИСАНИЯ ВРАЧА, гласила надпись на упаковке.

— Господи Боже, да ведь врач *там,* внутри! — выдохнул Пол, сорвал зубами пластиковое покрытие и прожевал три капсулы сразу, почти не замечая, какие они дико горькие. Проглотив их, он помедлил, внимательно посмотрел на пять оставшихся в упаковке капсул и проглотил еще одну.

Потом он торопливо и испуганно огляделся. Конечно, он знал, что облегчение не может наступить так быстро, и тем не менее *чувствовал* облегчение. Казалось, *иметь* лекарство важнее, чем его *принимать.* У него появилось чувство, что он обрел власть над луной, вызывающей приливы; он просто наклонился и взял в руки эту власть. Изумительное, грандиозное состояние... с примесью страха, ощущения вины за совершенное святотатство.

Если она сейчас вернется...

— Да. Я все понял.

Он посмотрел на коробку с лекарствами, прикидывая, сколько коробочек новрила серая мышка по имени Пол Шелдон, тайком прокравшаяся куда не следовало, сможет утащить незаметно для Энни Уилкс.

Он нервно хихикнул при мысли о том, что лекарство не просто подействовало на его ноги. Если выражаться точно, оно принесло настоящий кайф.

Давай двигайся, придурок. Некогда сидеть и балдеть.

Он взял пять коробочек — всего тридцать капсул — и заставил себя не трогать остальные, затем перемешал все лекарства, надеясь, что в коробке теперь воцарился прежний хаос, аккуратно закрыл коробку и поставил в шкаф.

По шоссе ехала машина.

Он выпрямился в кресле и в паническом ужасе широко раскрыл глаза. Руки его инстинктивно вцепились в подлокотники кресла. Если это Энни, то он в ловушке и ему конец. Он не сумеет вовремя добраться до спальни на этой неповоротливой махине. Может, ему удастся треснуть ее шваброй по голове, прежде чем она скрутит ему шею, как цыпленку?

Он сидел в инвалидном кресле, на коленях у него лежали коробочки с образцами новрила, а ноги безжизненно покоились на подставке. Он сидел и прислушивался: проедет машина мимо или свернет во двор.

Шум мотора нарастал, нарастал... потом стал стихать.

Отлично. Пол, малыш, может, до тебя не дошло предупреждение?

До него дошло. Он в последний раз посмотрел на картонные коробки. Вроде бы они стояли так же, как и раньше (полной уверенности быть не могло, так как раньше дымка боли застилала ему глаза), но он понимал, что коробки здесь могут стоять вовсе не в беспорядке. При глубоком неврозе у человека обостряется внимание, и вполне возможно, что она в точности запомнила место каждой коробки. Этого не надо бояться, с этим можно только смириться. В конце концов ему было необходимо лекарство, и ему каким-то образом удалось выбраться из своей комнаты и добраться до лекарства. Если последует наказание — что ж, он не мог поступить иначе. Правда, такое смирение — признак самой скверной перемены, которая произошла с ним по вине Энни: он превратился в загнанное, сломленное болью животное, утратившее все моральные критерии для своих поступков.

Он медленно развернул кресло, постоянно оборачиваясь, чтобы придать колесам нужное направление. Еще недавно одно такое движение заставило бы его кричать от боли, но сейчас боль отступала, ее заливал благословенный прилив.

Он выкатился в коридор, и его пронзила жуткая мысль: если пол в ванной чуть влажный или грязный...

Он оглянулся. Он настолько поверил, что колеса не могли не оставить следов на белых плитках пола, что на мгновение действительно увидел следы. Он тряхнул головой и посмотрел еще раз. Никаких следов. Но дверь ванной открыта шире, чем прежде. Он откатился назад к двери, чуть повернул кресло, дотянулся до дверной ручки и наполовину прикрыл дверь, присмотрелся и слегка поправил. Вот так. Теперь все как было.

Он уже начал поворачивать кресло, собираясь отправиться обратно в свою комнату, и вдруг заметил, что кресло развернуто как раз в сторону гостиной, а в гостиной в большинстве домов бывает телефон.

Сверкнула ослепительная вспышка, и туман в его голове рассеялся.

— Алло, полицейский участок Сайдвиндера, офицер АБВ у телефона.

— Слушайте внимательно, офицер АБВ. И не перебивайте меня, так как я не знаю, сколько времени в моем распоряжении. Меня зовут Пол Шелдон. Я нахожусь в доме Энни Уилкс на

положении пленника по крайней мере две недели. Может быть, месяц. Я...

— Энни Уилкс!

— Приезжайте немедленно. И пришлите «скорую помощь». Только, ради всего святого, приезжайте, пока она не вернулась...

— Пока она не вернулась, — простонал Пол. — О да. Пока не вернулась.

Да с чего ты взял, что у нее вообще есть телефон? Ты что, слышал когда-нибудь, как она с кем-нибудь разговаривает? Кому она будет звонить? Добрым соседям Ройдманам?

Пусть болтать по телефону ей действительно не с кем, но она должна понимать, что бывают непредвиденные случаи; она может упасть с лестницы и сломать ногу или руку, сарай может загореться...

Сколько раз этот якобы имеющийся телефон звонил?

А что, он обязательно должен был при тебе звонить? Телефон должен непременно звонить раз в сутки, иначе приходит Телефонный Бог и уносит его в горы? Кстати говоря, я большую часть времени провел без сознания.

Упускаешь шанс. Гонишь от себя счастливый случай и сам это понимаешь.

Да, он это понимал, но не мог устоять перед такими соблазнами, как образ телефона, воображаемая трубка в руке, прохладная, черная, воображаемое жужжание диска при наборе номера, воображаемый гудок.

Он повернул кресло таким образом, чтобы оно оказалось точно напротив двери гостиной, и поехал вперед.

Воздух в гостиной был тяжелый, спертый и влажный. Несмотря на то что шторы на окнах были опущены лишь наполовину и приоткрывали чудесный вид на горы, казалось, что в комнате слишком темно — наверное, из-за темных тонов. В гостиной преобладал темно-красный цвет, как будто здесь пролилось немало венозной крови.

Над камином висел фотопортрет отталкивающего вида женщины; маленьких глазок почти не было видно на мясистом лице. Сморщенные губы формой напоминали розовый бутон. Портрет был обрамлен вычурной золоченой рамкой в стиле рококо. Размер портрета примерно соответствовал размерам портретов президента, висящих в почтамтах больших городов. Полу не нужно было нотариально заверенного свидетельства, чтобы установить, что на фотографии изображена пресловутая матушка Энни.

Он проехал чуть дальше. Левое колесо его кресла нечаянно толкнуло столик, стоявшие на нем керамические безделушки покачнулись, и одна из них — глиняный пингвин, сидящий на глиняной ледяной глыбе, — упала.

Не раздумывая он протянул руку и поймал фигурку. Это движение вышло почти непроизвольным... и быстрая реакция сделала свое дело. Он с силой сжал пингвина в кулаке, стараясь унять дрожь. *Поймал, и хорошо, да и на полу тут ковер, может, она все равно бы не разбилась...*

А если бы РАЗБИЛАСЬ! — завопило его сознание. *Если бы РАЗБИЛАСЬ! Давай двигай к себе в комнату, пока ты тут не оставил... следов.*

Нет. Не теперь. И пусть он сейчас до смерти боится. Но он добрался сюда очень дорогой ценой. И если есть шанс добиться успеха, его надо использовать.

Он оглядел комнату, обставленную неуклюжей тяжелой мебелью. Ее облик должны были бы определять окна с полукруглым верхом и роскошный вид на Скалистые горы, но на самом деле его определял портрет грузной женщины, заключенный в безвкусную золоченую раму, изукрашенную завитушками.

Около кушетки, с которой Энни могла бы смотреть телевизор, стоял стол, а на нем — обыкновенный телефонный аппарат с диском.

Осторожно, едва дыша, он поставил глиняного пингвина (на глиняной ледовой глыбе была надпись: ОКОНЧЕН МОЙ РАССКАЗ) на ненадежный столик и двинулся к телефону.

Напротив дивана стоял еще один столик, и Пол далеко объехал его, так как на нем стояла гнусная зеленая ваза с засохшими цветами, и все это сооружение выглядело так, словно было готово опрокинуться от малейшего прикосновения.

Никаких машин за окном — только вой ветра.

Он взялся за телефонную трубку и медленно поднял ее.

Еще до того, как он поднес трубку к уху и не услышал никаких звуков, у него возникло необъяснимое предчувствие поражения. Так же медленно он положил трубку на рычаг. Ему вдруг вспомнилась строчка из старой песенки Роджера Миллера: *Телефона нет, и бассейна нет, нету даже сигарет.* Неожиданно эта чепуха обрела определенный смысл.

Он проследил, куда тянется телефонный шнур, увидел на плинтусе квадратную розетку и убедился, что штепсель вставлен как следует. Все как следует.

Как сарай с батареями на крыше.

Пристойная внешность — это очень, очень важно.

Он прикрыл глаза и представил себе, как Энни вытаскивает штепсель, заливает в дырочки розетки клей и вставляет штепсель на место. Телефонная компания никогда не узнает, что телефон Энни Уилкс не в порядке, если только кто-нибудь, не дозвонившись до нее, не обратится с просьбой проверить линию. Но ей ведь никто не звонит, не так ли? Она будет ежемесячно получать счета за молчащий телефон и аккуратно оплачивать их — составная часть нескончаемой борьбы за *пристойную внешность,* такая же, как окраска сарая и установка батарей на его крыше. Неужели она испортила телефон специально на такой вот случай? Неужели она предусмотрела, что он сумеет выбраться из своей комнаты? Едва ли. Телефон — *работающий* телефон — наверняка действовал ей на нервы задолго до появления Пола в доме. Наверняка ей случалось лежать ночью без сна, прислушиваться к завываниям ветра за окном и думать о людях, которые смотрят на нее с неприязнью или с открытой недоброжелательностью, обо всех ройдманах мира, которые могут в любой момент позвонить ей и прокричать в трубку: *Ты сделала это, Энни Уилкс! Тебя вызывали в Денвер, и мы знаем, что ты это сделала! Была бы ты невиновна, тебя не стали бы вызывать в Денвер!* Несомненно, она подала заявку на исключение ее номера из телефонных справочников и добилась своего — любой, кого обвиняли в серьезном преступлении (а Денвер означает, что преступление было серьезным) и затем оправдали, поступил бы так же, — но человека, страдающего таким глубоким неврозом, это не успокоило бы надолго. *Они* все в заговоре против нее, если *им* понадобится, они узнают любой номер, скажем, юристы, которые вели дело против нее, будут рады дать ее номер всякому, кто попросит, а *они попросят,* можно не сомневаться... Ведь мир в ее глазах окутан мраком, в котором непрерывно движутся людские массы; враждебная вселенная окружает единственный ярко освещенный островок сцены... ее. Поэтому стоит уничтожить телефон, заставить его замолчать, как она заставит замолчать *его самого,* если узнает, что он совершил.

Его вдруг охватила паника, и он вспомнил, что должен попасть к себе в комнату, где-то спрятать лекарство и подъехать обратно к окну, чтобы она не заметила *никаких перемен, абсолютно никаких перемен*. На этот раз он согласился с внутренним голосом, чистосердечно согласился. Он осторожно отъехал от телефона на достаточное расстояние, чтобы развернуться, и начал выполнять этот трудоемкий маневр, следя за тем, чтобы случайно не задеть столик.

Он почти завершил разворот, когда услышал приближающийся шум мотора. Теперь он знал, просто *знал,* что это Энни возвращается из города.

34

Он едва не потерял сознание, охваченный таким ужасом, какого не знал никогда, ужасом, пронизанным острым, сводящим с ума чувством вины. Ему вдруг вспомнился единственный случай, отдаленно напоминающий сегодняшний по накалу переживаний. Тогда ему было двенадцать лет и он остался дома один, так как были летние каникулы, отец отправился на работу, а мама уехала в Бостон с миссис Каспбрак из дома напротив. Ему попалась на глаза пачка сигарет, он достал одну и жадно закурил. Его затошнило, но в то же время он чувствовал себя превосходно. Так, по его представлениям, должны были чувствовать себя грабители, проникшие в банк. Когда он выкурил сигарету до половины и в комнате было полно дыма, он услышал, как открывается входная дверь. *Поли? Это я, я забыла дома кошелек!* Он бешено замахал руками, стараясь разогнать дым и понимая, что это ничего не даст, понимая, что он пойман, понимая, что его ждет выволочка.

Сегодня его ждет нечто более серьезное, чем выволочка.

Он вспомнил сон, увиденный после одного из недавних обмороков, — Энни говорит ему: *Пол, если ты так рвешься на свободу, я с радостью отпущу тебя,* и спускает оба курка двустволки.

Шум двигателя стал немного тише, так как подъехавшая машина сбавила скорость. Это *она.*

Пол положил онемевшие ладони на колеса и поехал к двери, кинув взгляд на столик с безделушками. Стоит ли глиняный пингвин на прежнем месте? Неизвестно. Можно только надеяться, что это так.

Набирая скорость, он пересек коридор. Он надеялся с ходу проскочить в дверной проем спальни, но кресло было сориентировано чуть-чуть неверно. Совсем чуть-чуть, но размеры дверного проема были таковы, что этого чуть-чуть оказалось достаточно. Кресло натолкнулось на правый косяк и отскочило.

Ты не поцарапал краску? — заорало на него его сознание. *Боже всемилостивый, ты не поцарапал краску, не оставил улику?*

Царапины не было. Была маленькая вмятина, но царапины не было. Слава Богу. Он откатился немного назад, стараясь направить кресло точно в дверь.

Шум мотора медленно приближался. Теперь Пол мог расслышать скрип снега под колесами.

Ближе... Она близко...

Он покатился вперед, и ступицы колес его кресла застряли в дверном проеме. Он сильнее нажал на колеса, сознавая, что усилия ни к чему не приведут, что он застрял словно пробка в бутылке — ни туда и ни сюда...

Он нажал еще раз (мускулы дрожали, как чересчур туго натянутые струны скрипки), и кресло с уже знакомым ему тихим скрипом проскользнуло в комнату.

«Чероки» свернул на подъездную дорогу.

У нее должны быть свертки, невнятно пробормотало его сознание. *Пачки бумаги, не исключено, еще какие-нибудь вещи, она будет идти осторожно, чтобы не поскользнуться, ты уже здесь, худшее позади, у тебя есть время, есть еще время...*

Он отъехал от двери и заставил кресло описать неуклюжий полукруг. Когда кресло повернулось к двери боком, мотор «чероки» умолк.

Он ухватился за дверную ручку и попытался захлопнуть дверь. Язычок замка, по-прежнему торчавший наподобие твердого стального пальца, стукнулся о косяк. Пол нажал на язычок большим пальцем, тот стал поддаваться... потом остановился. Уперся намертво, не позволяя двери закрыться.

Мгновение Пол тупо смотрел на замок, повторяя про себя старую поговорку военных моряков: *Неприятность, которая МОЖЕТ случиться, случается.*

Прошу тебя, Боже, не надо больше, разве мало того, что она испортила телефон?

Он отпустил язычок, и тот, спружинив, выскочил на прежнюю длину. Пол снова нажал на него — и с тем же результатом. Он услышал непонятное шуршание и все понял. В замке осталась отломившаяся половина заколки. Она упала внутрь так, что замок заклинило.

Он услышал, как открылась дверца «чероки». Даже слышал, как ворчит, выбираясь из машины, Энни. Слышал, как шуршат свертки.

— Давай же, — прошептал он, осторожно раскачивая язычок замка. При каждом усилии замок подавался примерно на одну шестнадцатую дюйма и останавливался. Пол слышал, как проклятый обломок заколки скрежещет внутри. — Давай же... Давай... Давай...

Он снова плакал, сам того не сознавая, и капли пота и слезы текли по его щекам; он смутно понял, что боль возобновилась, несмотря на большую дозу новрила, и за эту свою попытку освободиться от боли он дорого заплатит.

Она заставит тебя платить дороже, Поли, если не сумеешь закрыть дверь.

Он слышал, как снег хрустит под ее ногами. Свертки шуршат... А вот звякнули ключи — она вынула их из сумки.

— Давай... Давай... Давай...

Он еще раз нажал на язычок; послышался хруст, и металлический выступ вошел в дверь на четверть дюйма. Недостаточно, чтобы захлопнуть... но почти.

— Пожалуйста... *Давай...*

Он принялся быстрее раскачивать язычок, услыхав, как открывается дверь кухни. И вдруг словно вернулся тот день, когда мать застала его курящим. Энни весело крикнула:

— Пол! Это я! Я привезла вам бумагу!

Поймала! Она поймала меня! Боже, пожалуйста, Боже, нет, пусть она не бьет меня, Боже...

Конвульсивным движением он нажал пальцем на язычок и полностью утопил его в двери; обломок заколки с треском переломился. Из кухни донесся звук — Энни расстегивала «молнию» на парке.

Он закрыл дверь спальни. Щелчок замка

(а она слышала? не могла не могла не услышать!)

прозвучал, как выстрел стартового пистолета.

Пол покатился к окну. Он еще не доехал до окна, когда в коридоре послышались ее шаги.

— Пол, я привезла вам бумагу! Вы не спите?

Нет... поздно... Она услышит...

Он нажал на рычаг управления в последний раз и подкатился к окну в ту же секунду, когда ее ключ повернулся в замке.

Не откроется... Заколка... Она заподозрит...

Но кусочек металла, должно быть, провалился глубоко, так как ключ сработал нормально. Пол наполовину прикрыл глаза, безумно надеясь, что поставил кресло в точности на то место, где оно стояло до ее ухода, или по крайней мере достаточно близко, чтобы она не заметила перемены, надеясь, что она припишет его пот и дрожь во всем теле боли, не смягченной действием лекарства, и больше всего надеясь на то, что он не наследил...

Когда дверь комнаты распахнулась, он глянул вниз и увидел, что, пока он так отчаянно-тщательно проверял, нет ли улик, самая главная улика осталась без внимания: коробочки с новрилом по-прежнему лежали у него на коленях.

35

В каждой руке она держала по пачке бумаги.

— Вот, «Триад Модерн», как вы просили, правильно? Тут две стопы, и на кухне еще две, просто на всякий случай. Так что... — Она замолчала и нахмурилась, глядя на него. — Вы прямо-таки *промокли* от пота... и *очень* разрумянились. — Она помолчала. — Чем вы тут занимались?

Хотя в это мгновение внутренний голос опять завопил, что он, Пол, пойман и надо сдаваться, признаваться во всем и надеяться на снисхождение, он сумел встретить ее подозрительный взгляд и, в свою очередь, взглянуть на нее с болезненной иронией.

— По-моему, вам известно, чем я тут занимался, — ответил он. — Я мучился.

Она достала из кармана юбки салфетку и вытерла ему лоб. Салфетка мгновенно намокла. Она улыбнулась ему все той же псевдоматеринской улыбкой:

— Было очень плохо?

— Да. Да, очень. Можно мне теперь...

— *Говорила* я вам, чтобы вы не выводили меня из себя. Век живи — век учись, правда? Ну ничего, будете жить — будете учиться.

— Можно мне теперь капсулы?

— Минуту, — сказала она, не отводя взгляда от его потного лица, бледного, но покрытого красными пятнами. — Сначала я должна убедиться, что вам больше *ничего* не нужно. Что старая глупая Энни Уилкс ничего не забыла — она ведь не знает, что нужно мистеру Умнику, чтобы написать книгу. Я должна убедиться, что вам не нужно, чтобы я поехала в город и купила там магнитофон или какие-нибудь особые тапочки для писания или еще что-нибудь в этом роде. Если вам что-то понадобится, я поеду. Ваши желания для меня закон. Я не стану тратить время на то, чтобы давать вам лекарство. Так что скажете, мистер Умник?

— У меня все есть, — проговорил он. — Пожалуйста, Энни...

— И вы больше не будете выводить меня из себя?

— Нет. Больше никогда не выведу вас из себя.

— Если меня вывести из себя, то я уже не я. — Энни опустила глаза и увидела, что его ладони прижаты к коленям; он старательно прикрывал ими коробочки. Она долго смотрела на его руки и наконец мягко сказала: — Пол, почему вы так держите руки?

Он расплакался. Плакал он от сознания вины и страшно досадовал на себя за это: выходит, вдобавок ко всему, что сделала с ним эта чудовищная женщина, она еще и заставила его чувствовать себя виноватым. Он плакал от сознания вины... и просто от усталости, как плачут дети.

— Я хочу лекарство, — выговорил он, — и хочу в туалет. Я терпел все время, пока вас не было, но, Энни, я больше не могу терпеть и не хочу опять обмочиться.

Она лучезарно улыбнулась и откинула с его лба прядь волос:

— Бедняжка. Вам изрядно досталось от Энни, правда? Даже чересчур! Злая старуха Энни! Сейчас все принесу.

36

Он не решился бы прятать лекарство под ковриком, даже если бы у него было на это время до ее возвращения; капсулы хотя и маленькие, но все равно их очертания будут слишком заметны. Когда он услышал, как она вошла в ванную, то, превозмогая боль, схватил коробки, протянул руку за спину и засунул их сзади под трусы. Острые картонные углы врезались в ягодицы.

Она вернулась. В одной руке у нее было судно, в другой — две капсулы новрила и стакан воды. Судно, старая жестяная штуковина, было похоже на какую-то нелепую тарелку.

Эти две в дополнение к тем, что ты принял полчаса назад, могут ввести тебя в кому и убить, подумал он, а другой голос тут же ответил: *Тем лучше для меня.*

Он взял капсулы и проглотил их, запив водой.

Она протянула ему судно:

— Нужна моя помощь?

— Я сам справлюсь, — ответил он.

Она деликатно отвернулась, пока он пристраивал пенис к холодной трубке и мочился. Случайно взглянув на нее, когда струя мочи ударила по жести, он увидел, что она улыбается.

— Все? — спросила Энни через несколько секунд.

— Да. — Ему действительно необходимо было облегчиться, просто до сих пор некогда было подумать об этом.

Она взяла у него судно и осторожно поставила на пол.

— Теперь давайте-ка в постель, — сказала она. — Вы, наверное, устали... А ваши ноги, конечно, распевают арии.

Он кивнул, хотя правда заключалась в том, что он *ничего* не чувствовал; благодаря проглоченной в два приема дозе лекарства он с пугающей быстротой терял сознание и уже видел комнату сквозь серую пелену. Он ухватился за одну мысль: сейчас она поднимет его, чтобы уложить в кровать, и ей следует быть начисто лишенной зрения и осязания, чтобы не заметить, что под трусами у него что-то спрятано.

Она подкатила кресло к кровати:

— По-моему, Пол, еще чуть-чуть — и вы заснете.

Ему удалось выговорить:

— Энни, можно подождать пять минут?

Она взглянула на него, и зрачки ее сузились.

— Я думала, вам больно, сэр.

— Правда, — ответил он. — Больно... очень. Главное — колено. Там, куда вы... ну, когда вы потеряли терпение. Я еще не готов, чтобы меня поднимали. Можно подождать пять минут, пока... пока...

Он знал, что хочет сказать, но слова уплывали от него в серое облако. Он беспомощно посмотрел на нее.

— Пока лекарство не подействует? — спросила она, и он благодарно кивнул. — Ну конечно. Я пока уберу кое-что и сразу вернусь.

Как только она вышла из комнаты, он вытащил коробочки и засунул их по одной под матрас. Облако делалось все плотнее и становилось уже не серым, а черным.

Убирай подальше, тупо подумал он. *Чтобы она не вытянула их вместе с нижней простыней, если будет перестилать постель. Чем дальше, тем... тем...*

Он засунул под матрас последнюю, откинулся на спинку кресла и стал смотреть на потолок, где плясали три пьяные буквы «В».

Африка, подумал он.

Теперь надо прополоскать, подумал он.

В какое же неприятное положение я попал, подумал он.

Следы, подумал он. *Я не оставил следов? Я не оставил...*

Пол Шелдон потерял сознание. Проснулся он четырнадцать часов спустя. За окном снова шел снег.

Часть вторая

Мизери

Писание не является причиной несчастья, это порождение несчастья.

Монтень

1

Пол Шелдон
ВОЗВРАЩЕНИЕ МИЗЕРИ

Для Энни Уилкс

Глава 1

Хотя Йен Кармайкл не покинул бы Литтл-Данторп за все бриллианты из сокровищницы английской королевы, он вынужден был признаться самому себе, что таких дождей, как в Корнуолле, не бывает больше нигде в Англии.

У входной двери висело старое полотенце, и Йен, сняв сапоги и плащ, с которого капало, насухо вытер им свои темно-каштановые волосы.

Из гостиной доносились журчащие звуки мелодии Шопена, и Йен застыл на пороге с полотенцем в левой руке.

Теперь по его щекам текли не капли дождя, а слезы.

Он припомнил, как Джеффри говорил: _Старик, тебе нельзя плакать при ней, никогда не смей этого делать!_

Разумеется, Джеффри был прав — старина Джеффри редко ошибается, — но временами, когда он оставался один, сознание того, как близко от Мизери прошла коса Смерти, неожиданно охватывало его, и тогда было почти невозможно удержаться от слез. Он ведь так ее любил; без нее он бы умер. Без Мизери жизнь утратила бы для него всякий смысл и покинула бы его.

Родовые схватки были долгими и тяжелыми, но, по словам повитухи, не дольше и не тяжелее, чем у множества молодых женщин, у которых ей доводилось принимать роды. Только после полуночи, через час после того, как Джеффри ускакал за доктором в грозовую ночь, повитуха начала беспокоиться. Только когда началось кровотечение.

— Дорогой мой Джеффри! — произнес он вслух и прошел в просторную и жарко, как всегда в Западной Англии, натопленную кухню.

— Что вы сказа-али, молодой господин? — спросила старая миссис Рэмедж, своенравная, но симпатичная экономка семьи Кармайклов, появляясь из буфетной. От ее надетого набекрень чепца, как всегда, пахло нюхательным табаком, пристрастие к которому она вот уже долгие годы убежденно называла тайным пороком.

— Нет, миссис Рэмедж, это я так, — сказал Йен.

— Но там с вашего плаща ка-апает, я сама слышала, так вы там чуть не потонули, как я посмотрю!

— Ну да, почти что так, — отозвался Йен, а сам подумал: _Если бы Джеффри тогда привез доктора десятью минутами позже, она, наверное, умерла бы._

Он всегда старался отогнать от себя эту мысль — слишком она мрачная и к тому же бесполезная, но эта мысль о жизни без Мизери обладала ужасной силой и время от времени пробиралась в его мозг.

Печальные размышления были прерваны здоровым криком младенца; его сын проснулся и требовал обеда. Йен услышал негромкий голос Энни Уилкс, умелой няньки Томаса, которая принялась успокаивать его и менять ему пеленки.

— Славно сегодня кричит ваш мальчик, — заметила миссис Рэмедж. На мгновение Йен снова удивился, что стал отцом и у него есть сын, и тут жена окликнула его с порога:

— Здравствуй, дорогой.

Он взглянул на нее, на свою Мизери, на свою любимую. Она стояла в дверях; ее роскошные каштановые волосы, отливавшие на свету темно-рыжим, рассыпались по плечам. Она все еще была болезненно худа, но на ее щеки, как заметил Йен, уже начал возвращаться румянец. В темных глубоких глазах отражался свет ламп, и они сверкали, как два бриллианта чистой воды на черном бархате витрины ювелира.

— Дорогая! — крикнул Йен и бросился к ней — как в тот день в Ливерпуле, когда все были уверены, что проклятие Безумного Джека Уикершема сбылось и ее похитили пираты.

Миссис Рэмедж поспешно вспомнила, что недоделала кое-что в гостиной, и оставила их наедине. Надо заметить, удалилась она с улыбкой. Миссис Рэмедж также иногда не могла удержаться от мыслей о том, какой была бы их жизнь, если бы Джеффри и доктор приехали десятью минутами позже, или если бы не удался эксперимент по переливанию крови, которую так храбро предоставил в распоряжение доктора ее молодой господин.

— Ох, де-евочка моя, — бормотала она себе под нос, проходя по коридору. — И ду-умать об этом не сто-оит.

Этот разумный совет Йен тоже давал себе много раз. Но и он, и экономка уже уяснили, что бывают случаи, когда разумный совет легче дать, чем ему последовать.

А в кухне Йен прижал к себе Мизери, чувствуя, как оживает, умирает и оживает вновь его душа от запаха ее теплой кожи.

Он положил ладонь ей на грудь и почувствовал, как сильно и ровно бьется ее сердце.

— Если бы ты умерла, я бы умер с тобой, — прошептал он.

Она обвила руками его шею и поудобнее устроила грудь в его руке.

— Тише, дорогой, — зашептала Мизери. — Не говори глупостей. Я здесь... с тобой. Поцелуй меня! Если я и умру, то только от любви к тебе.

Он прижался губами к ее губам, его пальцы зарылись в ее каштановые волосы, и через несколько секунд в мире не осталось никого, кроме них.

2

Энни положила три машинописные страницы на столик у его изголовья. Он ждал, что она скажет. Он не очень волновался, ему было просто любопытно; он сам удивился той легкости, с которой вновь погрузился в мир Мизери. Конечно, это мир слезливой мелодрамы, и тем не менее возвращение туда было вовсе не таким неприятным, как он предполагал; возвращение, как оказалось, даже успокоило его, как будто он после долгого перерыва сунул ноги в старые любимые шлепанцы. Поэтому он раскрыл рот от совершенно непритворного, неразыгранного изумления, когда она сказала:

— Это нечестно.

— Как... Вам не понравилось?

Он не мог в это поверить. Да как же она могла полюбить предыдущие романы о Мизери, если ей не нравится этот? Он ведь пропитан духом Мизери почти до пародийности — добрая старуха миссис Рэмедж в пропахшем табаком чепце выходит из буфетной, Йен и Мизери обжимаются, как старшеклассники после школьной дискотеки, и...

Но теперь поразилась *она.*

— Не *понравилось?* Конечно же, мне понравилось. Это *прекрасно.* Когда он обнял ее, я заплакала. Я не могла удержаться. — Ее глаза действительно слегка покраснели. — А еще вы назвали моим именем няню Томаса... Это так мило...

Точнее, предусмотрительно, подумал он, *по крайней мере я на это надеюсь. А кстати, подруга: сына я хотел назвать Шоном, но потом подумал, что слишком уж много придется вписывать этих сволочных «н».*

— Тогда извините, я не понимаю...

— Конечно, не понимаете. Я не сказала, что мне не понравилось, я сказала, что это *нечестно.* Это обман. Вам придется переделать.

Боже, неужели он когда-то принимал ее за идеального читателя? Кретин. *Надо отдать тебе должное, Пол, — когда ты ошибаешься, то ошибаешься на всю катушку.* Постоянный Читатель превратился в Безжалостного Редактора.

На лице Пола непроизвольно появилось выражение сосредоточенного внимания, как бывало всякий раз, когда он разговаривал с редактором. Он сам называл это выражение «чем могу помочь, мадам?». Дело в том, что большинство его редакторов зачастую уподоблялись тем женщинам, которые, приезжая на автостанцию, говорят механикам, что какая-то непонятная штука стучит под капотом, что-то болтается под приборной доской и все это надо исправить, и чтобы работа, уж будьте любезны, была готова час назад. Выражение сосредоточенного внимания как раз уместно при разговорах с такими дамами, так как оно им льстит, а когда льстишь редактору, есть вероятность, что он не будет очень настаивать на своих завиральных идеях.

— Почему же обман? — спросил он.

— Смотрите. Джеффри поехал за доктором. Это верно. Так и написано в тридцать восьмой главе «Сына Мизери». Но вы же прекрасно знаете, что доктор не приехал, потому что лошадь Джеффри не смогла перескочить через забор вашего вонючего мистера Крэнторпа (я надеюсь, Пол, очень надеюсь, что в «Возвращении Мизери» *этот* грязный подлюга получит свое), так вот, Джеффри сломал ключицу и несколько ребер и в результате пролежал почти всю ночь под дождем, пока его не нашел проходивший мимо пастух. Так что доктор не приехал. Вы меня понимаете?

— Да.

Он вдруг понял, что просто не в состоянии отвести взгляд от ее лица.

Ему казалось, что она влезла в шкуру редактора — или даже соавтора — и готовится диктовать ему, о чем писать и как. Однако он ошибся. Доказательство тому — мистер Крэнторп. Она *надеется,* что мистер Крэнторп получит свое, но ничего не требует. Вполне очевидно, что она имеет власть над автором, в то же время она не считает, что ей подвластен сюжет. Но есть невозможные вещи. Наличие или отсутствие творческих способностей не играет роли; пытаться воздействовать на творческий процесс — все равно что отменять декретом закон всемирного тяготения или играть кирпичом в настольный теннис. Энни — Постоянный Читатель, но Постоянный Читатель не означает Постоянный Тупица.

Она не позволит ему убить Мизери... но в то же время не позволит воскресить ее обманом.

Боже, что же мне делать, в отчаянии подумал он, *ведь я УЖЕ убил ее!*

— Когда я была маленькой, — сказала она, — в кинотеатрах показывали сериалы. Одну серию в неделю. «Мститель в маске», «Гордон Искра», был даже фильм «Пижон Фрэнк» — это о человеке, который охотился на диких зверей в Африке и мог взглядом заставить львов и тигров подчиняться ему. Помните такие сериалы?

— Я-то помню, но *вы,* Энни, по возрасту помнить не можете. Наверное, вы их смотрели по телевизору или у вас были старшие братья и сестры, которые вам их пересказывали.

В уголках ее рта появились ямочки, но тут же пропали.

— Эге, да вы обманщик! Старший брат у меня и в самом деле *был,* мы ходили с ним в кино каждую субботу. Это было в Калифорнии, в Бейкерсфилде, я там выросла. Мне всегда нравились киножурналы, цветные мультики, кинозарисовки, но по-настоящему я всю неделю ждала очередной серии фильма. Время от времени я ловила себя на том, что думаю о следующей серии в будние дни. Я думала о сериалах на скучных уроках в школе или когда мне приходилось сидеть с четырьмя щенками миссис Кренмитц с нижнего этажа. Ох, как я ненавидела эту мелюзгу!

Энни уставилась в угол комнаты и умолкла. Она выключилась — в первый раз за последние дни, и Пол с тревогой подумал, не приближается ли худшая часть ее психического цикла. Если так, ему лучше задраить люки.

Она наконец вышла из ступора, как всегда, с выражением легкого удивления на лице, словно не ожидала, что слова еще не ушли от нее.

— Моим любимым сериалом был «Человек-Ракета». Например, в конце шестой части, которая называлась «Смерть в небе», он лежал без сознания в кабине самолета, который попал в воздушную яму. А в конце девятой части, «Огненная комната», его привязывают к стулу в горящем доме. Еще там были машины с отказавшими тормозами, отравляющий газ, электричество.

Обо всех этих вещах Энни говорила с до смешного простодушным энтузиазмом.

— Теперь такие фильмы называют триллерами, — решился вставить Пол.

Она нахмурилась:

— Я знаю, мистер Умник. Послушайте, мне иногда кажется, что вы считаете меня непроходимой дурой.

— Нет, Энни, я вовсе так не считаю.

Она нетерпеливо отмахнулась, и он понял, что лучше всего — по крайней мере сегодня — не прерывать ее.

— А как здорово было ломать голову и пытаться угадать, каким путем он спасется. Иногда я угадывала, иногда нет. Но меня это не беспокоило, если авторы играли честно. — Она пристально посмотрела на него, желая убедиться, что он следит за ее мыслью. Он подумал, что едва ли упустит основную идею. — Возьмем тот случай, когда он лежал без сознания в самолете. Он пришел в себя, а под его сиденьем был парашют. Он надел его и выпрыгнул, и это было честно.

Вот тут, моя дорогая, подумал Пол, *с тобой не согласились бы преподаватели английской словесности. То, о чем ты рассказываешь, называется deus ex machina, бог с машины; этот прием впервые был использован в древнегреческой трагедии. Когда автор ставил своего героя в безвыходное положение, сверху на сцену опускалось украшенное цветами кресло. Герой садился в него и возносился ввысь, прочь от враждебных сил. И даже последний кретин понимал намек — героя спасает божество. Но deus ex machina — в технических терминах этот способ спасения можно было бы назвать «парашютом под сиденьем» — вышел из моды около 1700 года. Если, конечно, не считать такой муры, как сериал про Человека-Ракету или книжки Нэнси Дрю. Боюсь, ты отстала от жизни, Энни.*

Вслед за этими мыслями пришло страшное мгновение, настолько страшное, что его едва ли когда-нибудь удастся забыть: Полу показалось, что он сейчас хихикнет. Если принять во внимание расположение духа Энни в тот день, едва ли приходилось сомневаться, что в этом случае его ожидало суровое и чувствительное наказание. Он поспешно прикрыл ладонью рот, чтобы она не заметила улыбки, и вымученно закашлялся.

Она хлопнула его по спине — сильно и болезненно:

— Вам лучше?

— Да, спасибо.

— Пол, я могу продолжать или следующим номером вы начнете чихать? Может, принести ведро? Может, вас вот-вот вырвет?

— Нет, Энни. Продолжайте, пожалуйста. То, что вы говорите, очень интересно.

Она как будто бы чуть-чуть смягчилась — не вполне, но чуть-чуть.

— Когда он нашел под сиденьем парашют, игра пошла честно. Может быть, это было не вполне *реалистично,* но — честно.

Он обдумал ее слова и с удивлением — она иногда бывала на удивление проницательна — обнаружил, что они справедливы. Может статься, что *реалистично* и *честно* — синонимы в лучшем из возможных миров, но не в этом мире.

— Но возьмем другой эпизод; в нем совершена в точности та же ошибка, которую вы, Пол, совершили вчера. Вот послушайте.

— Я весь внимание.

Она опять пристально посмотрела на него, чтобы понять, смеется он или нет. Однако его лицо оставалось бледным и серьезным; он был похож на прилежного студента. Смешливость пропала, едва Пол понял, что Энни, вероятно, прекрасно понимает, что такое *deus ex machina,* хотя и не знает самого термина.

— Хорошо, — сказала она. — Я имею в виду эпизод с машиной без тормозов. Скверные парни посадили Человека-Ракету — только он был тогда инкогнито — в машину, в которой не было тормозов, наглухо заварили двери и пустили авто по горному серпантину. Должна вам сказать, я весь вечер просидела на краешке кресла.

Сейчас она сидела на краешке его кровати, а он сидел в другом конце комнаты в инвалидном кресле. После путешествия в ванную и гостиную прошло пять дней, и он поправлялся быстрее, чем когда-либо мог надеяться. Сам факт, что она его не поймала, был прекрасным лекарством.

Она мельком взглянула на календарь, на котором продолжался бесконечный февраль и мальчик все так же катился с горы на санках.

— Так вот, бедный Человек-Ракета оказался взаперти в этой машине без своих ракетных приспособлений, даже шлема у него не было. Он одновременно управляет машиной, пытается тормозить и возится с дверью — работенка не из легких, доложу я вам!

Пол вдруг ясно представил себе эту картину и инстинктивно понял, как подобные сцены, мелодраматические до абсурда, поддерживали интерес зрителей к фильму. Что требовалось авторам? Горный пейзаж, проносящийся мимо окна машины косо вверх. Крупный план — педаль тормоза, свободно утопающая под ногой водителя (Пол ясно видел ступню, обутую по моде сороковых годов в сандалию с открытым мысом). Крупный план — плечо, налегающее на дверцу изнутри. Крупный план — вид снаружи: шершавый блестящий блин — дверь запаяна. Глупо, конечно, дешевка, но с этой идеей можно работать. От такой картинки у зрителя участится пульс.

— И вот мы видим, что дорога заканчивается, а дальше — обрыв, — продолжала Энни, — и знаем, что если Человек-Ракета не выберется из своего «хадсона» на последних метрах, то ему каюк. Представляете? Машина приближается к краю обрыва, Человек-Ракета все так же жмет на тормоза и толкает дверь, и... машина срывается! Мчится в воздухе, потом — у-ух вниз! Не долетев до земли, ударяется о выступ скалы, взрывается, и горящие обломки летят в океан. И тут же традиционная строчка: ЧЕРЕЗ НЕДЕЛЮ ЧАСТЬ ОДИННАДЦАТАЯ, «СТРЕКОЗА».

Она сидела на кровати, плотно стиснув ладони; ее обширная грудь энергично вздымалась и опускалась.

— Вот так! — воскликнула она, упорно глядя на стену, а не на Пола. — После этого я почти не *смотрела* на экран. Всю следующую неделю я не то чтобы время от времени вспоминала про Человека-Ракету, я думала о нем *постоянно*. Как он мог выбраться? Я даже предположить не могла.

А в следующую субботу в двенадцать часов я уже стояла возле кинотеатра, хотя касса открывалась в час пятнадцать, а сеанс начинался в два. Но, Пол, случилось такое... Ни за что не догадаетесь!

Пол ничего не сказал, хотя уже догадался. Он понял, как могло ей понравиться написанное им начало «Возвращения Мизери» и почему она тем не менее сказала, что роман начался нечестно, сказала не как недоверчивый редактор-всезнайка, а как непоколебимый в своем простодушии Постоянный Читатель. К своему крайнему удивлению, он понял, что ему стыдно. Она права. То, что он написал, — *обман*.

— В начале новой серии они всегда повторяли *концовку* предыдущей. В тот раз они показали, как он едет вниз, как толкает плечом дверь, стараясь ее открыть. А потом, когда машина была у самого обрыва, дверь распахнулась, и он выкатился на дорогу! Машина сорвалась, и все ребята в зале были довольны, потому что Человек-Ракета спасся, но я, Пол, не была довольна. Я *вышла из себя!* Я закричала: «На той неделе было не так! На той неделе было не так!»

Энни вскочила на ноги и принялась быстро расхаживать взад-вперед по комнате, опустив голову; курчавые волосы подобно капюшону закрывали ее лицо, глаза сверкали. Правую руку она сжала в кулак и лупила им по открытой левой ладони.

— Мой брат хотел остановить меня, а когда у него ничего не вышло, попытался зажать мне рот, но я укусила его и крикнула: «На той неделе было не так! Вы что, все идиоты? Или у вас у всех провал в памяти?» Брат сказал: «Энни, ты с ума сошла», — но я знала, что он ошибается. Подошел администратор и сказал, что, если я не заткнусь, он меня выдворит, и я сказала: «Да-да, я уйду, потому что это — грязный *обман* и на той неделе было не так!»

Она взглянула на Пола, и он увидел глаза убийцы.

— *Он не выбрался из этой сволочной машины! Он был внутри, когда она сорвалась с обрыва! Вы это понимаете?*

— Да, — сказал Пол.

— *ВЫ ЭТО ПОНИМАЕТЕ?*

Внезапно она с яростью бросилась на него, но он не двинулся с места, хотя и понимал, что сейчас она ударит его, как в прошлый раз, просто потому, что не может добраться до того грязного подлюги — автора сценария, который обманом спас Человека-Ракету. Она приоткрыла перед ним свое прошлое, и он испугался, увидев там зерна ее нынешнего безумия, хотя в то же время чувствовал, что ее возмущение, пусть по-детски наивное, было совершенно справедливо.

Она не ударила его; она схватила его за отворот халата и притянула к себе с такой силой, что его нос едва не коснулся ее лица.

— *ПОНИМАЕТЕ?*

— Да, Энни, да.

Она все с той же темной яростью посмотрела ему в глаза и, по-видимому, прочитала в них правду, потому что презрительно отпихнула его, и он ударился о спинку кресла. Тупая боль, заставившая его в первое мгновение поморщиться, довольно быстро отступила.

— Тогда вы понимаете, почему написали неправильно, — сказала она.

— Кажется, понимаю. — *Вот только будь я проклят, если знаю, как сделать правильно.*

И тут же отозвался другой голос: *Неизвестно, Поли, проклянет тебя Господь или спасет, но я знаю одно: если ты не отыщешь способ воскресить Мизери — способ, в который она поверит, — она убьет тебя.*

— Тогда работайте, — бросила Энни и вышла из комнаты.

3

Пол взглянул на пишущую машинку. Вот она. Буква «н»! Он и не подозревал, как часто встречается эта буква!

Я-то думала, тебя не зря считают добрым, издевательски сказала машинка; в представлении Пола голос ее звучал так, словно еще не поломался, как голос пятнадцатилетнего стрелка из голливудского вестерна, который по-детски наивно старается казаться зрелым мужчиной. *Да разве ты добрый? Не можешь даже угодить одной-единственной женщине, бывшей медсестре, страдающей избыточным весом. Может, твоя писательская косточка тоже поломалась при аварии, а? Только эта косточка у тебя не срастается.*

Он откинулся на спинку кресла и прикрыл глаза. Ее неприятие написанного легче было бы перенести, если бы он мог списать неудачу на мучившую его боль. Однако на самом деле боль наконец понемногу начала отступать.

Похищенные капсулы были надежно спрятаны между матрасом и пружинами койки. Он еще не взял ни одной из них, понимая, что они отложены про запас, как своего рода страховка от Энни. Наверняка она найдет их, если ей вздумается перевернуть матрас, но тогда ему представится шанс, которым он непременно воспользуется.

После ее вспышки по поводу бумаги размолвок между ними не было. Она регулярно приносила ему лекарство, и он его принимал. Интересно, знает ли она, что у него развилась зависимость?

Да ладно тебе, Пол, ты преувеличиваешь.

Нет, он не преувеличивал. Трое суток назад, ночью, когда Энни точно была наверху, он достал одну из коробочек и изучил аннотацию, написанную на этикетке, хотя все сразу стало ясно, стоило ему прочитать название основного ингредиента. Новрил — это, по сути дела, КОДЕИН*.

Дело в том, Пол, что ты поправляешься. Ноги твои ниже колен выглядят так, будто их нарисовал палочкой на песке четырехлетний ребенок, но все-таки ты поправляешься. Теперь тебе вполне хватило бы аспирина или эмпирина. Тебе новрил не нужен, ты скармливаешь его своей привычке.

Придется с этим кончать, некоторые капсулы придется откладывать. Пока он этого не сделает, она так и будет держать его на поводке, не менее прочном, чем инвалидное кресло, — посредством капсул новрила.

Хорошо, теперь, когда она будет приносить мне капсулы, я буду один раз принимать обе, а один раз — откладывать одну. Спрячу под язык, а когда она уйдет со стаканом, уберу под матрас. Но не сегодня. Сегодня я не готов. Начну завтра.

Он вспомнил, как поучала Алису Белая Королева: *У нас здесь так: мы действовали вчера, мы будем действовать завтра, но мы никогда не начинаем сегодня***.

Хо-хо, Поли, забавный ты парень, сказал «Ройал» голосом крутого юнца, который изобрел для него Пол.

---

* Кодеин — сильный транквилизатор, обладающий наркотическими свойствами.

** Вольный пересказ парадокса, изложенного Л. Кэрроллом в сказке «Алиса в Зазеркалье».

— Мы, грязные подлюги, мало что умеем, но мы всегда пытаемся что-нибудь сделать, надо отдать нам должное, — пробормотал он.

Хорошо, Пол, давай-ка подумаем о препарате, который ты принимаешь. Об этом стоит серьезно подумать.

Внезапно он решил, что начнет тайком откладывать часть своей дозы, как только напишет первую часть книги так, чтобы Энни понравилось, — так, чтобы она не сочла ее обманом.

Часть его сознания — та, которая недоверчиво относилась даже к самым справедливым замечаниям редакторов, — заговорила о том, что Энни Уилкс безумна, что невозможно определить заранее, примет она книгу или нет, и, что бы он ни написал, это может обернуться против него.

Но другая, гораздо более здравая часть его разума возразила, что он сразу почувствует, когда найдет правильный поворот сюжета. Правильный поворот сюжета позволит сделать конфетку из того дерьма, которое стоило ему трех дней работы и бесчисленных отвергнутых зачинов, своего рода фальстартов. Разве он с самого начала не знал, что пишет ложь? Ему не свойственно работать через не могу, наполняя мусорное ведро разорванными пополам листами бумаги со строчками такого рода: «Мизери повернулась к нему; глаза ее блестели, а губы шептали волшебные слова: Ах черт, это же НИКУДА НЕ ГОДИТСЯ!!!» В такие дни он объяснял неудачи болью и непривычной необходимостью писать не ради куска хлеба с маслом, а ради сохранения жизни. Но эти объяснения были всего лишь приятным самообманом. На самом деле его воображение иссякло. Работа продвигалась плохо потому, что он обманывал и сам это сознавал.

Да уж, она разглядела тебя насквозь, сказала пишущая машинка. *Видит она, что творится в твоих дерьмовых мозгах. И что ты теперь будешь делать?*

Он не знал, что делать, но полагал, что делать что-то нужно, причем очень быстро. Сегодня утром ему, можно считать, повезло: ведь Энни не переломала ему ноги бейсбольной битой, не применила пытку электрошоком или что-нибудь еще в том же духе, чтобы выразить свое неудовольствие началом книги. Принимая во внимание своеобразный взгляд Энни на окружающий мир, можно согласиться, что подобные критические замечания вполне возможны. Пол подумал, что если он выберется из этой переделки живым, то напишет Кристоферу Хейлу, литературному обозревателю «Нью-Йорк таймс»: «Дружище Крис, всякий раз, когда редактор предупреждал меня, что ты намерен поместить в газете разбор моей книги, у меня начинали дрожать коленки. Сам знаешь, ты меня не только хвалил, но мог и разгромить, и не раз так и поступал. Так или иначе, я бы хотел сказать тебе: валяй, продолжай в том же духе. Я-то познакомился с абсолютно новым критическим методом. Методом литературной школы имени Колорадского Барбекю и Половой Тряпки. По сравнению с этим методом ваша, ребята, критика выглядит не страшнее катания на карусели в Центральном парке».

Пол, все это очень остроумно, пиши свои милые записочки критикам, пусть они похихикают, но сейчас тебе надо срочно разводить огонь и ставить на него котелок, согласен?

Согласен. Согласен целиком и полностью.

Пишущая машинка смотрела на него, самодовольно ухмыляясь.

— Ненавижу тебя, — проворчал Пол и посмотрел в окно.

4

Когда Пол проснулся на следующий день после вылазки за лекарством, за окном валил снег, и снежная буря продолжалась двое суток. Снежный покров увеличился по крайней мере на восемнадцать дюймов, а когда солнце наконец выглянуло из-за туч, «чероки» Энни Уилкс превратился в обыкновенный большой сугроб.

Однако сегодня небо вновь было чистым и солнце не только светило, но и грело — сидя у окна, Пол чувствовал тепло его лучей. С сосулек, свисавших с крыши сарая, опять капало. Пол подумал о своей погребенной под снегом машине, взял лист бумаги и заправил его в каретку. Затем напечатал название — ВОЗВРАЩЕНИЕ МИЗЕРИ — в верхнем левом углу и единицу в правом, четыре или пять раз двинул рычаг возврата каретки и посредине страницы напечатал: «ГЛАВА 1». Он старался посильнее бить по клавишам, чтобы Энни по крайней мере слышала, что он *что-то* печатает.

Под словами «ГЛАВА 1» простиралась белизна — как заснеженная равнина, где он может упасть, и замерзнуть, и умереть.

Африка.

Если авторы играли честно.

Эта птица из Африки.

Под его сиденьем был парашют.

Африка.

Теперь надо прополоскать.

Его сознание уплывало прочь, он знал, что допустить этого нельзя — если она войдет и увидит, что он не пишет, а сидит в прострации, то выйдет из себя, — и все-таки уплывал. Но он не просто терял сознание. Как ни трудно в это поверить, он обдумывал. Рассматривал варианты. *Искал.*

Что ты ищешь, Поли?

Ответ очевиден. Самолет провалился в воздушную яму. Надо отыскать парашют под сиденьем. Да. Это будет честно?

По правилам. Когда он нашел под сиденьем парашют, игра пошла честно. Может быть, это было не вполне реалистично, но — честно.

В детстве мама дважды отправляла его на лето в дневной лагерь в Молден. Они там играли... садились в кружок, их игра была похожа на столь любимые Энни киносериалы, и он почти всегда выигрывал... Как же называлась игра?

Вот они, пятнадцать — двадцать мальчиков и девочек, сидящих кружком в тенистом углу игровой площадки. На всех футболки с надписью «МОЛДЕН, ДЕТСКИЙ ЦЕНТР», и все внимательно слушают руководителя, который объясняет правила игры. *«Ты можешь?» Игра называлась «Ты можешь?», и она действительно походила на сериалы-триллеры, ты, Поли, играл в игру «Ты можешь?», и сейчас тебе, похоже, нужно снова в нее сыграть.*

Действительно, похоже, что так.

В игре «Ты можешь?» руководитель начинал рассказывать историю о человеке по имени Корриган Беззаботный. Например, Беззаботный заблудился в непроходимых джунглях Южной Америки. Он идет, оглядывается и вдруг видит, что сзади — львы... и справа — львы... и слева... и впереди — львы... и они движутся на него. Время — всего пять часов вечера, но это не проблема для милых котят; похоже, южноамериканские львы не придерживаются правила: ужин — ровно в восемь.

В руке у руководителя секундомер; засыпающий Пол Шелдон представил его себе на удивление ясно, хотя в последний раз видел его благородный серебряный блеск больше тридцати лет назад. Красивый медный циферблат, а внизу — маленькая стрелка, отсчитывающая десятки секунд. На корпусе — фирменный знак ANNEX.

Руководитель оглядывал круг играющих и обращался к одному из них. «Дэниэл, — говорил он, — ты можешь?» Произнеся ключевые слова *«Ты можешь?»,* он включал секундомер.

В распоряжении Дэниэла имелось ровно десять секунд, чтобы продолжить рассказ. Если он не начинал говорить в течение десяти секунд, ему предлагалось покинуть круг. А если удавалось спасти Беззаботного, руководитель вторично окидывал взглядом участников и задавал второй главный вопрос игры: *«Исполнил?»*

Точно такую же игру вела с ним Энни. Важен не реализм, важно соблюдение правил. К примеру, Дэниэл мог сказать: «К счастью, у Беззаботного был при себе винчестер и запас патронов. Он застрелил трех львов, а остальные испугались и убежали». В этом случае считалось, что Дэниэл *исполнил*. Он получал секундомер и рассказывал о том, как Беззаботного по пояс засосали зыбучие пески, после чего спрашивал другого участника, может ли тот, и включал секундомер.

Десять секунд — это немного, и можно было очень легко растеряться... и попытаться обмануть. Следующая участница могла продолжить повествование так: «Но тут поблизости опустилась большая птица — кажется, американский гриф. Беззаботный ухватился за его шею, гриф взлетел и вырвал Беззаботного из песка».

После этого руководитель опять спрашивал: *«Исполнила?»* — и нужно было поднять руку, если ты считал, что она справилась со своей задачей; если же ее история казалась тебе натянутой, то руку поднимать не следовало. Девочка, давшая вариант с грифом, скорее всего была бы вынуждена покинуть круг.

Ты можешь, Пол?

Да. Я этим живу. Благодаря этому у меня есть дома в Нью-Йорке и Лос-Анджелесе и тачка получше тех, что продаются в магазинах подержанных автомобилей. Все потому, что я могу, и, черт подери, мне не в чем оправдываться. Кое-кто пишет прозу лучше, чем я, и лучше меня понимает человеческую природу. Я это признаю. Но когда руководитель спрашивает: «Исполнил?» *— очень немногие читатели поднимают руки. Они голосуют за меня... за Мизери... В конце концов это одно и то же. Ты можешь? Да. Да, я могу. Я очень многого не умею. Не умею играть в бейсбол. Не умею чинить водопроводные краны. Не умею кататься на роликовой доске, не могу взять на гитаре ни одного мало-мальски приличного аккорда. Я дважды был же-*

нат и оба раза продемонстрировал свою неспособность к семейной жизни. Но если вы хотите увлечься рассказом, если вас надо напугать, или заставить сочувствовать персонажу, или растрогать, или рассмешить, — это моя работа. Это я могу. Я могу ублажать вас сколько хотите. На это я способен. Я МОГУ.

Его полусонные размышления были прерваны бесстыдным шепотом машинки — юнца-ковбоя.

Да, мой друг, перед нами два факта: болтаем мы много, а бумага по-прежнему белым-бела.

Ты можешь?

Да. Да!

Исполнил?

Нет. Он обманывал. В «Сыне Мизери» доктор так и не пришел. Может, все и забыли, как оно было на прошлой неделе, но каменный идол ничего не забывает. Пол покидает круг. Пожалуйста, простите. Теперь надо прополоскать. Теперь надо...

5

...прополоскать, — пробормотал он и соскользнул в кресле вправо. Острая боль в изуродованном колене пробудила его. Прошло меньше пяти минут. Он слышал, как Энни моет посуду. Обычно она, хлопоча по хозяйству, напевала. Сегодня она не пела; до Пола доносилось только позвякивание тарелок и шум сливаемой воды. Плохой признак. *Передаем специальный прогноз погоды для обитателей округа Шелдон: сегодня до пяти часов вечера ожидается ураган. Повторяю: ожидается ураган...*

Впрочем, играть в игрушки было уже некогда. Пришло время приступать к делу. Она хочет, чтобы Мизери воскресла, причем честно. Пусть воскрешение будет нереалистичным, но оно должно произойти честно. Прежде всего ему необходимо стряхнуть начинающуюся депрессию, пока она не овладела им по-настоящему.

Пол смотрел в окно, подперев ладонью подбородок. Теперь он окончательно проснулся, его мысль работала активно и быстро, хотя до конца он этого не сознавал. Два или три верхних слоя сознания, включавшие мысли о том, когда он в последний раз мыл голову или принесет ли Энни очередную порцию дурмана вовремя, полностью исчезли. Наверное, поверхность его мозга отлучилась в магазин за порцией копченого мяса. Органы чувств функционировали, но он не воспринимал поступающие сигналы — не видел того, что видел, не слышал того, что слышал.

Другая часть его сознания лихорадочно вырабатывала идеи, отвергала их, соединяла друг с другом и опять отвергала комбинации. Он ощущал происходящие в нем процессы, но впрямую не контролировал их да и не желал этого. Внутри у него происходила грязная, изнурительная, черная работа.

Он сознавал, что именно он делает: ПЫТАЕТСЯ НАЙТИ ИДЕЮ. НАЙТИ ИДЕЮ — это не совсем то же, что ОБРЕСТИ ИДЕЮ. ОБРЕСТИ ИДЕЮ — это лишь более скромный синоним понятий *Я обрел вдохновение* или *Эврика! Заговорила моя муза!*

Идея «Быстрых автомобилей» пришла к нему в Нью-Йорке. В тот день он вышел из дома, намереваясь всего-навсего купить видеомагнитофон на 83-й улице. Он проходил мимо стоянки и обратил внимание на служителя, пытающегося взломать машину. Этого оказалось достаточно. Он понятия не имел, законно действовал тот человек или нет, но через два или три квартала ему уже не было до этого дела. Тот служитель превратился в Тони Бонасаро. Он уже знал о Тони все, не знал только его имени, которое извлек несколько позже из телефонного справочника. Половина романа уже существовала в его воображении, а вторая быстро возникала и ложилась на свое место. Ему хотелось плясать, он чувствовал себя счастливым, мало того, пьяным от счастья. К нему явилась муза, и он радовался, как радовался бы нежданному чеку, пришедшему по почте. Он отправился за видеомагнитофоном, а обрел нечто намного лучшее. Он ОБРЕЛ ИДЕЮ.

Другой процесс — ПОИСКИ ИДЕИ — не мог идти ни в какое сравнение с ОБРЕТЕНИЕМ ИДЕИ, он не возбуждал Пола и не доставлял ему радости, но был по-своему столь же таинственным... и столь же необходимым. Поскольку когда ты работаешь над романом, работа время от времени стопорится, и ты не можешь преодолеть препятствие, если не НАЙДЕШЬ ИДЕЮ.

Обычно в тех случаях, когда ему нужно было НАЙТИ ИДЕЮ, он надевал плащ и отправлялся на прогулку. Если ему не требовалось НАЙТИ ИДЕЮ, он брал с собой на прогулку книжку. Если не с кем поговорить во время прогулки, книга необходима. Но когда требуется НАЙТИ ИДЕЮ, скучная прогулка могла сыграть такую же роль, как химиотерапия для ракового больного.

В середине «Быстрых автомобилей» Тони убил лейтенанта Грея, когда тот попытался надеть на него наручники во время сеанса в кинотеатре на Таймс-сквер*. Полу нужно было, чтобы Тони скрылся, хотя бы на некоторое время, поскольку третий акт его драмы был бы невозможен, если бы его посадили в тюрьму. В то же время Тони не мог просто исчезнуть из кинотеатра, оставив Грея (у которого в груди с левой стороны торчал кинжал), так как по меньшей мере три человека знали, что Грей отправился на встречу с Тони.

Что делать с телом? Пол не знал, как разрешить эту проблему. Дальнейший путь был заблокирован. Начиналась игра. *Беззаботный только что убил человека в кинотеатре на Таймс-сквер, и теперь ему нужно перенести тело в машину так, чтобы никто не спросил его: «Эй, этот парень как будто мертв; это на самом деле так или он просто перебрал?» Если он вынесет тело из кинотеатра, то сможет отвезти его в Квинс и*

* Таймс-сквер — площадь в Нью-Йорке.

спрятать в известном ему недостроенном здании. Так что же, Поли? Ты можешь?

Разумеется, десятисекундного срока не было — у него не было контракта на книгу, писал он ее по наитию, следовательно, никто не требовал сдавать рукопись в срок. Хотя срок есть *всегда,* спустя какое-то время автор теряет контроль над книгой, почти все писатели это знают. Если книга достаточно долго остается в заблокированном состоянии, она начинает умирать, отходить; становятся видны маленькие натяжки и литературные приемы.

Итак, он ушел на прогулку, вроде бы ни о чем не думая, как ни о чем он вроде бы не думал сейчас. Он прошел мили три, и только тогда откуда-то из скрытых в глубине мозга мастерских пришло послание: *А если подожечь кинотеатр?*

Эта идея, похоже, могла сработать. Пол не ощутил счастливого головокружения, не ощутил прилива истинного вдохновения; он казался самому себе столяром, который выбирает подходящий для работы кусок дерева.

Что, если Тони подожжет соседнее сиденье? Обивка кресел в кинотеатрах всегда изодрана. Будет много дыма. Он останется на месте до последнего, потом подхватит Грея и потащит наружу, как будто тот всего лишь наглотался дыма и потерял сознание. Что скажешь?

Он сказал бы, что это подходящий вариант. Не блестящий, конечно, и кое-какие детали еще стоит как следует обдумать, но в целом вариант нормальный. Можно продолжать работу.

Ему никогда прежде не приходилось НАХОДИТЬ ИДЕЮ, чтобы *начать* работу, но интуиция подсказывала, что НАЙТИ ИДЕЮ и начать книгу возможно.

Он неподвижно сидел в своем кресле, опершись подбородком на ладонь, и смотрел в сторону сарая. Если бы он мог ходить, то отправился бы в поле. А сейчас сидел едва ли не в прострации и ждал чего-то; он почти не отдавал себе отчета в происходящем вокруг и сознавал только, что его фантазия воздвигает здания вымысла, критически оценивает, видит их никчемность и разрушает в мгновение ока. Прошло десять минут. Пятнадцать. Теперь Энни пылесосила в гостиной (и по-прежнему не напевала). Он слышал звук пылесоса, но не сознавал, что слышит; этот звук входил в голову и выходил оттуда, не оставляя следа, он проносился мимо, как вода в горном ручье.

Наконец из его глубинной мастерской пришел сигнал — он всегда приходит. Чернорабочие трудятся там не покладая рук, и завидовать им не приходится.

Пол не шевелился; он уже почти НАШЕЛ ИДЕЮ. Сознание его пробудилось — ДА ВЕДЬ ВРАЧ ТАМ, *ВНУТРИ* — и подхватило идею, как письмо, брошенное в почтовую щель на входной двери и упавшее на пол. Он начал рассматривать идею и почти отверг ее (кажется, из глубинных мастерских послышался стон), обдумал еще раз и решил, что в общем ее можно сохранить.

Вторая вспышка, ярче первой.

Теперь Пол энергично барабанил пальцами по подоконнику.

Около одиннадцати часов он начал печатать. Сначала дело продвигалось медленно — несколько щелчков, затем тишина, секунд пятнадцать, может быть. Похоже на то, как выглядит с самолета архипелаг — цепочка островков, далеко отстоящих друг от друга и разделенных широкими голубыми участками.

Мало-помалу интервалы становились короче, а периоды непрерывного стука клавиш — на привычной электрической машинке этот треск звучал бы привлекательно, но тяжелый стук клавиш «Ройала» казался отталкивающим — повторялись все чаще.

Но Пол не обращал внимания, что у машинки голос Дакки Дэддлса. К концу первой страницы он разошелся. К концу второй полностью набрал обороты.

Спустя какое-то время Энни выключила пылесос и встала в дверях спальни, наблюдая за ним. Он понятия не имел, что она рядом. Он, собственно говоря, не имел понятия, где находится сам. Он наконец-то вырвался отсюда. Он был на кладбище в Литтл-Данторпе, вдыхал влажный ночной воздух, чувствовал запах мха, земли и тумана, слышал, как часы на колокольне пресвитерианской церкви пробили два, и подробно описал их бой. Когда работа удавалась, он видел сцену между строк. Сейчас он видел.

Энни довольно долго смотрела на него; она не улыбалась, не двигалась, но что-то в ее облике говорило об удовлетворении. Потом она ушла, тяжело ступая по полу, но и шагов ее Пол не услышал.

Он работал до трех часов, а в восемь попросил Энни снова посадить его в кресло. После этого он писал еще три часа, хотя в десять боль напомнила о себе всерьез. Энни пришла в одиннадцать. Он попросил еще пятнадцать минут.

— Нет, Пол, хватит. Вы бледны как мел.

Она уложила его в постель, и через три минуты он уже спал. Впервые с тех пор как серое облако покинуло его, он проспал всю ночь, и впервые спал без сновидений.

Сновидения приходили к нему наяву.

6

Пол Шелдон

ВОЗВРАЩЕНИЕ МИЗЕРИ

Для Энни Уилкс

ГЛАВА 1

В первую минуту Джеффри Оллибертон не догадался, кто тот старик, стоящий в дверях; не догадался не только потому, что звонок вывел его из глубокой прострации. В деревне, как он полагал, плохо то, что жителей в ней слишком мало, чтобы не знать кого-то вовсе, и слишком много, чтобы узнавать всех с первого взгляда. Иногда приходится довольствоваться тем, что удается уловить семейное сходство, причем нельзя полностью исключить, что перед тобой плод прелюбодеяния. Подобные трудности можно преодолеть, даже если чувствуешь себя не совсем ловко, разговаривая с человеком, чье имя ты должен знать и все-таки не можешь вспомнить. Трудности воистину космического масштаба начинаются тогда, когда перед тобой два вроде бы знакомых человека и ты должен представить их друг другу.

— Надеюсь, я не обеспокоил вас, сэ-эр, — произнес посетитель, теребя в руках дешевую полотняную шляпу. Джеффри осветил фонарем его морщинистое, желтое лицо и увидел на нем следы тревоги, даже, скорее, страха. — Просто я не хотел идти к доктору Букингсу и, конечно, не хотел беспокоить его милость. По крайней мере пока не повидаю вас, если вы понимаете, что я хочу сказать, сэ-эр.

Джеффри не понимал. Зато он наконец понял другое — кто его поздний гость. Тот сам помог Джеффри, упомянув преподобного доктора Букингса, священника англиканской церкви. Три дня назад доктор Букингс совершил над Мизери прощальный обряд на кладбище, располагавшемся за домом пастора, и этот тип там был, хотя и старался держаться на заднем плане, где его было нелегко заметить.

Его фамилия Колтер. Он один из служителей церкви. Если уж быть до конца откровенным, он могильщик.

— Здравствуйте, Колтер, — сказал Джеффри. — Чем могу быть полезен?

— Звуки, понимаете, сэ-эр, — неуверенно заговорил Колтер. — На кладбище звуки. Ее милость не уснула спокойно, как полага-ается, вот что, и я боюсь...

Эти слова как будто ударили Джеффри в солнечное сплетение. Он вдохнул, и обжигающая боль пронзила ребра, туго перевязанные доктором Шайнбоуном. Шайнбоун говорил, что после ночи, проведенной на холодной земле под дождем, Джеффри почти наверняка заболеет воспалением легких, но прошло уже трое суток, а температура не поднималась и кашель не начинался. Джеффри знал, что не заболеет — Бог не допустит, чтобы виновный отделался так легко. Он верил, что Бог осудит его на долгие, долгие годы воспоминаний об утраченной возлюбленной.

— Вы в порядке, сэ-эр? — спросил Колтер. — Я слышал, вы в ту ночь пострада-али? — Он запнулся. — Ну, когда она умерла.

— У меня все нормально, — медленно отозвался Джеффри. — Колтер, вы говорите, что слышали какие-то звуки... Вы, наверное, просто вообразили, что слышали их.

Колтер казался ошарашенным.

— Вообрази-ил? Сэ-эр! Может, вы мне еще скажете, что в Господа Иисуса не верите и в жизнь вечную? Разве вы не помните, как Дункан Фромсли видел старика Паттерсона через два дня после того, как его похоронили, и старик светился, как болотный огонек?

Скорее всего, подумал Джеффри, это и был болотный огонек плюс пар из бутылки Дункана Фромсли.

— А еще полгорода видело того монаха-паписта, который разгуливает по стенам Риджхит-мэнора. Из Лондона, прах его побери, и то две дамы приехали — из Психи-ического общества — на него посмотреть!

Джеффри понял, о каких дамах говорит Колтер. Две стареющие истерички, наверняка страдающие от резких перепадов настроения, обе какие-то изломанные, как силуэты в детских книжках «Нарисуй и назови».

— Привидения существуют, как и мы с вами, сэ-эр, — серьезно продолжал Колтер. — И пусть бы они там и были, ничего, но там звуки такие жуткие, зловещие, знаете ли, и я теперь даже не хочу проходить мимо кладбища, а завтра мне надо рыть могилу для малыша Ройдманов. Вот так-то.

Джеффри взмолился про себя, чтобы Господь ниспослал ему терпение, так как желание наорать на этого глупого могильщика стало почти непреодолимым. Только что он мирно дремал у камина, открытая книжка лежала у него на коленях, и тут явился этот Колтер, разбудил его... и теперь он просыпался, и с каждой секундой усиливалась тупая боль от сознания того, что его любимой уже нет на свете. Она уже три дня в могиле... Скоро пройдет неделя... потом месяц... год... десять лет. Горе, думал он, подобно скале на берегу океана. Сон — как прилив, он приносит облегчение. А когда пробуждаешься, наступает отлив, скала снова показывается над водой, неотвратимо реальная, она будет здесь вечно, если только Богу не будет угодно смыть ее.

А этот дурак посмел явиться сюда и завести пустой разговор о привидениях!

Но Колтер выглядел таким напуганным, что Джеффри сдержался.

— Мы очень любили мисс Мизери, то есть ее милость, — тихо проговорил он.

— Да, сэ-эр, так оно и было, — с жаром подтвердил Колтер, переложил шляпу в левую руку, а правой достал из кармана внушительных размеров красный носовой платок и оглушительно высморкался. Глаза его увлажнились.

— Мы все очень скорбим о ней. — Джеффри засунул руку под рубашку и принялся теребить бинты.

— О да, сэ-эр, и мы скорби-им. — Колтер говорил в платок, но Джеффри видел его глаза. Его гость действительно плакал, плакал всерьез, и поэтому Джеффри отбросил свое эгоистическое раздражение. — О, сэ-эр, она была хорошей госпожой! Удивительная она была госпожа, и прямо жутко смотреть, как убивается его милость...

— Да, она была хорошая, — мягко согласился Джеффри и почувствовал, что у него самого слезы подступают к глазам — как будто дождь собирается в славный летний день. — Знаете, Колтер, когда хороший человек от нас уходит, когда уходит особенно дорогой для нас человек, нам бывает трудно смириться с его уходом. Вот мы и воображаем, что этот человек все еще с нами. Вы понимаете, о чем я говорю?

— О да, сэ-эр! — воскликнул Колтер. — Но эти звуки, сэ-эр! Вы бы их слышали!

— Так что это за звуки? — терпеливо спросил Джеффри.

Он полагал, что звуки, о которых говорит Колтер, — это не более чем вой ветра, усиленный воображением, или же бормотание барсука на берегу речки, протекающей неподалеку от кладбища. Он совершенно не был готов услышать ответ Колтера:

— Кто-то царапался, сэ-эр! Похоже на то, что она там живая и хочет выбраться оттуда в мир живых, очень похоже, сэ-эр!

ГЛАВА 2

Пятнадцать минут спустя Джеффри в одиночестве подошел к обеденному столу. Он раскачивался, словно моряк на палубе корабля в штормовую ночь. Он в самом деле чувствовал, как почва уходит у него из-под ног. Он мог бы поверить, что лихорадка, которую столь безоговорочно предрекал ему доктор Шайнбоун, наконец его настигла, но щеки раскраснелись и лоб приобрел восковой оттенок вовсе не от лихорадки, и не из-за лихорадки руки его дрожали так, что он едва не выронил графин с бренди. Если есть возможность — малейшая возможность, — что дикая мысль, поселившаяся в его голове после визита Колтера, окажется правдой, тогда он не имеет права терять время.

Однако он чувствовал, что если немедленно не выпьет, то упадет в обморок.

Джеффри Оллибертон в первый и последний раз в жизни совершил абсолютно не характерный для него поступок: поднес графин к губам и сделал несколько глотков из горлышка.

Затем он отошел от стола и прошептал:

— Надо проверить. Небом клянусь, надо проверить. И если в результате экспедиции на кладбище выяснится, что все эти звуки слышались только в воображении того дурака-гробокопателя, я отрежу ему уши и повешу их на цепочку часов, сколько бы он ни говорил, как любил Мизери.

ГЛАВА 3

Он задержался лишь на мгновение на нижнем этаже, чтобы накинуть на себя первое, что попалось под руку, — темно-коричневый фрак, — затем запряг пони по имени Мэри в повозку и отправился на кладбище. Небо было залито бледным зловещим светом луны, находившейся в фазе третьей четверти. Он изо всех сил нахлестывал Мэри кнутом, и фалды фрака развевались позади. Старушке Мэри вовсе не улыбалось увеличивать скорость, а Джеффри не нравилась усиливающаяся боль в боку и ключице... Впрочем, с этой болью он ничего не мог поделать.

Кто-то царапался, сэ-эр! Похоже на то, что она там живая и хочет выбраться оттуда в мир живых, очень похоже, сэ-эр!

Сами по себе эти слова еще не внушили бы ему чувства, близкого к ужасу, но он припомнил, как приехал в Колторп-мэнор на следующий день после смерти Мизери. Они с Йеном переглянулись, и Йен попытался улыбнуться, хотя в глазах его стояли слезы.

— Было бы легче смириться, — сказал тогда Йен, — если бы она была похожа на мертвую. Я понимаю, это звучит как...

— Глупости, — ответил ему Джеффри и попытался улыбнуться. — Похоронная служба постаралась, косметологи...

— Косметологи! — воскликнул Йен, и Джеффри в первый раз осознал, что его друг находится на грани безумия. — Косметологи! БРЕД! Никаких косметологов не было, и не позволю я косметологам прикоснуться к моей любимой Мизери! Чтобы они раскрашивали ее как куклу!

— Йен, друг мой! Не надо так... — Он хотел похлопать Йена по плечу, но вместо этого обнял его. И они оба расплакались на плече друг у друга, как два измученных ребенка. В соседней комнате разревелся сын Мизери (мальчик жил на свете уже почти сутки, но все еще не имел имени). Миссис Рэмедж, повинуясь велению своего доброго сердца, запела над ним колыбельную песню, хотя голос ее дрожал от подступивших слез.

Тогда Джеффри очень беспокоился за состояние рассудка Йена и обращал внимание не на его слова, а на то, как он их произносит, и только теперь, изо всех сил нахлестывая Мэри на пути в Литтл-Данторп, отбрасывая мысли об утрате, он припомнил, что говорил Йен, и размышлял о рассказе Колтера. Если бы она была похожа на мертвую. Если бы она была похожа на мертвую. Вот так, старина.

И это еще не все. В тот день, уже под вечер, когда жители деревни потянулись к Колторп-Хиллу, чтобы выразить сочувствие скорбящему господину, вернулся Шайнбоун. Выглядел он неважно, очень устал; и неудивительно — ведь этот человек утверждал, что ему пожимал руку Веллингтон, тот самый Железный Герцог, в те времена, когда он (Шайнбоун, а не Веллингтон) был ребенком. Джеффри считал, что в рассказе о Веллингтоне есть преувеличения, но Шинни (так они с Йеном когда-то называли доктора) лечил его еще в детстве и уже тогда — даже тогда — казался ему очень старым. Он, Джеффри, сумел сохранить мальчишеский взгляд на мир, когда всякий, кому больше двадцати пяти, воспринимается как пожилой, и полагал, что Шинни должно быть не меньше семидесяти пяти.

Он стар... провел на ногах за тяжелой работой целые сутки... Не мог ли старый, смертельно усталый человек допустить ошибку?

Ужасную, невообразимую ошибку.

Именно эта мысль, а не какая-либо другая выгнала его из дома в холодную ветреную ночь, и он мчался теперь в Литтл-Данторп при неверном свете луны, выглядывающей из-за туч.

Неужели он мог совершить такую ошибку? Какая-то часть его натуры, малодушная, трусливая часть, та, что скорее согласилась бы навсегда потерять

Мизери, чем обдумывать последствия подобной ошибки, твердила, что это невозможно. Но когда пришел Шинни...

Джеффри сидел тогда рядом с Йеном, и Йен предавался бессвязным воспоминаниям о том, как они вместе вызволяли Мизери из дворцовой темницы сумасшедшего французского виконта Леру, как Мизери отвлекла тогда внимание одного из сторожививших ее слуг виконта тем, что в нужный момент высунула из копны сена обольстительно обнаженную ногу и помахала ею. И сам Джеффри, охваченный глубокой печалью, вспоминал тот эпизод, а сейчас он ругал себя за то, что настолько отдался своей печали, что едва замечал (как, надо полагать, и Йен) присутствие Шинни.

А ведь Шинни, кажется, был чересчур рассеян, как будто его грызла какая-то забота. Только ли в усталости дело, или Шинни терзало что-то... какое-то подозрение?..

Нет, конечно же, нет, нервно возразил он себе. Повозка мчалась к Колторп-Хиллу. Усадьба не была освещена, но — слава Богу! — в домике миссис Рэмедж горел свет.

— Давай, Мэри! — крикнул Джеффри и хлестнул пони кнутом. — Уже близко. Там передохнешь.

Нет, конечно, нет, это не то, о чем ты думаешь!

Но Шинни как будто весьма небрежно осматривал сломанные ребра и ключицу Джеффри, и Йену он едва сказал пару слов, хотя горе Йена было очевидно, и он слишком часто плакал без видимого повода. Шинни почти не разговаривал с Йеном после единственного визита, которого, безусловно, требовали правила приличия, когда он тихо спросил:

— А она?..

— Да, в гостиной, — проговорил Йен. — Моя бедняжка лежит в гостиной. Шинни, поцелуйте ее за меня и скажите, что скоро я вновь буду с ней!

После этого Йен опять разрыдался, а Шинни едва слышно пробормотал что-то о соболезновании и пошел в гостиную. Теперь Джеффри казалось, что старый костоправ проторчал там довольно долго... А может быть, память и обманывала его. Но вышел он оттуда чуть ли не веселым, и здесь память не подводила Джеффри, он был в этом уверен, слишком уж неуместным было выражение лица врача в доме, где царило горе утраты, в комнате, где миссис Рэмедж уже повесила траурные шторы.

Джеффри вышел тогда со стариком в кухню и неуверенно заговорил с ним. Он попросил его выписать Йену снотворное, так как Йен выглядел совсем больным.

И Шинни почему-то показался ему совершенно обескураженным.

— Вовсе не похоже на мисс Ивлин-Хайд, — сказал он. — В этом я убедился.

Он вышел из дома и направился к своей коляске, даже не удостоив Джеффри ответом. Джеффри вернулся в комнату и тут же выбросил из головы непонятную реплику доктора, объяснив себе его странное поведение старостью, усталостью и горем об усопшей. Его мысли вернулись к Йену. Он подумал: поскольку снотворного не будет, придется лить Йену в глотку виски до тех пор, пока бедняга не отключится.

Пропустил мимо ушей... забыл...

До сегодняшнего вечера.

Вовсе не похоже на мисс Ивлин-Хайд. В этом я убедился.

В чем?

Джеффри не знал, но намеревался выяснить, даже подвергая серьезному испытанию собственный рассудок, — он понимал, какую цену, возможно, придется заплатить за истину.

ГЛАВА 4

Когда Джеффри постучал в дверь домика миссис Рэмедж, она еще не ложилась, хотя обычно в это время давно уже спала. После смерти Мизери миссис Рэмедж отправлялась спать с каждым днем все позже. Она, разумеется, не могла положить конец беспокойным метаниям в постели, но по крайней мере в ее силах было оттянуть начало мучений.

Конечно, она была самой практичной и уравновешенной женщиной на свете, и тем не менее, услышав внезапный резкий стук в дверь, непроизвольно вскрикнула и облилась горячим молоком, которое как раз наливала в чашку. В последнее время она постоянно была на взводе, могла расплакаться в любой момент. Причиной тому было не горе, хотя горе практически уничтожило ее. Причина таилась в странном ощущении тревоги, непонятном ощущении, подобного которому она никогда не испытывала прежде. Временами ей казалось, что ее измученный, погруженный в печаль ум не в силах ухватить какие-то мысли, которые витают поблизости, и это к лучшему, так как сформулировать их для себя было бы слишком страшно.

— Кого там принесло в десять часов? — закричала она. — Эй, вы, благодарить вас не стану, я здорово обожглась из-за вас!

— Миссис Рэмедж, это Джеффри! Джеффри Оллибертон! Ради Бога, откройте!

От неожиданности миссис Рэмедж открыла рот. Уже почти у двери она сообразила, что на ней ночная рубашка и чепец. Однако ей никогда не приходилось слышать, чтобы Джеффри так кричал, и если бы ей сказали, что он на такое способен, она бы не поверила. Если и есть во всей Англии человек с более твердым характером, чем у ее обожаемого Господина, так это Джеффри — и все же именно Джеффри кричал сейчас, как женщина, у которой вот-вот начнется истерический припадок.

— Минутку, мистер Джеффри! Я не одета!

— К черту! — проорал Джеффри. — Да наплевать мне! Откройте! Миссис Рэмедж, открывайте, ради Христа!

Она еще секунду поколебалась, потом отодвинула засов и распахнула дверь. Вид Джеффри прямо-таки ошеломил ее, и она почувствовала, как где-то в глубине рассудка с глухим стуком вновь зашевелились черные мысли.

Джеффри переступил порог как-то боком, словно у него был искривлен позвоночник. Правую ладонь он прижимал к левому боку. Волосы его спутались. Темно-карие глаза казались потухшими угольками на белом лице. Обычно Джеффри Оллибертон одевался тщательно, можно сказать, щегольски, но на сей раз выглядел весьма странно. На нем был старый потертый фрак. Пояс сбился набок, воротник белой рубашки был расстегнут, а штаны из грубого сержа* скорее подошли бы не первому богачу Литтл-Данторпа, а бездомному бродяге. На ногах у него были стоптанные шлепанцы.

---

* Шерстяная материя.

Одеяние самой миссис Рэмедж — длинная ночная рубашка и ночной чепчик, отделанный шелковыми лентами, из-под которого небрежно выбивались растрепанные локоны, напоминая бахрому абажура, — тоже едва ли годилось для придворного бала, и тем не менее экономка, открыв рот, воззрилась на Джеффри. Совершенно очевидно, что он снова повредил ребра, переломанные трое суток назад во время поездки за доктором, но глаза его сверкали не только от боли. В них светился едва сдерживаемый ужас.

— Мистер Джеффри! Да что же...

— Нет! — хрипло рявкнул он. — Не надо ни о чем спрашивать. Сначала ответьте на мой вопрос.

— Какой вопрос?

Теперь она по-настоящему перепугалась, и ее левая ладонь, прижатая к пышной груди, сжалась в кулак.

— Вам что-нибудь говорит имя мисс Ивлин-Хайд?

Внезапно она поняла, откуда взялось ощущение тревоги, не покидавшее ее с субботнего вечера. Эта чудовищная мысль уже возникала в какой-то части ее сознания и была подавлена. Ей не требовалось объяснений. Было произнесено имя несчастной мисс Шарлотты Ивлин-Хайд из Сторпинг-он-Феркилла, деревушки, расположенной к западу от Литтл-Данторпа, и этого было достаточно, чтобы из ее груди вырвался крик:

— Святые угодники! Господи Иисусе! Неужели ее похоронили живой? Неужели ее похоронили живой? Неужели мою дорогую Мизери похоронили заживо?

Прежде чем Джеффри успел ответить, со старой доброй миссис Рэмедж случилось то, чего не случалось ни разу за всю ее жизнь: она упала в обморок.

ГЛАВА 5

Джеффри не мог терять время на поиски нюхательной соли. Да и вряд ли миссис Рэмедж, старый, закаленный в боях ветеран, держала у себя в доме такие вещи. Зато под раковиной он нашел тряпку, слабо пахнущую нашатырем. Он не ограничился тем, что дал миссис Рэмедж понюхать ее, а буквально прижал тряпку к ее лицу. Слова Колтера открыли перед ним пусть маловероятную, но все равно ужасающую возможность, так что времени на размышления не было.

Миссис Рэмедж дернулась, вскрикнула и открыла глаза. Мгновение она непонимающе и удивленно смотрела на него, затем подняла голову и села.

— Нет, — сказала она. — Нет, мистер Джеффри, пожалуйста, скажите, что вы не это имели в виду.

— Не знаю, верно это или нет, — ответил он. — Но мы должны немедленно пойти туда и убедиться. Немедленно, миссис Рэмедж. Если придется копать, я не смогу справиться один...

Она с ужасом смотрела на него, прижимая пальцы к губам с такой силой, что ногти побелели.

— Вы могли бы мне помочь, если понадобится? Мне просто больше не к кому обратиться.

— Господин, — пробормотала она, — Мой Господин мистер Йен...

— ...ничего не должен знать, пока мы что-нибудь не выясним! — перебил ее Джеффри. — Он вообще ничего не узнает, если Господь будет милостив.

Он не решился облечь в слова свою подспудную надежду, почти столь же жуткую, как и его страхи. Если Господь действительно милостив, Йену станет известно все о событиях этой ночи... когда его жена, его единственная любовь вернется к нему, восстав из мертвых подобно Лазарю.

— Ох, это ужасно... ужасно! — тихо произнесла миссис Рэмедж, и голос ее дрожал. Придерживаясь за стол, она сумела подняться на ноги и теперь, пошатываясь, стояла перед ним. Из-под оборок чепчика торчали пряди волос.

— С вами все в порядке? — участливо спросил Джеффри. — Если нет, я один постараюсь сделать все возможное.

Она глубоко лихорадочно вздохнула, затем повернулась и сделала шаг в сторону буфетной.

— В сарае есть пара лопат, — сказала она. — И еще, кажется, мотыга. Положите их в повозку. У меня в буфетной есть полбутылки джина. К этой бутылке никто не прикасался пять лет, с тех пор как Билл умер вечером в День жатвы*. Я сделаю глоток и выйду к вам, мистер Джеффри.

— Вы храбрая женщина, миссис Рэмедж. Только побыстрее.

— Не беспокойтесь за меня, — сказала она и взяла бутылку. Рука ее дрожала, но только чуть-чуть. Пыли на бутылке не было — даже в буфетной ничто не могло укрыться от не терпящей пыли и неутомимой миссис Рэмедж, — и только ярлык сильно пожелтел. — Поторопитесь сами.

Она всю жизнь не переносила спиртного, и желудок ее готов был отторгнуть джин, до тошноты отдающий можжевельником. Она заставила напиток не выплеснуться наружу. Он ей еще понадобится.

ГЛАВА 6

Облака по-прежнему плыли с востока на запад, на черном небе вырисовывались еще более черные тени, луна опускалась к горизонту, а повозка Джеффри

* День жатвы отмечался в старой Англии 1 августа.

мчалась по направлению к кладбищу. Правила теперь миссис Рэмедж; она нахлестывала кнутом ничего не понимающую Мэри, которая сказала бы — если бы только лошади умели говорить, — что все происходящее в этот вечер неправильно и в столь поздний час ей полагается мирно блаженствовать в теплом стойле. Две лопаты и мотыга позвякивали сзади, и миссис Рэмедж пришло в голову, что они с мистером Джеффри на кого угодно нагнали бы страху, так как похожи на гробокопателей из книг мистера Диккенса... Или это мистер Джеффри похож на гробокопателя, мчащегося на кладбище в повозке, которой правит призрак, одетый в белое, — она не стала тратить время на переодевание, и подол ночной рубашки колыхался вокруг ее пухлых щиколоток, а ветер трепал оборки чепчика.

Вот и церковь. Миссис Рэмедж направила Мэри на объездную дорогу, ведущую к кладбищу. Зловещий свист ветра возле ската крыши заставил ее вздрогнуть. Она успела подумать: с чего бы это даже такое благословенное место, как церковь, становится таким страшным с наступлением темноты, и поняла, что пугает ее вовсе не церковь, а цель их поездки.

Когда она пришла в себя после обморока, то прежде всего подумала о том, что им должен помочь Господин — ведь он прошел огонь и воду, не ведая колебаний. Потом она отбросила эту мысль как абсурдную. Нельзя сомневаться в мужестве Господина, но опасность угрожала бы его рассудку.

Ей не понадобились <u>разъяснения</u> мистера Джеффри; она все поняла, вспомнив о мисс Ивлин-Хайд.

Она сообразила, что ни мистера Джеффри, ни Господина не было в Литтл-Данторпе почти полгода назад, когда это случилось. Тогда была весна. Мизери вступила в среднюю, самую приятную фазу беременности, когда утренние недомогания остались позади, а раздутый живот и связанные с ним неудобства еще впереди. Она охотно отослала мужчин на неделю в Донкастер, в Оук-холл, чтобы они поохотились на куропаток, поиграли в карты, в футбол, да и вообще одному Богу известно, какие глупости доставляют удовольствие мужчинам. Господин еще сомневался, стоит ли ехать, но Мизери заверила его, что с ней все будет хорошо, и почти что вытолкала из дома. Миссис Рэмедж вовсе не сомневалась, что с Мизери все будет хорошо. Но всякий раз, когда Господин и мистер Джеффри уезжали в Донкастер, она беспокоилась, как бы одного из них — а то и обоих — не внесли потом в дом вперед ногами.

Оук-холл был наследственным владением Альберта Фоссингтона, школьного товарища Джеффри и Йена. Миссис Рэмедж была твердо убеждена, что Берти Фоссингтон не в себе. Года три назад он съел своего любимого пони, когда тот сломал две ноги и его пришлось зарезать. Съел из любви к нему, по его собственным словам. «Меня научили этому негры в Кейптауне. Славных парней знавал я там. Палки одними губами удерживали. Здорово, а? По-моему, они могли положить на нижнюю губу двенадцатитомное собрание морских навигационных карт, ха-ха! Они мне сказали, что человек должен съесть того, кого любит. Есть в этом что-то мрачно-поэтическое, а?»

Несмотря на странности в поведении Берти, мистер Джеффри и Господин любили его (Не означает ли это, что они должны его съесть, когда он умрет? — спросила однажды миссис Рэмедж, вернувшись из дома Фоссингтона; в тот раз он попытался использовать для игры в крокет кошку и чуть не проломил бедному созданию череп) и провели весной в Оук-холле почти десять дней.

Через день или два после их отъезда мисс Шарлотта Ивлин-Хайд из Сторпинг-он-Феркилла была найдена мертвой на заднем дворе своей усадьбы Березовая Бухта. Возле ее руки лежал букетик свежесорванных цветов. Местный врач по фамилии Биллфорд имел репутацию знающего специалиста, и тем не менее пригласил для консультации старого доктора Шайнбоуна. Несмотря на молодость — девушке было всего восемнадцать лет — и цветущее здоровье усопшей, Биллфорд вынес заключение о том, что причиной смерти явился сердечный приступ. Сам Биллфорд недоумевал по этому поводу.

Чувствовалось, что во всей этой истории есть что-то странное. Старик Шинни тоже был явно озадачен, однако в конце концов подтвердил диагноз. Большинство жителей деревни приняли предложенное объяснение: у девушки от рождения было больное сердце, так бывает редко, но почти каждый обитатель Сторпинг-он-Феркилла мог припомнить один или два подобных примера. Наверное, это единодушие и спасло Биллфорда от потери практики (если не от виселицы) после ужасной развязки. Абсолютно все были удивлены смертью девушки, но никому не пришло в голову, что она, возможно, вовсе не умирала.

Через четыре дня после похорон миссис Сомс, придя на кладбище, чтобы положить цветы на могилу мужа, скончавшегося прошлой зимой, увидела, что на земле лежит нечто белое. Предмет был слишком велик для цветочного лепестка, поэтому пожилая дама решила, что перед ней какая-то мертвая птица. Приблизившись к белому предмету, она заметила, что он не просто лежит на земле, а торчит из нее. Робея, она подошла еще ближе и поняла, что из свежей могилы высунулась человеческая рука. Скрюченные пальцы застыли в чудовищном жесте, выражающем мольбу. Все пальцы за исключением большого были окровавлены и стерты до костей.

Миссис Сомс опрометью бросилась с кладбища, добежала до главной улицы Сторпинга — одолев бегом примерно милю с четвертью — и рассказала об увиденном парикмахеру, который одновременно исполнял обязанности местного констебля, после чего упала в обморок. В тот же день она слегла и не поднималась с постели почти месяц. И никто из жителей деревни не упрекнул ее в притворстве.

Естественно, тело несчастной мисс Ивлин-Хайд было извлечено из могилы. Подъезжая вместе с Джеффри Оллибертоном к англиканскому кладбищу, миссис Рэмедж корила себя за то, что в свое время наслушалась рассказов об эксгумации — слишком они были страшными.

Доктор Биллфорд, потрясенный до глубины души, констатировал каталепсию. По всей видимости, бедная девушка впала в некий транс, подобный тому, какой могут произвольно вызывать у себя индийские факиры, чтобы затем лежать по нескольку суток под землей или втыкать в тело иглы. Транс мисс Ивлин-Хайд продолжался от сорока восьми до шестидесяти часов, во всяком случае, достаточно долго, так как очнулась она не на лужайке, где собирала цветы, а под слоем земли в гробу.

Девушка эта отчаянно сражалась за жизнь, и миссис Рэмедж подумала, входя на кладбище, окутанное легким облаком тумана, в котором покосившиеся надгробия казались торчащими из моря утесами, что запредельное мужество несчастной вместо почтения вызывает лишь еще больший ужас.

Та девушка была помолвлена. В ее левой руке — из-под свежевскопанной земли на кладбище выбралась правая — было зажато обручальное кольцо с алмазом. Этим кольцом она вспорола атласную обивку гроба, и одному Богу известно, сколько часов ей понадобилось на то, чтобы процарапать кольцом деревянную крышку. После этого она, по всей вероятности, продолжала резать кольцом стенки гроба, а правую руку пыталась выпростать на поверхность. Усилий оказалось недостаточно, воздуха не хватало. Когда девушку вытащили из могилы, лицо ее было темно-багровым, а налившиеся кровью выпученные глаза хранили выражение предельного ужаса.

Часы на колокольне пробили двенадцать; в этот час, как миссис Рэмедж слышала когда-то от матери, приоткрывается дверь между жизнью и смертью и мертвые могут возвращаться. С каждым шагом ее панический страх не убывал, а, наоборот, увеличивался, и она с огромным трудом заставила себя не закричать и не убежать прочь; она понимала, что если сейчас побежит, то будет бежать не останавливаясь, пока не рухнет замертво.

Дура, трусливая дура! — выругала она себя и добавила: *Дура, трусиха, эгоистка! Не о страхах своих ты должна сейчас думать, а о Господине! О, Господин... Если только возможно, чтобы Госпожа...*

Ох нет же; даже думать о таких вещах — безумие. Слишком поздно, поздно, поздно.

Джеффри подвел ее к могиле Мизери, и оба они замерли как загипнотизированные. На камне было написано: ЛЕДИ КОЛТОРП. Дальше шли даты рождения и смерти и еще всего лишь три слова: ЕЕ ВСЕ ЛЮБИЛИ.

Миссис Рэмедж как будто очнулась после глубокого обморока. Она посмотрела на Джеффри и сказала:

— Вы не принесли лопаты.

— Да. Еще рано, — ответил он, распростерся на земле и приник к ней ухом.

На могиле между развороченных лопатами комьев уже начинали пробиваться первые ростки молодой травы.

Миссис Рэмедж держала в руке фонарь, и сначала при его свете увидела на лице Джеффри то же выражение, что и в минуту его появления на пороге ее дома, — выражение смертельного ужаса. Но затем его выражение стало меняться — к ужасу начала примешиваться едва ли не безумная надежда.

Он взглянул вверх, на миссис Рэмедж. Глаза его были выпучены, губы шевелились.

— Я верю: она жива, — едва слышно прошептал он. — О, миссис Рэмедж...

Внезапно он перевернулся на живот и закричал прямо в землю — при иных обстоятельствах это было бы смешно:

— Мизери! МИЗЕРИ! МЫ ЗДЕСЬ! МЫ ЗНАЕМ! ДЕРЖИСЬ! ДЕРЖИСЬ, РОДНАЯ!

Через секунду он уже мчался к повозке, где лежали лопаты и мотыга. Из-под его ног летели комья земли.

Колени миссис Рэмедж подогнулись, и она рухнула на землю, снова на грани обморока. Голова ее как будто случайно повернулась так, что ухо припало к земле; ей приходилось видеть, как мальчишки точно так же припадают ухом к рельсам, стараясь расслышать звук приближающегося поезда. И она услышала — услышала, как кто-то тихо скребется под землей, словно зверек роет себе нору. Но на самом деле это просто пальцы беспомощно барабанили по деревянной крышке.

Она сделала судорожный вдох, и ее остановившееся сердце как будто забилось вновь. Она закричала:

— МЫ ИДЕМ, ГОСПОЖА! ХВАЛА БОГУ, ХВАЛА МИЛОСТИВОМУ ИИСУСУ, МЫ УСПЕЛИ — МЫ ИДЕМ К ВАМ!

Дрожащими пальцами она принялась копать землю и, хотя Джеффри вернулся очень быстро, успела выкопать ямку глубиной примерно в восемь дюймов.

7

Когда Энни вошла в комнату, он написал уже девять страниц седьмой главы; Джеффри и миссис Рэмедж вытащили Мизери из могилы, но та не узнавала их и не помнила самое себя. На этот раз Пол услышал ее шаги и перестал печатать, испытывая сожаление оттого, что его выдернули из сказки.

Она держала в руке первые шесть глав, прочитав их меньше чем за двадцать минут. Примерно час назад она забрала у него двадцать одну страницу. Он внимательно посмотрел на нее и рассеянно отметил, что она слегка побледнела.

— Ну как? — спросил он. — Это честно?

— Да, — ответила она небрежно, словно говорила о чем-то давно решенном. Пол предположил, что на этот вопрос она себе действительно ответила давно. — Это честно. И это *прекрасно.* Очень интересно. Но это еще и ужасно! Не похоже на другие книги о Мизери. Эта бедная девушка содрала пальцы до костей, пробираясь... — Она мотнула головой и повторила: — Это не похоже на другие книги о Мизери.

Милая моя, так ведь это писал человек, пребывающий в ужасном настроении, подумал Пол и спросил:

— Так мне продолжать?

— Я вас убью, если не будете продолжать! — ответила она с легкой улыбкой. Пол не улыбнулся в ответ. Ее последняя фраза была из разряда банальностей типа *«Ты такой краси-*

вый, что я хочу тебя съесть», и тем не менее она отнюдь не показалась ему банальной.

И все же что-то в поведении женщины, стоявшей в дверях спальни, обрадовало его. Она как будто опасалась подходить ближе — словно боялась обжечься. Он хорошо понимал, что причиной тому был не мотив преждевременных похорон. Просто между первым вариантом «Возвращения Мизери» и вторым есть огромная разница. В первом варианте было столько же жизни, сколько в школьном сочинении восьмиклассника на тему «Как я провел лето». Второй вариант — иное дело. В нем горел огонь. Не то чтобы он исключительно хорошо написал первые главы; сюжет получился увлекательным, но характеры вышли ходульными, предсказуемыми, как и всегда, но в этот раз ему удалось вдохнуть в них хоть какую-то энергию; в этот раз строчки излучали тепло.

Она чувствует жар, с удовлетворением подумал он. *По-моему, она боится приближаться — боится, что я ее обожгу.*

— Нет, — мягко отозвался он, — вам не придется меня убивать, потому что я хочу продолжать. Может быть, я еще поработаю?

— Хорошо, — сказала она, подошла к нему, положила страницы на доску и поспешно отступила.

— Вы хотите читать по мере того, как я буду писать? — осведомился он.

— О да! — улыбнулась Энни. — Это будет почти как в киносериалах моего детства!

— Знаете, не могу вам обещать захватывающий эпизод в конце *каждой* главы. В книгах так не всегда получается, — заметил он.

— Все получится, — с жаром возразила она. — Я буду с нетерпением ждать восемнадцатую главу, даже если в конце семнадцатой Мизери, Йен и Джеффри будут сидеть на веранде и читать газеты. Мне уже безумно хочется знать, что произойдет дальше. Только не говорите! — поспешно добавила она, как будто Пол предложил рассказать ей сюжет.

— Понимаете, обычно я никому не показываю незаконченную работу, — сказал он и улыбнулся ей. — Но, принимая во внимание особую ситуацию, я с радостью буду передавать вам главы одну за другой. — *Так началась тысяча и одна ночь Пола Шелдона,* подумал он. — Но могу я вас кое о чем попросить?

— О чем?

— Чтобы вы сами вставили все эти чертовы «н», — сказал он.

Она ослепительно улыбнулась:

— Это для меня честь. А сейчас я вас оставлю.

Она подошла к двери, но на пороге остановилась, обернулась и очень робко высказала свое первое и последнее «редакторское» замечание:

— Может быть, это пчела?

Он уже переключил внимание на лист бумаги, заправленный в машинку; ему хотелось привести Мизери в домик миссис Рэмедж прежде, чем он вырубится. Поэтому он взглянул на Энни с тщательно скрытым нетерпением:

— Прошу прощения?..

— Пчела, — повторила она, и по ее шее и щекам разлился румянец. Очень скоро даже уши ее пылали. — Один человек из дюжины страдает аллергией на пчелиный яд. Я много таких видела до того... до того как ушла с работы... Я была медицинской сестрой. Аллергия проявляется совершенно по-разному. Бывает, укус приводит к коматозному состоянию, и это похоже... похоже на то, что называется... гм... каталепсией.

Ее лицо было уже не красным, а почти багровым.

Пол быстро прокрутил идею в мозгу и отбросил. Пчелиный укус мог послужить причиной преждевременных похорон мисс Ивлин-Хайд; это было бы даже неплохим объяснением, так как приступ случился с ней в середине весны, к тому же в саду. Но он уже решил про себя, что правдоподобие сюжета будет зависеть от двух каким-то образом связанных случаев преждевременных похорон. И проблема не в том, что пчелы практически не летают поздней осенью. Проблема в том, что укус пчелы нечасто вызывает каталептический припадок. Скорее всего Постоянный Читатель не проглотит сюжет, основанный на том, что две женщины, проживающие в близлежащих селениях и не состоящие в родстве, одинаково отреагировали на пчелиный укус, причем от первого случая до второго прошло всего шесть месяцев.

Однако он не мог изложить Энни свои соображения, и даже не потому, что она могла рассердиться. Он не мог возразить ей, потому что она расстроилась бы, а он не хотел расстраивать ее таким образом — невзирая на все страдания, которые она ему причинила. Он и сам был расстроен.

Он отделался эвфемизмом, каким писатели обычно отделываются от непрошеных советчиков:

— Это хорошо, есть о чем подумать. Знаете, Энни, этот вариант будет запасным. Он может не подойти. У меня есть кое-какие свои задумки.

— О, я понимаю — писатель вы, а не я. Забудьте все, что я говорила. Извините меня.

— Не стоит...

Но она уже тяжелыми шагами пересекла коридор и прошла в гостиную. Он смотрел в пустоту.

Тогда Пол опустил глаза — и вдруг они расширились от ужаса.

На правом и левом косяках двери, дюймах в восьми от пола, темнели черные пятна, и он сразу же понял, что оставили их ступицы колес инвалидного кресла в тот день, когда он протискивался наружу. До сих пор она их не замечала, что само по себе было маленьким чудом, так как прошла почти неделя. Но очень скоро — завтра, а то и сегодня вечером — она придет сюда с пылесосом и заметит.

Заметит.

До вечера он сумел написать совсем немного.

Дверь в мир вымысла исчезла.

8

Наступило утро. Пол полулежал в кровати, облокотившись на подушки, пил кофе и виновато смотрел на черные пятна у двери, смотрел взглядом убийцы, вдруг заметившего у себя на одежде пятна крови, на которые он почему-то вовремя не обратил внимания. Внезапно в комнату ворвалась Энни; глаза ее были навыкате. В одной руке она держала полотенце. В другой — как это ни дико — пару наручников.

— Что...

На большее у него не хватило времени. С безумной силой она схватила его за плечи и усадила прямо. Боль — самая сильная за последние дни — пронзила его ноги, и он вскрикнул. Кофейная чашка выскользнула из пальцев, упала на пол и разбилась. *Здесь разбиваются вещи,* подумал он. *Она увидела следы. Ну конечно. Вероятно, уже давно увидела.* Есть только одно объяснение ее эксцентричному поведению — она наконец заметила следы и приступила к новому, впечатляющему наказанию.

— *Заткнись, дурак,* — прошипела она, заводя ему руки за спину, и, когда он услышал щелчок наручников, до него донесся шум двигателя подъезжающей к дому машины.

Он открыл рот, собираясь сказать что-то или вскрикнуть еще раз, но не успел сделать ни того, ни другого: она проворно засунула ему в рот полотенце. Он тут же ощутил его мерзкий вкус. Наверное, подумал он, вкус какого-нибудь моющего средства.

— Ни звука, — сказала она, наклоняясь над ним; пряди ее волос касались его щек и лба. — Предупреждаю вас, Пол. Не знаю, кто приехал, но если он что-нибудь услышит — или хотя бы я что-нибудь услышу и мне *покажется,* что он тоже мог услышать, — я убью его, или их, потом вас, а потом себя.

Она выпрямилась. Глаза ее все еще были выпучены. На лбу выступил пот. На губах остались следы яичного желтка.

— *Не забудьте,* Пол.

Она не увидела, как он закивал. Она уже выбежала из комнаты.

«Шевроле бел эйр», старый, но в хорошем состоянии, затормозил около «чероки» Энни. Пол услышал, как где-то распахнулась и захлопнулась дверь. По ее скрипу он понял, что Энни заглядывала в шкаф, где у нее хранилась верхняя одежда.

Из машины вышел столь же старый и столь же хорошо сохранившийся мужчина, насколько мог судить Пол, уроженец Колорадо. На вид этому человеку было лет шестьдесят пять, а возможно, и восемьдесят; он мог бы быть старшим компаньоном юридической фирмы или ушедшим на покой основателем строительной компании, но скорее всего он содержал ранчо или торговал недвижимостью. Он мог быть республиканцем — из тех, кто ни за что не наклеил бы картинку на бампер своего автомобиля, как ни за что не надел бы остроносые итальянские ботинки. Наверняка этот человек занимает какой-то пост в городской администрации и прибыл сюда по официальным делам, так как только официальное дело могло привести такого человека в дом столь необщительной женщины, как Энни Уилкс.

Пол видел в окно, как она спешит навстречу посетителю с явным намерением не вести его в дом, а перехватить во дворе. Пол подумал о том, что его фантазии сбылись. Явился пусть не полицейский, но ПРЕДСТАВИТЕЛЬ ВЛАСТИ. В дом Энни прибыла ВЛАСТЬ, и ее появление, весьма вероятно, сократит его жизнь.

Пригласила бы ты его в дом, Энни, думал он, задыхаясь из-за торчащей во рту пыльной тряпки. *Пригласила бы его и показала бы свою африканскую птичку, а?*

Вот уж нет. Не станет она приглашать Официальное Лицо из Скалистых гор в дом, как ни за что не отвезет Пола на вокзал и не вручит ему билет до Нью-Йорка.

Их разделяло несколько шагов, но она уже говорила, и из ее рта вырывались клубы пара — как в комиксах, только слов на них не было написано. Гость вытянул вперед руку, затянутую в облегающую перчатку из черной кожи. Она глянула на его руку и затрясла пальцем перед его лицом, и новая порция пара вырвалась из ее рта. Она перестала дергаться, лишь когда влезла в рукава парки и стала застегивать «молнию».

Гость сунул руку в карман пальто, извлек оттуда лист бумаги и, как бы извиняясь, протянул его Энни. Пол, конечно, не знал, что это за документ, но предположил, что Энни, должно быть, найдет для него подходящее определение. Скорее всего *гребаный*.

Она, не умолкая, прошла вместе с ним вдоль двора. Теперь они оказались вне поля его зрения. Их тени на снегу, похожие на вырезанные из плотной бумаги силуэты, были видны, но только тени. Она нарочно провела его так, подумал Пол. Если Пол их не видит, то и у мистера Городской Шишки нет возможности заглянуть в окно гостиной и заметить там *человека*.

Минут пять тени лежали на тающем снегу во дворе. Один раз Пол даже услышал голос Энни — дерзкий, сердитый возглас. Для Пола эти пять минут тянулись очень долго. У него болели плечи. Как выяснилось, он не мог пошевелиться, чтобы принять более удобное положение. Сковав ему руки, она каким-то образом лишила их подвижности.

Но хуже всего был привкус пыли во рту. От запаха мебельного лака болела голова, и его все сильнее и сильнее тошнило. Он приложил все усилия, чтобы сдержать рвоту; ему не хотелось захлебнуться собственной блевотиной, пока Энни спорит с пожилым служащим, который раз в неделю посещает магическое царство ножниц и бритв с целью приведения в порядок прически, а зимой, вероятно, носит калоши.

К тому времени, как он снова увидел их, у него на лбу выступил холодный пот. Теперь бумага в руках у Энни. Мистер Городская Шишка идет впереди, она следует за ним, грозя пальцем его спине, и изо рта у нее по-прежнему вылетают клубы пара. Мистер Городская Шишка на нее не оглядывается. Лицо его абсолютно невозмутимо. И только губы сжаты так, что их почти не видно, что выдает какое-то сдерживаемое чувство. Гнев? Вероятно. Отвращение? Да. Это слово как будто точнее.

Вы думаете, сэр, она не в себе. И вы, и ваши партнеры по покеру. Вы, наверное, разыграли в карты, кому исполнять эту дерьмовую обязанность — ехать сюда. Кто же добровольно возьмется сообщать сумасшедшим неприятные новости? Но, мистер Городская Шишка, если бы вы знали, насколько она не в себе, едва ли вы столь беззаботно повернулись бы к ней спиной!

Он сел в машину. Захлопнул дверцу. Она стояла возле автомобиля и грозила пальцем в закрытое окно. До Пола опять донесся слабый звук ее голоса:

— ...еще думаете, вы такой *у-у-умный!*

«Бел эйр» медленно двинулся задним ходом по подъездной дорожке. Мистер Городская Шишка демонстративно не глядел на рычащую Энни.

Опять ее голос, еще громче:

— А-а, думаете, вы такая важная птица!

Она вдруг пнула передний бампер его машины, причем так сильно, что от одного колеса отвалился ком снега. Старик, только что следивший за дорогой через правое плечо, взглянул на нее; впервые за время визита он утратил хладнокровие.

— Так-то! И еще я вам кое-что скажу, вы, грязный подлюга! *ВАЖНУЮ ПТИЦУ ТОЖЕ МОЖНО ЗАПРОСТО ПРИДУШИТЬ! Что вы об этом думаете? Ха-ха!*

Возможно, мистер Городская Шишка кое-что и думал, но делиться своими мыслями с Энни явно не собирался — его лицо вновь приобрело невозмутимое выражение, словно он надвинул забрало. Машина отъехала, и Пол ее уже не видел.

Энни постояла минуту на дорожке, уперев кулаки в бока, затем зашагала обратно к дому. Пол услышал, как распахнулась и с силой захлопнулась кухонная дверь.

Вот он и уехал, подумал Пол. *Мистер Городская Шишка уехал, но я-то здесь. О да, я все еще здесь.*

9

На этот раз она не стала срывать на нем злобу.

Когда она вошла к нему в комнату, парка все еще была на ней, хотя «молнию» она успела расстегнуть. Она сразу же принялась быстро расхаживать по комнате, даже не глядя в его сторону. Она по-прежнему держала в руке лист бумаги и время от времени трясла им у себя перед носом, как будто обмахиваясь.

— Говорит, налоги увеличились на десять процентов! Говорит, недоимки! Арест имущества! Суд! Говорит, выплаты раз в квартал! Долги! *Дерьмо! Гребаное дерьмо!*

Пол кашлянул в тряпку, но она не обернулась. Для нее в комнате больше никого не было. Она все быстрее шагала взад-вперед, и ее массивное тело резко рассекало воздух. Он подумал, что сейчас она разорвет бумагу на куски, но Энни, похоже, не осмеливалась этого сделать.

— *Пятьсот шесть долларов!* — завопила она, сунула ему под нос бумагу, машинально вырвала у него изо рта душившую его тряпку и швырнула ее на пол.

Его голова тяжело откинулась налево. Он откашлялся. Руки не слушались, как будто кто-то вырвал их из плеч.

— Пятьсот шесть долларов и *семнадцать центов!* Они *знают,* что я не хочу никого здесь видеть! Разве я им не говорила? Вот смотрите! *Смотрите!*

Он кашлянул еще раз и рыгнул.

— Сблюете — вам же во всем этом лежать. У меня сейчас свои заботы. Он что-то говорил об аресте имущества, что-то насчет дома. Как это понимать?

— Наручники... — просипел Пол.

— Ну да, да, — нетерпеливо проговорила она. — Вы иногда ведете себя как *ребенок*.

Она выхватила из кармана юбки ключ и подтолкнула Пола влево, так, что нос его коснулся простыни. Он вскрикнул, но она не обратила на это внимания. Звякнул ключ, щелкнул замок, и руки его освободились. Он сел, тяжело дыша, потом откинулся спиной на подушки и осторожно заскользил вниз, чтобы лечь. На запястьях остались белые полосы, которые тут же стали багроветь.

Энни рассеянно засунула наручники в карман юбки, как совершенно обыденную вещь, вроде гигиенических тампонов или вешалки для одежды.

— Что такое арест имущества? — снова спросила она. — Неужели это означает, что мой дом теперь принадлежит им? Так надо понимать?

— Нет, — ответил он. — Это означает, что вы... — Он прочистил горло, снова ощутил вкус пыльной тряпки во рту и еще раз рыгнул. Энни на это не отреагировала, она стояла около него и с нетерпением ожидала продолжения. Наконец он вновь обрел способность говорить. — Это означает, что вы просто не можете его продать.

— Просто? *Просто?* Интересно вы понимаете слово *просто,* мистер Пол Шелдон. Хотя, конечно же, проблемы бедной вдовы мало волнуют такого богатого мистера Умника, как вы.

— Напротив. Ваши проблемы, Энни, я рассматриваю как свои собственные. Я только хотел сказать, что арест имущества — это еще не *самое* серьезное, что может ожидать человека, имеющего существенную задолженность. А *вы* много задолжали?

— Задолженность. То есть то, что надо мной висит, верно?

— То, что висит. Да.

— Но я же не голь перекатная, не ирландская нищенка! — Под ее верхней губой показался ряд верхних зубов. — Я всегда плачу по счетам. Просто... На этот раз я просто...

Просто забыла, да? Ты забыла, как забываешь перевернуть февральскую страничку календаря. А забыть заплатить квартальный налог на имущество — это посерьезнее, чем забыть перевернуть страничку календаря, и теперь ты расстроилась, так как впервые забыла о чем-то значительном. Дело в том, Энни, что твое состояние ухудшается. Чуть-чуть ухудшается с каждым днем. Тебе, наверное, хорошо известно, что маньяк может вступать в конфликт с окружающим миром и даже иногда выходить сухим из воды после очень гадких поступков. Но существует граница между управляемым и неуправляемым психозом. Ты, Энни, изо дня в день приближаешься к этой границе... и отчасти осознаешь это.

— У меня просто пока руки до этого не дошли, — мрачно произнесла Энни. — Я ведь тут с вами верчусь как белка в колесе.

Внезапно ему в голову пришла одна мысль — очень неплохая мысль. Мысль, открывающая перед ним прямо-таки неограниченные возможности.

— Я знаю, — сказал он вполне искренне. — Я обязан вам жизнью, а вас я только обременял. У меня в бумажнике примерно четыреста баксов. Мне бы хотелось, чтобы вы этими деньгами погасили вашу задолженность.

— О, Пол... — Она посмотрела на него, смущенная и одновременно польщенная. — Не могу же я взять *ваши* деньги...

— Это не мои деньги, — возразил он и улыбнулся ей самой обаятельной своей улыбкой. А про себя подумал: *Энни, больше всего я хочу, чтобы на тебя опять напала забывчивость, когда я стащу один из твоих ножей. Я достаточно подвижен, чтобы пустить в ход нож. Ты не успеешь понять, что мертва, а уже покатишься в ад.* — Они ваши. Если хотите, считайте их оплатой за услуги. — Он помолчал, затем сделал далеко рассчитанный ход: — Неужели вы думаете, я не понимаю, что без вас я бы умер.

— Пол... Я даже не знаю...

— Я говорю серьезно. — Он позволил себе победную *(о Боже, пусть она в самом деле будет победной!)* улыбку. — Вы не только спасли мою жизнь. Вы сделали больше. Вы спасли две жизни — ведь если бы не вы, Мизери покоилась бы в могиле.

Теперь она смотрела на него, сияя, забыв про бумагу, которую все еще держала в руке.

— И вы продемонстрировали мне мои заблуждения, наставили на путь истинный. За одно это я должен был бы заплатить вам гораздо больше, чем четыре сотни баксов. Если вы не возьмете эти деньги, мне будет очень тяжело.

— Ну конечно, я... Хорошо. Спасибо...

— Это я должен сказать *вам* спасибо. Можно мне посмотреть?

Она с готовностью протянула ему бумагу. Извещение на оплату просроченной суммы налога. Арест имущества упоминается всего лишь как формальность. Он бегло просмотрел документ и вернул ей:

— У вас есть вклад в банке?

Она отвела взгляд:

— Есть кое-какие сбережения, но не в банке. Я банкам не доверяю.

— Здесь говорится, что арест не может быть наложен, если вы заплатите по счету до двадцать пятого марта. Какое сегодня число?

Она, прищурившись, посмотрела на календарь:

— Господи, тут же совсем не то!

Она сняла календарь со стены, и мальчик на санках исчез — Пол ощутил дурацкий прилив жалости. Ручей, текущий между покрытых снегом берегов, символизировал март.

Она близоруко прищурилась, затем произнесла:

— *Сегодня* двадцать пятое марта.

Господи Боже, уже, уже, подумал он.

— А, так вот почему он приехал. — *Он же не сказал, что на твое жилье уже наложен арест, он только сказал, что так случится, если ты не пошевелишься до закрытия всех городских контор. Этот парень, собственно говоря, хотел оказать тебе услугу.* — Но если вы, Энни, уплатите эти пятьсот шесть долларов...

— И семнадцать центов, — резко прервала она. — Не забудьте про эти гребаные семнадцать центов.

— Ну да, и семнадцать центов. Если вы уплатите всю сумму сегодня до закрытия городских учреждений, не будет никакого ареста имущества. Если жители города действительно относятся к вам так, как вы говорите...

— Да они меня ненавидят! Пол, да они все против меня!

— ...значит, для них налоговые вопросы — это один из способов убрать вас. Весьма странно накладывать арест имущества на человека, который всего-навсего не уплатил ежеквартальный налоговый взнос. Это плохо пахнет. Воняет за версту, если хотите. Если вы пару раз пропустите ежеквартальный взнос, может быть, — невероятно, но кто их знает, — они и попытаются отобрать у вас дом и продать его с аукциона. Идиотская мысль, но теоретически они вроде бы вправе так поступить.

Она нервно хохотнула — как будто гавкнула собака.

— Пусть попробуют! Я кое-кому из них выпущу кишки! Уверяю вас! О да, дражайший сэр!

— В итоге они выпустят кишки *вам,* — спокойно заметил Пол. — Но дело даже не в этом.

— Так в *чем* же?

— Энни, наверняка в Сайдвиндере есть люди, которые и два, и три года не платят налоги. *Их* дома никто не арестовывает, *их* имущество не выставляют на аукцион. В самом худшем случае таким нерадивым налогоплательщикам отключают воду. Вот взять, к примеру, Ройдманов. — Он испытующе поглядел на нее. — Вы уверены, что они платят налоги вовремя?

— Эти белые скоты? *Ха!* — почти взвизгнула она.

— По-моему, Энни, они пытаются выжить вас отсюда.

Пол в самом деле так думал.

— Никуда я не уеду! Останусь здесь, назло им останусь! Останусь здесь и буду харкать им в глаза!

— У вас найдется сто шесть баксов в дополнение к четырем сотням из моего бумажника?

— Да. — Это слово она произнесла с некоторым облегчением.

— Вот и хорошо, — сказал он. — Тогда лучше бы вам сегодня же уплатить по этому чертову счету.

Ты уедешь, и я посмотрю, что можно сделать с пятнами на дверном косяке. А после этого, Энни, подумаю о том, как бы мне выбраться отсюда к чертовой матери. Что-то мне поднадоело жить под твоей крышей.

Ему даже удалось улыбнуться.

— Мне кажется, там, на столике, вам удастся наскрести семнадцать центов, — произнес он.

10

У Энни Уилкс имелись свои представления о порядочности, она была по-своему безукоризненно честной. Она могла заставить Пола напиться грязной воды, могла не давать ему лекарство, когда он терял сознание от боли, могла заставить его уничтожить единственный экземпляр нового романа, могла приковать к кровати наручниками и затолкать ему в рот вонючую тряпку для полировки мебели; но она ни за что не прикоснулась бы к деньгам в его бумажнике. Она принесла бумажник, старый кожаный бумажник, которым он обзавелся еще в колледже, и вложила ему в руку.

Удостоверения личности на месте не было. На *этот* счет она не проявила щепетильности. Он не стал задавать вопросов — ему показалось, что так будет благоразумнее.

Удостоверения не было, но деньги лежали на месте — новенькие хрустящие банкноты, в основном по пятьдесят долларов. С удивительной и даже пугающей ясностью он увидел, как его «камаро» подъезжает к окошечку кассы Боулдер-банка накануне того дня, когда была закончена работа над «Быстрыми автомобилями», и он протягивает кассиру чек на четыреста пятьдесят долларов, завизированный его личной подписью на обороте. Тот Пол Шелдон был свободен, здоров, полон сил и настолько легкомыслен, что не ценил этих замечательных даров судьбы. Тот Пол Шелдон окинул кассиршу взглядом — высокая блондинка в темно-красном костюме, любовно подчеркивающем округлости ее тела. И она окинула его взглядом... Интересно, что бы она подумала о том Поле Шелдоне, каким он стал — растолстевшем на сорок фунтов, постаревшем лет на десять, о том Поле Шелдоне, у которого вместо ног два чудовищно искривленных и совершенно бесполезных обрубка?

— Пол?

Он поднял глаза на Энни. Банкноты были у него в руке. Четыреста двадцать долларов.

— Что?

Она смотрела на него с поразившим его выражением материнской любви и нежности на лице — поразившим потому, что он видел под ним непроницаемую черную пропасть.

— Пол, вы плачете?

Он провел свободной рукой по щеке и на самом деле почувствовал, что она стала влажной. Он улыбнулся и протянул ей деньги:

— Чуть-чуть. Я подумал о том, как вы добры ко мне. О, наверное, мало кто меня понял бы, но... сам я, кажется, понимаю.

Она наклонилась к нему и дотронулась до его губ. Ее глаза тоже заблестели. Он вдохнул запах ее дыхания, запах темных, затхлых глубин ее души, запах, напомнивший ему запах тухлой рыбы. Нечто в тысячу раз худшее, чем запах (вкус) половой тряпки. Пришло воспоминание о том, как ее дыхание

(!дыши, черт побери! ДЫШИ!)

врывается в его легкие, подобно грязному ветру из глубины ада. Он почувствовал спазм в желудке, но все же улыбнулся ей.

— Милый, я вас люблю, — сказала она.

— Может быть, прежде чем ехать, вы посадите меня в кресло? Я хотел бы поработать.

— Ну конечно. — Она обняла его. — Ну конечно, дорогой.

11

Ее добрых чувств недостало на то, чтобы оставить незапертой дверь его комнаты, но это не представляло особых проблем. На сей раз его сознание не было затуманено безумной болью и чувством обреченности. Он, как запасливая белка, спрятал у себя под матрасом рядом с капсулами новрила четыре заколки Энни.

Убедившись, что она действительно уехала, а не шныряет тайком по дому, чтобы «зажопить» его (очередной уилксизм — словечко из лексикона Энни) при попытке выбраться из комнаты, он подкатился в кресле к кровати, достал заколки и взял с прикроватного столика коробку с тампонами и кувшин с водой. Пол обнаружил, что инвалидным креслом управлять нетрудно, даже несмотря на стоящий перед ним «Ройал» — руки его значительно окрепли. Энни Уилкс, наверное, удивилась бы, узнав, *насколько* сильнее они стали. Пол искренне надеялся, что в один прекрасный день она получит возможность лично в этом убедиться.

«Ройал» — довольно поганая пишущая машинка, но она послужила ему превосходным тренажером. Пол поднимал ее и ставил на место всякий раз, как оставался в кресле в ее отсутствие. Поначалу он был способен поднять ее лишь пять раз примерно на шесть дюймов. Теперь же он поднимал машинку раз восемнадцать — двадцать без остановки. Неплохо, если учесть, что эта сволочь весит как минимум пятьдесят фунтов.

Зажав, как портной, две шпильки в зубах, он начал ковыряться третьей в замке. Он опасался, что оставшийся в замке обломок заколки может помешать ему, но ему удалось почти сразу зацепить язычок замка. Он еще успел подумать, не закрыла ли она дверь еще и на задвижку — он изо всех сил старался казаться слабее, чем на самом деле, но настоящая паранойя обычно сопровождается поистине безграничной подозрительностью, — и дверь открылась.

Он ощутил знакомое чувство вины — за то, что справился так *быстро*. Прислушиваясь, не возвращается ли из города «старушка Бесси» (хотя Энни уехала всего сорок пять минут назад), вынул из пачки тампон, смочил его водой из кувшина, неловко искривился в кресле и, стиснув зубы и не обращая внимания на боль, принялся оттирать пятно на дверном косяке с правой стороны.

К его огромному облегчению, оно почти сразу стало бледнеть. Ступицы колес не содрали краску с косяка, как он боялся, а всего лишь чуть-чуть запачкали поверхность.

Он немного отъехал от двери и повернул кресло так, чтобы можно было дотянуться до другого пятна. Сделав все возможное, он опять отъехал и попробовал увидеть дверные косяки проницательными, подозрительными глазами Энни.

Пятна остались, но очень бледные, почти незаметные. Он решил, что ему ничего не угрожает.

Он *надеялся,* что ему ничего не угрожает.

— Ураган надвигается, — произнес он, облизал губы и издал сухой смешок. — В убежище, дорогие друзья!

Он опять подъехал к двери и выглянул в коридор; но пятна он удалил и теперь не видел необходимости рисковать дальше и выезжать из комнаты. В следующий раз — да. Он будет знать, когда настанет день.

Сейчас Полу больше всего хотелось писать.

Он закрыл дверь, и щелчок замка показался ему очень громким.

Африка.

Эта птица из Африки.

Но ты не плачь из-за нее, Поли, ведь со временем она позабыла, как пахнет вельд * *в жаркий полдень, как антилопы гну лакают воду из реки, какой пряный аромат источают деревья йека-йека в лесах к северу от Большого Пути. Со временем она позабыла светло-вишневый оттенок солнца, заходящего за Килиманджаро. Прошло время, и теперь она знает лишь мутные закаты в дымном небе Бостона, только их она помнит и будет помнить. Прошло время, и она уже не хочет никуда возвращаться, а если кто-нибудь увезет ее на родину и отпустит на свободу, она будет сидеть на одном месте, трястись от страха, мучиться и страдать от тоски о двух безнадежно несовместимых землях, и лишь тогда придет конец ее страданиям, когда кто-нибудь придет и убьет ее.*

— Ох Африка, ох дерьмо, — проговорил он дрожащим голосом.

Он со стоном отъехал от двери, добрался до мусорного ведра и зарыл мокрый тампон среди измятых листов бумаги. Затем доехал до своего обычного места у окна и заправил в машинку чистый лист.

---

* Вельд — южноафриканская степь.

А кстати, Поли, не показался ли уже бампер из-под снега? Тебе не кажется, что он уже весело сверкает на солнышке, дожидаясь, чтобы кто-нибудь проехал мимо и заметил его, а ты сидишь тут и, может быть, упускаешь свой последний шанс?

Он неуверенно посмотрел на лист бумаги, торчащий из машинки.

Сегодня я уже не смогу писать. Настроение испорчено.

До сих пор ничто почему-то не могло испортить его творческого настроения. Он знал, что его *можно* испортить, но, несмотря на общее представление о том, что состояние творчества непрочно, лично у него творчество и только творчество всегда оставалось самой твердой, неизменной частью жизни, и ничто не могло замутить этот непостижимый источник фантазий — ни алкоголь, ни наркотики, ни боль. И сейчас он припал к этому источнику, как измученное жаждой животное, добравшееся до воды, и стал пить. Бумага стала для него таким источником, и он с благодарностью окунулся в него. Когда Энни без четверти шесть вернулась домой, он уже заканчивал пятую страницу.

12

На протяжении следующих трех недель Пола Шелдона окружала своеобразная атмосфера напоенного энергией покоя. Он постоянно ощущал сухость во рту. Звуки казались чересчур громкими. Бывали дни, когда ему представлялось, что он мог бы одним взглядом согнуть ложку. А в другие дни ему хотелось истерически рыдать.

А параллельно, независимо от этого состояния и независимо от резкого, сводящего с ума зуда в срастающихся костях, шла своим чередом работа. Стопка бумаги справа от пишущей машинки постоянно росла. На первых порах Пол решил, что оптимальной производительностью будут четыре страницы ежедневно (во времена «Быстрых автомобилей» он писал в день по три, а часто по две страницы — до финишного рывка). Но в течение наэлектризованных трех недель (период этот закончился пятнадцатого апреля, в день грозы) Пол в среднем выдавал по *двенадцать страниц в день* — семь страниц утром и еще пять вечером. Если бы в его прежней жизни (он сам не отдавал себе отчета в том, что воспринимает все, что было до аварии, как «прежнюю жизнь») кто-нибудь предположил, что он способен работать такими темпами, он бы рассмеялся. Когда начался дождь, у Пола было готово двести шестьдесят семь страниц «Возвращения Мизери»; конечно, это первый, черновой вариант, но он сам просмотрел страницы и нашел их на удивление гладкими для черновика.

Отчасти причиной тому была абсолютно размеренная жизнь. Никаких бестолковых ночных посиделок в барах, за которыми следовали бестолковые дни, когда он пил кофе и апельсиновый сок и глотал витамин В; если ему в такие дни попадалась на глаза пишущая машинка, он вздрагивал и отворачивался. Никаких выходов в свет с блондинками, с которыми познакомился накануне; эти дамы обычно казались королевами в полночь и ведьмами в десять утра. Никаких сигарет. Однажды он робко, заискивающе попросил сигарету, но Энни ответила ему взглядом, исполненным такой кромешной тьмы, что он тут же попросил ее забыть о его словах. Он стал пай-мальчиком. Никаких дурных привычек (за исключением, конечно, кодеиновых капсул, по этому поводу мы ведь так ничего и не предприняли, верно, Пол?), ничто не отвлекает. *Я,* подумал он однажды, *единственный в мире наркоман-монах.* Подъем в семь. Две капсулы новрила и стакан сока. В восемь в постель *мсье* подается завтрак. Три раза в неделю яйцо-пашот или омлет из одного яйца. В другие дни — тарелка полужидкой каши. Затем — в кресло. И к окну. И нырнуть в бумагу. В девятнадцатый век, когда мужчины были мужчинами, а женщины носили турнюры. Обед. Послеобеденный сон. Снова подъем — поредактировать или просто почитать. У Энни в доме были все книги Сомерсета Моэма* (как-то Пол подумал, не найдется ли на ее полках первый роман Джона Фаулза**, и решил, что лучше не спрашивать), и Пол принялся за чтение двадцати с чем-то томов *oeuvre**** Моэма, увлеченный мастерски рассказанными историями. За долгие годы Пол примирился с тем, что он утратил способность читать книги так, как читал их в детстве. Став писателем, он обрек себя на пристрастие к постоянному анализу. Но Моэм захватил его, вновь превратив в ребенка, и это было замечательное чувство. В пять часов она приносила ему легкий ужин, в семь подкатывала к черно-белому телевизору, и они вместе смотрели шоу M*A*S*H и WKRP из Цинциннати. После этого Пол садился писать. Закончив работу, он медленно подъезжал в кресле к кровати. Он мог бы передвигаться значительно быстрее, но ему не улыбалось, чтобы Энни об этом узнала. Услышав, что машинка умолкла, Энни входила в комнату и помогала Полу перебраться в постель. Порция лекарства. Бум. Сознание выключалось, как электрическая лампочка. И на следующий день — все то же самое. И на следующий. И так далее.

Размеренная жизнь была одной из причин его удивительной работоспособности, но еще более важной причиной была сама Энни. Именно ее робкое предложение насчет пчелиного укуса вдохнуло в книгу жизнь, в то время как он думал, что ему уже никогда не удастся снова вдохнуть жизнь в Мизери.

С самого начала он был уверен в одном: «Возвращения Мизери» на самом деле нет. Его внимание было приковано к одному вопросу — как бы без обмана извлечь эту суку из могилы, пока Энни не решила подстегнуть его вдохновение

---

* Моэм Уильям Сомерсет (1874—1965) — знаменитый английский писатель.

** Фаулз Джон (р. 1926) — английский писатель. Его первый роман — «Коллекционер».

*** Oeuvre — здесь: собрание сочинений *(фр.)*.

клизмой с перцем. Такие мелочи, как *о чем* писать, могут и подождать.

После поездки Энни в налоговое управление Пол два дня старался забыть о, возможно, упущенном шансе на спасение и сосредоточиться на том, чтобы доставить Мизери в домик миссис Рэмедж. Джеффри не стоило везти ее к себе домой. Увидят слуги, пойдут разговоры, в которых первую скрипку будет играть сплетник Тайлер, дворецкий Джеффри. Кроме того, необходимо констатировать полную потерю памяти, вызванную шоком от пробуждения в могиле. Потеря памяти? Черт, ведь цыпочка едва может говорить. Что ж, уже облегчение, если учесть, что Мизери свойственно трепаться без конца.

Так, что дальше? Суку вытащили из могилы, как *дальше* пойдет сюжет? Должны ли Джеффри и миссис Рэмедж сообщать Йену, что Мизери жива? Он думал, что не должны, но не был уверен. *Неуверенность,* как ему было известно, — это безрадостный уголок, отведенный в чистилище писателям, которые мчатся по шоссе очертя голову и понятия не имеют куда.

Не надо Йену, думал он, глядя в окно на сарай. *Йену пока не надо. Сначала доктору. У старого маразматика два «н» в фамилии. Шайнбоун.*

Мысль о докторе напомнила ему о замечании Энни насчет пчелиного укуса, и уже не в первый раз. Эта идея постоянно вертелась у него в голове. *Один человек из дюжины...*

Но это же не пройдет. Две женщины, не состоящие в родстве, страдают аллергией на пчелиный яд, и у обеих аллергия дала один и тот же необычный эффект?

Через три дня после Великой Уплаты Налогов Энни Уилкс Пол дремал, как обычно, после обеда. Вдруг его осенило. Идея была подобна не вспышке молнии, а взрыву водородной бомбы.

Он рывком сел, не замечая обжигающей боли в ногах.

— *Энни!* — заорал он. — *Энни, идите сюда!*

Он слышал, как она бежит вниз по лестнице, перепрыгивая через ступеньку, затем — как мчится по коридору. Когда она влетела в комнату, глаза ее были расширены от страха.

— Пол! Что случилось? У вас судороги? Вы?..

— Нет, — ответил он, хотя судороги у него были — *умственные.* — Нет. Простите, Энни, если я вас напугал, но помогите мне, пожалуйста, сесть в кресло. Провалиться мне на этом месте, я нашел!.. — Грубое ругательство сорвалось у него с языка прежде, чем он успел сдержаться, но сейчас это было как будто не важно — она смотрела на него с почтением и немалым испугом. Перед ее глазами горел огонь инквизиции, хотя и не имеющий отношения к вопросам веры.

— Да, Пол, конечно.

Она поспешно пересадила его в кресло, потом покатила к окну, но он затряс головой.

— Это ненадолго, — сказал он, — но чрезвычайно важно.

— Это связано с книгой?

— Это и *есть* книга. Тихо. Не говорите со мной.

Даже не посмотрев в сторону машинки — он никогда не печатал на машинке рабочие заметки, — Пол схватил шариковую ручку и принялся покрывать лист бумаги каракулями, которые, кроме него, пожалуй, никто не смог бы разобрать.

> *Они РОДСТВЕННИЦЫ. Оба раза пчелы, укус подействовал одинаково, т.к. БЛИЗКОЕ РОДСТВО. Мизери сирота. Что отсюда? Мол. Ивлин-Хайд ЕЕ СЕСТРА! М.б., только по матери. Так, наверное, лучше. Кто первый поймет? Шинни? Нет. Шинни разиня. М-с Р. Едет к матери Шарл. И.-Х. и*

Идея, ошеломившая его, была настолько удачна — по крайней мере с точки зрения сюжета, — что он вытаращился в потолок разинув рот.

— Пол? — нетерпеливо окликнула его Энни.

— Она знала, — прошептал Пол. — Ну конечно, знала. По крайней мере сильно подозревала. Но...

Он снова склонился над заметками.

она — м-с Р. — сразу поняла, что м-с И.-Х. должна знать, что М. сестра ее дочери. Волосок и т.п. Помнить: мать И.-Х. станет центр. персон. Надо выписать характер. М-с Р. нач. понимать, что м-с И.-Х. могла ЗНАТЬ ДАЖЕ ТО, ЧТО МИЗЕРИ ПОХОРОНЕНА ЖИВОЙ! БЛЕСК! Напр., старуха догадалась, что Мизери — плод ее давнего похождения и

Он отложил ручку, внимательно посмотрел на бумагу, снова взял ручку и нацарапал еще несколько строк.

Три необх. пункта.

1. Реакция м-с И.-Х. на подозрения м-с Р.? Ярость или дикий страх. Страх лучше, но Э.У. больше понравится ярость. Ладно, ярость.

2. Роль Йена.

3. Потеря памяти у Мизери?

Да, еще. Мизери узнает, что ее мать жила с мыслью о том, что не одна, а две ее дочери похоронены заживо, и молчала?

Почему бы нет?

— Теперь, если хотите, можете опять уложить меня, — сказал Пол. — Извините, если я орал как сумасшедший. Я был просто очень возбужден.

— Все в порядке, Пол. — В ее голосе еще звучал страх.

С того дня работа пошла без сучка без задоринки. Энни права: новый роман выходил значительно более мрачным, чем предыдущие книги о Мизери. Первая глава не была случайностью, она оказалась предвестницей дальнейших ужасов. Но зато сюжет получился более богатым, чем во всех книгах о

Мизери, за исключением первой, и характеры персонажей стали более выпуклыми. Последние три романа были не более чем нагромождением придуманных приключений с небольшими пикантными вкраплениями, чтобы потрафить дамам. Эта же книга, как он начинал понимать, представляла собой готический роман и, следовательно, держалась больше на развитии сюжета, чем на занимательности положений. Этот роман постоянно держал его в напряжении. Вопрос «Ты можешь?» стоял перед ним не только в начале повествования. Впервые за многие годы он вставал едва ли не каждый день... и Пол убеждался, что *может*.

А потом пошел дождь и все изменилось.

13

С восьмого по четырнадцатое апреля стояла прекрасная погода. Небо было безоблачным, ярко светило солнце, и температура иногда поднималась до шестидесяти пяти*. В поле за аккуратно выкрашенным сараем Энни появились коричневые пятна. Пол с головой уходил в работу и старался не думать о машине, которая уже давным-давно должна была быть обнаружена. Работа его не страдала, зато страдало расположение духа; он все сильнее ощущал, что находится в герметичной камере и дышит сильно наэлектризованным воздухом. Каждый раз, когда мысль о «камаро» забредала к нему в голову, он тут же вызывал Умственную Полицию, которая заковывала нежелательную мысль в наручники и ножные кандалы и уводила. Однако быстро выяснилось, что эта тварь знала способ бежать из тюрьмы и время от времени возвращалась.

Однажды ему приснилось, что вернулся мистер Городская Шишка. Он вылез из своего ухоженного «шевроле», дер-

* Около восемнадцати градусов Цельсия.

жа в одной руке обломок бампера «камаро», а в другой — рулевое колесо.

— Это все ваше? — спросил он Энни.

При пробуждении настроение у него было ниже среднего.

Зато Энни, напротив, никогда прежде не бывала в таком добром расположении духа, как в эту солнечную неделю. Она убирала дом; готовила праздничные обеды (правда, пища, приготовленная ею, неизменно отдавала чем-то казенным, словно многолетняя привычка к больничным кафетериям погубила все кулинарные таланты, которые, возможно, когда-то у нее имелись); каждый день после обеда она сажала Пола в кресло, укутывала его большим синим пледом, надевала ему на голову охотничье кепи и вывозила на крыльцо.

В этих случаях он брал с собой Моэма, но читал мало — слишком огромным было впечатление от того, что он вновь находился под открытым небом. По большей части он просто сидел, вдыхал сладкий прохладный воздух, так отличавшийся от спертого, пропитанного нездоровыми запахами воздуха спальни, прислушивался к звону капели и наблюдал, как медленно движутся по все еще заснеженному полю тени облаков. Эти ощущения были, пожалуй, лучшими.

Энни часто напевала неплохо поставленным и все-таки каким-то немузыкальным голосом. Она хихикала, как ребенок, над шутками из телевизионных шоу, особенно когда шутки были слегка рискованными (у WKRP таких шуток большинство). Она неустанно вписывала в рукопись буквы «н», пока Пол трудился над девятой и десятой главами.

Утро пятнадцатого выдалось ветреным и пасмурным, и Энни переменилась. Возможно, потому, подумал Пол, что барометр начал падать. Это объяснение годилось не хуже любого другого.

Она явилась к нему с лекарством только в девять часов, и к тому времени он уже настолько нуждался в новриле, что начал подумывать о том, чтобы прибегнуть к неприкосновенному запасу. Завтрака не было. Одни капсулы. Когда она пришла, на ней все еще был розовый ночной халат. Дурные предчувствия усилились, когда он заметил на ее лице и руках красные пятна, похожие на рубцы. Халат Энни был забрызган какой-то едой, и она удосужилась надеть шлепанец лишь на одну ногу. *Шух-шлеп* — так звучали ее шаги. *Шух-шлеп, шух-шлеп, шух-шлеп.* Нечесаные локоны свисали вдоль щек. Глаза — тусклые.

— Вот.

Она швырнула ему капсулы. Ладони ее также были перемазаны какой-то липкой гадостью. Красная гадость, коричневая, липкая белая гадость. Пол представления не имел, что это может быть. Капсулы стукнулись о его грудь и скатились к бедру. Она повернулась к двери. *Шух-шлеп, шух-шлеп, шух-шлеп.*

— Энни!

Она остановилась, не оборачиваясь. Со спины она казалась еще крупнее из-за покатых плеч под халатом и кипы волос, образующих подобие шлема. Она была похожа на пильтдаунского человека*, вылезшего из пещеры.

— Энни, с вами все в порядке?

— Нет, — сказала она бесцветным голосом и повернулась к нему. Все с тем же тупым выражением на лице она сжала нижнюю губу большим и указательным пальцами правой руки, оттянула ее и вдруг закрутила, одновременно вонзив в нее ноготь. Пространство между губой и деснами начало заполняться кровью, которая затем потекла вниз по подбородку. После этого она повернулась и вышла из комнаты, не добавив ни слова. Пол, ошарашенный, не мог заставить себя поверить в то, что действительно это видел. Она закрыла за собой дверь... и заперла ее. Он слышал, как она *шух-шлепает* в гостиную. Слышал, как заскрипело под ней ее любимое кресло. И все. Никакого телевизора. Никаких песен. Никакого зва-

* Пильтдаунским человеком назвали найденного в Англии близ Пильтдауна необычайно уродливого доисторического человека. Впоследствии оказалось, что эта находка была фальсификацией.

канья посуды или столового серебра. Она просто сидела. Сидела, и с ней не все было в порядке.

Потом он все-таки услышал звук. Звук не повторялся, и тем не менее у Пола не оставалось сомнений, что это за звук. Пощечина. Чертовски крепкая. А поскольку он лежал в спальне по одну сторону запертой двери, а Энни находилась по другую сторону, не только Шерлок Холмс сообразил бы, что она влепила пощечину себе самой. Судя по звуку, хорошую, крепкую пощечину. А Пол видел, как она оттягивает губу и короткие ногти врезаются в чувствительную розовую плоть.

Внезапно ему вспомнилась запись, сделанная в Лондоне при посещении Бедлама* (из-за безумной ревности одна негодяйка отправила туда Мизери). *При маниакально-депрессивном психозе,* записал он тогда, *один из возможных симптомов приближения периода депрессии таков: человек принимается наказывать самого себя — бьет, колет, наносит ожоги горящей сигаретой и т.д.*

Теперь он испугался по-настоящему.

14

Пол вспоминал: в одном из своих эссе Эдмунд Уилсон написал в своей характерной брюзгливой манере, что критерий Вордсворта** для определения хорошей поэзии — воспоминание о сильном переживании в спокойном расположении духа — вполне подошел бы и для беллетристики. Возможно, он был прав. Пол знал писателей, которые не могли работать даже после пустяковой семейной стычки, и самому ему обычно не писалось, если он был расстроен. Правда, порой наблю-

---

* Бедлам — лондонская психиатрическая больница.

** Вордсворт Уильям (1770—1850) — английский поэт-романтик.

дался обратный эффект: он принимался за работу не ради самой работы, а именно чтобы уйти от того, что его расстраивает.

Сейчас был как раз такой день. Когда часы пробили одиннадцать, а Энни так и не пришла, чтобы пересадить его в кресло, он решил перебраться самостоятельно. Снять машинку с каминной полки ему, конечно, не по силам, но писать от руки он сможет. Он был уверен, что в состоянии забраться в кресло, хотя и понимал: Энни не стоит *знать,* что он на это способен, но ему, черт побери, требовалось сосредоточиться на чем-то *другом,* а лежа он сосредоточиться не мог.

Он подполз к краю кровати, убедился, что колеса заклинены тормозом, ухватился за ручки кресла и медленно переполз на сиденье. Единственной проблемой было подтянуть ноги на подставку. Усевшись, он подкатился к окну и взял рукопись.

Ключ повернулся в замке. Энни стояла на пороге. На Пола смотрели ее глаза — две черные бездонные ямы. Правая щека горела, и похоже было, что на ней вот-вот выступит ослепительный синяк. Рот и подбородок были измазаны чем-то красным. В первый момент Пол подумал, что причиной тому кровотечение из нижней губы, но потом заметил мелкие зернышки. Не кровь, малиновое варенье. Она смотрела на него. Он смотрел на нее. Некоторое время ни один из них не произносил ни слова. Первые капли дождя ударили в оконное стекло.

— Пол, если вы смогли забраться в кресло совершенно без моей помощи, — заговорила она наконец, — я думаю, вы вполне сможете сами вставлять ваши гребаные «н».

Она вышла, и ключ снова щелкнул в замке. Пол долго сидел и смотрел на дверь, как будто перед ним и в самом деле разворачивалось что-то интересное. Он был слишком поражен, чтобы заняться чем-нибудь другим.

15

Он не видел Энни до сумерек. После ее визита работать было невозможно. Он предпринял пару неудачных попыток, измял листы и сдался. Бесполезно. Он отъехал от окна. Когда он перебирался из кресла обратно в кровать, одна рука соскользнула и он чуть не упал. Пришлось упереться левой ногой в пол. Хотя нога приняла на себя вес всего тела и предотвратила падение, боль была невообразимая. Казалось, в кость ему вкручивают сразу дюжину болтов. Он пронзительно завопил, ухватился за доску в изголовье и стал осторожно подтягиваться, волоча за собой пылающую от боли левую ногу.

Мелькнула несвязная мысль: *Уж теперь-то она придет. Захочет посмотреть, действительно ли Пол Шелдон превратился в Лучано Паваротти, или ей только так показалось.*

Но она не явилась, а терпеть дикую боль в левой ноге было невыносимо. Пол неуклюже перевернулся на живот, просунул руку под матрас и достал упаковку новрила. Проглотив две капсулы, он отключился на некоторое время.

Когда он пришел в себя, ему показалось, что сон все еще продолжается — слишком сюрреалистической была сцена, как и в тот вечер, когда она принесла в комнату жаровню для барбекю.

Энни сидела на краешке его кровати. На прикроватном столике стоял стакан, наполненный капсулами новрила. В руках Энни держала ловушку для крыс. И крыса была, внутри — крысоловка сработала и перебила ей хребет. Задние лапки свисали по бокам крысоловки и беспорядочно подергивались. Голова крысы была перепачкана кровью.

Это был не сон. Очередной день, проведенный в комнате сюрпризов с Энни Уилкс, только и всего.

Ее дыхание смердело, как разлагающийся труп.

— Энни?

Он выпрямился, переводя взгляд с нее на крысу и обратно. За окном темнело. Странные черные сумерки и — дождь. Струи воды заливали окно. Дом дрожал под крепкими порывами ветра.

Пусть утром с ней не все было в порядке, к вечеру стало явно хуже. *Гораздо* хуже. Пол понял, что она сбросила все свои маски, и теперь перед ним настоящая Энни, глубинная Энни. Ее щеки, казавшиеся прежде такими пугающе твердыми, теперь безжизненно обмякли, как тесто. Глаза были пусты. Она переоделась, но юбку надела наизнанку. Лицо было перепачкано еще больше, на одежде появились новые жирные пятна. От нее исходило столько всевозможных ароматов, что Пол был не в состоянии их сосчитать. Один рукав ее шерстяного свитера пропитался какой-то засыхающей жидкостью, по запаху напоминающей соус.

Она показала ему крысоловку:

— Они приходят в погреб во время дождя. — Умирающая крыса тихонько пищала и ловила ртом воздух. Ее черные глаза, куда более живые, чем глаза ее мучительницы, бегали по сторонам. — Я ставлю ловушки. Приходится. Мажу их салом. Каждый раз ловлю восемь-девять штук. Бывает, я еще нахожу...

И она отключилась. Отключилась и сидела, как восковая фигура с крысой в руке, почти три минуты — классический пример кататонии. Пол смотрел на нее, смотрел на пищащую и старающуюся освободиться крысу и уже не сомневался, что хуже быть не может. Нереально. Настолько хреново, что нереально.

Наконец, когда Полу уже стало казаться, что Энни отплыла в море забвения навсегда, без прощального салюта, та заговорила — так, словно и не прерывалась:

— ...в углах утонувших крыс. Бедные.

Она посмотрела на крысу и уронила слезу на ее пушистую шкурку:

— Бедные, бедные создания.

Она обхватила тельце крысы сильной рукой, а другой рукой отвела назад пружину. Крыса била хвостом и вертела головой, стараясь укусить. Писк ее стал еще более пронзительным и нестерпимым. Пол зажал ладонью дергающиеся губы.

— Как у нее бьется сердце! Как она старается вырваться! И мы — так же, Пол. Точно так же и мы. Мы думаем, что очень много знаем, а на самом деле мы знаем не больше, чем крыса, попавшая в ловушку, крыса с переломанной спиной, которая думает, что все еще хочет жить.

Кулак ее сжался. В глазах стояло то же пустое, отсутствующее выражение. Пол захотел отвести взгляд и не смог. На ее руке выступили жилы. Изо рта крысы вытекла тоненькая струйка крови. Пол услышал треск ломающихся костей, а затем толстые пальцы Энни впились в тело крысы до сгибов первого сустава. Кровь растеклась по полу. Тускнеющие глаза зверька выпучились.

Энни отшвырнула крысу в угол и рассеянно вытерла ладонь о простыню, оставив на ней длинные красные полосы.

— Теперь она успокоилась. — Энни пожала плечами и рассмеялась. — Пол, я принесу ружье, хорошо? Возможно, следующий мир будет лучше. И для крыс, и для людей — разница между теми и другими не так уж велика.

— Нет, я еще не закончил, — произнес он, стараясь тщательно выговаривать каждое слово. Это оказалось нелегко, потому что чувствовал он себя так, словно набрал полный рот новокаина. Ему приходилось видеть ее в скверные минуты, но он еще не видел *ничего* подобного; интересно, подумал он, а *бывали* ли у нее вообще такие скверные минуты? Значит, вот так выглядит депрессия, когда люди убивают всех родных, затем себя; в таком вот состоянии женщина одевает детей в нарядные платья, ведет их на улицу за мороженым, доходит до ближайшего моста, сажает обоих на руки и прыгает с ними через парапет. Депрессия приводит к самоубийству. При психозе человек с непомерно раздутым «я» желает оказать услугу всем, кто оказывается рядом, и забирает их с собой.

Я еще ни разу в жизни не был на пороге смерти, а сейчас подошел, подумал он, потому что она говорит всерьез. Эта сука говорит всерьез.

— Мизери означает страдание? — спросила она почти так, как будто никогда прежде не слышала этого слова, — и все-таки разве не показались на мгновение искорки в ее глазах? Пол решил, что так оно и было.

— Да. Мизери — страдание, невзгода. — Он отчаянно думал над тем, что говорить дальше. Любое продолжение казалось опасным. — Я согласен, что наш мир по большей части довольно мерзок, — сказал он и глупо добавил: — Особенно когда идет дождь.

Что ты болтаешь, идиот!

— Я хочу сказать, что в последнее время очень много страдал от боли и...

— Пол. — Она взглянула на него с видом печального, отрешенного удовлетворения. — Вы не знаете, что такое боль. Вы, Пол, и *вообразить* не в силах, что это такое.

— Да... Наверное, не знаю. По сравнению с вами.

— Это верно.

— Но... Я хочу закончить книгу. Хочу увидеть, как там все обернется. — Он помолчал. — И я хочу, чтобы вы тоже увидели. Писателю незачем писать, если его работу некому прочесть. Вы понимаете, о чем я?

— Да... — вздохнула она. — Я *хочу* знать, что там будет. Мне кажется, это *единственное,* чего я еще хочу в этом мире. — Медленно, явно не сознавая, что делает, она поднесла пальцы ко рту и принялась слизывать с них крысиную кровь. Пол сжал зубы, мрачно твердя себе, что его *не* вырвет, *не* вырвет, *не* вырвет. — Это как в детстве — ждешь, чем кончится киносериал.

Внезапно Энни повернулась к нему. Кровь на губах была очень похожа на помаду.

— Позвольте мне повторить предложение, Пол. Я могу принести ружье. Могу положить конец всему для нас обоих. Вы неглупый человек. Вы знаете, что я ни за что не позволю вам покинуть этот дом. Вы ведь об этом давно знаете, верно?

Не отводи глаза. Если она заметит, что ты отводишь глаза, она убьет тебя.

— Да. Но все когда-нибудь кончается, правда, Энни? В конце концов мы все уходим.

Призрак улыбки в уголках рта; короткое, почти нежное прикосновение к его щеке.

— Полагаю, вы думаете о побеге. Я уверена, крыса в ловушке тоже об этом думает — на свой лад. Но вы не убежите, Пол. Может, вы бы и убежали, если бы действие происходило в одном из ваших романов. Но мы не в романе. Я не могу вас отпустить... но могу уйти с вами.

Внезапно ему захотелось сказать: *Ладно, Энни, давайте кончать все это.* Но необходимость жить и воля к жизни — а в нем оставалось немало и того, и другого — восстали и подавили секундную слабость. Да, слабость — вот что это было. Слабость и трусость. К счастью или к несчастью, у него не было душевной болезни, которая побуждала бы его сдаться.

— Благодарю вас, — сказал он, — но я хочу окончить начатое.

Она со вздохом поднялась:

— Хорошо. Наверное, я должна была знать, что вы так решите; ведь, как видно, я приносила вам лекарство, хотя сама этого не помню. — Она хихикнула — издала короткий безумный смешок, но лицо ее оставалось расслабленным, как будто она была чревовещательницей. — Мне надо уехать на какое-то время. Если я не уеду, тогда ваши или мои желания не будут иметь значения. Потому что я кое-что делаю. У меня есть одно место, куда я езжу, когда чувствую себя так. Одно место в горах. Пол, вы когда-нибудь читали «Сказки дядюшки Римуса»*?

Он кивнул.

— Помните, как Братец Кролик рассказывает Братцу Лису про Место для Смеха?

— Да.

— Вот так и я называю то место. Мое Место для Смеха. Помните, я вам говорила, что возвращалась из Сайдвиндера, когда нашла вас?

Он кивнул.

— Так вот, это неправда. Я соврала, так как тогда еще плохо вас знала. На самом деле я возвращалась из моего Места для Смеха. У меня там табличка на двери есть. МЕСТО ДЛЯ СМЕХА. Иногда я там *вправду* смеюсь. Но как правило, плачу.

— Энни, вы уезжаете надолго?

Она уже медленно плыла к двери:

— Не могу сказать. Я принесла вам капсулы. Так что с вами все будет в порядке. Принимайте по две каждые шесть часов. Или по шесть каждые четыре часа. Или примите сразу все.

Но что же я буду есть? — хотел спросить он, но удержался. Ему не хотелось опять привлекать к себе ее внимание, совершенно не хотелось. Ему хотелось, чтобы она ушла. Он ощущал ее присутствие как присутствие ангела смерти. Еще долго он неподвижно лежал в кровати, прислушиваясь к ее шагам — наверху, потом на лестнице, потом в кухне; все это время он ждал, что она вот-вот передумает и вернется к нему с ружьем. Он не успокоился даже когда услышал, как хлопнула входная дверь и в замке повернулся ключ, а затем она зашлепала к машине. Она вполне могла держать ружье в «чероки».

Заурчал мотор «старушки Бесси». Чувствовалось, что Энни завела его рывком. Фары зажглись и осветили серебристую

* Сборник сказок американского писателя Джоэля Харриса (1848—1908).

пелену дождя. Светлое пятно двинулось вперед по подъездной дороге, свернуло, мигнуло и скрылось. Энни уехала, но на этот раз не в сторону Сайдвиндера, а вверх по шоссе.

— Уехала в Место для Смеха, — прохрипел Пол и сам засмеялся. У нее есть Место для Смеха, и у него тоже. Она уехала в свое Место для Смеха, а он остался в своем. Дикий приступ веселья, однако, прошел без следа, когда он кинул взгляд на трупик крысы в углу комнаты.

Ему пришла в голову неожиданная мысль.

— А кто *сказал*, что она не оставила мне еды? — спросил он пустое пространство и рассмеялся еще громче. Пустой дом — Место для Смеха Пола Шелдона — казался ему обитой войлоком палатой психа.

16

Два часа спустя Пол снова открыл замок спальни и во второй раз протиснулся в кресле в чересчур узкий дверной проем. Он надеялся, что во второй и в последний раз. На коленях у него лежала пара сложенных одеял. Все припрятанные капсулы новрила находились теперь в пакете, засунутом под белье. Он намеревался выбраться из дома, невзирая на дождь; вероятно, ему представился последний шанс, и он собирался им воспользоваться. Дорога на Сайдвиндер идет под гору, асфальт мокрый, скользкий, темно хоть глаз выколи; и все же он попытается. Жил он не как герой и не как святой, но ему не хотелось умирать, ощущая себя как экзотическая птица в зоопарке.

Ему смутно вспомнилось, как однажды вечером он пил виски в Виллидже* (если когда-нибудь он еще раз окажется в

---

* Гринвич-Виллидж — район Нью-Йорка.

Виллидже живым, то опустится на то, что останется от его колен, и запечатлеет поцелуй на грязном тротуаре Кристофер-стрит) в «Голове льва» с одним угрюмым драматургом по фамилии Бернштейн. Разговор у них зашел о евреях, проживших в Германии несколько суровых лет перед тем, как силы вермахта вторглись в Польшу и закрутились серьезные дела. Пол вспомнил, как говорил Бернштейну, чьи дед и тетка стали жертвами геноцида, что не понимает, почему евреи остались в Германии — черт возьми, вообще в Европе, но *особенно* в Германии — и не уехали, пока еще не было поздно. Они, вообще-то говоря, были неглупыми людьми, многие из них когда-то на своем опыте узнали, что такое антисемитизм. Несомненно, они видели, к чему идет. Так почему же они остались?

Ответ Бернштейна потряс его легкомыслием, жестокой насмешкой и неуместностью: *У многих в доме было пианино. Мы, евреи, питаем слабость к пианино. А когда у человека есть пианино, ему труднее думать об отъезде.*

Теперь-то он понял. Да. Сначала — переломанные ноги и перебитый крестец. А потом, с Божьей помощью, пошла работа над книгой. Как ни безумно это звучит, но он даже получал от нее наслаждение. Легко — очень легко — можно списать его пассивность на переломы, наркотический дурман, но главной причиной была *книга.* Она — и еще монотонная череда дней, медленное, постепенное выздоровление. Вот эти обстоятельства — но прежде всего проклятая глупая *книга* — и были его пианино. Что она предпримет, если вернется из своего Места для Смеха и обнаружит, что его нет? Сожжет рукопись?

— Мне чихать, — ответил он вслух, и это было почти правдой. Если он будет жить, то сможет написать другую книгу — или даже, при желании, воссоздать эту. Но мертвец написать книгу не может, как не может купить новое пианино.

Он въехал в гостиную. В прошлый раз здесь было чисто, а теперь на всех более или менее подходящих поверхностях громоздились грязные тарелки. Пол подумал, что здесь, должно быть, скопились все тарелки, имеющиеся в доме. По всей видимости, в состоянии депрессии Энни не только пускала себе кровь и давала пощечины. Похоже, ей также было свойственно объедаться и не убирать за собой. Ему смутно вспомнилось, как он лежал посреди черного облака, а в глотку ему врывалось вонючее дыхание; он почувствовал спазм в желудке. На многих тарелках лежали остатки сладостей. На дне мисок и суповых тарелок засохло или засыхало мороженое. Повсюду крошки пирожных, остатки пирога. На телевизоре застыл холмик желе, покрытый потрескавшимся слоем крема. Рядом — двухлитровая бутылка пепси и соусник. Бутыль казалась огромной, как коническая головка ракеты «Титан-2». Тусклая и измазанная жиром, почти непрозрачная. Пол сообразил, что Энни пила прямо из бутылки и ее пальцы при этом были измазаны мороженым. За весь день он ни разу не слышал звяканья столовых приборов, поэтому не удивился, что их в комнате не было. Блюдца, миски, тарелки, но ни единой ложки или вилки. На диване и на коврике он заметил грязные пятна — опять-таки большей частью от мороженого.

Так вот чем был заляпан халат. Ее едой. И вот чем от нее разило. Он вспомнил, как она показалась ему пильтдаунским человеком. Он представил себе, как она сидит здесь и запихивает руками в рот мороженое или заливного цыпленка и запивает пепси, просто ест и пьет в глубокой прострации.

Пингвин, сидящий на ледяной глыбе, был на месте, но множество других керамических безделушек она пошвыряла в угол, и теперь там лежала груда острых осколков.

Перед глазами у Пола стояла картина: Энни, слизывающая крысиную кровь с пальцев. Красные полосы от ее пальцев на простыне. Она лизала крысиную кровь так же машинально, как поедала мороженое, желе и глазированные пирожные. Жуткие картины, но они послужили ему прекрасным стимулом не тянуть время.

Ваза с сухими цветами на кофейном столике опрокинулась; под столиком валялось блюдо с засохшим заварным кремом и большая книга с надписью на обложке: ПУТЬ ПАМЯТИ. *Энни, не стоит ходить Путем Памяти, когда ты в депрессии; впрочем, думаю, ты знаешь это по сегодняшнему опыту.*

Он пересек комнату. Прямо перед ним была кухня. Направо шел короткий широкий коридор, заканчивающийся передней дверью дома. В том коридоре была лестница, ведущая на второй этаж. Удостоив лестницу беглым взглядом (покрывающая ступеньки ковровая дорожка в некоторых местах заляпана мороженым, на перилах кое-где блестящие жирные разводы), Пол подкатил к двери. Он полагал, что если и есть для него выход из этого дома, то это кухонная дверь; через нее Энни выходила кормить животных, через нее же галопом выскочила навстречу мистеру Городской Шишке. Но и эту дверь стоило проверить. Может произойти чудо.

Чуда не произошло.

Он знал, насколько круты ступеньки, ведущие с крыльца, но если бы там и был предусмотрен спуск для инвалидных колясок (такое предположение он никогда не признал бы возможным в игре «Ты можешь?»), он не смог бы им воспользоваться. Дверь была закрыта на три запора. С засовом он, пожалуй, справился бы. Но были еще два замка «Крейг» — по словам его приятеля Тома Твифорда, отставного полицейского, это лучшие замки в мире. А где же ключи? Гм... давай-ка посмотрим. Может, мчатся в Место для Смеха Энни Уилкс? *Даааа, сэ-эр! Дайте-ка ему сигару и бикфордов шнур прикурить!*

Он дал задний ход по коридору, напоминая себе, чтобы справиться с охватывающей его паникой, что он особенно и не рассчитывал на переднюю дверь. Оказавшись в гостиной, он повернул кресло и направился в кухню. Кухня представляла собой старомодное помещение; на полу — светлый линолеум, потолок обит жестью. Старый, но бесшумный холодильник. К дверце прикреплены три магнитные игрушки — ничего странного, все они изображают лакомства: полоска жевательной резинки, плитка шоколада «Херши», батончик «Тутси». Одна из дверец шкафчика была распахнута настежь, и Пол увидел полки, аккуратно накрытые клеенкой. Окна большие, так что здесь должно быть светло даже в пасмурные дни. Очень милой должна бы быть эта кухня, но она не казалась милой. Открытый мусорный бак лежал на полу, и из него вытекала тонкая струйка, сочащаяся из гнилых объедков, но не только в этом состоял беспорядок, и запах из бака был не самым мерзким в кухне. Был еще другой запах, и хотя он существовал главным образом в воображении Пола, но был не менее реален, чем запах гнили. То был запах *парфюм де Уилкс* — запах больного разума, запах мании.

В кухне имелись три двери: две в стене слева и одна как раз напротив Пола, между холодильником и нишей для буфета.

Сначала Пол направился к дверям слева. Одна из них вела в подсобное помещение; Пол догадался об этом еще прежде, чем увидел за ней пальто, шляпы, шарфы и сапоги. Отрывистого визгливого скрипа петель было достаточно. Через другую Энни обычно выходила на улицу. И эта дверь была закрыта на засов и два «крейга». Ройдманы, не войдете. Пол, не выйдешь.

Он представил себе ее смех.

— Гнусная, вонючая *сука!*

Он стукнул кулаком по дверному косяку. Удар вышел болезненным, и он зажал ладонью рот. Он терпеть не мог, когда подступившие слезы застилали ему глаза, но ничего не мог с собой поделать. Паника поднималась во весь рост и спрашивала, что же он намерен делать, что же он теперь намерен *делать,* ради всего святого, это же последний шанс...

Первое, что я намерен делать, — это как следует обдумать ситуацию, мрачно сказал он себе. *Можешь еще ненадолго сохранить хладнокровие? Думаешь, у тебя получится?*

Он протер глаза — рыдания не помогут ему выбраться отсюда — и осмотрел стекло, составлявшее верхнюю половину двери. Это было не цельное стекло, а стеклянная панель, состоящая из шестнадцати маленьких прямоугольников. Он может выбить стекла в каждой секции, но после этого ему придется еще разломать рамы, а без пилы эта работа может растянуться на много часов. А что потом? Самоубийственный прыжок на заднее крыльцо? Великолепная мысль. Если он разобьет спину, это заставит его забыть о ногах. Да и недолго он пролежит под проливным дождем, дожидаясь смерти от переохлаждения. Тем и кончится это гиблое дело.

Нет выхода. Гвоздь тебе в задницу, нет выхода. Может быть, я действительно прыгну, но, клянусь Богом, только после того, как покажу моей самой большой поклоннице, насколько я рад знакомству. И это не пустое обещание, это священная клятва.

Мысль о том, чтобы отплатить Энни, помогла ему укротить панику больше, чем все выговоры самому себе. Немного успокоившись, он щелкнул выключателем, расположенным возле запертой двери. В результате над крыльцом зажглась лампочка, причем очень кстати — последний след дневного света исчез, когда он покидал свою комнату. И подъездная дорога, и весь двор были залиты водой и завалены тающими сугробами. Слегка повернув кресло, он впервые увидел дорогу, проходящую мимо дома Энни, но особой радости не испытал: эта дорога представляла собой две колеи посреди оседающей снежной массы, мокрой и блестящей, как шкура тюленя.

Возможно, она и запирает двери, чтобы не вошли Ройдманы, но ей нет нужды запирать их, чтобы я не вышел. Если я и выберусь отсюда в этом кресле, то застряну через пять секунд. Никуда ты не уйдешь, Пол. Ни сегодня, ни в ближайшие недели. Может, через месяц после начала бейсбольного сезона земля просохнет настолько, чтобы по ней смогло проехать инвалидное кресло. Может, ты, конечно, захочешь разбить окно и ползти вперед?

Нет, этого он не хотел. Легко представить, как поведут себя его кости, когда он проползет минут десять или пятнадцать по холодным лужам и тающему снегу, как издыхающий головастик. И даже если предположить, что он сумеет добраться до дороги, какова вероятность, что его подберет машина? Помимо «старушки Бесси», за время его присутствия здесь побывали всего две машины: «шевроле» Городской Шишки и тот автомобиль, что до смерти напугал его во время первой вылазки из своего «номера».

Он погасил свет на крыльце и стал пробираться к оставшейся двери, той, что между холодильником и нишей для буфета. И эта дверь оказалась заперта на три запора, к тому же она и не открывалась на улицу — во всяком случае, непосредственно. И здесь имелся выключатель. Пол зажег свет и увидел пристройку, идущую вдоль всего дома с наветренной стороны. В одном ее конце находилась поленница; в массивный пень был всажен топор. В другом конце стоял верстак и на деревянных гвоздях висели инструменты. Там же находилась еще одна дверь. Лампочка в пристройке была не сказать чтобы очень уж яркой, но Пол все же разглядел еще один засов и еще два замка «Крейг» на той двери.

Ройдманы... да они все против меня...

— Не знаю, как насчет *всех,* — пояснил Пол пустой кухне, — но уж я-то, несомненно, да.

Не добившись толку от дверей, он подкатился к буфету. Прежде всего его внимание привлекли не съестные припасы, а спички. Две картонные упаковки и по меньшей мере две дюжины аккуратно сложенных коробков «Алмазно-голубых головок».

В первое мгновение он решил поджечь дом, отверг эту мысль как нелепую и вдруг обнаружил нечто, что заставило его вернуться к идее поджога. В буфетной нише имелась еще одна дверь, и никаких запоров на ней не было.

Пол открыл ее и увидел крутую рассохшуюся лестницу, теряющуюся в черной пасти погреба. Какой-то порочный запах сырости и гниющих овощей ударил ему в нос из темноты. Он услышал тихий писк и вспомнил: *Они приходят в погреб во время дождя. Я ставлю ловушки. Приходится.*

Он тут же резко захлопнул дверь. Капелька пота покатилась с правого виска и попала в уголок глаза. Пол стер ее суставом пальца. Теперь, когда он знал, что эта дверь ведет в погреб и она не заперта, мысль о поджоге дома показалась ему не такой уж абсурдной. Не исключено, что сам он сможет отсидеться в погребе. Но лестница чересчур крутая, пол горящего дома может провалиться до приезда пожарных из Сайдвиндера, и там, внизу, — крысы... Почему-то писк крыс пугал его больше всего.

Как у нее бьется сердце! Как она старается вырваться! И мы — так же, Пол. Точно так же и мы.

— Африка, — сказал Пол и не заметил, что произнес это вслух. Он уже занялся осмотром банок и пакетов с провизией, прикидывая, отсутствия каких продуктов она скорее всего не заметит, вернувшись сюда. Отчасти он понимал, что означают эти расчеты: он отказался от мысли о бегстве.

Но только на время, запротестовал его встревоженный мозг.

Нет, ответил неумолимый голос из глубины. *Навсегда, Пол. Навсегда.*

— Я никогда не сдамся, — прошептал он. — Слышишь меня? *Никогда.*

Да полно тебе, отозвался насмешливый голос. *Ну хорошо... поживем — увидим.*

Да. Обязательно увидим.

17

Буфет Энни был похож не на буфет, а на продовольственный склад в бомбоубежище. Пол понимал, что отчасти такая запасливость оправдана жизненными обстоятельствами: Энни — одинокая женщина, живет вдали от города, там, где ее дом вполне может оказаться отрезанным от мира на какой-то срок — может, всего на день, но, возможно, и на неделю, а то и на две. Возможно, и у гребаных Ройдманов в кладовой такие запасы, которые заставили бы фермера из другой части страны изумленно вскинуть брови... но Пол сомневался, что кладовая гребаных Ройдманов или еще чья-нибудь хотя бы отдаленно напоминала эту. Здесь не кладовая, здесь универсальный магазин. Ему подумалось, что в буфете Энни заключен некий символ — его содержание намекает на то, где проходит граница между Суверенным Государством Реализма и Народной Республикой Паранойя. Впрочем, в его теперешнем положении подобные интересные наблюдения лучше оставить. К черту символизм. Пора запасаться продуктами.

Да, но нельзя забывать об осторожности. Дело не только в том, отсутствия чего она может не заметить. Можно взять лишь столько, сколько он реально сможет спрятать в случае ее неожиданного возвращения... Черт, а *как* еще она может вернуться? Телефон в ее доме не работает, и почему-то он сомневался, что Энни пошлет ему телеграмму или воспользуется услугами службы «Цветы по телеграфу». Но пока не так важно, чего она не найдет здесь или обнаружит у него в комнате. Прежде всего ему нужно поесть. От еды у него тоже зависимость.

Сардины. Множество плоских прямоугольных банок, у которых ключ под оберткой. Очень хорошо. Можно взять несколько штук. Нарезанная ветчина в банках. Ключей к ним нет, но он мог бы вскрыть пару банок здесь, на кухне, и поесть сначала ветчины. А потом закопать пустые банки в мусоре, разбросанном самой Энни. Открытый пакет изюма «Сан-мэйд», наполненный небольшими коробочками; на порванной целлофановой оболочке красовалось название: «Мини-закуска». Пол прибавил четыре мини-закуски к тому, что уже лежало у него на коленях, плюс одноразовые упаковки корнфлекса и пшеничных хлопьев. Он обратил внимание на отсутствие одноразовых упаковок с хлопьями в сахаре; если такие хлопья тут и были, значит, Энни истребила их во время последней оргии.

Боль в ногах возобновилась. Он подумал, что если нельзя бежать или поджечь дом, то разумнее всего вернуться к себе в комнату. Провал, конечно, но могло бы обернуться и хуже. Сейчас можно принять пару капсул и продолжать писать, пока не станет клонить в сон. Тогда можно и поспать. Едва ли она вернется сегодня; буря не просто не ослабевала, она все усиливалась. Мысль о том, чтобы поработать над книгой и поспать в одиночестве, зная наверняка, что Энни не ворвется в спальню с какой-нибудь дикой идеей или еще более диким требованием, показалась необыкновенно притягательной, пусть она и была следствием провала.

Он задним ходом выкатился из буфетной ниши, остановился, чтобы погасить свет, напомнил себе, что ему надо

(прополоскать)

поставить все на прежние места. Если запасы еды подойдут к концу до возвращения Энни, он всегда сможет вернуться,

(как голодная крыса, верно, Поли?)

но нельзя забывать об осторожности. Помнить, что он рискует жизнью всякий раз, как покидает комнату, — недостаточно. Совершенно недостаточно помнить об этой простой истине.

18

Когда он проезжал через гостиную, его внимание вновь привлекла книга, валяющаяся под кофейным столиком. ПУТЬ ПАМЯТИ. Огромная, как фолиант Шекспира, и толстая, как семейная Библия.

Любопытство пересилило. Он остановился, поднял книгу с пола и открыл.

Книга представляла собой альбом газетных вырезок. На первой странице была наклеена лишь одна колонка, озаглавленная: БРАКОСОЧЕТАНИЕ УИЛКС — БЕРРИМАН. Фотография изображала бледного узколицего джентльмена и темноглазую женщину, поджавшую губы. Пол перевел взгляд на фотопортрет над камином. Никаких сомнений. Эта женщина, которую, согласно заметке, звали Крисильдой Берриман (*достойное имя для романа о Мизери,* подумал он), была матерью Энни. Подпись под фотографией, аккуратно выполненная черными чернилами, гласила: *Бейкерсфилд джорнал, 30 мая 1938 г.*

На второй странице — извещение о рождении: «Пол Эмери Уилкс, род. в Общедоступной больнице Бейкерсфилда 12 мая 1939 г.; отец: Карл Уилкс; мать: Крисильда Уилкс».

Значит, старший брат Энни, тот, с которым она ходила в кино на сериалы. Ее старшего брата тоже звали Полом.

Третья страница оповещала о рождении Анны Марии Уилкс 1 апреля 1943 г. Следовательно, Энни только что отметила свой сорок четвертый день рождения. От внимания Пола не укрылся тот факт, что родилась она в День дураков.

Ветер завывал снаружи. Дождь хлестал в стекло.

Пол перевернул страницу. Он увлекся настолько, что на время позабыл про боль.

На следующей странице была еще одна вырезка из «Бейкерсфилд джорнал». На сей раз на фотографии был виден силуэт пожарного на лестнице на фоне языков пламени, вырывающихся из окон дома.

ПЯТЬ ЖЕРТВ ПОЖАРА

Пять человек, четверо из которых принадлежали к одной семье, погибли ранним утром в среду при пожаре третьей категории в Бейкерсфилде, в жилом доме на Уотч-Хилл-авеню. В числе погибших трое детей: Пол Кренмитц, 8 лет, Фредерик Кренмитц, 6 лет, Элисон Кренмитц, 3 года. Четвертой жертвой стал их отец

Адриан Кренмитц, 41 год. Мистеру Кренмитцу удалось спасти младшего ребенка, полуторагодовалую Лорин Кренмитц. По словам миссис Джессики Кренмитц, ее муж передал ей младшую дочь с рук на руки и сказал: «Через минуту-другую я приведу всех остальных. Молись за нас». «Больше я его не видела», — сказала миссис Кренмитц.

Пятой жертвой пожара стал Ирвинг Талман, 58 лет, проживавший на верхнем этаже того же дома. Квартира на втором этаже была в то утро пуста, так как вся семья Карла Уилкса (вначале сообщалось о том, что все ее члены без вести пропали) покинула дом во вторник вечером из-за протечки водопроводного крана на кухне.

«Я оплакиваю утрату миссис Кренмитц, — заявила корреспонденту «Джорнал» Крисильда Уилкс, — но в то же время возношу хвалу Богу за спасение моего мужа и двоих детей».

Начальник Центральной пожарной станции Майкл О'Ханн сказал, что пожар начался в подвале дома. На вопрос о возможности поджога он ответил так:

«Наиболее вероятно, что какой-нибудь пьяница забрался в подвал, распил бутылку, и причиной пожара стал неосторожно брошенный окурок. Виновник, вероятно, испугался и убежал, вместо того чтобы попытаться загасить огонь. Из-за этого погибли пять человек». На вопрос об уликах он сказал: «В распоряжении полиции имеется несколько улик, и могу вас уверить, что все версии оперативно и тщательно проверяются».

Аккуратная рукописная строчка внизу: *28 октября 1954 г.*

Пол поднял глаза. Он сидел неподвижно, и только на его горле отчаянно пульсировала жилка. В животе у него сделалось горячо.

Четыре щенка.

В числе погибших трое детей.

Сидеть с четырьмя щенками миссис Кренмитц с нижнего этажа.

Нет, Боже мой, нет, нет.

Как я ненавидела эту мелюзгу.

Она же была ребенком! Ее даже дома не было!

Ей было одиннадцать лет. Достаточно взрослая девочка и достаточно развитая, чтобы разлить в подвале керосин и поставить посреди лужи свечку. Может быть, она не рассчитывала, что ее трюк сработает. Может быть, считала, что керосин испарится раньше, чем догорит свеча и вспыхнет грандиозный пожар. Может, она думала, что они выберутся живыми... Хотела всего лишь напугать их так, чтобы они съехали. Но, Пол, она это сделала, и ты это знаешь.

Да. Вероятно, он знает. А кто бы ее заподозрил?

Он перевернул страницу.

Еще одна вырезка из «Бейкерсфилд джорнал», датированная на сей раз 19 июля 1957 г. На фотографии — Карл Уилкс; он выглядит чуть старше. И ясно одно: еще старше ему уже не выглядеть. На альбомную страницу наклеен некролог.

БУХГАЛТЕР ИЗ БЕЙКЕРСФИЛДА СКОНЧАЛСЯ ОТ ЧЕРЕПНЫХ ТРАВМ

Карл Уилкс, 44 лет, проживший всю жизнь в Бейкерсфилде, был доставлен в больницу генерала Эрнандеса вчера вечером и вскоре умер. Он спускался по лестнице к телефону и, по всей вероятности, оступился, споткнувшись о тюк с бельем. Доктор Фрэнк Кэнли, его лечащий врач, сообщил, что причиной смерти Уилкса послужили множественные травмы черепа, а также перелом позвоночника.

Скорбят об утрате супруга Уилкса Крисильда, его сын Пол, 18 лет, и дочь Энн, 14 лет.

Перевернув страницу, Пол сначала подумал, что Энни поместила в альбом два экземпляра отцовского некролога — из сентиментальных побуждений или по чистой случайности (сам он склонялся ко второму объяснению). Но сходство двух некрологов объяснялось совсем иначе: произошел второй подобный несчастный случай, причем оба на самом деле несчастными случаями не были.

В его сознание вполз тупой леденящий ужас.

Под газетной вырезкой шла аккуратная подпись: *«Лос-Анджелес колл», 29 января 1962 г.*

СТУДЕНТКА МЕДИЦИНСКОГО КОЛЛЕДЖА СКОНЧАЛАСЬ ОТ ЧЕРЕПНЫХ ТРАВМ

Андреа Сент-Джеймс, студентка медицинского колледжа, обучавшаяся по специальности медсестры, скончалась вчера вечером, после того как ее поместили в госпиталь Милосердия в северной части Лос-Анджелеса. Девушка, несомненно, стала жертвой необычного несчастного случая.

Мисс Сент-Джеймс снимала комнату на Делорм-стрит вместе с будущей старшей медицинской сестрой по имени Энни Уилкс из Бейкерсфилда. Незадолго до одиннадцати вечера мисс Уилкс, занимаясь у себя в комнате, услышала короткий крик, затем «кошмарные звуки тупых ударов». Мисс Уилкс выбежала на лестничную площадку и увидела, что мисс Сент-Джеймс лежит этажом ниже, раскинув руки, «в очень неестественной позе».

Мисс Уилкс сказала, что, бросившись к подруге на помощь, чуть не упала сама. «У нас был кот, его звали Питер Пистол, — рассказала она, — но он куда-то пропал несколько дней назад, и мы решили, что его, наверное, забрала ветеринарная инспекция, так как мы все забывали добыть для него справку. А вчера он лежал на ступеньках мертвый. Вот об него Андреа и споткнулась. Я накрыла ее своим свитером и позвонила в больницу. Я понимала, что она уже умерла, но просто не знала, куда еще звонить».

Мисс Сент-Джеймс, уроженке Лос-Анджелеса, исполнился 21 год.

— Боже.

Пол долго шепотом повторял это слово. Рука его сильно дрожала, когда он переворачивал страницу. Далее следовало небольшое уточнение: бродячий кот, которого взяли себе студентки, был отравлен.

Питер Пистол. Клевое имя для кота, подумал Пол.

Оказывается, в подвале того дома водились крысы. Постоянные жалобы жильцов привели к тому, что за год до этих событий домовладелец получил предупреждение от жилищной инспекции. На состоявшемся затем заседании муниципалитета поднялась перепалка, о ней даже писали в газетах. Энни должна была об этом знать. Поставленный перед угрозой серьезного штрафа, домовладелец решает рассыпать в подвале отравленную приманку. Кот съедает отраву. Кот мучается в подвале пару дней. Кот ползет по лестнице вверх, поближе к своим хозяйкам — и убивает одну из них.

Ирония судьбы, достойная Пола Харви, подумал Пол Шелдон и нервно рассмеялся. *Готов спорить, он использовал этот случай в хронике дня.*

Все чисто. Совершенно чисто.

Кроме того, что мы знаем: Энни принесла из подвала отравленную пищу и скормила ее коту, а если бедный Питер Пистол не хотел есть, она, возможно, протолкнула отраву палкой ему в глотку. Когда он был мертв, она оставила его на лестнице в надежде, что трюк сработает. Возможно, у нее были основания полагать, что ее соседка будет возвращаться домой навесе-

ле. Ничего удивительного. Дохлый кот, тюк белья. Один почерк, как сказал бы Том Твифорд. Но почему, Энни? В этих вырезках есть ответы на все вопросы, кроме этого. ПОЧЕМУ?

В последние недели какая-то часть его воображения ради самосохранения превратилась в Энни, и эта часть заговорила теперь сухим, не терпящим возражений тоном. И хотя объяснения ее были абсолютно безумны, они в то же время были абсолютно осмысленны.

Я убила ее, потому что она включала радио по ночам.

Я убила ее, потому что она дала коту глупую кличку.

Я убила ее, потому что мне надоело смотреть, как она облизывает своего дружка и как он лезет ей под юбку, как будто надеется найти там горы золота.

Я убила ее, потому что уличила во лжи.

Я убила ее, потому что она уличила меня во лжи.

Детали не имеют значения, верно? Я убила ее, потому что она была гребаным щенком, а этой причины достаточно.

— Может быть, потому что она была миссус Умница, — проговорил Пол шепотом. Он откинулся на спинку кресла и издал очередной пронзительный и испуганный смешок, похожий на ослиное ржание. Значит, вот что такое Путь Памяти Энни! Ох, сколько причудливых ядовитых цветов выросло на этом пути!

И что, никто не сопоставил эти две смерти от черепных травм? Сначала ее отец, потом соседка? Ты серьезно так считаешь?

Да, он всерьез так считал. Несчастные случаи произошли в разных городах, с интервалом почти в пять лет. Писали о них разные газеты, и случилось это в густонаселенном штате, где люди наверняка нередко падают с лестниц и сворачивают себе шеи.

И она умна, очень умна.

Похоже, умна, как сам дьявол. Только сейчас ум начал ей изменять. Однако невелико утешение, что за убийство Пола Шелдона Энни наконец заплатит.

Он перевернул страницу и увидел еще одну вырезку из «Бейкерсфилд джорнал» — как выяснилось, последнюю. Заголовок гласил: МИСС УИЛКС ПОЛУЧИЛА ДИПЛОМ ШКОЛЫ МЕДСЕСТЕР. Девочка из нашего городка вышла в люди. 17 мая 1966 года. Фотография молодой, неожиданно привлекательной Энни Уилкс в униформе и шапочке медсестры; она улыбается в камеру. Конечно, фотография с выпускной церемонии. Она окончила с отличием. *Правда, для этого ей пришлось убить соседку по комнате,* подумал Пол и снова хохотнул по-ослиному. Порыв ветра налетел на дом, словно отвечая Полу. Фотография матери на стене слегка покачнулась.

Следующая вырезка была из «Юнион лидер», Манчестер, штат Нью-Гэмпшир. 2 марта 1969 г. Обыкновенный некролог, вообще вроде бы не имеющий отношения к Энни Уилкс. Семидесятипятилетний Эрнст Гоньяр скончался в больнице Святого Иосифа. Точная причина смерти не указана. «После продолжительной болезни». Оставил жену, двенадцать детей и, наверное, сотни четыре внуков и правнуков.

Она убила его. Вот что случилось со стариной Эрни. Иначе к чему здесь этот некролог? Разве это не Книга Мертвых Энни Уилкс?

Но почему, черт возьми? ПОЧЕМУ?

В случае с Энни Уилкс здравого ответа на этот вопрос не найти. Это уже хорошо известно.

Следующая страница, еще один некролог из «Юнион лидер». Старой даме восемьдесят четыре, звали ее Хестер, Королева Болифан. На фотографии выглядит так, как будто ее скелет извлекли при разработке нефтяного месторождения. С Королевой случилось то же, что и с Эрни, — повторилась бодяга с продолжительной болезнью. Как и Эрни, испустила последний вздох в больнице Святого Иосифа. Доступ к телу в два и шесть пополудни 20 марта в похоронном зале Форстера. Похороны на кладбище Марии Кирской 21 марта в четыре часа.

Надо было им заказать мормонскому хору специальный молебен «Приди к нам, Энни, приди», подумал Пол и издал ослиное ржание.

Следующие страницы были отданы еще трем некрологам из «Юнион лидер». Жизнь двух старых джентльменов унес постоянный любимец — Продолжительная Болезнь. Женщина сорока шести лет по имени Полетт Симо досталась второму призеру — Непродолжительной Болезни. Хотя этот некролог сопровождала особенно зернистая и мутная фотография, Пол понял, что по сравнению с Полетт Симо Королева — настоящая королева красоты. Наверное, ее болезнь действительно оказалась непродолжительной; предположим, сердечный приступ, затем больница Святого Иосифа, затем... что затем? Что именно?

Полу совершенно не хотелось думать о конкретных деталях... но во всех трех некрологах местом смерти была указана больница Святого Иосифа.

Интересно, найдем ли мы фамилию Уилкс в расписании дежурств медсестер за март 1969-го? Друзья мои, в том лесу, видно, завелся медведь.

Этот альбом, Господи, он же очень большой!

Не надо больше. Не хочу больше смотреть. У меня есть план. Я кладу альбом точно на то место, где он лежал. Еду к себе в комнату. Похоже, писать после всего этого мне уже не хочется; пожалуй, приму еще капсулу и лягу. Для страховки от кошмаров. Только, пожалуйста, не пойдем дальше по Пути Памяти Энни. Не надо, пожалуйста. Пожалуйста, не надо.

Но у его рук, похоже, появились своя воля и свои желания; они продолжали листать страницы, все быстрее и быстрее.

Еще два кратких сообщения о смерти в «Юнион лидер», одно в конце сентября 1969-го, другое в начале октября.

19 марта 1970 г., «Геральд», Харрисбург, штат Пенсильвания. Последняя полоса газеты. НОВЫЕ СОТРУДНИКИ МЕСТНОЙ БОЛЬНИЦЫ. На снимке изображен лысеющий мужчина

в очках, который произвел на Пола впечатление тайного наркомана. В статье отмечалось, что штат больницы Ривервью, помимо нового директора по связям с общественностью, пополнили еще двадцать специалистов: два врача, двенадцать медсестер, рабочие кухни, больничные служители и охранник.

Энни была одной из двенадцати медсестер.

На следующей странице, подумал Пол, *я увижу извещение о смерти мужчины или женщины, случившейся в больнице Ривервью, Харрисбург, штат Пенсильвания.*

Он оказался прав. Старый пердун умер от всеми любимой Продолжительной Болезни.

А потом умер еще один пожилой человек, виноват конкурент — Непродолжительная Болезнь.

После этого — трехлетний ребенок, который свалился в колодец и получил тяжелые травмы; его в коме привезли в Ривервью.

Пол продолжал тупо листать страницы; дождь и ветер свирепствовали за окном. Она неукоснительно следовала заведенному порядку: устраивалась на работу, убивала несколько человек и уезжала.

Вдруг он увидел перед собой образ из давнего и уже позабытого сна, давший ему ощущение déjà vu, чего-то уже виденного прежде. Он увидел Энни Уилкс, одетую в длинное платье с фартуком. На ней был чепец, и вообще она походила на медсестру из психиатрической лечебницы Бедлам в Лондоне. На согнутой в локте руке у нее висела корзина. Она запускала туда пальцы. Доставала горсть песка и швыряла в лицо людям, мимо которых проходила. То был не усыпляющий песок Песочного человека, а отравленный песок. Она убивала людей. Когда песок падал на них, их лица становились белыми и электроэнцефалографы возле кроватей начинали рисовать на листе прямую линию.

Пускай она убила детей Кренмитцев за то, что они — щенки... Соседку... Пусть даже убила родного отца... Но остальных?

Однако он знал ответ. Поселившаяся в нем Энни знала. Они старые и больные. Они все были старые и больные, за исключением миссис Симо, а ту наверняка привезли в больницу уже в безнадежном состоянии. Миссис Симо и тот ребенок, что упал в колодец. Энни убила их, потому что...

— Потому что они, как бедные крысы, попались в ловушку, — прошептал Пол.

Бедные. Бедные, бедные создания.

Ну конечно. В этом все дело. В глазах Энни все живущие подразделяются на три класса: щенки, бедные, бедные создания... и Энни.

Она неуклонно перемещалась на запад. Харрисбург — Питтсбург — Дулут — Фарго. Затем, в 1978-м, Денвер. И каждый раз порядок вырезок был один и тот же: «приветствие», в котором имя Энни упоминалось в ряду имен людей, устроившихся в данном городе на работу (она не поместила в альбом «приветствие» Манчестера — вероятно, подумал Пол, потому что не догадалась, что местная газета публикует такую информацию), затем — две-три ничем не примечательные смерти. Затем начинался новый цикл.

Так происходило до Денвера.

Сначала денверский случай представлялся одним из многих. Газетный материал под рубрикой ВНОВЬ ПРИБЫВШИЕ, вырезанный на сей раз из малотиражной газеты Денверской общественной больницы, где упоминалось имя Энни. Название газеты было написано здесь же ее аккуратным почерком: «Анализ».

— Остроумное название для больничной газеты, — поделился Пол с пустой комнатой. — Почему бы в таком случае не назвать ее «Анализ кала»? — Ослиное ржание вышло более испуганным, хотя сам Пол об этом не догадывался.

На следующей странице Пол нашел новый некролог, вырезанный из «Роки-Маунтин ньюс». Лора Д. Ротберг. После продолжительной болезни. 21 сентября 1978 г. Общественная больница Денвера.

Но затем привычный порядок оказался резко нарушен.

На следующей странице было приклеено извещение не о похоронах, а о свадьбе. Энни на фотографии была не в униформе, а в белом платье, отделанном кружевами. Рядом с ней стоял мужчина по имени Ральф Дуган и держал ее за руку. Заголовок: БРАКОСОЧЕТАНИЕ ДУГАН — УИЛКС. «Роки-Маунтин ньюс», 2 января 1979 г. Дуган был примечателен только тем, что походил на отца Энни. Пол подумал, что если сбрить его острые усики — что Энни, вероятно, и сделала по окончании медового месяца, — то сходство будет прямо-таки вопиющим.

Пол посмотрел на оставшиеся листы альбома — их было еще очень много — и подумал, что Ральфу Дугану следовало бы тщательно изучить свой гороскоп — точнее, *горе-скоп* — в тот день, когда он сделал предложение Энни.

Мне кажется очень вероятным, что на одной из следующих страниц я найду коротенькую информацию о тебе. Ох, как легко ты мог споткнуться на лестнице о тюк с бельем или о дохлого кота. Дохлого кота с клевой кличкой.

Но Пол ошибся. На следующей странице помещались ВНОВЬ ПРИБЫВШИЕ из газеты Недерленда. Недерленд — небольшой городок к западу от Боулдера. Следовательно, недалеко отсюда. Он сначала не нашел Энни в списке и только потом сообразил, что ищет не ту фамилию. Она есть в списке, но как часть единого двуполого целого, именуемого «мистер и миссис Ральф Дуган».

Пол вскинул голову. Что, машина приближается? Нет... всего-навсего ветер. Конечно, ветер. Он снова опустил глаза.

Ральф Дуган вернулся к своей привычной работе — помогать калекам и слепым — в больнице округа Арапахо; соответственно и Энни вернулась к своей привычной работе — ухаживать за пациентами, получившими тяжелые травмы.

Теперь пойдут убийства, подумал он. *У меня только один вопрос: Ральф будет первым, одним из или последним?*

Но Пол опять ошибся. Вместо некролога на следующей странице он обнаружил ксерокопию рекламного листка фирмы, торгующей недвижимостью. В левом верхнем углу помещалась фотография дома. Пол узнал его только по примыкающему сараю — как-никак он никогда не видел этот дом снаружи.

Под ксерокопией подпись, сделанная твердым почерком Энни: *Солидная сумма уплачена 3 марта 1979 г. Бумаги оформлены 18 марта 1979 г.*

Дом, чтобы коротать дни, уйдя на покой? Едва ли. Дом для летнего отдыха? Нет, такую роскошь они не могли себе позволить. Тогда?..

Конечно, может, это всего лишь фантазия, но надо обдумать и такой вариант. Предположим, она в самом деле любит Ральфа Дугана. Предположим, прошел год, и он все еще не сделался для нее грязным подлюгой. *Что-то* изменилось; ни одного некролога после...

Он перелистнул несколько страниц назад.

...после Лоры Ротберг, умершей в сентябре 1978-го. Она прекратила убивать примерно тогда, когда встретила Ральфа. Но одно дело тогда, другое — сейчас; сейчас тяга к убийству снова набирает силу. Возвращаются интерлюдии депрессии. Она поглядывает на стариков... на неизлечимых больных... думает, какие же они бедные создания, возможно, думает: *Меня угнетает эта обстановка. Длинные, выложенные плиткой коридоры, больничные запахи, скрип подошв матерчатых тапочек, стоны страдающих больных. Все будет в порядке, если я выберусь отсюда.*

Во всяком случае, Ральф и Энни переехали в загородный дом.

Пол перевернул страницу и вздрогнул.

Внизу страницы размашистым почерком было выведено: 43 АВГ 1880 НА ХРЕН!

Бумага, хотя и очень плотная, была прорвана пером в нескольких местах — столь велика была ярость писавшего.

Над подписью была приклеена вырезка из недерлендской газеты — колонка РАЗВОДЫ. Полу пришлось перевернуть альбом, чтобы убедиться, что в этой колонке фигурирует имя Энни, — она наклеила вырезку вверх ногами.

Да, так оно и есть. Ральф и Энн Дуган. Основание: склонность к жестокости.

— Развод после непродолжительной болезни, — пробормотал Пол, и снова ему показалось, что приближается автомобиль, и он оторвал взгляд от альбома. Ветер, только ветер... И все-таки стоило бы в целях безопасности вернуться к себе в комнату. Дело не только в усиливающейся боли в ногах; он чувствовал, что находится на грани нервного срыва.

Но он все-таки снова склонился над альбомом. В каком-то зловещем смысле книга эта была слишком хороша, чтобы ее можно было бросить, не дочитав до конца. Она — как роман, настолько жуткий, что от него невозможно оторваться.

Замужество Энни завершилось значительно более законным образом, нежели предполагал Пол. Можно сказать, что развод произошел после непродолжительной болезни; полтора года семейной идиллии — это не так уж много.

В марте они купили дом; люди обычно не покупают дом, когда чувствуют, что их семья вот-вот развалится. Что же случилось? Пол не мог ответить. Он мог домыслить происшедшее, но только домыслить.

Еще раз просмотрев колонку извещений о разводах, он заметил интересную деталь. Бракоразводные процессы: *Анджела Форд против Джона Форда. Кристен Фроли против Стэнли Фроли. Данна Макларен против Ли Макларена. И...*

Ральф Дуган против Энн Дуган.

В Америке существуют некие традиции, верно? Их обычно не замечают, но они существуют. Мужчина делает предложение, женщина затевает бракоразводный процесс. Это не всегда так, но — как правило. Как это обычно происходит? Анджела говорит: «Джек, выметайся!» Кристен говорит:

«Стэн, найди себе другую!» Данна говорит: «Ли, отдавай ключи!» А что сказал Ральф, единственный мужчина в этом списке, кто стал инициатором развода? «Выпусти меня, я хочу убраться отсюда!»

— Может, он обнаружил дохлого кота на лестнице, — пробормотал Пол.

Следующая страница. Опять объявление о вновь прибывших. Газета «Камера», Боулдер, штат Колорадо. Фотография двенадцати новых сотрудников городской больницы Боулдера, стоящих на лужайке. Энни во втором ряду, бледное пустое лицо и белая шапочка с черной лентой. Начало новой серии. Дата — 9 марта 1981 г. Она вновь взяла девичью фамилию.

Боулдер. Вот где Энни *окончательно* сошла с ума.

Он все быстрее листал страницы, и ужас его рос, и в голове у него навязчиво вертелись два вопроса: *Почему, черт побери, они так туго соображали? и Как, черт побери, она ускользнула из их рук?*

10 мая 1981-го — продолжительная болезнь. 14 мая 1981-го — продолжительная болезнь. 23 мая 1981-го — продолжительная болезнь. 9 июня — непродолжительная болезнь. 15 июня — непродолжительная. 16 июня — продолжительная.

Непродолжительная. Продолжительная. Продолжительная. Непродолжительная. Продолжительная. Продолжительная. Непродолжительная.

Страницы с некрологами мелькали под его пальцами. Он чувствовал слабый запах сухой бумаги.

— Боже, сколько же людей она убила?

Если каждый некролог в этом альбоме обозначал убийство, значит, на ее счету к концу 1981 года было больше тридцати убийств... И у властей не возникло ни единого подозрения. Конечно, жертвы по большей части были в преклонном возрасте, прочие — тяжело больны, но все же... есть над чем задуматься...

В 1982 году Энни наконец оступилась. На фотографии в «Камере» за 14 января было изображено ее пустое каменное лицо. Заголовок: НОВАЯ СТАРШАЯ МЕДСЕСТРА РОДИЛЬНОГО ОТДЕЛЕНИЯ.

С 29 января в родильном отделении начались смерти.

Энни с присущей ей скрупулезностью продолжала хронику своих преступлений. Вырисовывалась совершенно четкая картина. *Энни, если когда-нибудь за тобой придут и найдут это произведение, ты проведешь остаток дней в тюрьме или в каком-нибудь спецприюте.*

Первые две смерти младенцев не вызвали подозрений, тем более что в истории болезни одного из умерших говорилось о серьезных родовых травмах. Но новорожденные, пускай даже с родовыми травмами, — это совсем не то что старики, у которых отказали почки, или жертвы автомобильных катастроф, которых доставили в больницу с проломами черепа размером с рулевое колесо. Теперь Энни принялась убивать не только больных, но и здоровых. Пол решил, что усиливающийся психоз подсказал ей, что и эти дети — бедные, бедные создания.

К середине марта 1982 года в городской больнице Боулдера умерли пятеро детей. Началось активное расследование. 24 марта «Камера» предположила, что в детских смертях виновата «порча». Газета ссылалась на «заслуживающий доверие источник в городской больнице Боулдера». Пол подумал: не могла ли этим источником быть сама Энни Уилкс?

В апреле умер один ребенок. В мае — двое.

Информация с первой полосы «Денвер пост»:

Майкл Лит

ПОЛИЦИЯ ДОПРАШИВАЕТ
СТАРШУЮ МЕДСЕСТРУ ПО ПОВОДУ
ДЕТСКИХ СМЕРТЕЙ

По словам представителя шерифа,
пока обвинение никому не предъявлено

Энни Уилкс, тридцатидевятилетняя старшая медицинская сестра родильного отделения городской больницы Боулдера, сегодня предстанет перед следствием по делу о восьми детях, которые умерли в больнице в течение последних месяцев. Все смерти последовали вслед за назначением мисс Уилкс.

Наш корреспондент спросил, по своей ли воле мисс Уилкс дает показания. Тамара Кинсолвинг, представитель шерифа, ответила: «Едва ли дело обстоит именно так. У нас есть значительно более серьезные вопросы». На вопрос об обвинениях, выдвинутых против мисс Уилкс, мисс Кинсолвинг ответила: «Ее пока ни в чем не обвиняли».

Дальше в статье пересказывалась биография Энни. Очевидно, она много переезжала с места на место, но *никто* из ее коллег, причем не только в Боулдере, не заявлял ни о чем из ряда вон выходящем, связанном с Энни.

Он с интересом посмотрел на фотографию, сопровождающую заметку.

Энни в тюрьме. Господи, Энни в тюрьме! Идол не рухнул, но пошатнулся... зашатался...

Она стояла на какой-то лестнице с выражением тупого равнодушия на лице. Рядом с ней была сухопарая женщина в полицейской форме. Энни была одета в униформу медсестры; на ней были белые туфли.

Еще страница: УИЛКС НА СВОБОДЕ ПОСЛЕ СЕРИИ ДОПРОСОВ.

Она выкрутилась. Непонятно как, но выкрутилась. Пора сниматься с насиженного места и двигаться дальше — в Айдахо, Юту или Калифорнию. Однако она предпочла не убегать, а вернуться к работе. Поэтому вместо сообщения о «вновь прибывших», вырезанного из газеты какого-нибудь западного города, на следующей странице альбома помещалась статья из «Роки-Маунтин ньюс» за 2 июля 1982 г.:

Кошмар продолжается:

ЕЩЕ ТРОЕ ДЕТЕЙ УМЕРЛИ
В БОЛЬНИЦЕ БОУЛДЕРА

Через два дня полиция арестовала пожилого пуэрториканца, но девять часов спустя подозрения с него были сняты. Затем 19 июля «Денвер пост» и «Роки-Маунтин ньюс» объявили об аресте Энни. В начале августа прошли краткие предварительные слушания. 9 сентября Энни предстала перед судом по делу об убийстве Кристофер, безымянной девочки, прожившей на свете всего один день. Помимо этого преступления, в поле зрения властей попали еще семь явных убийств. В газетной статье отмечалось, что некоторые из предполагаемых жертв Энни даже успели получить настоящие имена.

Отчеты о судебном заседании перемежались в альбоме с «письмами к редактору», напечатанными в газетах Денвера и Боулдера. Пол понимал, что Энни поместила в свою коллекцию лишь наиболее злобные письма, те, что укрепляли ее восприятие рода человеческого как *хомо щенкус;* но те письма, что были представлены здесь, по любым меркам расценивались как чудовищные. Авторы их мыслили в полном согласии друг с другом: виселица была бы слишком легким наказанием для Энни Уилкс. Автор одного из писем назвал Энни Драконом в юбке, и это прозвище пристало к ней до окончания процесса. Большинство публики полагало, что Дракона в юбке следует заколоть насмерть раскаленными вилами, и почти все авторы писем предлагали себя на роль исполнителей подобного приговора.

Около одного из таких писем Энни сделала несколько претенциозную запись, причем корявые, дрожащие буквы нисколько не напоминали ее обычный твердый почерк: *Лишь камню уступит моя голова, меня не убьют никакие слова.*

Совершенно очевидно, что Энни совершила страшную ошибку, не остановившись даже тогда, когда окружающие заметили, что *что-то* происходит. Тяжелая ошибка, но все же не роковая. Идол только покачнулся. Обвинение располагало лишь случайными разрозненными уликами, это можно понять даже по газетным отчетам. В распоряжении окружного прокурора имелись следы пальцев на лице и шее девочки Кристофер; судя по их размеру, они вполне могли быть следами пальцев Энни. Кроме того, по следам на горле ребенка можно было заключить, что душитель носит перстень на безымянном пальце, а Энни как раз носила на безымянном пальце перстень с аметистом. Еще окружной прокурор располагал журналом, где отмечалось время приходов и уходов всех сотрудников родильного отделения. Из этого журнала как будто следовало, что Энни могла быть причиной всех смертей. Но в конце концов она, как старшая медсестра, входила и выходила постоянно. Защита могла привести десятки дней, когда в присутствии Энни в родильном отделении *ничего* не происходило. Пол подумал, что с таким же успехом можно утверждать, что метеориты никогда не падают на землю, приводя в качестве доказательства фермера Джона Смита, на чье поле в течение пяти дней не упал ни один метеорит.

Представитель обвинения старался как мог, но что он мог сделать, когда самым веским доказательством, какое он мог представить присяжным, был след пальца с отпечатком перстня? Из самого факта, что власти штата Колорадо все же решили начать судебный процесс, Пол сделал два вывода — один предположительный и один несомненный. Предположение состояло в том, что поведение Энни в ходе дознания приоткрыло некоторые, возможно, очень страшные обстоятельства, свидетельствующие против нее. Не сомневался же Пол в том, что решение Энни защищаться самой в ходе предварительных слушаний было крайне неразумным. *Эти* свидетельства ее адвокат не сумел исключить из дела (хотя и приложил к тому все мыслимые усилия), и Пол решил, что хотя в течение трех дней, проведенных в зале суда в Денвере, Энни ни в чем определенном не призналась, по сути дела, она созналась во всем.

Содержавшиеся в альбоме вырезки были порой чрезвычайно красноречивы.

Была ли я огорчена? Разумеется, была; примите во внимание, в каком мире мы живем.

Мне нечего стыдиться. Я никогда ничего не стыжусь. Когда я решаю что-то сделать, мое решение окончательно, и я никогда не возвращаюсь в мыслях к уже сделанному.

Бывала ли я на их похоронах? Конечно, нет. Я считаю, что похороны — слишком мрачное, грустное зрелище. Кроме того, я не верю, что у новорожденных младенцев есть душа.

Нет, я никогда не плакала.

Было ли мне жаль их? Мне кажется, это философский вопрос.

Разумеется, я понимаю вопрос. Я понимаю все ваши вопросы. Я знаю, что вы все против меня.

Если бы она решила защищаться на суде сама, подумал Пол, *ее адвокат, наверное, застрелил бы ее, чтобы заставить замолчать.*

Дело было передано на рассмотрение суда присяжных 13 декабря 1982 г. Далее шла фотография из «Роки-Маунтин ньюс». Энни спокойно сидит в своей рабочей комнате и читает роман «Мизери отвечает». Под фотографией подпись: «МИЗЕРИ ОЗНАЧАЕТ НЕСЧАСТЬЕ? *НЕ ДЛЯ ДРАКОНА В*

ЮБКЕ». В ожидании вердикта Энни мирно читает любимую книгу.

Заголовок заметки от 16 декабря: ДРАКОН В ЮБКЕ НЕВИНОВЕН. Интервью с одним из присяжных, пожелавшим не называть своего имени. «Да, у меня есть очень серьезные сомнения в ее невиновности. Но, к сожалению, имеются основательные сомнения и в ее вине. Надеюсь, она еще предстанет перед судом по другому поводу. Возможно, в другой раз обвинение соберет большее количество улик».

Все знали, что это сделала она, но не смогли доказать. И она выскользнула у них из рук.

Судебные отчеты продолжались еще на трех или четырех страницах. Окружной прокурор заявил, что Энни *непременно* будет допрошена и по другим эпизодам. Три недели спустя он уверял, что никогда не говорил ничего подобного. В начале февраля 1983 года прокуратура округа официально заявила, что, хотя расследование серии детских смертей в городской больнице Боулдера продолжается, дело по обвинению Энн Уилкс закрыто.

Выскользнула у них из рук.

Ее муж не выступал ни свидетелем защиты, ни свидетелем обвинения. Хотелось бы знать: почему?

В альбоме еще оставались непрочитанные страницы, но, по всей вероятности, многие из них оставались пустыми и Пол уже почти добрался до конца истории Энни. И слава Богу.

Очередная страница. Вырезка из «Сайдвиндер газетт», 19 ноября 1984 г. В восточной части Грайдерского заповедника группа туристов наткнулась на обезображенный и частично расчлененный труп молодого мужчины. Неделю спустя выяснилось, что обнаружены останки двадцатитрехлетнего Эндрю Помроя, проживавшего в Колд-Стрим-Харборе, штат Нью-Йорк. В сентябре восемьдесят третьего года Помрой отправился автостопом из Нью-Йорка в Лос-Анджелес. В последний раз он позвонил родителям из Джулсбурга 15 октября. Тело его нашли в русле пересыхающего ручья. Полиция предполагает, что Эндрю Помрой был убит неподалеку от шоссе номер 9, а весной талые воды смыли его тело и перенесли на территорию заповедника. Коронер пришел к выводу, что смертельные раны были нанесены топором.

Пол спросил себя, далеко ли Грайдерский заповедник от дома Энни Уилкс. Не совсем праздный вопрос.

Он перевернул страницу и увидел последнюю — на сегодняшний день — газетную вырезку. И тут у него перехватило дыхание. После долгой и мрачной череды некрологов на предыдущих страницах он как будто бы нашел свой собственный. Не то чтобы некролог, но...

— Материал для расследования тут есть, — хрипло прошептал он.

«Ньюсуик». Рубрика «Происшествия». Между сообщениями о разводе телезвезды и смерти стального магната со Среднего Запада:

> ПРОПАЛ БЕЗ ВЕСТИ: *Пол Шелдон,* 42 лет, прозаик, автор известной серии романов о неотразимо привлекательной Мизери Честейн; об исчезновении заявил его агент Брайс Белл. «Я полагаю, у него все в порядке, — сказал Белл. — Тем не менее мне хотелось бы, чтобы он объявился. У меня стало бы легче на душе. Его бывшие жены также желают, чтобы он объявился. Тогда его банковский счет стал бы легче». В последний раз Шелдона видели семь недель назад в Боулдере, штат Колорадо, где он работал над заключительной частью нового романа.

Эта заметка появилась в газете две недели назад.

Пропал без вести, только и всего. Я не мертв, исчезновение — это не то же, что смерть.

Но на самом деле это практически *то же,* что смерть, и внезапно ему захотелось принять лекарство, и не только потому, что сильно болели ноги. *Все* болело. Он аккуратно положил альбом на прежнее место и стал разворачивать кресло.

Ветер за окнами свирепствовал еще сильнее, чем прежде, холодный дождь лупил в стекла, и Пол поехал в свою комнату, растерянный и напуганный, отчаянно стараясь взять себя в руки и не разрыдаться.

19

Час спустя Пол, наполненный дурманом и сползающий в сон, прислушиваясь к завываниям ветра (теперь скорее успокаивающим, чем пугающим), думал: *Я не убегу. Нет возможности. Как там говорит Томас Гарди в «Джуде Незаметном»? «Кто-нибудь мог бы прийти и спасти мальчика от ужаса, но никто не пришел... потому что никто никогда не приходит». Верно. Совершенно верно. Причалить не удастся, потому что лодок нет. Одинокий Странник рекламирует завтраки из пшеничных хлопьев, а Супермен снимается в дешевых фильмах. Ты, Поли, можешь рассчитывать только на себя. Ты полностью зависишь от себя. Но может быть, так и должно быть. Может быть, ты уже знаешь ответ, ведь так?*

Так. Конечно, он знал ответ.

Если он хочет выбраться отсюда, ему придется убить ее.

Да. Вот ответ — единственный, насколько я могу судить. Итак, возобновляется старая игра? Поли... Ты можешь?..

Без каких-либо колебаний он дал ответ. *Да, могу.*

Его глаза закрылись. Он уснул.

20

На следующий день буря продолжалась. К ночи тучи рассеялись. Температура воздуха упала с шестидесяти градусов до двадцати пяти. Мороз сковал весь внешний мир. Наутро

Пол сидел у себя в комнате у окна и слушал, как в сарае визжит свинья по имени Мизери и мычит одна из коров.

Ему часто приходилось слышать голоса животных; их голоса составляли такой же фон его ежедневного существования, как бой часов в гостиной, но еще ни разу он не слышал, чтобы свинья так визжала. Ему казалось, что подобное мычание коровы он уже однажды слышал, но слышал он этот пугающий звук в кошмарном сне, когда его самого захлестывала боль. Он слышал этот звук в тот день, когда Энни уехала в первый раз, не оставив ему лекарства. Он вырос в пригороде Бостона и прожил большую часть жизни в Нью-Йорке, но ему казалось, что он понимает значение доносящегося до него звука. Одну из коров необходимо как можно скорее подоить. Другие коровы, вероятно, уже перестали давать молоко благодаря тому, что своеобразные привычки Энни мешали ей доить их регулярно.

А свинья?

Она голодна. Вот и все. Этого достаточно.

Сегодня их ничего хорошего не ждет. Пол сомневался, что Энни сумеет приехать сегодня, даже если захочет. Часть земного шара превратилась в один гигантский каток. Пол сам удивлялся, насколько он сочувствует заброшенным животным и насколько сердится на Энни за то, что она, прислушиваясь исключительно к своим ощущениям, обрекла их на страдания.

Энни, если бы твоя скотина умела говорить, ты бы узнала, кого в этом доме ДЕЙСТВИТЕЛЬНО стоит назвать грязной подлюгой.

Сам Пол чувствовал себя в эти дни вполне прилично. Он ел консервы, пил воду из кувшина, регулярно принимал лекарство, дремал после полудня. Действие истории Мизери, ее амнезии и ее до сих пор неизвестных родичей перенеслось в Африку, где должны были развиваться события второй части книги. По иронии судьбы эта чудовищная женщина подвигла его на создание лучшей из книг о Мизери. Йен и

Джеффри съездили в Саутгемптон и снарядили для путешествия шхуну под названием «Лорелея». На Черном континенте Мизери, которая иногда впадала в каталептический транс в самые неподходящие моменты (и она, безусловно, умерла бы почти мгновенно, если бы ее когда-нибудь еще раз укусила пчела), должна была исцелиться или погибнуть. В ста пятидесяти милях от Лостауна, небольшого англо-голландского поселения на Берберийском побережье, жило племя бурка, одно из самых кровожадных африканских племен. Людей бурка называли также Слугами Пчел. Немногие из белых путешественников, рискнувших посетить землю бурка, вернулись домой, а вернувшиеся рассказывали удивительные вещи. В той земле есть каменный идол — женское лицо, высеченное из камня; у этой женщины безжалостный взгляд, рот широко открыт, а во лбу горит огромный рубин. Говорили еще — это был всего лишь слух, но уж очень упорный, — что внутри украшенной рубином головы живет стая гигантских пчел-альбиносов, оберегающих свою царицу — желеобразное чудовищное создание, наделенное смертоносным ядом... и грандиозной магической силой.

Такими вот невинными глупостями Пол развлекался днем. А вечерами он тихо сидел в кресле, прислушивался к визгу свиньи и думал о том, как убьет Дракона в юбке.

В реальной действительности играть в «Ты можешь?» оказалось куда труднее, чем в детстве рассказывать истории, сидя в кругу сверстников, или в зрелом возрасте стучать по клавишам пишущей машинки. Когда это всего лишь игра (даже если за нее платят деньги), не так уж сложно изобретать хитрые сюжетные ходы и придавать им правдоподобие — например, объяснить родство Мизери Честейн и мисс Шарлотты Ивлин-Хайд (они оказались сестрами по матери; Мизери еще предстоит узнать, что ее отец живет в Африке среди Слуг Пчел Бурка). Однако в реальной жизни воображение утрачивает свою колдовскую силу.

Нельзя сказать, что Пол не пытался. В ванной полно всяких лекарств. Разве нельзя воспользоваться ими, чтобы убрать Энни с дороги? Взять хотя бы новрил. Хорошая порция этого дерьма — и ему даже не придется убирать ее с дороги. Она уплывет сама.

Хорошая мысль, Пол. Послушай, что нужно сделать. Возьми побольше капсул и затолкай их в ее мороженое. Она примет их за фисташки и скушает как миленькая.

Нет, это, конечно, не сработает. Да и открывать капсулы и сыпать порошок в мягкое мороженое тоже не стоит. Новрил в чистом виде очень горький. Пол знал об этом по опыту. Она сразу заметит горечь в сладком мороженом... *И тогда горе тебе, Пол. Горе тебе, честное слово.*

Прекрасная идея — для романа. Для реальной жизни она не годится. Он сомневался, что осуществил бы ее, даже если бы порошок из капсул был почти или совершенно безвкусным. Просто слишком рискованно, слишком ненадежно. Сейчас речь не об игре; речь о его жизни.

Были у него и другие варианты, но их он отверг еще быстрее. Например, подвесить что-нибудь (сразу пришла мысль о пишущей машинке) над дверью, чтобы проломить ей голову или оглушить, когда она войдет. Или натянуть проволоку на лестнице. Но эти варианты не подходили по той же причине, что и трюк с новрилом: ненадежны. Пол не мог даже думать о том, что с ним будет в случае неудачной попытки покончить с Энни.

На второй вечер Мизери продолжала все так же уныло визжать — звук напоминал Полу скрип ржавых дверных петель, — но корова Босси умолкла. Пол с содроганием подумал, что у нее лопнуло вымя и бедное животное погибло от потери крови. В ту же минуту его воображение

такое яркое!

захотело представить ему мертвую корову, лежащую в луже молока и крови, и он поспешно отогнал эту картину. Он сказал себе, что это идиотизм, коровы так не умирают. Но внутренний голос звучал неубедительно. Он понятия не имел, умирают так коровы или нет. А кроме того, кажется, его проблема — не *корова?*

Все твои планы сводятся к тому, чтобы убить ее, не прикасаясь к ней; ты не хочешь марать руки ее кровью. Ты — все равно что любитель жареной говядины, который часа не может выдержать на бойне. Но пойми, Поли: сейчас, как никогда, ты должен трезво смотреть в лицо реальности. Реальность такова. И не увиливай. Понял?

Он понял.

Он снова проехал в кухню и шарил в шкафах до тех пор, пока не нашел ножи. Выбрав самый длинный, похожий на нож мясника, он вернулся в спальню, задержавшись в дверях, чтобы счистить следы с косяка. Тем не менее следы стали заметнее.

Не важно. Если она не увидит их еще раз, она никогда их больше не увидит.

Он положил нож на столик у изголовья, перебрался в кровать и засунул нож под матрас. Когда Энни вернется, он попросит у нее стакан холодной воды и, когда она нагнется к нему, вонзит нож ей в горло.

Такова реальность.

Пол закрыл глаза и провалился в сон. Когда «чероки» с заглушенным мотором и выключенными фарами осторожно подъехал к дому в четыре часа утра, он не пошевелился. Он не имел представления о том, что Энни вернулась, пока ему в руку не вонзилась игла шприца. Тогда он проснулся и увидел над собой ее лицо.

21

Сначала он решил, что ему снится сон на тему его новой книги, что он видит каменную голову Богини Пчел Бурка, а в руку его ужалила пчела...

— Пол!

Он промычал что-то нечленораздельное, желая сказать только: уйди, голос из сна, оставь меня в покое.

— *Пол.*

Это был голос Энни, а не голос из сна. Да, это была она, и на мгновение паника охватила его с еще большей силой. А потом просто исчезла, утекла, как вода из разбитого сосуда.

Какого черта?..

Он совершенно растерялся. Она стоит здесь, в темной комнате, как будто и не уезжала никуда; на ней одна из ее обычных шерстяных юбок и старушечий свитер. В руке у нее игла, и он догадался, что пчелиный укус на самом деле был уколом. Хотя это же одно и то же. Он в плену у богини. Но что же она?..

Вспышка паники попыталась вернуться, но повторилось короткое замыкание. Пол испытывал сейчас только исследовательское любопытство. Ум его задавал отвлеченные вопросы: откуда вернулась Энни и почему именно сейчас? Он попытался поднять руки, и это ему удалось — чуть-чуть... лишь чуть-чуть. На его руках словно повисли невидимые гири. Они тут же с глухим стуком упали на простыню.

Какая разница, что она там мне вколола. Сюда подходит слово, которое я пишу на последней странице книги. КОНЕЦ.

Эта мысль не принесла с собой страха. Вместо страха Пол испытывал какое-то умиротворенное вдохновение.

По крайней мере она постаралась сделать это легко... легко...

— Э-эй, Пол, вот ты и проснулся, — сказала Энни и добавила неуклюже-кокетливо: — Я тебя вижу, Пол... Вижу твои голубые глаза. Я тебе говорила, какие у тебя красивые голубые глаза? Ну зато другие женщины говорили — те, что красивее меня и смелее выражают свои чувства.

Вернулась. Пробралась в дом в ночи и убила меня, шприцем или жалом пчелы, мне все равно, убила за то, что я спрятал под матрасом нож. Так что теперь я последнее достижение в по-

служном списке Энни. Затем, когда по телу начала распространяться вызванная уколом легкость, он подумал: *Паршивая же из меня вышла Шахразада*.

Ему показалось, что сейчас вернется сон — на этот раз последний; но этого не случилось. Он увидел, как шприц скользнул в карман ее юбки, она уселась на кровать... но не туда, где она сидела обычно. Она уселась у него в ногах, и какое-то время он видел только ее массивный корпус, склоненный над каким-то предметом, который она, по-видимому, рассматривала. Деревянный щелчок, звон металлической пластины и шорох — он уже слышал такой шорох. Он тут же понял, когда слышал. *А теперь возьмите спички*.

«Алмазно-голубые головки». Пол не знал, какие еще предметы принесла с собой Энни, но был уверен в наличии коробка спичек «Алмазно-голубые головки».

Энни повернулась к нему и опять улыбнулась. Что бы с ней ни произошло, но ее вселенская депрессия закончилась. Жестом школьницы она заправила за ухо случайно выбившийся локон. Жест этот показался Полу неуместным, поскольку локон выглядел безжизненным и тусклым.

Безжизненный тусклый подумаешь о чем ты должен помнить разве в этом дело я окаменела наполовину все прошлое лишь пролог к сегодняшнему дерьму вот что главное черт побери...

— Что ты хочешь услышать прежде, Пол? — спросила она. — Хорошие новости или плохие?

— Сначала хорошие. — Ему удалось изобразить широкую глупую ухмылку. — Я полагаю, плохая новость — это что пришел КОНЕЦ, я угадал? То есть тебе совсем не понравилась книга, а? Она плохая... А я старался. Мне даже стал удаваться сюжет. Я уже начал... ты понимаешь... Он уже вел меня за собой.

Она посмотрела на него с упреком:

— Я *люблю* эту книгу, Пол. Я говорила тебе об этом, а я никогда не лгу. Я полюбила ее настолько, что не хочу больше читать, пока она не будет окончена. Мне жаль, что я заставила тебя самого вставлять букву «н», но... но если я буду так поступать, это все равно что подсматривать в замочную скважину.

Его дурацкая улыбка сделалась еще шире. Он подумал, что вот-вот можно будет вставить завязочки в уголки губ и сделать узелок на затылке, и все старое дерьмо вытечет у него изо рта. Может быть, оно останется лежать в изголовье его постели. Где-то в глубине его сознания, там, куда не добрался наркотический дурман, зазвучал сигнал тревоги. Книга ей нравится, следовательно, она не намерена убивать его. Что бы с ней ни происходило, она не убьет его. Но если он не расплатится полностью по счету, который ему предъявляет Энни Уилкс, его ждет нечто гораздо худшее.

Теперь электрическая лампочка уже не казалась ему тусклой; она была теперь удивительно яркой, удивительно притягательной в сверхъестественном сером ореоле; он видел в воображении подъемные краны, молчаливо отливающие сталью около озера, видел отливающую слюдяным блеском весеннюю траву на горных лугах, видел эльфов, танцующих при лунном свете под плющом...

Да ты же окаменела, подумал Пол и рассеянно захихикал.

Энни улыбнулась ему в ответ.

— *Хорошая* новость, — сказала она, — это то, что твоей машины больше нет. Пол, я очень волновалась из-за твоей машины. Я знала, что ее может убрать только очень сильная буря, и даже когда она началась, все еще не была уверена. Того грязного подлюгу Помроя смыли талые воды, но машина куда тяжелее человеческого тела, ты со мной согласен? Даже если человек этот настолько переполнен говном. Но бури и таяния снега оказалось достаточно. Машины твоей нет. Вот тебе *хорошие* новости.

— Что?.. — В нем опять зазвучал негромкий сигнал тревоги. Помрой... Откуда-то ему знакома эта фамилия, хотя он не может вспомнить, *где* встречал ее. Но тут же вспомнил. Помрой. Покойный Эндрю Помрой, двадцати трех лет, из Колд-Стрим-Харбора, штат Нью-Йорк. Обнаружен в Грайдерском заповеднике — неизвестно, *далеко ли* отсюда.

— Послушай, Пол, — продолжала она; он слишком хорошо знал этот ее занудный тон. — Не надо притворяться паинькой. Мне известно, что ты знаешь, кто такой Энди Помрой, потому что мне известно, что ты прочитал мою книгу. Я, наверное, даже рассчитывала на то, что ты ее прочитаешь, иначе зачем бы оставила ее в комнате? Но я хотела убедиться — понимаешь, Пол, я во всем хочу убедиться. И я убедилась, что нити порваны.

— Нити порваны, — тихо повторил он.

— Ну да. Я однажды читала о том, как можно установить, что кто-то сует нос в твои вещи. Привязываешь на дверь шкафа тоненькую ниточку, и если она порвана, когда ты приходишь домой, — то понятно почему. Тебе понятно, что кто-то к тебе совался. Видишь, как просто?

— Да, Энни. — Он слушал ее, но на самом деле больше всего его интересовал вопрос, как выбраться из этой поразительной ловушки, что расставил для него электрический свет.

И опять она наклонилась над предметами, разложенными в изножье его кровати; опять он услышал приглушенное звяканье металла, удар куска дерева о какой-то металлический предмет. А потом она снова повернулась к нему, поправив прическу:

— Вот так и я устроила с моей книгой — только воспользовалась я не нитками, а собственными волосами. Я выдернула из головы волосинки и положила их в трех разных местах, понимаешь? А когда приехала домой — я приехала очень рано, тихо как мышка, чтобы не разбудить тебя, — все три нити были разорваны, так что я *знаю,* что ты заглядывал в мою книжку. — Она помолчала, затем на ее лице появилась победная улыбка, счастливая и одновременно неприятная, хотя Пол не мог бы сразу определить, чем именно она неприятна. — И я не удивилась. Я знала, что ты покидал свою комнату. Вот тебе *плохие* новости. Я давно, *давно* знала об этом, Пол...

Наверное, он должен был почувствовать ярость и досаду. Она знала, знала почти с самого начала... но испытывал он только смутное, пьянящее чувство эйфории, и ее слова представлялись куда менее значительными, чем разгорающийся свет наступившего дня.

— Но, — сказала она, как будто возвращаясь к обсуждению деловых вопросов, — мы говорили о твоей машине. Пол, в том местечке в горах у меня запасены цепи для автомобильных шин. Вчера днем я почувствовала себя настолько лучше, что большую часть времени провела на коленях, погрузившись в молитву, и мне пришел ответ, как это часто бывает, и он был очень прост, это также часто бывает. Пол, то, что ты возносишь к Богу в молитве, Он возвращает тебе тысячекратно. Я надела цепи на колеса и притащилась домой. Путь мой был нелегок, и я понимала, что авария может произойти и несмотря на цепи. Еще я понимала, что на наших извилистых горных дорогах редко бывают «незначительные аварии». Но на душе у меня было легко, так как я чувствовала, что меня хранит воля Господа.

— Да, Энни, это чувство должно воодушевлять, — прохрипел Пол.

Она удивленно и с легким подозрением глянула на него... успокоилась и улыбнулась.

— У меня есть для тебя подарок, Пол, — тихо сказала она, и прежде чем он успел спросить, что за подарок она припасла — он вовсе не был уверен, что жаждет получать от нее подарки, — добавила: — Дороги были страшно скользкие. Моя машина два раза чуть не перевернулась. Второй раз старушку Бесси занесло так, что она развернулась и сорвалась со склона! — Энни весело рассмеялась. — И я врезалась в сугроб! Это было после полуночи, но мимо проезжала машина департамента общественных работ Юстайса, и она вызволила меня.

— Какие молодцы работают в департаменте общественных работ Юстайса, — попытался произнести Пол, но у него вышло: *«Кие дцы ротают в депамамте пщестных работ Истайса»*.

— В двух милях от окружного шоссе начинался последний трудный участок. Тебе известно, у здешнего окружного шоссе номер девять. Это дорога, на которой ты съехал с обочины. Ее тогда так добросовестно чистили, что — прости-прощай. Я остановилась там, где ты не справился с управлением, и огляделась в поисках твоей машины. И я уже знала, что мне делать, если я ее увижу. Так как рано или поздно пойдут вопросы, а *мне* они зададут свои вопросы в первую очередь — полагаю, ты догадываешься почему.

Энни, я соображаю быстрее, подумал он. *Этот вариант я продумал три недели назад.*

— Почему я привезла тебя сюда? Одна из причин — это показалось мне больше чем совпадением... Это скорее показалось мне рукой провидения.

Он выдавил из себя вопрос:

— Энни, что тебе показалось рукой провидения?

— Твоя машина разбилась почти на том же месте, где я избавилась от этой гниды Помроя. Который еще говорил, что он художник. — Довольная, она взмахнула рукой и притопнула обеими ногами, и Пол вздрогнул от стука какого-то предмета на деревянном полу.

— Я подобрала его, когда ехала из Истес-парка. Я ездила туда на выставку керамики. Мне нравятся всякие глиняные штучки.

— Я заметил, — отозвался Пол. Его голос, казалось, исходил из места, удаленного на десятки световых лет. *Капитан Кирк! В субэфирных сферах слышен человеческий голос,* подумал он и невесело усмехнулся. Глубинная часть его сознания — до которой не добралось лекарство — попыталась предупредить его, чтобы он держал рот на замке, просто помалкивал, но какой смысл? Все равно она знает. *Конечно, она знает — все знает Богиня Пчел Бурка.* — Мне особенно понравился пингвин на льдине.

— Спасибо, Пол... Он ведь правда хороший? Так вот, Помрой путешествовал автостопом. У него был рюкзак. Он сказал, что он художник, хотя потом я выяснила, что он всего-навсего говенный хиппи, накачанный наркотой подлюга, и за два месяца до того нанялся в ресторан Истес-парка мыть посуду. Когда я сказала, что живу возле Сайдвиндера, он ответил, что это счастливое совпадение. Он сказал, что и сам направлялся в Сайдвиндер. Сказал, что у него заказ от одного нью-йоркского журнала. Что ему надо попасть туда, где раньше был отель, — зарисовать руины. Его рисунки должны напечатать вместе со статьей о старом знаменитом отеле. Он назывался «Оверлук». Он сгорел десять лет назад. Его сжег зимний смотритель*. Сошел с ума — так все в городе говорили. Но это не важно; теперь он мертв.

Я разрешила Помрою остаться.

Мы стали любовниками.

Черные глаза горели на ее каменном и одновременно мясистом лице, и Пол подумал: *Энни, если Эндрю Помрой захотел тебя, то он был не менее безумен, чем смотритель, спаливший отель «Оверлук».*

— Довольно быстро я выяснила, что у него не было никакого заказа на рисунки. Он делал эти зарисовки по собственной инициативе, намереваясь потом продать какому-нибудь изданию. Он не был даже уверен в том, что тот журнал вообще собирается печатать материал об «Оверлуке»! Я очень скоро об этом узнала! А когда узнала, то решила заглянуть в его блокнот. Я считала, что у меня есть на это полное право. В конце концов он ел за мой счет и спал в моей постели. Там,

* Сверхъестественные события в отеле «Оверлук» описаны в романе С. Кинга «Сияние».

в блокноте, было всего восемь или девять картинок — *кошмарных.*

Лицо ее сморщилось, и Полу показалось, что она сейчас попробует захрюкать.

— Даже я могла бы нарисовать лучше! А он вошел, когда я смотрела его блокнот, и вышел из себя. Сказал, что я что-то вынюхиваю. Я сказала, что у себя дома я вправе смотреть на что угодно. И еще сказала, что если он художник, тогда я — мадам Кюри. Он засмеялся. Он смеялся надо мной. И тогда я... Я...

— Ты убила его, — подсказал Пол. Собственный голос показался ему старческим и печальным. Энни невесело усмехнулась, глядя в стену:

— Ну, наверное, что-то такое было. Я точно не могу припомнить. Только он был мертв. Это я помню. Я помню, как мыла его в ванной.

Пол вытаращился; его замутило от ужаса и отвращения. Он представил себе: обнаженное мертвое тело Помроя плавает в ванне, как кусок деревяшки, затылок стукается о борта ванны, глаза таращатся в потолок...

— Мне *пришлось* это сделать, — сказала Энни, поморщившись. — Ты, может быть, не знаешь, что такое одна ниточка в руках полиции, или грязь под ногтями, или даже пыль на волосах мертвеца! Ты-то не знаешь, но я всю жизнь работала в клиниках, и я *знаю!* Я — знаю! Знаю, о чем будут говорить в *СУДЕ!*

Она постепенно вгоняла себя в состояние фирменного бешенства Энни Уилкс, и Пол видел, что ему следует как-то попытаться обезвредить ее хотя бы на время, но онемевшие губы не слушались.

— Они все против меня, все! Ты что, думаешь, они стали бы слушать, если бы я рассказала им, как было дело? Ты в это веришь? Жди! Они бы сказали в ответ какую-нибудь чепуху типа того, что я приставала к нему, он надо мной посмеялся и я его убила! Вот что они наверняка скажут!

А знаешь что, Энни? Знаешь что? Я думаю, что такая версия ближе всего к истине.

— Они тут все грязные подлюги и что угодно скажут, чтобы навредить мне или запачкать мое имя!

Она замолчала, надсадно дыша, тяжело глядя на Пола, словно предлагая ему возразить. *Попробуй только возрази!*

Затем она как будто отчасти взяла себя в руки и заговорила уже спокойнее:

— Я вымыла... ну... то, что от него осталось... и выстирала его одежду. Я знала, что мне делать. В тот день шел снег, первый настоящий снегопад в том году, и по телевизору сказали, что на следующее утро снежный покров будет в фут глубиной. Я сложила одежду в полиэтиленовый пакет, завернула тело в простыни и вынесла все это на Девятое шоссе, когда стемнело. Я прошла примерно на милю дальше того места, откуда сейчас смыло твою машину. Я дошла до леса и свалила свою ношу на снег. Не думай, я его не прятала. Я знала, его занесет снегом, и решила, что весной ручьи смоют его. Так оно и получилось, я даже не предполагала, что его унесет так далеко. Ну вот, и тело нашли только через год после того, как... как он умер, и почти за двадцать семь миль отсюда. Лучше было бы, конечно, если бы он застрял где-нибудь поближе, ведь в Грайдерском заповеднике вечно толкутся туристы и любители птиц. В здешних лесах куда меньше народа.

Она улыбнулась.

— Вот там, Пол, теперь твоя машина — где-то в лесу между Девятым шоссе и Грайдерским заповедником. Наверное, довольно далеко, потому что с дороги ее не видно. У меня в старушке Бесси есть прожектор, достаточно мощный, но от дороги до самого леса я ничего не заметила. Думаю, когда вода сойдет, я схожу туда пешком и проверю, но я почти уверена, что опасности никакой. На нее наткнется какой-нибудь охотник года через два, или через пять, или через семь, она будет вся проржавевшая, на сиденьях поселятся бурундуки, а ты к тому времени закончишь мою книгу, а сам будешь опять в Нью-Йорке или в Лос-Анджелесе, не знаю, куда ты захочешь поехать, а я буду так же мирно жить тут. Может быть, мы даже станем переписываться.

Она рассеянно улыбнулась — женщина, которой пригрезился чудесный замок высоко в облаках; но улыбка тут же исчезла, и она снова взяла деловой тон:

— Так вот, я ехала сюда и очень серьезно размышляла. Мне нужно было как следует все обдумать, так как теперь, когда твоей машины нет, ясно, что ты действительно сможешь остаться здесь, действительно сможешь закончить мою книгу. Ты сам понимаешь: я до сих пор не могла быть в этом уверена, хотя ничего тебе не говорила, потому что мне не хотелось тебя огорчать. Может, я потому не хотела тебя огорчать, потому что знала, что ты в таком случае не сможешь так хорошо писать, но знаешь, милый, эти холодные слова не выражают всего, что я чувствовала. Видишь ли, сначала я любила в тебе только твою способность так замечательно писать — ведь только об этой твоей способности я могла судить, больше я о тебе ровно ничего не знала и понимала, что в остальном ты вполне мог бы оказаться неприятным человеком. Я же не кукла с глазами. Я читала кое-что о так называемых «знаменитых писателях» и знаю, что многие из них в жизни были мерзкими типами. Ну хотя бы Эрнест Хемингуэй или этот рыжий парень с Миссисипи — Фолкнер или как его там. Может, такие люди и получают Пулитцеровские премии и все такое, но все равно они не более чем гребаные алкаши. И другие ничем не лучше — когда они не пишут свои замечательные книги, они только и знают, что пьют, колются, трахаются и одному Богу известно, что еще делают. А ты не такой, и когда я постепенно узнала настоящего Пола Шелдона — надеюсь, ты не обидишься, если я скажу, — я полюбила и его самого, а не только его книги.

— Спасибо, Энни, — проговорил он, покачиваясь на сверкающей золотой волне полузабытья, и подумал: *А знаешь, ты ведь могла и ошибиться на мой счет, ведь в моих обстоятельствах у меня очень мало соблазнов. Когда у тебя переломаны ноги, не так просто заглянуть, скажем, в бар. А если я и не колюсь, так меня колет Пчелиная Богиня Бурка.*

— Но *захочешь* ли ты остаться? — продолжала Энни. — Вот вопрос, который я должна была задать себе, и, как бы мне ни хотелось обмануть себя, я знала *ответ,* знала еще до того, как увидела следы на двери.

Она указала на дверной косяк, и Пол подумал: *Она все знала почти с самого начала. Обмануть себя? Это на тебя не похоже. Самообман не в твоем стиле, Энни. Зато я строил иллюзии за нас обоих.*

— Помнишь тот день, когда я уехала в первый раз? Когда мы с тобой так глупо поругались из-за бумаги?

— Да, Энни.

— Ты ведь именно в тот день впервые вышел из комнаты?

— Да. — Уже не было смысла отрицать.

— Ну конечно. Ты хотел принять лекарство. Я должна была знать, что ты что-нибудь предпримешь, но когда я выхожу из себя, то делаюсь... Ну, ты знаешь. — Она нервно хихикнула. Пол не засмеялся, даже не улыбнулся в ответ. Он все еще слишком хорошо помнил ту изнурительную, болезненную, бесконечную борьбу, которую выдержал под воображаемый голос телекомментатора.

Да, я знаю, какой ты делаешься, думал он. *Ты делаешься смрадной.*

— Сначала я была не совсем уверена. Ну, я увидела, что некоторые фигурки на столике в гостиной стоят не на своих местах, но подумала, что могла сама переставить их; у меня иногда бывает не очень хорошо с памятью. Мне пришло в голову, что ты мог выбраться из комнаты, но я сказала себе: *Нет, это невозможно. Он в таком тяжелом состоянии, и, кроме того, я заперла дверь.* Я даже проверила, лежит ли ключ в кармане юбки. Он был на месте. Потом я вспомнила, что ты *остался* сидеть в кресле. Так что, возможно...

Если бы ты проработал десять лет медсестрой, как я, то ты бы научился каждый раз проверять все возможности. Так вот, я проверила свои запасы в ванной; там у меня в основном образцы лекарств, я их приносила домой с работы. Если бы ты только видел, Пол, какие в больницах бывают лекарства! Так что я время от времени прихватывала с собой... ну, *кое-что...* И не я одна. Но я знала, что лекарства на морфиновой основе брать нельзя. Их держат под замком. Их учитывают. Ведут записи. И если они начинают подозревать, что медсестра, ну, таскает — они именно так говорят, — то они следят за ней и наконец ловят. А потом *бац!* — Энни с силой хлопнула ладонью по колену. — Сестру вышвыривают, и скорее всего ей уже не надеть белую шапочку.

Я была умнее.

С теми коробками в ванной было то же, что и с безделушками в гостиной. Мне показалось, что лекарства перетряхнули, и я видела, что одна коробка, которая лежала внизу, оказалась наверху, но я не была *уверена*. Потому что я *могла* сделать это сама, когда... когда я была взволнованна.

Прошло два дня, и я уже почти решила не обращать на все это внимания. Но вот однажды я принесла тебе лекарство. Ты спал. Я нажала на дверную ручку, а она не поворачивалась. Потом все-таки повернулась, и я услышала, как внутри что-то щелкнуло. Ты начал вертеться, и я дала тебе лекарство, как обычно. Как будто я ничего не подозревала. Я умею притворяться, Пол. Потом я помогла тебе сесть в кресло, чтобы ты мог работать. И, пересаживая тебя, поняла, что ощущал апостол Павел на пути в Дамаск*. Мои глаза открылись. Я увидела, какой у тебя здоровый цвет лица. Увидела, что ты можешь двигать ногами. Пусть с трудом, пусть чуть-чуть, но ты ими двигал. И руки у тебя окрепли.

Я увидела, что ты снова почти *здоров*.

---

* Савлу, впоследствии Павлу, на пути в Дамаск явился Христос (см. Деяния апостолов, гл. 9).

И тогда я начала понимать, что, если никто на свете ничего не заподозрит, мне все равно грозит опасность. Я посмотрела на тебя и подумала, что, может быть, не я одна умею притворяться.

Вечером я дала тебе лекарство посильнее и, когда убедилась, что тебя не разбудит даже разорвавшаяся над ухом граната, спустилась в погреб за инструментами и разобрала замок. Посмотри, *что* я нашла внутри!

Она достала из кармана своей мужского покроя рубашки небольшой темный предмет и вложила в онемевшую руку Пола. Он уставился на этот предмет, хлопая глазами. Это был погнутый обломок женской заколки.

Пол захихикал — не смог сдержаться.

— Что в этом смешного, Пол?

— В тот день, когда ты уехала платить налоги, мне опять понадобилось выйти. Кресло едва прошло в дверь, и там остались отпечатки. Я попробовал их стереть.

— Чтобы я не заметила.

— Да. Но ведь ты их уже заметила раньше?

— Что? После того как я нашла в замке свою заколку? — Энни тоже улыбнулась. — Можешь с кем угодно спорить на свои мужские причиндалы, — заметила она.

Пол кивнул и рассмеялся еще громче. Он так смеялся, что у него потекли слезы. Весь труд... все тревоги... все напрасно. Можно посмеяться от души.

Наконец он заговорил:

— Я боялся, что у меня будут неприятности из-за этого обломка... а ничего не случилось. Я даже ни разу не слышал, чтобы он там звякал. А он не случайно не звякал, как выяснилось. Он не звякал, потому что ты вытащила его. Ах, Энни, любишь же ты обманывать.

— Да, — подтвердила она, тонко улыбаясь. — Я люблю обманывать.

Она двинула ногой. И он опять услышал звук трения чего-то деревянного о половицу.

22

Сколько раз ты выходил?

Нож. О Боже, нож.

— Два. Нет, подожди. Вчера часов в пять я еще раз выходил. Чтобы набрать воды. — Он не солгал; он в самом деле наполнил кувшин. Но об истинной причине своей третьей экспедиции он умолчал. Истинная причина покоится под матрасом. Принцесса на горошине. Поли на ноже мясника. — Три раза, считая поход за водой.

— Говори правду, Пол.

— Клянусь тебе, всего три раза. И не для того, чтобы сбежать. Поверь ради Христа. Я как-никак пишу здесь книгу, ты, случайно, не забыла?

— Пол, не упоминай имя Спасителя всуе.

— Тогда перестань болтать чепуху. Первый раз мне было так больно, как будто мои ноги ниже колен побывали в аду. Благодаря *тебе,* Энни.

— Заткнись, Пол!

— Во второй раз я хотел раздобыть еды и сделать небольшой запас на случай, если ты уехала надолго, — продолжал он, не обращая внимания на ее окрик. — Потом мне захотелось пить. Все. Нечего мне скрывать.

— И, надо полагать, ты ни разу не трогал телефон, и замки не рассматривал — ведь ты у нас такой хороший мальчик.

— Телефон я, конечно, трогал. И на замки, ясное дело, смотрел... Хотя на улице сейчас такой потоп, что недалеко бы я уехал, будь даже все двери распахнуты настежь. — Сон все сильнее накатывал на него, и ему очень хотелось, чтобы она наконец умолкла и ушла. Она напичкала его наркотиком настолько, что он сказал правду; вероятно, в свое время он за это еще заплатит. Но прежде всего ему хотелось спать.

— Сколько раз ты выходил?

— Я же сказал...

— *Сколько раз?* — Она повысила голос. — *Говори правду!*

— Это правда! Три раза!

— *Сколько раз, черт тебя подери?*

Теперь Пол испугался, несмотря на то, что Энни впрыснула ему лошадиную дозу наркотика.

Если она что-то сделает со мной, будет по крайней мере не так больно... и она хочет, чтобы я закончил книгу... она сама говорила...

— Ты пытаешься обмануть меня, как дурочку.

Он заметил, что ее кожа блестит, как натянутая на камень целлофановая пленка. На лице как будто не было ни единой поры.

— Энни, я клянусь...

— О, лжецы умеют клясться! Они *любят* клясться! Ну-ну, давай, говори со мной, как с дурой, если тебе так нравится. Очень хорошо. Но ты быстро доиграешься. Всегда выходит боком, когда говоришь с умной женщиной как с дурой. Запомни, пожалуйста, Пол: я по всему дому приклеила скотчем волосы, и многие из них оказались не на месте или вообще исчезли. Просто пропали... пуф — и нет их. Они не только в книге были, но и в коридоре, и в платяных шкафах наверху... в пристройке... *везде.*

Энни, ну как я мог попасть в пристройку, когда на двери три замка? — хотел спросить он, но не успел, она снова говорила:

— А теперь валяй, говори мне, мистер Умник, что ты выходил всего *три раза,* и ты увидишь, кто из нас дурак.

Он смотрел на нее, полусонный, но перепуганный. Он не знал, что ответить. Это же безумие... бред параноика...

Внезапно он позабыл про пристройку. *Боже мой,* подумал он, *наверху? Она сказала НАВЕРХУ?*

— Энни, ну скажи мне ради Бога, как я мог попасть наверх?

— О *ДА!* — Голос ее сорвался. — *КОНЕЧНО!* Несколько дней назад я вошла сюда и увидела, что ты *самостоятельно* забрался в кресло! Если ты смог забраться в кресло, ты мог и подняться наверх! *Ты мог ползти!*

— Ну да, с переломанными ногами и раздробленным коленом.

Снова черная яма вместо лица; темный провал под лесной лужайкой. Энни Уилкс не было. Явилась Богиня Пчел Бурка.

— Ты упорно не желаешь поумнеть, Пол, — прошептала она.

— Верно, Энни, один из нас должен хотя бы постараться поумнеть, а ты не очень стараешься. Ну пойми хотя бы: думать, что я полз, — это безу...

— *Сколько раз?*

— Три.

— Первый раз — за лекарством?

— Да. Новрил.

— Второй раз — чтобы поесть.

— Правильно.

— Третий раз — за водой.

— Да. Энни, у меня кружится...

— Ты наполнил кувшин в ванной.

— Да...

— Один раз — лекарство, один раз — еда, один раз — вода.

— Да, говорю тебе! — хотел крикнуть он, но из его горла вырвался только безжизненный хрип.

Она снова сунула руку в карман юбки и извлекла оттуда нож мясника. Его острое лезвие сверкало при свете утреннего солнца. Вдруг она повернулась и швырнула нож в стену. Уверенное, неосознанно-изящное движение профессионала. Лезвие ударилось в штукатурку под Триумфальной аркой и дрожа застряло в стене.

— Я немножко пошарила у тебя под матрасом, прежде чем подготовить тебя к операции. Я думала, что найду капсулы. Нож оказался сюрпризом. Я чуть не порезалась. Но это же не *ты* положил его туда, правда, Пол?

Он не ответил. Мысли с бешеной скоростью носились по кругу, беспорядочно ныряли вниз и взлетали вверх, как на чертовом колесе. Подготовить к операции? Ему это не послышалось? *К операции?* К нему вдруг пришла твердая уверенность, что сейчас она вынет нож из стены и приступит к кастрации.

— Нет, *ты* его туда не клал. Ты раз выходил за лекарством, раз за едой и раз за водой. А этот нож... он, наверное, сам *прилетел* сюда и заполз к тебе под матрас. Вот что, надо полагать, произошло! — Пронзительный иронический смех.

К ОПЕРАЦИИ??? Боже милостивый, что это она говорит?

— Черт побери! — заорала она. — Черт тебя побери! Сколько раз?

— Хорошо! Ладно! Я взял нож, когда выезжал за водой! Сознаюсь! А если ты считаешь, что я выезжал еще сколько-то раз, то считай сама! Хочешь пять раз, пусть будет пять. Хочешь двадцать, пятьдесят, сто — значит, так и было. Я согласен. Я выезжал из комнаты столько раз, сколько ты думаешь.

Под действием ярости и наркотика он на минуту позабыл про не вполне ясный, но жуткий смысл, заключенный в словосочетании *подготовить к операции*. Ему очень многое хотелось ей сказать, даже при том, что он не сомневался, что параноики типа Энни не признают самых очевидных вещей. Воздух сейчас очень влажный; скотч плохо держится при высокой влажности; многие полоски скотча просто отклеились и случайный сквозняк сдул их. И еще крысы. В погребе сейчас полно воды, хозяйки в доме не было, так что Пол не удивлялся, слыша за стенами крысиный писк. Естественно, они наводнили дом, привлеченные разбросанными повсюду мерзкими объедками Энни. Вот они и были теми гномами, которые отклеивали скотч. Но от этих объяснений Энни просто отмахнется. В ее глазах Пол уже чуть ли не готов бежать Нью-Йоркский марафон.

— Энни... Энни, что ты имела в виду, когда сказала, что подготовила меня к операции?

Но Энни интересовал другой вопрос.

— Я бы сказала, семь раз, — тихо произнесла она. — Минимум семь. Ты выходил семь раз?

— Если тебе так хочется, то семь. А что ты имела в виду...

— Я вижу, ты продолжаешь упрямиться, — сказала она. — Надо полагать, такие, как ты, настолько привыкли сочинять ради денег, что не могут остановиться и лгут, когда не надо. Но ничего, Пол. Выходил ты семь раз, или семьдесят, или семью семьдесят, важен *принцип*. А *принцип* от этого не меняется. Как не меняется *воздаяние*.

Он уплывал все дальше, дальше, дальше. Он прикрыл глаза. Ее голос доносился издалека... Сверхъестественный глас с небес. *Богиня,* подумал он.

— Пол, тебе приходилось читать о том, как раньше работали на алмазных копях в Кимберли?

— Я написал об этом книгу, — сказал он неизвестно зачем и рассмеялся.

(к операции? подготовить к операции?)

— Иногда туземцы крали алмазы. Заворачивали их в листья и засовывали себе в задний проход. И если охрана не замечала этого на выходе из шахты, они убегали. И знаешь, что делали англичане, если ловили воров, пока те еще не перебрались через реку Оранжевую на территорию буров?

— Наверное, убивали, — ответил Пол, не открывая глаз.

— Вовсе нет! Это было бы все равно что выбрасывать дорогую машину, если поломается какая-нибудь пружина. Если они ловили беглецов, то принимали меры, чтобы те не могли убежать, но могли работать. Что может помешать бегству? *Хромота,* Пол. Вот что мы с тобой сделаем, Пол. Ради моей безопасности... и твоей тоже. Верь мне, тебя нужно защитить от тебя самого. Помни, сначала будет больно, а потом все окажется позади. Постарайся держать это в голове.

Ужас охватил его, как порыв леденящего ветра, прорвавшийся сквозь пелену забытья, и Пол открыл глаза. Она встала и стянула с него простыню, открыв искалеченные босые ноги.

— Нет, — сказал он. — Энни... нет... Не знаю, что у тебя на уме, но мы же можем об этом поговорить? Пожалуйста...

Она наклонилась, а когда выпрямилась, то в одной руке у нее был топор, а в другой — паяльная лампа. Лезвие топора блестело. На паяльной лампе было выгравировано: *Bernz-O-matiC.* Энни наклонилась снова и подняла с пола коробок спичек и темную бутыль. На ярлыке бутыли было написано: «Бетадин».

Ему не суждено забыть эти предметы, эти слова, эти названия.

— *Нет, Энни!* — закричал он. — *Энни, я останусь! Я даже не буду вставать с постели! Пожалуйста! Ради Бога, не надо меня рубить!*

— Все будет в порядке, — ответила она; лицо ее опять приобрело отрешенное выражение, выражение выключенности, недоуменной пустоты, и, еще прежде чем бушующая огненная паника полностью захлестнула его мозг, он подумал, что, когда все будет закончено, у Энни останется только смутное воспоминание о том, что она сделала, подобное смутным воспоминаниям о том, как она убивала, убивала детей, стариков, неизлечимых больных, Эндрю Помроя. Да что говорить, эта женщина получила профессиональный диплом в 1966 году и тем не менее сказала несколько минут назад, что проработала медсестрой десять лет.

Этим вот топором она убила Помроя. Я знаю.

Он еще пытался кричать и умолять, но вместо слов у него выходило только нечленораздельное бормотание. Он хотел отвернуться, отвернуться от нее, и ноги взорвались болью. Он хотел подтянуть их, защитить, и болью взорвалось колено.

— Еще минуточку, Пол, — сказала она, отвинтила крышку с бутыли с бетадином и полила красновато-коричневой жидкостью его левую щиколотку. — Еще минуточку, и все кончится.

Она протерла лезвие топора; на ее мощном правом запястье выступили жилы, и Пол увидел, как сверкнул аметист перстня, который она по-прежнему носила на розовом безымянном пальце. Она смочила лезвие топора бетадином. Пол почувствовал специфический больничный запах. Этот запах означал, что операция начинается.

— Будет чуть-чуть больно, Пол. Но ничего страшного. — Она повернула топор и смочила другую сторону лезвия. Пол заметил несколько пятен ржавчины, затем они скрылись под слоем вязкой жидкости.

— Энни Энни пожалуйста Энни пожалуйста нет пожалуйста не надо Энни я клянусь я буду хорошим клянусь Богом я буду хорошим пожалуйста дай мне шанс исправиться НЕТ ЭННИ ПОЖАЛУЙСТА ДАЙ МНЕ СТАТЬ ХОРОШИМ...

— Сначала чуть-чуть больно. А потом, Пол, это гадкое дело будет позади.

Она швырнула бутыль бетадина через плечо; лицо ее оставалось невыразительным, пустым и в то же время удивительно твердокаменным. Она перехватила топор левой рукой почти у самого лезвия и расставила ноги, как деревянный болван.

— ЭННИ ПОЖАЛУЙСТА НЕ НАДО ДЕЛАТЬ МНЕ БОЛЬНО!

Ее взгляд был мягким и рассеянным.

— Не волнуйся, — сказала она. — Я опытная медсестра.

Топор со свистом опустился и погрузился в плоть Пола Шелдона над его левой щиколоткой. Боль разлилась по всему телу, как будто в него вонзилось гигантское копье. Ее лицо, забрызганное темно-красной кровью, походило на лицо индейца в боевой раскраске. Брызги крови попали и на стену. Пол услышал, как лезвие со скрипом рассекло кость. Не понимая до конца, что происходит, он посмотрел на нижнюю часть своего тела. Простыня быстро краснела. Пальцы его ног дергались. Затем он увидел, как она вновь поднимает топор. Волосы ее выбились из-под заколок, и беспорядочные локоны обрамляли пустое лицо.

Несмотря на боль, Пол попытался убрать ногу и увидел, что голень сдвинулась, а стопа осталась на прежнем месте. Его усилие привело лишь к тому, что трещина в ноге стала шире, раскрылась, как большой рот. Он еще успел осознать, что его стопа теперь соединена с верхней частью ноги лишь тонким слоем плоти, и топор тут же опустился снова, точно в свежую рану, и застрял в матрасе. Звякнули пружины.

Энни извлекла топор и отложила его в сторону. Мгновение она с отрешенным видом смотрела на хлещущую из обрубка кровь, затем взяла коробок, зажгла спичку, взяла паяльную лампу с гравировкой *Bernz-O-matiC* и повернула вентиль. Послышалось шипение. На том месте, где еще недавно находилась часть Пола, хлестала кровь. Энни осторожно поднесла спичку к соплу Bernz-O-matiC. Раздалось «пах!», и возникла длинная желтая струя пламени. Энни подкрутила вентиль, и пламя стало голубоватым.

— Зашивать не могу, — сказала она. — Мало времени. Жгут не поможет. Мне надо

(прополоскать)

прижечь.

Она наклонилась. Пламя паяльной лампы коснулось кровоточащего обрубка, и Пол закричал.

Струйка дыма взвилась вверх. Сладковатый дымок. Они с первой женой проводили медовый месяц на Мауи*. Устроили луау**. Сейчас сладковатый запах дыма напомнил ему запах поросенка, которого достали из ямы, где он коптился на палке целый день. Поросенок весь почернел и буквально распадался на части.

В его теле вопила боль. *Он* вопил.

---

* Мауи — один из Гавайских островов.

** Луау — традиционный на Гавайях пир на открытом воздухе; так же называется одно из блюд местной кухни.

— Почти все, — сказала Энни и повернула вентиль; нижняя простыня загорелась около обрубка его ноги, уже не кровоточащего, зато черного, как тот поросенок, когда его вытащили из ямы; Энни отвернулась, но Пол завороженно смотрел, как с него стаскивали шкуру — легко, как снимали бы с человека футболку.

— Почти все...

Она выключила паяльную лампу. Нога Пола лежала среди пляшущих язычков пламени, а дальше валялась отрубленная ступня. Энни наклонилась и выпрямилась. В руках у нее оказался старинный знакомец Пола — желтое пластмассовое ведро. Энни залила огонь.

А он кричал, кричал. Боль! Богиня! Боль! О Африка!

Она стояла и смотрела на него, на почерневшую, залитую кровью простыню с выражением отрешенной сосредоточенности. Ее лицо было лицом женщины, только что услышавшей по радио о том, что землетрясение в Пакистане или Турции унесло десять тысяч человеческих жизней.

— Ты будешь в порядке, Пол, — сказала она, но в голосе вдруг зазвучал страх. Глаза ее быстро блуждали по комнате, как в тот раз, когда ей показалось, что пламя сгорающей рукописи может вызвать пожар. Вдруг взгляд ее остановился на чем-то; она как будто вздохнула с облегчением. — Сейчас вынесу мусор.

Она взяла в руки его ступню. Пальцы на ней все еще конвульсивно дергались. Они замерли лишь тогда, когда она уже подходила к двери. Пол разглядел шрам на внутренней стороне стопы и вспомнил, откуда взялся этот шрам. Еще в детстве он наступил на осколок бутылки. Может, это было на Ревир-Бич? Вероятно, там. Он вспомнил, как он плакал тогда и как отец сказал ему, что это всего-навсего небольшой порез. Отец сказал, что Пол ведет себя так, словно ему отрезали ступню целиком.

Энни остановилась в дверях и оглянулась на Пола, вопящего и извивающегося на обгоревшей и пропитанной кровью простыне. Его лицо было белым, как лицо мертвеца.

— Теперь я стреножила тебя, — сказала она, — и винить в этом надо тебя, а не меня.

Она удалилась.

Удалился и Пол.

23

Облако вернулось. Пол нырнул в него, и ему было безразлично, что это облако могло в этот раз быть облаком не беспамятства, а смерти. Он почти надеялся, что так и будет. Только... пожалуйста, чтобы не было больно. Не надо памяти, не надо боли, не надо ужаса, не надо Энни Уилкс.

Он нырнул — нырнул в облако; сквозь пелену до него доносились его собственные крики и запах его собственного обгорелого мяса.

Все мысли уплывали прочь, осталось только: *Богиня! Убью тебя! Богиня! Убью тебя! Богиня!*

Потом пришло ничто.

Часть третья

Пол

Бесполезно. Я пыталась заснуть целых полчаса, и все впустую. Писать здесь — своего рода наркотик. Это единственное, что я делаю с удовольствием, и даже предвкушаю это удовольствие. Сейчас я прочла то, что написала... И мне это показалось неплохо, читается с интересом. Я понимаю, что для меня это читается с интересом потому, что я дополняю написанное своей фантазией и памятью, посторонним же все эти кусочки не скажут ничего. То есть опять суета и тщеславие. А кажется своего рода магией, волшебством... В настоящем жить я не в силах. Я с ума схожу от настоящего.*

Джон Фаулз «Коллекционер»

1

Глава 32

— Господи Иисусе, — просто ал Йе и ко вульсив о рва улся вперед. Джеффри удержал друга за плечо. еумолч ый бой бараба ов пульсировал у его в голове как при зак ачи ающейся предсмерт ой горячки. Пчелы жужжали, о и од а е садилась а их; все о и летели мимо в сторо у поля ы, как будто их притягивал маг ит, и Джеффри с горечью подумал, ч о э о маг и — о и

* Пер. Ал. Михеева.

2

Пол поднял машинку и потряс ее. На доску, лежащую на ручках кресла, упал маленький кусочек металла. Пол поднял его и осмотрел.

Буква «т». Машинка только что выплюнула букву «т».

Надо жаловаться руководству, подумал Пол. *Я не просто попрошу новую машинку, я ее, черт возьми, потребую. У нее есть деньги — я знаю, есть. Может, они в банке, зарытой под сараем, может, замурованы в стене ее Места для Смеха, но у нее есть бабки, и вот тебе раз, о Господи, «т», такая частая буква...*

Разумеется, он ничего не будет просить у Энни, тем более требовать. Когда-то здесь был человек, который мог бы ее о чем-нибудь *попросить.* Тот человек намного сильнее страдал от боли, и у него не было причин цепляться за жизнь, не было даже этой паршивой книги. Тот человек *попросил* бы. Невзирая на боль, у того человека достало бы сил, чтобы хоть *попытаться* бороться с Энни Уилкс.

Тем человеком был *он,* и, наверное, сейчас ему должно быть стыдно, но у *того* человека было два важнейших преимущества: у *того* человека было две ступни... и два больших пальца на руках.

Пол поколебался какое-то время, затем перечитал последнюю строчку (мысленно вставляя пропущенные буквы), после чего просто вернулся к работе.

Лучше так.

Лучше не просить.

Лучше не дразнить.

За окном жужжали пчелы.

Был первый день лета.

сами.

— *Пусти!* — прорычал Йен и повернулся к Джеффри, сжав правую руку в кулак. Его лицо сделалось иссиня-багровым, глаза выкатились, как у безумца, и он, казалось, совершенно не отдавал себе отчета в том, кто удерживает его вдали от любимой. Джеффри понял, что зрелище, открывшееся им, когда Езекия раздвинул скрывавшие их кусты, практически довело Йена до сумасшествия, что он балансирует на краю обрыва, и достаточно малейшего толчка, чтобы он окончательно сорвался в пропасть. Если это произойдет, Йен увлечет Мизери за собой и она погибнет.

— Йен...

— *Пусти,* я сказал! — Гнев придал ему силы, он рванулся вперед, и Езекия испуганно забормотал:

— Не надо, босс, пчелы злые будут, кусать миссус будут...

Йен, казалось, не слышал; в глазах его светилась слепая ярость. Внезапно он лягнул Джеффри и одновременно ударил его кулаком в скулу. Перед глазами Джеффри поплыли темные звезды.

Тем не менее он вовремя заметил, что Езекия уже занес для удара *гоша,* смертоносный мешочек с песком, привязанный кожаным ремнем к палке — излюбленное орудие бурка для подобных дел, — и успел прошипеть:

— Нет! Я справлюсь сам!

Езекия неохотно перестал вращать гоша над головой.

Новый удар отбросил Джеффри назад, и он почувствовал во рту солоновато-сладкий вкус крови, сочащейся из разбитой губы. Он не выпустил рубашку Йена, но она, пересушенная на солнце и уже порванная в нескольких местах, стала разрываться с грубым треском. Еще мгновение, и Йен вырвется на свободу. Как ни удивительно, подумал Джеффри, но Йен сейчас в той самой рубашке, что была на нем три дня назад на обеде у барона и баронессы. С тех пор ни у Йена, ни у остальных не было возможности переодеться. Всего три дня... но рубашка Йена выглядела так, как будто он носил ее по меньшей мере три года, а самому Джеффри казалось, что после праздничного обеда прошло не меньше трех столетий. Всего три дня, снова подумал он с тупым удивлением, а затем окровавленный кулак Йена в очередной раз врезался в его лицо.

— Пусти меня, сволочь!

Йен продолжал ожесточенно избивать своего старинного друга, за которого — в нормальном состоянии — отдал бы жизнь.

— Ты хочешь убить ее, чтобы доказать свою любовь? — тихо спросил Джеффри. — Если ты этого хочешь, тогда избей меня, я потеряю сознание, и ты сможешь идти.

Кулак Йена замер в воздухе. В безумных глазах появилось нечто по крайней мере похожее на понимание.

— Я должен идти к ней, — пробормотал он как во сне. — Извини меня, Джеффри, мне очень жаль, мне действительно жаль, не сомневаюсь, ты понимаешь, но я должен... Ты же видишь...

Он оглянулся еще раз, как бы желая убедиться, что его глазам открылось нечто жуткое, и еще раз рванулся туда, на поляну, где, привязанная к стволу эвкалипта, единственного на поляне дерева, стояла Мизери. Руки ее были заведены за голову. На запястьях блестела вещица из вороненой стали, накрепко соединившая ее с нижней веткой эвкалипта; вещица, которая пришлась по душе бурка после того, как они отправили барона Гайдцига в пасть идола, отправили на страшную смерть. Наручники барона.

Теперь Езекия схватил Йена, но кусты опять шурша раздвинулись. Джеффри выглянул на поляну, и у него перехватило дыхание. Наверное, сходное чувство испытывает человек, которому предстоит карабкаться на крутую скалу с мешком опаснейшей и ненадежной взрывчатки в руках. Один укус, подумал он. Всего один укус, и для нее все окончено.

— Нет, босс, не надо, — терпеливо, хотя и испуганно, говорил Езекия. — Правильно тот босс говорит... Вышли вы отсюда, и пчелы проснулись. А пчелы проснулись — кусаются, что одна, что тыща. Пчелы проснулись — мы умерли, а она первая, и очень больно.

Йен, стоящий между двумя друзьями, белым и чернокожим, постепенно успокаивался. Он повернул голову в сторону поляны, повернул неохотно и со страхом, как будто не хотел смотреть и не мог удержаться.

— Тогда что нам делать? Что мы должны сделать для моей бедной любимой?

Не знаю, чуть не сорвалось с языка у Джеффри, и он едва удержался, чтобы не высказать этого вслух — настолько сам он был в отчаянии. Уже не в первый раз ему пришло в голову, что Йен обладает женщиной, которую сам Джеффри так глубоко (хотя и тайно) любит, и из-за этого позволяет себе быть эгоистом, позволяет себе почти по-женски впадать в истерику, а Джеффри обязан держать свои чувства при себе. В конце концов в глазах всего мира он не более чем друг Мизери.

Да, не более чем друг, подумал он с иронией, граничащей с истерикой, и снова посмотрел на поляну. На своего друга.

На Мизери не было никакой одежды, однако ни одна деревенская сплетница, трижды в неделю непременно посещающая церковь, не упрекнула бы ее за непристойный вид. Любая старая дева, возможно, завопила бы при виде ее, но исключительно от страха и отвращения, а не от возмущения бесстыдством. На Мизери не было одежды, но никому не пришло бы в голову назвать ее голой.

Ее одеяние было соткано из пчел. От каштановых волос до пальцев ног ее окутывали пчелы. На нее словно натянули плотное монашеское одеяние, хотя и необычное, ибо оно шевелилось, по ее груди и бедрам проходили волны, хотя не было даже намека на ветер. Скорее ее можно было бы упрекнуть в чуть ли не мусульманском благочестии, так как даже лицо пряталось под маской из пчел, которые ползали по нему, скрывая рот, нос, подбородок, брови, и только голубые глаза сияли на этом лице. Гигантские африканские коричневые пчелы, самые ядовитые и злобные пчелы на свете, ползали по стальным наручникам барона, а потом перебирались на руки Мизери, одетые в живые перчатки.

Джеффри смотрел, как новые и новые пчелы со всех сторон слетаются на поляну, хотя ему было ясно, несмотря даже на состояние прострации, в котором он находился, что большинство пчел летело с запада, оттуда, где неясно вырисовывались очертания каменного лица черной богини.

Вдалеке раздавался неумолчный монотонный барабанный бой, нагоняющий дрему так же, как и сонное гудение пчел. Но Джеффри понимал, насколько обманчиво это чувство сонливости; он видел, что случилось с баронессой, и лишь благодарил Бога, что Йена тогда не было с ним... когда монотонный гул перерос в яростный хай... в котором сначала растворились, а затем утонули предсмертные крики несчастной женщины. Пустое, глупое создание, и к тому же опасное — она едва не стала виновницей их смерти, освободив Властелина кустов, — но ни один человек, будь то мужчина или женщина, умный или глупый, опасный или безобидный, не заслуживает _такой_ смерти.

В памяти Джеффри снова прозвучал вопрос Йена: _Что нам делать? Что мы должны сделать для бедной нашей любимой?_

— Не сделать ничего сейчас, босс, — сказал Езекия, — но опасности-то нет. Пока барабан бьет — пчелы спят. А миссус, она тоже спит.

Она была укрыта толстым живым одеялом из пчел; ее открытые, но невидящие глаза взирали словно из глубины пещеры, стены которой образовали мириады ползающих, сталкивающихся друг с другом, гудящих пчел.

— А если барабаны смолкнут? — спросил Джеффри тихим, каким-то бессильным голосом, и в ту же секунду барабаны замолчали.

а од о мг ов и

4

Не веря своим глазам, Пол посмотрел на последнюю строчку, затем поднял «Ройал» — он регулярно поднимал машинку, когда Энни не было в комнате, поднимал и поднимал, Бог весть зачем, — и еще раз потряс. Вновь щелчок, и опять из машинки на доску, заменявшую Полу письменный стол, выпал кусочек металла.

Из-за окна доносилось рычание ярко-голубой газонокосилки Энни — она подстригала траву и очень старалась выполнить свою работу аккуратно, чтобы не дать гребаным Ройдманам пищи для пересудов в городе.

Пол опустил машинку на доску, чтобы как следует осмотреть свой новый трофей. При ярком свете послеполуденного солнца он осмотрел то, что обнаружил. Недоверчивое выражение его лица не изменилось.

Выпуклые, перепачканные черной краской металлические литеры:

E

e

Словно продолжая развлекаться, старый «Ройал» выбросил едва ли не наиболее часто встречающуюся в речи букву алфавита.

Пол взглянул на календарь. На открытой странице календаря был изображен цветущий луг. Май. Пол вел счет дням на листке бумаги, и, согласно его самодельному календарю, сегодня было 21 июня.

Все равно идут эти душные, скучные, страшные летние дни, с горечью подумал он и швырнул металлическую литеру приблизительно в направлении мусорного ведра.

Ну ладно, а что делать теперь? — спросил он себя, но ответ, разумеется, был предсказуем. Письмо от руки. Вот что ему наверняка предстоит.

Но не сейчас. Не важно, что несколько минут назад он рвался вперед, как глава семейства, чей дом охвачен огнем, поскольку ему хотелось рассказать, как Йен, Джеффри и их удивительный помощник Езекия попали в засаду, расставленную воинами бурка, чтобы вся компания оказалась перед лицом идола с женским лицом; сейчас Пол почему-то почувствовал, что очень устал. С жестким треском захлопнулись ворота, через которые ранее можно было проникнуть при помощи белого листа.

Завтра.

Завтра он начнет писать ручкой.

К черту ручку. Жалуйся руководству, Пол.

Никогда он не пойдет на это. Слишком раздражительной стала Энни.

Он прислушивался к монотонному гудению газонокосилки, видел тень Энни на траве, и, как это часто случалось, когда он думал о раздражительности Энни, ему вспомнился топор, который поднимается над его ногой, затем опускается. Жуткое неподвижное мертвое лицо, забрызганное его кровью. Он помнил все с поразительной ясностью. Каждое слово, сказанное ею, каждое слово, выкрикнутое им, скрежет топора, вынимаемого из разрубленной кости, кровь на стене. Кристально ясная картина. Он — это также часто с ним случалось — попытался заслониться от этого воспоминания и обнаружил, что уже поздно.

Поскольку кульминацией сюжета «Быстрых автомобилей» была автокатастрофа, едва не закончившаяся гибелью Тони Бонасаро, отчаянно стремившегося уйти от полиции (за описанием катастрофы следовал эпилог, в котором коллега покойного лейтенанта Грея проводил допрос с пристрастием в больничной палате Тони), Пол беседовал со многими жертвами катастроф. И от них он слышал кое-что любопытное. Конечно, разные люди говорили по-разному, но все их воспоминания, в сущности, сводились к одному и тому же: *Я помню, как сел в машину, и помню, как очнулся здесь. Между этими событиями — провал.*

Почему ничего подобного не случилось с *ним?*

Потому, Пол, что писатели запоминают все. Особенно все, что связано со страданиями. Раздень писателя догола, укажи на любой крошечный шрам, и ты услышишь историю о том, как он появился. Большие повреждения порождают романы, а не амнезию. Талант — полезная вещь для писателя, но единствен-

ное непременное условие — это способность помнить историю каждого шрама.

Искусство — это упорство памяти.

Кто это сказал? Томас Сас? Уильям Фолкнер? Синди Лопер?

Это последнее имя вызвало у него одно воспоминание, в данных обстоятельствах довольно горькое. Он почти услышал характерный икающий голос Синди Лопер, весело распевающей «Девчонки всегда веселиться хотят»: *Папочка, знаешь, чего все девчонки хотят? /Девчонки всегда веселиться хотят. /Когда не работают или не спят, /девчонки всегда веселиться хотят.*

Вдруг он ощутил такую настоятельную потребность послушать рок-н-ролл, что даже потребность закурить не могла с ней сравниться. Не обязательно Синди Лопер. Любой певец сойдет. Господи, да сойдет и Тэд Ньюджент.

Топор опускается вниз.

Со свистом.

Не думай об этом.

Глупо. Он постоянно повторяет, что не должен думать об этом, хотя отлично знает: это воспоминание застряло у него в мозгу как кость в горле. И что же, он так и оставит его или будет мужчиной и наконец выплюнет?

Сегодня у Пола Шелдона, кажется, день воспоминаний. Теперь ему вспомнился Оливер Рид, сумасшедший, но убедительно рассуждающий ученый из фильма Дэвида Кроненберга «Стая». Своим пациентам в Институте психоплазмы (это название в свое время показалось Полу дурацким) он говорил: «Пройдите через это! Пройдите до конца!»

Что ж... возможно, этот совет не так уж плох.

Один раз я прошел через это. Мне хватило.

Чепуха. Если достаточно пройти через что-то один раз, он бы не писал книги, а продавал пылесосы, как его отец.

Тогда пройди через это. Пройди до конца, Пол. Начни с Мизери.

Нет.

Да.

К черту.

Пол откинулся на подушку, прикрыл ладонью глаза и, вольно или невольно, пошел через это.

Пошел, чтобы дойти до конца.

5

Он не умер и не уснул, но через некоторое время после «операции» Энни боль ушла. Он просто уплыл прочь, оторвался от собственного тела, превратился в чистый сгусток мысли, улетел вверх, как воздушный шарик, вырвавшийся на свободу.

Черт подери, да о чем он беспокоится? Она сделала это, и с тех пор в его жизни остались только боль и тоска и сеансы работы над тупым слащавым романом — попытки убежать от боли и тоски. Бессмысленное существование.

О нет; здесь есть лейтмотив, Пол. Есть нить, проходящая через все это. Нить, все соединяющая. Разве ты ее не видишь?

Конечно, это Мизери. Эта нить и соединяет все. Так это или только кажется, но уж очень глупо выглядит эта нить.

Мизери — имя существительное, оно означает страдание, как правило, долгое и часто бессмысленное. Мизери — это также имя собственное, это персонаж и сюжет, также явно чересчур длинный и бессмысленный, однако и он подходит к концу. Через последние четыре месяца (может быть, пять) его жизни Мизери — страдание проходит красной нитью, очень много Мизери и много страданий, но это, конечно же, чересчур просто, конечно же...

Нет-нет, Пол. Не так просто обстоит дело с Мизери. Ты обязан ей жизнью... и ты в конце концов все-таки стал Шахразадой, разве не так?

Он еще раз попытался отвлечься от подобных мыслей, но это оказалось свыше его сил. Упорство памяти и так далее. Кропатели книг веселиться хотят. Внезапно у него появилась совершенно новая идея, открывшая новый простор для размышлений.

Ты не видишь ответа, потому что он слишком очевиден. Ты стал Шахразадой для самого себя.

Он убрал руку со лба, моргнул и посмотрел в окно. Лето, которого он не надеялся дождаться. Мелькнула и пропала тень Энни.

Верно ли это?

Шахразада для самого себя? — снова мелькнула мысль. Если это так, то он оказался в ситуации, исключительной по своему идиотизму: он жив благодаря тому, что хочет закончить книгу, написание которой навязала ему Энни. Он должен был умереть... но не умер. И не умрет, пока не узнает, чем все закончится.

Совсем свихнулся.

Ты уверен?

Нет. Он уже ни в чем не уверен. Ни в чем.

За одним исключением: его жизнь висела и продолжает висеть на волоске по имени Мизери.

Его разум поплыл прочь.

Облако, подумал он. *Начнем с облака.*

6

На этот раз облако было чернее, плотнее, как будто ощутимее. Пол чувствовал, что он не уплывает, а, скорее, скользит. Иногда приходили мысли, иногда появлялась боль, иногда он смутно слышал голос Энни, звучавший как в ту минуту, когда ей показалось, что горящие страницы рукописи могут вылететь из жаровни и поджечь дом: «Выпей это, Пол... Тебе *нужно*».

Скользит?

Нет.

Не совсем точный глагол. Точный глагол — *отходит.* Пол вспомнил, как однажды — дело было в колледже — в три часа ночи ему позвонили. Заспанный дежурный четвертого этажа, барабаня ему в дверь, кричал, чтобы он, черт побери, скорее шел к телефону. Звонила мама. *Поли, приезжай домой как можно скорее. У отца инсульт. Он отходит.* Пол гнал свой старенький «форд» со скоростью семьдесят миль в час, хотя передние колеса начинали вибрировать при скорости свыше пятидесяти, и приехал домой «как можно скорее», но все усилия оказались напрасны. Когда он приехал, его отец уже не отходил. Он отошел.

Насколько же сам он был близок к отходу в ночь после знакомства с топором? Он не знал, хотя, вероятно, показателен тот факт, что он почти не чувствовал боли на протяжении недели после ампутации. Плюс паника в голосе Энни.

Он лежал в полукоматозном состоянии, с трудом дыша из-за побочного действия лекарств; в его руках опять торчали трубки для внутривенного кормления. И из этого состояния его вывели бой барабанов и гудение пчел.

Барабаны бурка.

Пчелы бурка.

Сны бурка.

Медленно, но неуклонно приобретали яркость пейзажи земли, никогда не существовавшей за пределами листов бумаги, на которых он писал.

Сны о богине, лицо богини, черное, изъеденное дождем и ветром, нависающее над зеленью джунглей. Черная богиня на Черном континенте, и в голове ее живут пчелы. Но даже эту картину заслоняла другая, становившаяся с каждым днем все четче и рельефнее — словно гигантский экран заслонял ее от окутавшего Пола темного облака. Картина луга, посреди которого растет одинокий эвкалипт. На нижней его ветви висит пара наручников из вороненой стали. По ним ползают пчелы. Только наручники. Только наручники, потому что Мизери...

...спасена? Разве ее не спасли? Разве не так должен развиваться сюжет?

Да, сюжет *должен* развиваться так, но Пол не был полностью в этом уверен. По этой ли причине на эвкалипте остались только наручники? Или ее увлекли бурка? Увели внутрь своего идола? Отдали царице пчел, Большой Повелительнице Бурка?

Ты стал Шахразадой для самого себя.

Пол, кому ты рассказываешь эту историю? Кому? Энни?

Конечно, нет. Он глядел в волшебную дверь, открывающуюся в бумаге, не затем, чтобы увидеть там Энни или доставить ей удовольствие. Он глядел туда, чтобы *скрыться* от Энни.

Вернулась боль. И зуд. Облако становилось светлее и распадалось. Он опять видел комнату — это плохо, и видел Энни — это еще хуже. И все-таки он решил, что будет жить. Какую-то часть его сознания так же заворожили повороты сюжета, как Энни в детстве завораживали сериалы с продолжением, и он решил, что доживет до того дня, когда узнает, чем же все кончилось.

Убежала она с помощью Йена и Джеффри?

Или оказалась в голове богини?

Как это ни смешно, ему требовался ответ на такие вот идиотские вопросы.

7

Сначала она не желала, чтобы он возвращался к работе. По ее бегающим глазам он видел, как она испугалась и насколько напугана до сих пор. Как близко он подошел к порогу. Она с особой тщательностью ухаживала за ним, меняла бинты на культе через каждые восемь часов (а сначала, как она сообщила ему с видом человека, знающего, что ему не достанется заслуженная им медаль, меняла их каждые четыре часа), мыла его губкой, протирала его кожу спиртом — словно желая не признаваться в содеянном. Она говорила, что работа ему повредит. *Тебе станет хуже, Пол, поверь мне. Я бы так не говорила, если бы не была уверена. Ты хотя бы знаешь, что будет дальше, а я* до смерти *хочу узнать.* Оказалось, что, пока Пол балансировал между жизнью и смертью, Энни прочла все им написанное... Больше трехсот машинописных страниц. Он не вставил «н» на последних сорока страницах — Энни сделала это сама. Она показала ему свою работу с неприкрытой гордостью. Очень аккуратные буквы «н», совершенно не похожие на его «н», кривые и спотыкающиеся.

Хотя Энни ничего не говорила, Пол был уверен, что эти «н» — еще одно свидетельство ее заботы о нем (*Пол, как ты можешь говорить, что я жестоко с тобой обращалась? Посмотри, сколько «н» я вставила!*), или попытка возместить нанесенный ею ущерб, или даже своего рода мистический ритуал: меняй бинты, мой Пола губкой, вставляй «н» — и Пол будет жить. *Пчелиная Богиня Бурка будет колдовать, будет делать бвана, будет буквы вставлять, и все здоровы будут.*

Сначала было так... а потом пришло *надо.* Пол знал симптомы. Когда она сказала, что ей до смерти хочется узнать, что будет дальше, она не преувеличивала.

А ты сам разве живешь не затем, чтобы узнать, что будет дальше?

Пусть это безумие, абсурд, стыд, но он решил, что это правда.

Надо.

Когда-то он с раздражением обнаружил, что такое состояние духа в книгах о Мизери он способен создавать едва ли не по желанию, а в серьезных книгах оно может приходить только само по себе — если вообще приходит. Невозможно предсказать, когда именно появится состояние *надо,* но, когда оно появлялось, он безошибочно узнавал его. Когда оно появлялось, стрелка некоего внутреннего счетчика Гейгера начинала плясать. Он узнавал это состояние, даже если просто сидел перед пишущей машинкой, мучаясь от похмелья, пил черный кофе чашку за чашкой, курил одну или две сигареты каждые два часа (он понимал, что от этих чертовых сигарет нужно бы отказаться, хотя бы по утрам, но на деле был не в состоянии заставить себя бросить курить), и до завершения книги оставались долгие месяцы, а до публикации — световые годы. Он каждый раз испытывал легкий стыд, когда *надо* приходило, чувствуя свою от него зависимость. Но в этом было и оправдание его труда. Дни шли за днями, дверца в листе бумаги оставалась крошечной, картины — мутными, подслушанные диалоги — скучными. Он со скрипом толкался вперед только потому, что ни на что иное не был способен. И вдруг дверь в листе распахивалась до размеров киноэкрана, сцену действия заливал яркий, как у Сесиля де Милля*, свет, и он чувствовал, что пришло *надо,* живое, активное.

«Думаю, родная, я посижу еще минут пятнадцать — двадцать, мне надо знать, как повернется эта глава» — вот что такое *надо.* И не важно, что человек, сказавший это, большую часть дня думал о том, как ляжет в постель и как ему будет хорошо; когда он войдет наконец в спальню, его жена уже будет спать.

«Я знаю, пора на банкет — ненавижу эти телевизионные рауты, — но мне надо знать, чем этот эпизод закончится» — вот оно, *надо.*

Мне надо знать, выжила ли она.

Мне надо знать, доберется ли он до того подонка, который убил его отца.

---

* Милль Сесиль Блаунт де (1881—1959) — американский кинорежиссер.

Мне надо знать, выяснится ли, что ее лучшая подруга вертит как хочет ее мужем.

Надо. Мерзкое ощущение, как от блевотины в грязном баре, великолепное ощущение, как после ночи с проституткой высшего класса. Черт подери, это дерьмо, черт подери, это золото, черт подери, не важно в конце концов, как грубо и глупо выйдет, потому что в конце концов верно поют Джексоны на той пластинке — остановок не будет, пока не получишь что надо.

8

Ты стал Шахразадой для самого себя.

Он не мог бы сформулировать или даже осознать эту мысль, по крайней мере тогда, настолько ему было больно. Но разве он не знал, что так оно и есть?

Ты — нет. Твоя подкорка — да. Она знала.

Да. Как будто похоже на правду.

Гудение газонокосилки сделалось громче. Энни оказалась в поле его зрения, посмотрела на него, увидела, что он смотрит в окно, и помахала ему рукой. Он помахал рукой — той, на которой еще остался большой палец, — в ответ. Она снова исчезла. Вот и хорошо.

В конце концов он убедил ее, что работа не ухудшит, а улучшит его состояние. Его преследовали причудливые призрачные образы, которые вывели его из облака; именно *призрачные,* ибо пока не попадут на бумагу, они останутся тенями и будут бродить, не находя успокоения.

И хотя Энни не поверила ему — поначалу, — она разрешила ему вернуться к работе. Не из-за его уговоров, а из-за чувства *надо.*

Первое время он мог работать совсем недолго — пятнадцать минут, может быть, полчаса, когда книга действительно этого требовала. И даже за короткие периоды работы расплачивался страшной болью. Перемена позы вызывала вспышку боли в искалеченной ноге; так вспыхивает на ветру ярким пламенем тлевшая до того головня. Писать было дьявольски больно, но время писания было не самым худшим временем; самыми худшими были один или два часа после работы, когда в заживающей культе словно просыпался пчелиный рой и его бешеный зуд сводил Пола с ума.

Он оказался прав, а она ошиблась. По-настоящему он, конечно, не выздоровел — да и едва ли это было возможно в его положении, — но здоровье его все же укреплялось, и силы мало-помалу возвращались. Он чувствовал, что горизонт его интересов чрезвычайно сузился, но был согласен заплатить эту цену за выживание. То, что он вообще выжил, — величайшее чудо.

Он сидел перед пишущей машинкой, у которой постепенно разрушались зубы, и размышлял о последнем периоде своей жизни, наполненном скорее работой, нежели событиями. Да, он, вероятно, стал Шахразадой для самого себя, точно так же, как сам недавно совладал с собой и вырвался из мира лихорадочно пульсирующих фантастических образов. И без психиатра он понимал, что в писании есть что-то от онанизма; пальцы мучают пишущую машинку, а не собственную плоть, но оба процесса в значительной степени зависят от изобретательности ума, быстроты рук и искренней преданности искусству нетривиального.

Но нет ли здесь еще какого-то, пусть самого сухого, полового акта? Ведь когда он начинает... хотя во время работы она его и не прерывает, но едва он заканчивает, она немедленно уносит все им написанное — под тем предлогом, что ей надо вставить пропущенные буквы, но на самом деле (Пол теперь хорошо знал ее, как опытный донжуан заранее знает, какое свидание приведет к желаемому результату, а какое нет) для того, вероятно, чтобы удовлетворить свое желание. Удовлетворить свое *надо.*

Сериалы. Да. Повторяется прошлое. Только в последние несколько месяцев она получает новую серию каждый день, ей не приходится ждать субботы, и Пол, который балует ее сериалами, — уже не старший брат, а комнатный писатель.

Сеансы работы за машинкой делались дольше и дольше по мере того, как отступала боль и возвращалась выносливость... и все-таки он был не в состоянии работать с достаточной скоростью, чтобы удовлетворять ее потребности.

Оба они еще живы благодаря *надо,* ибо, если бы не оно, Энни давно бы уже убила и его, и себя, но именно *надо* послужило причиной утраты большого пальца левой руки. Кошмар, но в нем есть и забавная сторона. *Смотри на это с иронией, Пол, — полезно для здоровья.*

И подумай о том, что все могло бы обернуться намного хуже.

Например, она могла отрезать ему пенис.

— А эта штука у меня только одна, — сказал он и дико расхохотался, а проклятый «Ройал» ухмылялся ему в ответ щербатым ртом. Пол хохотал, пока у него не разболелись культя и живот. Хохотал, пока не разболелся *мозг.* В какой-то момент его смех перешел в отдельные сухие всхлипы, отозвавшиеся болью в обрубке большого пальца, и только тогда ему удалось остановиться. Он отстраненно спросил себя, далеко ли ему еще до настоящего безумия.

Вероятно, это не имеет значения, был ответ.

9

Однажды, незадолго до второй ампутации — возможно, меньше чем за неделю, — Энни вошла в его комнату с двумя огромными блюдами ванильного мороженого, банкой шоколадного сиропа «Херши», жестяным баллоном сливок и еще одной банкой, в которой, как заспиртованные органы, плавали кроваво-красные вишни мараскино.

— Я подумала, хорошо бы нам с тобой поесть мороженого с фруктами, — сказала она подозрительно веселым голосом. Полу не понравился ни ее тон, ни легкое беспокойство в глазах. *Я непослушная девочка,* говорил этот взгляд. Этот взгляд заставил его подобраться, насторожиться. Он легко мог представить себе, что с таким вот выражением в глазах она вытаскивала на лестницу тюк белья или дохлого кота.

— О, спасибо, Энни, — проговорил он, глядя, как она поливает мороженое сиропом и покрывает сверху сугробами взбитых сливок из баллона. Эти операции она проделала твердой, уверенной рукой опытного кондитера.

— Не благодари меня. Ты это заслужил. Ты так усердно работаешь.

Она подала ему тарелку с мороженым. Сладость показалась ему приторной после третьей ложки, но он продолжал есть. Так безопаснее. Одно из ключевых правил выживания здесь, на западном склоне Скалистых гор, гласит: *Энни кормит — не отказывайся.* Некоторое время они ели молча, потом Энни отложила ложку, стерла тыльной стороной ладони с подбородка тающее мороженое пополам с шоколадным сиропом и вежливо сказала:

— Расскажи мне остальное.

Пол также отложил ложку.

— Прошу прощения?

— Расскажи мне до конца. Я не могу ждать. Просто не могу.

Разве он не знал, что это должно произойти? Знал. Если бы кто-нибудь привез Энни последние двадцать серий «Человека-Ракеты», стала бы она смотреть по серии в неделю или даже по одной в день?

Он посмотрел на уменьшившуюся вполовину гору на ее тарелке; одна вишня почти погребена под взбитыми сливками, другая плавает в шоколадном сиропе. Ему вспомнилась гостиная, разбросанные повсюду тарелки со сладкими объедками.

Нет. Энни не из тех, кто умеет ждать. Энни посмотрела бы за ночь все двадцать серий, даже если бы у нее слипались глаза и раскалывалась голова.

Потому что Энни любит сладкое.

— Я не могу, — сказал он.

Ее лицо немедленно потемнело, но не мелькнула ли на нем тень облегчения?

— Как? Почему?

Потому что завтра утром ты перестанешь меня уважать, хотел ответить он и подавил порыв. Подавил с трудом.

— Потому что я скверный рассказчик, — сказал он.

Она проглотила остаток мороженого в пять приемов; если бы Пол поедал мороженое с такой скоростью, его горло покрылось бы ледяной коркой изнутри. Потом она отодвинула тарелку и сердито посмотрела на него — словно он был не великим Полом Шелдоном, а негодяем, осмелившимся *критиковать* великого Пола Шелдона.

— Если ты такой скверный рассказчик, почему же ты пишешь бестселлеры, почему миллионам людей нравятся твои книги?

— Я не сказал, что я скверный *писатель.* Если честно, я полагаю, что пишу *хорошо.* А что касается устных *рассказов,* я — пас.

— Выдумываешь какие-то гребаные отговорки.

Ее лицо темнело. Руки, лежащие на грубой ткани юбки, сжались в кулаки. В комнату ворвался ураган «Энни». Вернулось все, что он приносит с собой. Вот только *кое-что* как будто изменилось, не правда ли? Пол все так же боялся ее, и тем не менее ее власть над ним ослабла. Его жизнь уже не была так важна для него, даже несмотря на чувство *надо.* Он боялся лишь боли, которую она может ему причинить.

— Это *не* отговорка, — возразил он. — Энни, писать и рассказывать — разные вещи, все равно что яблоки и апельсины. Те, кто умеет *рассказывать,* обычно не умеют *писать.* Если ты веришь, что люди, умеющие писать книги, хорошо говорят, значит, ты никогда не видела по телевизору, как заикается и мямлит писатель.

— Пусть так, но я не хочу ждать, — обиженно произнесла она. — Я сделала для тебя вкусный торт-мороженое, и ты мог бы по крайней мере рассказать мне *кое-что.* Ладно, не обязательно весь роман, но... Барон убил Колторпа? — Ее глаза сверкнули. — Я *очень* хочу знать хотя бы это. И если убил, что он сделал с его телом? Разрезал на куски и сложил в тот чемодан, который его жена все время держит при себе? Лично *я* думаю так.

Пол покачал головой — не в знак того, что Энни ошибается, но в знак того, что не скажет.

Ее лицо потемнело еще сильнее. Тем не менее голос оставался спокойным:

— Ты очень сердишь меня, Пол. Ты знаешь об этом?

— Конечно, знаю. Но я ничего не могу поделать.

— Я могу *заставить* тебя. Могу заставить тебя *рассказать.*

Но выглядела она огорошенной, словно понимала, что не может. Она могла бы заставить его что-то сказать, но не сможет заставить его рассказывать.

— Энни, помнишь, ты говорила мне, как ребенок сердится на маму, когда она запрещает ему играть с жидкостью для чистки раковины? Он кричит: «Мама, ты плохая!» Разве ты ведешь себя не так же? Ты говоришь: «Пол, ты плохой».

— Если ты и дальше будешь выводить меня из себя, я ни за что не отвечаю, — сказала она, и тем не менее Пол почувствовал, что кризис миновал; Энни до странности щепетильна в вопросах хорошего поведения.

— Наверное, мне придется испытать на себе последствия, — ответил он, — потому что сейчас я играю роль той матери. Я говорю «нет» не потому, что я плохой, я не говорю «нет» тебе назло; я говорю тебе «нет», потому что по-настоящему хочу, чтобы книга тебе понравилась... Если сейчас я исполню твою просьбу, книга перестанет тебе нравиться, она будет не нужна тебе. — *И что тогда будет со мной?* — подумал он, но не сказал вслух.

— Скажи мне хотя бы одно: этот ниггер Езекия правда знает, где отец Мизери? Скажи хоть это!

— Тебе нужен роман или заполненная анкета?

— Не смей насмехаться надо мной!

— Тогда нечего притворяться, будто ты не понимаешь, о чем я говорю! — прикрикнул на нее Пол. С удивлением и недоумением она отодвинулась от него. Черная туча ушла с ее лица, и на нем осталось только детское выражение «я была непослушной». — Ты хочешь зарезать золотого гуся! Вот чего ты добиваешься! Помнишь, в сказке хозяин его зарезал, и у него остался мертвый гусь и бесполезная куча внутренностей!

— Хорошо, — сказала она. — Хорошо, Пол. Ты будешь доедать мороженое?

— Я больше не могу есть, — признался он.

— Вижу. Я тебя расстроила. Извини меня. Наверное, ты прав. Я не должна была просить.

Она совершенно успокоилась. Пол опасался вероятной вспышки гнева или очередного приступа депрессии, но ничего подобного не случилось. Они всего-навсего вернулись к заведенному распорядку жизни: Пол писал, Энни читала написанное за день, и между их стычкой и ампутацией большого пальца прошло достаточно времени, так что Пол не видел связи между этими двумя событиями. Не видел до сегодняшнего дня.

Я пожаловался насчет машинки, думал он, глядя на «Ройал» и прислушиваясь к гулу косилки за окном. Краем сознания Пол понимал, что жужжание стало тише не потому, что Энни отошла дальше, а потому, что он унесся куда-то. Он погружался в дремоту; с ним теперь это часто бывало, он просто дремал, как какая-нибудь развалина в доме престарелых.

Всего один раз пожаловался. Но разве одного раза недостаточно? Больше чем достаточно. Когда это было? Примерно через неделю после того, как она сделала свой гнусный торт. Да, около того. Неделя. И всего одна жалоба. Насчет того, что меня сводит с ума звяканье мертвых клавиш. Я даже не просил ее покупать исправную машинку у миссис Дартмонстр или как ее там. Я только сказал, что схожу с ума от звяканья, и почти тут же, presto, возник вопрос о большом пальце. Вот только возник он не из-за жалобы насчет машинки. Она сделала это, потому что я сказал ей «нет», и ей пришлось это проглотить. Она сделала это в гневе. Откуда гнев? Результат понимания. Понимания чего? Того, что не все карты у нее в руках, что у меня есть определенная власть над ней. Власть надо. В итоге я оказался довольно сносной Шахразадой.*

Безумие. Абсурд. Но и реальность. Над этим принято издеваться, но только потому, что люди недооценивают захватывающую силу искусства — даже такого дешевого, как популярные романы. Домохозяйки подстраивают свой распорядок дня под телевизионные мыльные оперы. Если женщина возвращается на работу, то ее первоочередной задачей становится покупка видеомагнитофона, чтобы иметь возможность смотреть мыльные оперы по вечерам. Когда Артур Конан Дойл позволил Шерлоку Холмсу погибнуть у Райхенбахского водопада, вся викторианская Англия единодушно потребовала его возвращения. Читатели протестовали совершенно так же, как протестовала Энни; они испытывали не скорбь, а ярость. Конан Дойл написал родной матери о намерении покончить с Холмсом. В ответном раздраженном письме он прочитал: «Убить милого мистера Холмса? Глупости! *Только попробуй!*»

Пол вспомнил другой случай. Однажды он пришел к своему приятелю Гэри Раддмену, работавшему в Общественной библиотеке Боулдера, и увидел на двери кусочек черного крепа;

---

* В быстром темпе *(ит.)*.

жалюзи в квартире Гэри были закрыты. Обеспокоенный Пол долго стучался, и наконец Гэри отозвался из-за двери. *Уходи,* сказал Гэри. *У меня сегодня горе. Умер один человек. Он был мне дорог.* Пол спросил, кто же умер, и Гэри неохотно ответил: *Ван дер Валк.* Гэри отошел от двери, и хотя Пол продолжал настойчиво стучать, Гэри не впустил его. Как выяснилось, Ван дер Валк был главным героем детективных романов. Его произвел на свет — и затем уничтожил — писатель по имени Николас Фрилинг.

Поведение Гэри показалось Полу не просто ненатуральным; он не увидел в его горе ничего, кроме дурного актерства. Поза, одним словом. Пол думал так до 1983 года, когда ему попалась книга «Мир глазами Гарпа»*. Он совершил ошибку, прочитав перед сном о трагической смерти младшего сына Гарпа, пропоротого рукоятью коробки передач. Он не мог заснуть в течение нескольких часов. Сцена смерти не выходила у него из головы. Поворочавшись как следует в кровати, он понял, что сожаления о смерти выдуманного персонажа не так уж абсурдны. Поскольку он всерьез пожалел литературного героя. Он прекрасно понимал, что с ним происходило, но от этого не становилось легче. Тогда он и подумал, что, возможно, зря недооценил глубину страданий Гэри Радмена по поводу смерти Ван дер Валка. И еще он вспомнил один случай из своего детства. Ему было двенадцать лет. Жарким летним днем он закончил чтение «Повелителя мух» Уильяма Голдинга**, пошел к холодильнику, чтобы налить себе холодного лимонаду — и вдруг опрометью помчался в ванную, склонился над унитазом, и его вырвало.

Пол сразу же припомнил другие примеры этой странной особенности человеческой психики. Толпы, осаждающие доки Балтимора в дни прибытия почтового парохода, который привозил очередную главу «Крошки Доррит» или «Оливера

---

* «Мир глазами Гарпа» — роман американского писателя Джона Ирвинга (р. 1942).

** Голдинг Уильям (1911—1993) — известный английский писатель.

Твиста» Диккенса (некоторые почитатели Диккенса тонули, но их участь не останавливала прочих). Женщина ста пяти лет от роду, заявившая, что не умрет, пока не прочтет до конца «Сагу о Форсайтах» Голсуорси; она умерла меньше чем через час после того, как ей прочли последнюю страницу последнего тома. Молодой альпинист, замерзший в горах и доставленный в больницу в безнадежном состоянии; его друзья круглые сутки читали ему вслух «Властелина колец», и он вышел-таки из комы. И еще сотни подобных случаев.

Наверное, каждый автор бестселлеров мог бы привести примеры полного погружения читателей в созданный автором вымышленный мир... *Примеры «комплекса Шахразады»,* думал Пол в полудреме, прислушиваясь к бесконечно далекому теперь гудению косилки. Он вспомнил, что получил два письма с предложениями о создании «Мизери-парка», по типу Диснейленда. К одному из писем был приложен эскиз парка. Но всех превзошла (по крайней мере до появления в жизни Пола Энни Уилкс) некая миссис Роман Д. Сэндпайпер III из Инк-Бич, штат Флорида. Миссис Роман Д. Сэндпайпер, которая сообщила, что ее зовут Вирджиния, превратила комнату на верхнем этаже своего дома в «гостиную Мизери». В конверте были полароидные снимки «прялки Мизери», «бюро Мизери» (с лежащей на нем незаконченной запиской, извещающей мистера Фейвери о том, что она будет присутствовать на школьном вечере декламации 20 числа текущего месяца ноября; Пол подумал, что миссис Роман Д. Сэндпайпер с суеверным страхом выводила слова от имени героини любимых романов — записка была написана не типичным летящим дамским почерком, а полупечатными буквами), «дивана Мизери», «альбома Мизери» («Да ведет вас по жизни любовь», «Никогда не перечьте любви») и т.д. и т.п. Миссис Роман Д. («Вирджиния») Сэндпайпер в письме утверждала, что все предметы обстановки подлинные. Пол не мог судить наверняка, но полагал, что миссис Роман Д. («Вирджиния») Сэндпайпер не кривит душой. Если так, то воспроизведение небольшого фрагмента мира Мизери обошлось миссис Роман Д. («Вирджинии») Сэндпайпер в тысячи долларов. Миссис Роман Д. («Вирджиния») Сэндпайпер уверяла Пола, что она вовсе не намерена использовать образ его героини в коммерческих целях, она никогда ни о чем подобном не думала — Боже сохрани! — она просто хочет, чтобы он посмотрел фотографии и написал бы ей, в чем она ошиблась (а она полагала, что допустила много промахов). Миссис Роман Д. («Вирджиния») Сэндпайпер рассчитывала также узнать его мнение. У Пола при виде этих снимков возникло странное, хотя и едва уловимое, чувство, что он видит фотографии предметов, созданных его воображением. С того дня всякий раз, когда он пытался представить себе гостиную Мизери, служившую ей также кабинетом, в памяти у него сразу вставали полароидные снимки миссис Роман Д. («Вирджинии») Сэндпайпер, симпатичные, но все-таки слишком плоские, и мешали полету фантазии. Сказать ей, в чем *она* ошиблась? Безумие. Теперь ему предстоит ломать голову над вопросом, где *он* ошибся.

В ответном письме он выразил миссис Роман Д. («Вирджинии») Сэндпайпер свое восхищение, но не задал ни одного вопроса из тех, на которые действительно хотел бы получить ответ. Например, насколько глубоко застряла миссис Роман Д. («Вирджиния») Сэндпайпер в выдуманном мире? В ответ пришло второе письмо с новой серией фотографий. Первое послание миссис Роман Д. («Вирджинии») Сэндпайпер состояло из двух рукописных страниц и семи полароидных снимков. Во втором насчитывалось десять исписанных листов и *сорок* фотографий. Это письмо представляло собой подробный (и крайне утомительный) отчет о том, где миссис Роман Д. («Вирджиния») Сэндпайпер приобрела каждый экспонат, сколько за него заплатила. Сообщались также подробности о проведенных реставрационных работах. Миссис Роман Д. («Вирджиния») Сэндпайпер сообщала, в частности, что у человека по фамилии Маккиббон нашлась старинная мелкокалиберная винтовка, при помощи которой Маккиббон проделал в стене рядом со стулом пулевое отверстие. Миссис Роман Д. («Вирджиния») Сэндпайпер призналась, что не может в точности сказать, принадлежит ли ружье именно к эпохе Мизери, зато она знает наверняка, что калибр пули соответствующий. На снимках по большей части изображались мелкие детали интерьера. Если бы не сделанные от руки надписи, эти фотографии вполне могли бы попасть в журнал головоломок, в рубрику ЧТО ВЫ ВИДИТЕ НА СНИМКЕ? среди тех увеличенных фотографий, где держатель обыкновенного скоросшивателя можно принять за скульптуру работы Пикассо. На это письмо Пол не ответил, что не помешало миссис Роман Д. («Вирджинии») Сэндпайпер прислать ему еще пять писем (из них четыре с фотографиями), после чего наступило недоуменное, слегка обиженное молчание.

Последнее письмо было сухо подписано: миссис Роман Д. Сэндпайпер. Заключавшееся в скобках предложение называть ее по имени было снято.

Насколько бы эта женщина ни была погружена в фантастический мир, ее эмоции были далеки от яростной паранойи Энни, и тем не менее Пол понимал теперь, что источник их мании один. Комплекс Шахразады. Глубинная подсознательная сила *надо*.

Он уплывал все дальше. Он спал.

10

Он дремал в эти дни, как дремлют старики, засыпал ненадолго и зачастую в неподходящее время, и сон у него был стариковский, отделенный от бодрствования лишь тончайшей пленкой. Он не переставал слышать жужжание газонокосилки, но звук делался ниже, резче и превращался в гудение электрического ножа.

Он выбрал неудачный день для жалобы на «Ройал» и отсутствие буквы «н». К тому же, разумеется, не бывает удачных дней, чтобы перечить Энни Уилкс. Наказание можно отсрочить... но избежать его нельзя.

Хорошо, если тебя это так беспокоит, я помогу тебе поменьше обращать внимание на эти гребаные «н». Он слышал, как она шарит на кухне, швыряет предметы; до него доносились причудливые ругательства, характерные для языка Энни Уилкс. Через десять минут она вошла к нему со шприцем, бутылью бетадина и электрическим ножом. Он сразу же закричал. В чем-то он напоминал теперь собак Павлова*. Когда Павлов звонил в звонок, у собак начиналось слюноотделение. Когда Энни входит в спальню со шприцем, бутылью бетадина и острым режущим предметом, Пол начинает кричать. Она включила электрический нож в розетку около его инвалидного кресла, и крики, мольбы и обещания быть хорошим усилились. Когда он попытался увернуться от шприца, она велела ему сидеть смирно и хорошо себя вести, пригрозив, что в противном случае то, что произойдет, произойдет без всякого обезболивания. Но он все равно продолжал отдергивать руку, стенать и умолять, и Энни сказала, что, если он действительно этого хочет, она может воспользоваться этим ножом, чтобы перерезать ему горло и покончить со всеми неприятностями.

Тогда он затих и позволил ей сделать ему укол, который пришелся в основание большого пальца левой руки, и туда же опустилось лезвие ножа (когда Энни включила его и лезвие завертелось, в разные стороны полетели коричневые капли бетадина, которых Энни, кажется, не заметила), а когда дело было сделано, во все стороны разлетелись красные брызги. Дело в

---

* Имеются в виду опыты академика Ивана Петровича Павлова (1849—1936) по выработке условных рефлексов у животных.

том, что когда Энни решала сделать дело, она делала. Мольбы не могли поколебать Энни. Крики не могли поколебать Энни. Энни оставалась тверда в своих убеждениях.

Едва вибрирующее лезвие погрузилось в мягкую плоть между большим-которого-вот-вот-не-будет и указательным пальцами, Энни сказала Полу (тоном «маме будет больнее, чем Поли»), что любит его.

А вечером...

Ты не спишь, Пол. Ты думаешь о таких вещах, о которых ты не осмеливаешься думать, когда бодрствуешь. Так просыпайся. Ради Бога, ПРОСЫПАЙСЯ!

Он *не мог* проснуться.

Утром она отрезала ему палец, а вечером в приподнятом настроении вплыла в комнату, где он сидел, одурманенный болью и наркотиком, прижав забинтованную левую руку к груди; она внесла пирог, напевая своим хорошо поставленным, но немузыкальным голосом «С днем рожденья тебя», и хотя тот день не был днем его рождения, пирог был уставлен свечами, а в центре пирога как главная особенная свеча торчал его палец его мертвый серый палец у него слегка поломан ноготь потому что у Пола была привычка кусать его когда он подыскивал слово и Энни сказала *Если ты обещаешь быть хорошим Пол ты получишь кусок праздничного пирога и тебе не надо будет есть центральную свечку* и он пообещал что будет хорошим потому что не хотел чтобы его заставили есть эту центральную свечку но главным образом потому конечно же что Энни великая Энни добрая давайте же вознесем ей хвалу за трапезу что она нам ниспослала и за то что нам не надо есть девчонок которые всегда веселиться хотят но от этого происходит зло пожалуйста не заставляй меня есть мой палец Энни мамочка Энни богиня в присутствии Энни надо быть честным она знает что ты спал она знает что сейчас ты проснулся она знает когда ты плохой а когда хороший так будь хорошим ради богини и не плачь и не дуйся но самое главное ты не должен кричать не должен кричать не должен кричать не должен кричать не должен

Он не кричал.

А теперь, когда проснулся, он закричал и вздрогнул, боль пронзила его, а он и не чувствовал, что губы его плотно сжаты, чтобы удержать крик, хотя палец он потерял больше месяца назад.

Он так старался не закричать, что сначала даже не увидел, что к дому приближается некий предмет, а когда *увидел,* то решил, что видит мираж.

Это был полицейский автомобиль штата Колорадо.

11

За ампутацией большого пальца последовал пасмурный период, в течение которого главным занятием Пола, помимо работы над книгой, было ведение счета дням. Страсть считать дни превратилась в манию, и он, бывало, по целых пять минут сидел в прострации, стараясь убедиться в том, что не пропустил случайно один день.

Скоро я буду не лучше ее, подумал он однажды.

Его изнуренный мозг лениво ответил: *И что с того?*

После потери ступни — за время, которое Энни столь безжалостно называла «периодом восстановления», — книга значительно продвинулась. Нет, *значительно* — это оценка, данная из ложной скромности, если только на свете существует такая штука. Книга *поразительно* продвинулась; а ведь писал ее человек, который когда-то не мог работать, если у него не было под рукой сигарет, или болела спина, или он ощущал в голове нечто чуть-чуть более сильное, чем легкое гудение. Хотелось бы верить, что он героически преодолевал трудности, однако он полагал, что дело опять-таки в бегстве, так как боль была кошмарной. Когда восстановление в самом деле началось, фантомный зуд в несуществующей ступне сделался еще более невыносимым, чем боль. Больше всего его беспокоила подошва отрубленной ноги. Раз за разом он просыпался по ночам и скреб большим пальцем правой ноги воздух в четырех дюймах от того места, где теперь кончалась левая половина его тела.

Но он продолжал работать, несмотря ни на что.

Лишь после отсечения пальца и экстравагантного именинного пирога смятые листы стали вновь размножаться в мусорном ведре. Потерять стопу, почти умереть — и продолжать работу. Потерять большой палец — и впасть в некую тревожную нервозность. Не означает ли это, что у него есть другой выход?

Однажды он перенес лихорадку и неделю не вставал с постели. Но это была пустяковая болезнь, температура не поднималась выше 38 градусов, а в такой ерунде невозможно увидеть высокую драму. Скорее всего лихорадка была вызвана общим ослабленным состоянием его организма, а не занесенной инфекцией, и какая-то гребаная лихорадка не представляла проблемы для Энни. Среди унесенных с работы сувениров у нее нашлось немало кефлекса и ампициллина. Она давала Полу лекарство, и он поправился. Во всяком случае, настолько, насколько это было возможно в столь необычных обстоятельствах. Но что-то было не в порядке. Он утратил, казалось, какой-то важный жизненный компонент, и в результате его дух ослаб. Он предположил, что его творческий порыв доконали буквы «н», но что такое отсутствие «н» в пишущей машинке по сравнению с отсутствием ступни, а в последнее время к тому же и отсутствием большого пальца?

В чем бы ни заключалась причина, открывающийся в бумаге проход в иную реальность стягивался. Когда-то — Пол мог бы поклясться! — этот проход был широким, как туннель Линкольна. Теперь он стал не шире пролома в заборе, через который на строительную площадку можно пробраться только пригнувшись. Чтобы увидеть что-нибудь через этот пролом, приходилось всматриваться и вытягивать шею, но чаще всего по-настоящему важные события происходили вне поля зрения... И неудивительно, когда обзор настолько ограничен.

Материальные последствия утраты большого пальца и последовавшей за этим лихорадки были очевидны. Язык книги сделался чересчур цветистым и напыщенным — пока еще не совсем автопародия, но уже близко к ней, и Пол чувствовал, что не способен остановить сползание к пародийности. Сюжетные несообразности множились, как крысы в углах погреба: на протяжении тридцати страниц барон превратился в виконта из «Мизери отвечает». Пол был вынужден вернуться назад и уничтожить все эти страницы.

Это не важно, Пол, повторял он сам себе раз за разом в последние дни перед тем, как «Ройал» выплюнул сначала букву «т», а за ней — букву «е», *ведь сволочная книжка почти готова.* Так оно и было. Работа над этой книгой оказалась пыткой, а ее окончание означало конец его жизни. Причем второе уже становилось более желанным, чем первое, и этот факт вполне характеризовал ухудшение состояния его организма, ума и духа. А книга продолжалась вопреки всему, словно она не зависела от автора. Сюжетные промахи раздражали, но не слишком. Никогда прежде Пол не испытывал столь серьезных проблем с правдоподобием — игра «Ты можешь?» из простенькой забавы превратилась в тяжкий труд. И все же, несмотря на все испытания, которым подвергала его Энни, книга продолжалась; он мог жаловаться на то, что наряду с полупинтой крови его покинуло что-то — задор, может быть, — но книга по-прежнему воспринималась как отлично сделанная, как лучшая из книг о Мизери. Если публикация в издательстве «Энни Уилкс» (тираж строго ограничен — один экземпляр) не останется единственной, книга, полагал Пол, будет чертовски хорошо продаваться. Ну да, он рассчитывал завершить ее, если только проклятая машинка выдержит.

Ты же крутой парень, сказал он себе однажды после комплекса изнурительных упражнений по поднятию и опусканию машинки. Руки дрожали, обрубок большого пальца немилосердно ныл, лоб покрылся тонкой пленкой пота. *Ты — крутой ковбой, ты должен одолеть старого беззубого шерифа. Вот только одной буквы уже нет, и я замечаю, что еще некоторые — «т», например, «е» и еще «г» начинают странно себя вести... Шатаются то вправо, то влево, то выпрыгивают над строкой, то спотыкаются. Почему-то, мой друг, мне кажется, что на этот раз старый шериф возьмет верх. По-моему, этот дряхлый старикан тебя побьет... и сука, наверное, об этом знает. Может, поэтому она и отрубила мне палец. Говорят, сумасшедший — еще не значит тупой.*

Его утомленные глаза внимательно разглядывали машинку.

Вперед. Можешь сломаться совсем. Все равно я закончу. Если она тебя заменит, я поблагодарю ее от души, а если нет — что ж, у меня еще остались пальцы.

И только кричать я не буду.

Я не буду кричать.

Я.

Не буду.

12

Я не буду кричать.

Он сидел у окна, он уже окончательно проснулся, он уже понимал, что полицейский автомобиль на подъездной дорожке столь же реален, сколь реальной была когда-то его левая ступня.

Кричи! Кричи же, черт тебя побери!

Ему *хотелось* кричать, но запрет был серьезен — слишком серьезен. Он не мог открыть рот. Он попытался открыть рот и увидел коричневые брызги бетадина, разлетающиеся с лезвия электроножа. Он попытался открыть рот и услышал скрежет топора о кость, увидел мягкую вспышку спички, высветившую слово Bernz-O-matiC.

Он попытался открыть рот и не смог.

Попытался поднять руки. Не смог.

Жуткий стон вырвался из его сжатых губ, руки его слегка стукнули по доске по обе стороны «Ройала», но это было все, чего он смог добиться, все, что он мог сделать, чтобы повлиять на свою судьбу. В прошлом он не испытал ничего столь же страшного — за исключением разве что мгновения, когда попробовал подтянуть левую ногу, а ступня не двинулась с места, — как это ощущение неподвижности. В реальном времени прошло секунд пять, ну, не больше десяти. Но в своем внутреннем времени Пол Шелдон прожил долгие годы.

Перед ним предстала реальная возможность спасения; ему оставалось разбить окно, сломать замок, которым эта сука замкнула ему рот, и заорать: *Помогите, помогите, спасите меня от Энни! Спасите меня от богини!*

Но другой голос внутри него кричал: *Энни, я буду хорошим! Я не буду кричать! Я буду хорошим, буду хорошим во имя богини! Я обещаю не кричать, только не надо больше отрезать куски от моего тела!* Знал ли он, знал ли прежде, *насколько* она изуродовала его, какую часть его истинного «я» — его светлого духа — она ампутировала? Он знал, что жил в состоянии непрекращающегося страха, но знал ли он, какую часть своей сильной когда-то личности он утратил?

Одно он знал почти наверняка — с ним не все в порядке, и дело не только в параличе языка, так же как и с книгой не все в порядке, и не только по причине отсутствующих букв, или лихорадки, или несообразностей сюжета, или даже утраты мужества. Истина слишком проста, страшная истина слишком проста. Он умирает дюйм за дюймом, но смерть не так страшна, как он думал прежде. Страшнее было то, что он *угасал,* становился умственно отсталым.

Не кричи! — заорал голос внутри него, и в ту же секунду полицейский открыл дверцу патрульного автомобиля и вышел, поправляя фуражку. Он был молод, не старше двадцати двух или двадцати трех, и на нем были темные очки, черные и блестящие, похожие на два нефтяных пятна. Он помедлил, чтобы поправить складки на форменных брюках цвета хаки, а в тридцати ярдах от него мужчина с голубыми глазами на бледном, заросшем бакенбардами и изрезанном старческими морщинами лице наблюдал за ним из-за оконного стекла, стонал сквозь сжатые губы и бессильно барабанил пальцами по доске, лежащей на ручках инвалидного кресла.

не кричать

(кричи же)

кричи и потом все может быть кончится

(не кончится это не кончится пока я не умру этому мальчику не справиться с богиней)

Боже мой, Пол, неужели ты уже умер? ***Кричи,*** трусливый сыкун! ***КРИЧИ, КУСОК ДЕРЬМА, КРИЧИ!!!***

Он услышал, как губы его разомкнулись. Он набрал воздуха в легкие и закрыл глаза. Он еще не знал, что из его попытки выйдет, — да так и не узнал, пока не вышло кое-что.

— *АФРИКА!* — закричал Пол. Дрожащие ладони взметнулись над доской и сжали виски, как будто стараясь предотвратить взрыв черепа. — *Африка! Африка! Помогите! Помогите! Африка!*

13

Он разлепил глаза. Полицейский разглядывал дом. Пол не видел его глаз за солнечными очками, но наклон его головы выражал растерянность. Он шагнул вперед, остановился.

Пол взглянул на лежащую перед ним доску. Слева от пишущей машинки стояла тяжелая керамическая пепельница. Наверное, когда-то она была полна измятых окурков; сейчас она не содержала ничего более вредного для здоровья, чем канцелярские скрепки и флакончик с белым составом для удаления опечаток. Пол схватил пепельницу и швырнул ее в оконное стекло. Осколки полетели наружу. Из всех звуков, которые слышал в жизни Пол, этот полнее других ассоциировался со свободой. *Стены темницы рухнули,* подумал он сквозь головокружение и закричал:

— *Сюда! На помощь! Берегись женщины! Она сумасшедшая!*

Полицейский повернулся в его сторону. Его нижняя челюсть отвисла. Он достал из нагрудного кармана какой-то предмет, который мог быть только фотографией. Он посмотрел на фотографию и бросился бежать по подъездной дорожке к дому. Там он произнес единственные четыре слова, которые Пол услышал от него, последние четыре слова, которые от него *кто-либо* слышал. Ему еще предстояло издать несколько нечленораздельных звуков, но ни одного настоящего слова уже не будет.

— Ах черт! — выкрикнул полицейский. — Это вы!

Пол настолько сосредоточил внимание на полицейском, что заметил Энни лишь тогда, когда было уже слишком поздно. А когда он увидел ее, его охватил сверхъестественный ужас. Энни превратилась в богиню, в существо, соединяющее в себе женщину и газонокосилку, в злобного кентавра женского пола. Бейсбольная кепка свалилась с ее головы. Ее лицо словно застыло, искаженное яростным рычанием. В руке она держала деревянный крест. Этот крест она недавно водрузила на могиле коровы — он не мог припомнить, Босси № 1 или № 2, — переставшей наконец мычать.

Босси в самом деле умерла, и, когда весеннее тепло размягчило землю, Пол видел в окно — то замирая от ужаса, то не в силах сдержать хихиканье, как Энни копала могилу (это заняло бóльшую часть дня), как притащила тело Босси (ставшее значительно легче) из-за сарая. Для этого она воспользовалась цепью, которая обычно служила для трейлера. Один ее конец она прикрепила к «чероки», другим захлестнула корову поперек туловища. Пол мысленно заключил с самим собой пари, что тело коровы разорвется пополам, но проиграл. Энни уложила Босси в яму, а затем принялась методично закапывать ее. Работу она заканчивала уже в полной темноте.

Пол наблюдал за ней, когда она ставила на могиле крест, а затем читала Библию при свете восходящей весенней луны.

Сейчас она держала крест в руках на манер копья, и почерневший в земле заостренный конец был направлен прямо в спину полицейского.

— *Берегись! Сзади!* — крикнул Пол. Он знал, что уже поздно, но все равно крикнул.

С коротким пронзительным птичьим возгласом Энни вонзила крест с могилы Босси в спину гостя.

— *АГ!* — выкрикнул полицейский и, согнувшись, медленно побрел по газону. Пистолет торчал у него из кармана. У парня было лицо человека, старающегося избавиться от камня в почках либо наглотавшегося газа. Он приближался к разбитому окну, из-за которого на него смотрело серое, больное лицо Пола, а сзади за ним волочился деревянный крест. Полицейский схватился обеими руками за плечи, как будто ему хотелось почесать между лопатками, но он никак не мог дотянуться.

Энни сошла с газонокосилки и замерла, прижав кончики пальцев к груди. Затем она ринулась вперед и вырвала крест из спины полицейского.

Он повернулся к ней, потянулся за пистолетом, и Энни воткнула крест ему в живот.

— *АГ!* — повторил полицейский и рухнул на колени, зажимая руками рану. Теперь Пол увидел в его коричневой форменной рубашке дыру в том месте, куда пришелся первый удар.

Энни снова извлекла крест; его заостренный конец обломился. Энни ударила полицейского расщепившимся концом креста между лопаток. Женщина, старающаяся убить вампира. Вероятно, первые два удара не причинили парню особого вреда, но на этот раз древко креста вошло в спину согнувшегося полицейского по меньшей мере на три дюйма, и он рухнул на траву.

— *ГОТОВ!* — закричала Энни, вынимая надгробный памятник Босси из лежащего ничком тела. — *КАК ТЕБЕ ЭТО НРАВИТСЯ, СТАРЫЙ ГРЯЗНЫЙ ПОДЛЮГА?*

— *Энни, прекрати!* — закричал Пол.

Она взглянула на него. Темные глаза блеснули, как золотые монеты, на ее лице, обрамленном прядями нечесаных волос, а рот расплылся в улыбке, в улыбке сумасшедшей, сбросившей, по крайней мере в эту минуту, все маски. Затем она снова посмотрела на патрульного из полиции штата.

— *ГОТОВ!* — вновь прокричала она и еще раз ударила его крестом в спину. И в ягодицу. В бедро. В шею. Она проткнула его деревянным крестом раз шесть, каждый раз с криком *«ГОТОВ!»*. После этого вертикальная основа креста треснула вдоль.

— Готов, — повторила Энни почти обыденным тоном и удалилась в том же направлении, откуда пришла. Перед тем как скрыться с глаз Пола, она отбросила окровавленный крест с таким видом, словно ей больше не было до него дела.

14

Пол положил ладони на ободья колес, совершенно не зная, куда он хочет ехать и что собирается делать; может, в кухню за ножом? Не для того чтобы попытаться убить ее, о нет — она, едва увидев нож в его руке, пойдет за ружьем. Не для того чтобы убить ее, но чтобы защитить себя от ее мести — а она, конечно, захочет отрубить ему руки. Неизвестно, хотел ли он ехать за ножом, но идея показалась ему чрезвычайно привлекательной, потому что вроде бы настал благоприятный момент для ухода со сцены. Ему надоело лишаться какой-нибудь части собственного тела всякий раз, когда она сердится.

Но он увидел нечто такое, что заставило его застыть на месте.

Полицейский.

Он был все еще жив.

Он поднял голову. Солнечные очки свалились. Теперь Пол мог видеть его глаза. Теперь Пол мог видеть, насколько он молод, молод, изранен, напуган. По его лицу струилась кровь. Он сумел встать на четвереньки, упал, превозмогая боль, поднялся опять и пополз к машине.

На середине слегка покатого газона между домом и подъездной дорогой он потерял равновесие и упал навзничь. Какое-то время он лежал неподвижно, согнув ноги в коленях, беспомощный, как опрокинувшаяся черепаха. Потом он медленно перевернулся на бок и благодаря страшным усилиям снова поднялся на четвереньки. Темные пятна крови на его форменной рубашке и брюках росли, расползались, края их соединялись.

Он дополз до дорожки.

Неожиданно гул газонокосилки усилился.

— *Берегись!* — закричал Пол. — *Берегись, она идет к тебе!*

Патрульный повернул голову. На его ошеломленном лице появилось тревожное выражение, и он опять потянулся за пистолетом. Он даже вытащил его — массивную черную штуку с длинным дулом и отделанной темно-коричневым деревом рукоятью, — и тут появилась Энни со своей газонокосилкой, которую она гнала на максимальной скорости.

— *СТРЕЛЯЙ В НЕЕ!* — заорал Пол.

Пистолет у полицейского был совсем такой же, как у Грязного

(подлюги)

Гарри*, но бедняга не выстрелил, а покачнулся и выронил его.

Он потянулся за пистолетом. Газонокосилка Энни сделала резкий поворот и наехала на его протянутую руку. Из отводной трубы косилки полетели брызги крови. Мальчишка в полицейской форме завопил. Лезвие косилки с громким звяканьем прошлось по пистолету. Энни сделала еще один поворот, и на мгновение ее глаза встретились с глазами Пола. Пол понял, что означал этот взгляд. Сначала легавый, потом он.

Парень опять лежал на боку. Увидев, что косилка надвигается на него, он перевернулся на спину и начал отчаянно лупить каблуками по газону, пытаясь закатиться под машину, где косилка его не достанет.

Он не успел сдвинуться ни на дюйм. Гул газонокосилки сделался еще громче, переходя в крик, и Энни наехала на голову патрульного полицейского.

Пол поймал отчаянный взгляд карих глаз, потом глаза исчезли за взметнувшимся в последнем усилии защититься изодранным рукавом, и Пол отвернулся.

Гудение мотора газонокосилки вдруг стало тише, и до Пола донеслись звуки каких-то мягких толчков.

Он повернулся на бок в своем кресле, закрыл глаза, и его вырвало.

15

Он открыл глаза лишь тогда, когда услышал скрежет ключа в замке кухонной двери. Дверь его спальни оставалась открытой; он видел, как она идет по коридору — в

* Грязный Гарри — герой популярных американских боевиков, бывший полицейский, воюющий с преступниками на свой страх и риск.

старых коричневых ковбойских сапогах, синих джинсах и мужской майке, сильно забрызганной кровью; на поясе висела связка ключей. Пол отшатнулся от нее. Ему хотелось сказать: *Энни, если ты еще что-нибудь от меня отрежешь, я умру. И не от болевого шока. Я умру намеренно.* Но он не сумел произнести ни одного слова, издал только серию задыхающихся, исполненных страха звуков, показавшихся ему самому отвратительными.

Впрочем, он все равно не успел бы ничего сказать.

— Тобой я займусь позже, — бросила она и захлопнула дверь. В замке повернулся ключ — в новом замке «Крейг», который, как подумал Пол, заставил бы самого Тома Твифорда признать свое поражение. Стук каблуков Энни в коридоре, слава тебе, Господи, опять стал удаляться.

Он повернул голову и рассеянно посмотрел в окно. Ему была видна лишь часть тела полицейского. Голова его все еще оставалась под газонокосилкой, повернутой под каким-то нелепым углом по отношению к автомобилю. Газонокосилка Энни представляла собой напоминающую трактор управляемую водителем машину, предназначенную для ухода за очень большими газонами. Но не предназначенную для балансирования поверх твердых предметов типа валунов, бревен или голов патрульных полицейских. Если бы автомобиль не остановился в таком положении или патрульный не подобрался бы к нему так близко, газонокосилка скорее всего перевернулась бы, подмяв под себя Энни. Возможно, Энни и не пострадала бы, но не исключено, что получила бы весьма серьезные травмы.

Ей везет, как самому дьяволу, мрачно подумал Пол, наблюдая, как она заводит косилку и одним сильным рывком снимает ее с головы полицейского. Косилка зацепила бок патрульной машины и слегка поцарапала краску.

Теперь, когда полицейский был мертв, Пол почувствовал, что в состоянии смотреть на него. Парень походил на куклу, над которой как следует потрудилась банда хулиганов. Пол ощутил отчаянное сострадание к этому безымянному молодому человеку, но к состраданию примешивалось другое чувство. Без особого удивления Пол понял, что это зависть. Да, патрульный никогда не вернется домой, не увидит жену и детей, если у него есть жена и дети. С другой стороны, он не попал в лапы к Энни Уилкс.

Энни взялась за окровавленную руку трупа и оттащила его по дорожке в сарай, ворота которого оставались открыты настежь. Затем Энни вернулась к патрульной машине. В ее походке Пол почувствовал абсолютное спокойствие, едва ли не безмятежность. Она села за руль полицейского автомобиля и отогнала его в сарай. Выйдя из сарая, Энни закрыла ворота, оставив лишь щель, достаточную для прохода человека.

Она прошла до середины подъездной дорожки, остановилась, уперла руки в бока и огляделась. И снова Пол отметил про себя ее удивительную безмятежность.

Нижняя часть газонокосилки была красной от крови, в первую очередь около отводной трубы — из нее кровь все еще капала. На дорожке и на газоне виднелись обрывки полицейской формы цвета хаки. Возле дорожки валялся пистолет парня; на его дуле осталась заметная царапина. За иглы кактуса, который Энни посадила в мае, зацепился квадратик плотной бумаги. Комментарием к этой сцене мог бы послужить поломанный крест с могилы Босси.

Энни скрылась из поля его зрения, снова направившись к двери в кухню. Она вошла в дом, и Пол услышал, как она напевает: *«Она ПРИМЧИТСЯ сюда на шестерке белых коней... Она ПРИМЧИТСЯ сюда на шестерке белых коней... Она примчится сюда на шестерке белых КОНЕЙ, на шестерке белых КОНЕЙ... Она ПРИМЧИТСЯ сюда на шестерке белых коней!»*

Когда он снова увидел ее, у нее в руках был большой зеленый пакет и еще три или четыре были прицеплены к задним карманам джинсов. На майке вокруг горла и под мышками выступили большие пятна пота. Когда она прошла мимо, Пол увидел пятно пота, похожее на ствол дерева, у нее на спине.

Многовато пакетов для десятка обрывков одежды, подумал Пол, понимая, что Энни найдет, чем наполнить эти пакеты.

Она собрала с газона обрывки полицейской формы, затем подняла деревянный крест, переломила его пополам — поразительно, но она встала при этом на колени — и опустила обломки в пластиковый пакет. Затем подняла пистолет, повернула барабан, извлекла пули, положила их в карман брюк, одним уверенным движением поставила барабан на место и засунула пистолет за пояс. После этого сняла с колючек кактуса бумажный квадратик, внимательно осмотрела его и сунула в другой карман. Потом прошла к сараю, забросила все пакеты за дверь и вернулась к дому.

Она подошла к крышке погреба, находившейся как раз под окном Пола. Ее внимание привлек еще какой-то предмет. Пепельница. Энни подобрала ее и спокойно протянула через разбитое окно:

— Возьми, Пол.

Он молча взял пепельницу.

— Скрепки подберу потом, — сказала Энни, как будто он уже был готов задать ей вопрос о скрепках. Он же подумал, не стоит ли опустить тяжелую глиняную пепельницу ей на голову, проломить череп и выпустить наружу болезнетворный вирус, поразивший ее мозг.

Следующая его мысль была о том, что будет с ним — что с ним *может* произойти, — если он не убьет, а только оглушит ее, и он трясущейся рукой поставил пепельницу на прежнее место.

Энни смотрела на него:

— Тебе известно, что его убила не я.

— Энни...

— Его убил *ты.* Если бы ты держал рот на замке, я спровадила бы его. Сейчас он был бы жив, и мне не пришлось бы убирать всю эту грязь.

— Да, — сказал Пол, — он бы уехал, а что бы было со мной, а, Энни?

Она вытянула из погреба резиновый шланг и намотала его на руку.

— Не знаю, о чем ты говоришь.

— Нет, Энни, знаешь. — Он был настолько потрясен, что тоже смог говорить безмятежным тоном. — У него была моя фотография. Сейчас она, по-моему, у тебя в кармане?

— Не задавай мне вопросов, и я не стану тебе врать.

Слева от окна Пола находился водопроводный кран, и Энни начала тянуть туда шланг.

— Раз сюда явился полицейский штата с моей фотографией, значит, кто-то обнаружил мою машину. Мы ведь с тобой знали, что кто-нибудь ее найдет. Это в романе машину могло смыть — думаю, я сумел бы сделать исчезновение машины правдоподобным, — но в жизни так не бывает. Только мы с тобой все время себя обманывали. Ты, Энни, — ради моей книги, я — чтобы сохранить жизнь, хоть она и стала убогой в последнее время.

— Не знаю, о чем ты толкуешь. — Она повернула вентиль. — Знаю только, что ты швырнул пепельницу в окно и убил бедного мальчика. Ты видел, что случилось с *ним,* поэтому, надеюсь, можешь представить себе, что может случиться с *тобой.* — Она улыбнулась. В ее улыбке сквозило безумие, но Пол заметил в ней кое-что еще, по-настоящему пугающее. Он увидел осознанное зло, дьявола, прячущегося в ее глазах.

— Сука, — проговорил он.

— *Сумасшедшая* сука, ты хочешь сказать? — Она все еще улыбалась.

— Ну да, ты сумасшедшая, — согласился он.

— Ладно, об этом нам с тобой придется поговорить. Когда у меня будет время. Нам нужно *многое* обсудить. Но сейчас, как ты сам видишь, я занята.

Энни развернула шланг. Почти полчаса она смывала кровь с косилки, с дорожки, с газона; капельки воды отливали радугой в солнечном свете.

Затем она прошла мимо окна к крану и выключила воду. Было еще светло, но тень Энни удлинилась. Было около шести часов вечера.

Энни открутила шланг от крана, открыла крышку погреба, опустила туда зеленую резиновую кишку, закрыла крышку, заперла ее на засов и отступила назад, осматривая мокрый асфальт подъездной дороги и траву, на которой словно неожиданно выступила обильная роса.

Энни вернулась к газонокосилке, забралась на водительское место, включила мотор и повела косилку к дому. Пол чуть заметно улыбнулся. Ей везет как дьяволу, и в критические моменты она делается умна как дьявол — *почти* как дьявол. Почти — вот ключевое слово. В Боулдере она допустила промах, и ей удалось вывернуться в основном благодаря везению. Теперь она допустила еще один промах. Пол видел это. Она смыла брызги крови с косилки, но не вымыла лезвие внизу, и не только лезвие, но и весь режущий механизм. Возможно, впоследствии она вспомнит об этом, но вряд ли. Некоторые обстоятельства имеют свойство мгновенно испаряться из памяти Энни. Полу пришло в голову, что разум Энни имеет немало общего с ее газонокосилкой. Видимая часть как будто в порядке. Но если посмотреть под другим углом, можно увидеть острое смертоносное лезвие.

Она снова вошла в дом через кухню и сразу поднялась наверх. Пол слышал, как она роется в своих вещах. Потом она медленно спустилась по лестнице, волоча за собой какой-то предмет, судя по звуку, мягкий и тяжелый. Поколебавшись, Пол подъехал к двери и приложил к ней ухо.

Тяжелые удаляющиеся шаги. И глухой звук волочащегося по полу мягкого предмета. Одна паническая мысль вспыхнула в мозгу Пола, и ужас обжег его.

Пристройка! Она пошла в пристройку за топором! Опять топор!

Впрочем, он тут же отогнал от себя эту мысль, порожденную только памятью о прошедшем кошмаре. Она ушла не в пристройку; она спустилась в погреб. И что-то тащила за собой.

Он услышал, как она поднимается, и отъехал к окну. Ее шаги приблизились, ключ скользнул в замок, а Пол подумал: *Она пришла убить меня.* И от этой мысли испытал единственное чувство — чувство облегчения.

16

Дверь распахнулась, и на пороге возникла Энни, внимательно глядя на Пола. Она успела переодеться. Теперь на ней была чистая белая майка и плотные хлопчатобумажные брюки. На плече висела небольшая полотняная сумка цвета хаки, размером меньше обычной хозяйственной сумки, но побольше дамского ридикюля.

— Энни, убей меня, если ты за этим пришла, только, ради Бога, сделай это быстро. Не надо больше рубить меня на куски.

Пол был сам удивлен тем, что сумел это сказать, и даже с определенной гордостью в голосе.

— Пол, я не собираюсь тебя убивать. — Она помолчала. — Я не убью тебя, если мне хоть немного повезет. Мне *следовало* бы тебя убить, я это понимаю, но ведь я же сумасшедшая, верно? А сумасшедшие часто поступают наперекор собственным интересам.

Она зашла за его спину и выкатила кресло из комнаты в коридор. Он слышал, как сумка шлепает ее по боку. Ему пришло в голову, что прежде он ни разу не видел ее с такой сумкой. Когда она отправлялась в город в платье, то брала с собой вместительную хозяйственную сумку, из тех, с какими старые девы ходят на благотворительные базары, если же она надевала брюки, то по-мужски клала бумажник в карман.

Золотой солнечный свет заливал кухню. Тени от ножек стола ложились на линолеум, напоминая о решетке на окне тюремной камеры. Если верить кухонным часам, было около четверти седьмого; похоже, часы показывали правильное время, хотя у Пола не было никаких оснований полагать, что Энни обращается с часами на кухне не так небрежно, как с настенным календарем (на календаре в его комнате по-прежнему оставался май). Из-за окна доносился стрекот цикад. Пол подумал: *Впервые я слышал этот звук в детстве. Я был маленьким, совершенно здоровым мальчиком.* И чуть не заплакал при этой мысли.

Она протолкнула его кресло в буфетную. Дверь, ведущая в подвал, была открыта, и солнечный свет плясал на ступеньках лестницы и лежал мертвым пятном на полу буфетной. Здесь все еще чувствовался запах влаги после грозы, пронесшейся на исходе зимы.

Там, внизу, пауки, подумал он. *И мыши. А еще там крысы.*

— М-м... — пробормотал он. — Увези меня отсюда.

Она взглянула на него с некоторым нетерпением, и он понял, что почти не замечает у нее признаков безумия после убийства полицейского. На ее лице была написана деловитость хозяйки, готовящейся к званому обеду.

— Тебе предстоит отправиться вниз, — сказала она. — Отнести тебя туда или поедешь по ступенькам на заднице? Жду ответа через пять секунд.

— Отнеси, — ответил он не раздумывая.

— Весьма разумно. — Она повернулась так, чтобы он мог обхватить ее за шею. — И без глупостей, Пол. Не пытайся, например, задушить меня. Я занималась каратэ в Харрисбурге. И у меня хорошо получалось. Я тебя сброшу. Пол здесь грязный, но жесткий. Ты сломаешь позвоночник.

Она легко взвалила его на закорки. Его ноги, незабинтованные, но уродливо перекрученные, свисали вниз, как спицы сложенного полотняного тента. Левая нога, та, где на месте колена вздулся соляной купол, была на четыре дюйма короче правой. Он недавно обнаружил, что в состоянии недолго простоять на правой ноге, но после таких упражнений тупая ноющая боль не проходила несколько часов. И лекарство не справлялось с этой как бы всхлипывающей болью.

Она понесла его вниз, в погреб, пропитанный сгущающимися запахами старого камня, древесины, влаги, гниющих овощей. Погреб освещали три электрические лампочки без абажуров. С потолка наподобие гамака свисала многолетняя паутина. Трещины в каменных стенах чем-то напоминали детские рисунки. В погребе царила прохлада — отнюдь не приятная прохлада.

Никогда прежде он не был так близко от нее, как в ту минуту, когда она тащила его на спине вниз по крутой лестнице. И всего один раз он будет так же близок к ней в будущем. Он испытал неприятные ощущения. Она вспотела после тяжелой работы, и хотя Полу вообще-то нравился запах пота, ассоциировавшийся в его представлении с героическими усилиями, с тяжким трудом, а он уважал физический труд, но запах, исходящий от Энни, был ему отвратителен, как запах пропитанной потом и затем высушенной простыни. А за запахом пота скрывался запах застарелой грязи. Вероятно, Энни принимает душ так же нерегулярно, как и переворачивает страницы календаря, подумал он. Он удивился, что она вообще что-то слышит, так как увидел у нее в ухе темно-коричневую серную пробку.

Возле одной из каменных стен погреба лежал предмет, который она несколько минут назад волокла за собой: матрас. Рядом с ним стояла поломанная тумбочка для телевизора, на которую Энни поставила три бутылки пепси. Она подошла к матрасу, повернулась к нему спиной и присела:

— Слезай, Пол.

Он осторожно разжал руки и лег на спину, беспокойно наблюдая за тем, как она опускает руку в полотняную сумку.

— Нет, — быстро сказал он, когда увидел в тусклом желтом электрическом свете блеск иглы шприца. — Нет. Нет.

17

Ах ты Господи, — сказала она. — Ты, наверное, думаешь, что у Энни сегодня совсем неважное настроение. *Успокойся,* Пол. — Она положила шприц на тумбочку. — Это скополамин, лекарство на морфиновой основе. Тебе повезло, что у меня есть морфин. Я же говорила, как строго в больницах следят за расходом таких препаратов. Я оставляю тебе шприц, так как здесь сыро и у тебя до моего возвращения наверняка заболят ноги. Подожди минутку. — Она подмигнула ему — так, как будто между ними существовал какой-то тайный сговор. — Ты швырнул в окно свою гребаную пепельницу, и у меня теперь дел по горло. Сейчас я приду.

Она ушла в дом и быстро вернулась, неся в руках одеяла с кровати Пола и покрывала с дивана в гостиной. Сложенные покрывала она положила ему за спину, чтобы он мог более или менее прямо сидеть. И все-таки даже сквозь покрывала он чувствовал леденящий холод камня, выжидающего удобного момента, чтобы заморозить его.

При помощи открывалки, нацепленной на кольцо для ключей, Энни открыла две бутылки пепси, протянула одну из них Полу, вторую поднесла ко рту и выпила половину залпом, после чего рыгнула, по-женски прикрыв рот кулаком.

— Нам надо поговорить, — сказала она. — Вернее, мне надо с тобой поговорить, а тебе надо меня выслушать.

— Энни, когда я сказал, что ты сумасшедшая...

— Стоп! Помолчи. Может быть, потом мы обсудим этот вопрос. Не собираюсь тебя ни в чем разубеждать, пусть мистер Умник думает что хочет, ведь мистер Умник зарабатывает на жизнь фантазиями. Я всего лишь вытащила тебя из разбитой машины, пока ты там не замерз, наложила шины на твои переломы, постоянно давала тебе лекарство, чтобы ты не мучился от боли, заботилась о тебе, убедила тебя избавиться от плохой книги и написать твою лучшую книгу. Если из-за этого я сумасшедшая, тогда пусть меня увезут в дурдом.

Ох, Энни, отвез бы тебя кто-нибудь в самом деле, подумал он и, не удержавшись, сказал:

— Кроме того, ты на хрен отрезала мне ногу!

— Прошу тебя не употреблять бранных слов в моем присутствии, — сказала Энни. — Я в отличие от тебя хорошо воспитана. Радуйся, что я не отрезала твое мужское достоинство. Ты же знаешь, что я об этом думала.

Он посмотрел на нее. Желудок его как будто обледенел изнутри.

— Знаю, что думала, Энни, — мягко подтвердил он. Глаза ее расширились, и на мгновение на лице промелькнуло удивление и сознание вины. Не Скверная Энни, а Непослушная Энни.

— Слушай меня. Слушай внимательно, Пол. Все у нас будет в порядке, если до темноты за этим парнем никто не приедет. Через полтора часа станет совсем темно. Если до тех пор кто-нибудь явится...

Она засунула руку в сумку цвета хаки и достала принадлежавший патрульному полицейскому пистолет 44-го калибра. При электрическом свете на его дуле была отчетливо видна зигзагообразная царапина, оставленная лезвием газонокосилки.

— Если до тех пор кто-то явится, — повторила она, — сначала уйдет он или они, потом ты, потом я.

18

Энни сказала, что, как только стемнеет, она отгонит полицейский автомобиль к своему Месту для Смеха. Там возле хижины есть навес, где можно поставить машину так, чтобы ее не было видно. Опасность может подстерегать ее на шоссе номер девять, но риск все-таки невелик, ведь проехать придется всего-то четыре мили. А по дорогам, ведущим от шоссе вверх по холмам вдоль пастбищ, практически никто не ходит, так как скота в окрестностях почти не осталось. Некоторые из этих дорог даже перекрыты, а они с Ральфом получили ключи от ворот, когда приобрели здесь недвижимость. Просить никого не пришлось; владельцы земли, отделяющей хижину от шоссе, вручили им ключи. Это называется *добрососедскими отношениями,* сказала она, вложив в эти одобрительные слова неожиданно глубокий и сложный смысл: оттенки подозрения, самодовольства, горького удовлетворения.

— Я бы взяла тебя с собой, чтобы приглядывать за тобой, раз уж ты доказал, что на тебя нельзя положиться, но не получится. Я могла бы посадить тебя в машину на заднее сиденье и отвезти туда, но обратно я тебя никак не смогу доставить. Я поеду оттуда на мотоцикле Ральфа. Может, свалюсь по дороге и сверну свою гребаную *шею!*

Она весело расхохоталась, показывая, какую замечательную шутку может сыграть с ней судьба, но Пол не смеялся.

— Энни, а если это *случится,* что будет со мной?

— С тобой все будет в порядке, — безмятежно отозвалась она. — Ну и ну, какой же ты, оказывается, паникер!

Она подошла к одному из окошек погреба и выглянула на улицу, прикидывая, скоро ли стемнеет. Пол уныло смотрел на нее. Ему не верилось, что с ним все будет в порядке, если она свалится с мотоцикла или съедет с идущей под гору неасфальтированной дороги. Он полагал, что в этом случае ему предстоит умереть здесь собачьей смертью, и в конце концов им пообедают крысы, которые уже сейчас, конечно, разглядывают из углов незваных двуногих гостей, вторгшихся в их владения. На двери, ведущей в пристройку, висит крейговский замок, к тому же она закрыта на задвижку толщиной с его запястье. Окошки в погребе, как бы в подтверждение паранойи Энни (ничего удивительного; разве не правда, что любой дом с течением времени начинает приобретать черты, отражающие личность его обитателей?), представляли собой грязные застекленные бойницы примерно двадцать дюймов на четырнадцать. Пол едва ли смог бы протиснуться в одно из них, даже если бы был в лучшей своей форме, а сейчас он очень далек от лучшей формы. Он мог бы выбить стекло и позвать на помощь, если кто-нибудь появится здесь прежде, чем он умрет от голода, но эта мысль не очень утешала.

Первые потоки боли пронзили ноги подобно струям отравленной воды. И пришла потребность. Тело молило о новриле. Вот оно, *надо*. Конечно, это оно.

Энни подошла к нему и откупорила третью бутылку пепси.

— Я принесу еще парочку, а потом поеду, — сказала она. — Мне сейчас нужен сахар. Ты ведь не возражаешь?

— Совершенно не возражаю. Мои бутылки — это твои бутылки.

Она сбросила крышку с горлышка бутылки и жадно глотнула. В голове у Пола пронеслось: *Чаг-а-лаг, хочешь плакать-плакать, хай-де-хо*. Кто это пел? Кажется, Роджер Миллер? Удивительно, какую чепуху иногда выбрасывает мозг.

Какую веселую чепуху.

— Я положу его в его машину и отвезу в Место для Смеха. Возьму все его вещи. Поставлю машину под навес и закопаю его и его... ну, *ошметки*... в лесу.

Он ничего не сказал. Он думал о Босси, которая все мычала, мычала, мычала, а потом уже не могла мычать, потому что умерла, и можно сформулировать еще одну аксиому Бытия на западном склоне Скалистых гор: *Мертвые коровы не мычат.*

— Здесь в начале подъездной дороги есть цепь. Я перекрою въезд. Это может вызвать подозрения, если явится полиция, но лучше вызвать подозрения, чем допустить, чтобы они подъехали к дому и услышали твои гребаные вопли. Я думала сначала заткнуть тебе рот, но кляп — это опасно, особенно при том, что ты принимаешь лекарство, вызывающее задержку дыхания. А вдруг тебя вырвет? Или у тебя заложит нос, так как здесь сыро. А если у тебя крепко заложит нос и ты не сможешь дышать ртом...

Она отвернулась и выключилась. Она стояла немая, как каменные стены погреба, пустая, как первая выпитая ею бутылка пепси. *Чаг-а-лаг, хочешь плакать-плакать, хай-де-хо.* Хотелось Энни сегодня плакать-плакать? Поджарь мою задницу, если нет. Она плакала-плакала, пока не залила кровью весь газон. Пол издал смешок. Никакого признака того, что она его услышала.

Наконец Энни начала возвращаться.

Она повернулась к нему и моргнула.

— Я оставлю на заборе записку, — проговорила она медленно, вновь собираясь с мыслями. — В тридцати пяти милях отсюда есть городок. Он называется Небесный Пароход, правда, забавное название? На этой неделе там проходит Великая Толкучка. Они устраивают Великую Толкучку каждое лето. И там всегда продается очень много керамики. Я напишу в записке, что уехала туда, в Небесный Пароход. И останусь там на ночь. А если потом меня спросят, где я остановилась, и захотят проверить записи в гостинице, я скажу, что хорошей керамики там не было, поэтому я поехала домой. Но почувствовала усталость. Вот что я им скажу. Скажу, что побоялась задремать за рулем и остановилась, чтобы поспать. Скажу, что собиралась только чуть-чуть передохнуть, но поскольку накануне подстригала лужайку и здорово устала, то проспала всю ночь.

Пол был поражен степенью ее хитрости. Внезапно он понял, что Энни занимается тем, что оказалось недоступно ему: она играет в «Ты можешь?» в реальной жизни. *Может быть,* подумал он, *именно поэтому она не пишет книг. Ей это не требуется.*

— Я вернусь, как только смогу, потому что полиция здесь *обязательно* появится, — говорила она. Подобная перспектива, казалось, ничуть не тревожила Энни в ее безмятежности, хотя Полу не верилось, что она не сознает какой-то глубинной частью своего разума, что конец игры, в которую они оба играют, очень близок. — Не думаю, что они приедут сегодня, разве что будут проезжать мимо, но они *приедут.* Приедут, как только до них дойдет, что он в самом деле пропал. Они проедут по его пути и постараются узнать, где он остановился. Как думаешь, Пол, я права?

— Да.

— Я *должна* вернуться прежде, чем они приедут. Если я сяду на мотоцикл на рассвете, возможно, мне удастся вернуться даже до полудня. Я уверена, что переиграю их. Если он выехал из Сайдвиндера, то наверняка много раз останавливался по дороге сюда.

Когда они приедут, ты опять будешь у себя в комнате, тебе будет хорошо и уютно, как клопу в меховой подстилке. Пол, я не стану связывать тебя или затыкать тебе рот. Ты сможешь даже выглянуть в окно, когда я выйду им навстречу. Думаю, на этот раз их будет двое. По крайней мере двое. Ты со мной согласен?

Пол был согласен.

Она удовлетворенно кивнула:

— Но, если придется, я справлюсь с двумя. — Она погладила сумку цвета хаки. — Я хочу, чтобы ты, Пол, не забывал про пистолет этого малыша, когда будешь выглядывать. Я хочу, чтобы ты помнил, что он будет лежать здесь, когда завтра или послезавтра явится полиция. Сумка не будет застегнута. *Тебе* можно на *них* смотреть, но если *они* увидят *тебя,* Пол, — случайно ли, или ты завтра попробуешь выкинуть штуку вроде сегодняшней, — если такое случится, я достаю пистолет и начинаю стрелять. На твоей совести уже смерть того малыша.

— Чушь собачья, — пробормотал Пол, зная, что за это она причинит ему боль. Но ему было все равно.

Но она ничего не сделала. Только улыбнулась своей безмятежной материнской улыбкой.

— О, ты сам знаешь, — сказала она. — Я не заблуждаюсь, думая, будто бы тебе *есть до этого дело,* вовсе не заблуждаюсь, но ты сам знаешь. Я не обманываю себя, будто ты остановился бы перед убийством еще *двух* человек, если бы это пошло тебе на пользу... Но это не поможет, Пол. Потому что, если мне придется уничтожить двоих, я уничтожу четверых. Их... и нас. Но знаешь, что я думаю? Думаю, тебе все еще дорога твоя шкура.

— Не очень, — ответил он. — Скажу тебе правду, Энни: с каждым днем я все больше и больше чувствую, что хочу избавиться от своей шкуры.

Она рассмеялась:

— О, *такое* я уже слышала. Но стоит дотронуться до их вонючих респираторов! Начинается другая сказка! Да-да! Когда они это видят, они вопят и визжат! Вот уж действительно *щенки!*

Но ведь их визг тебя не останавливал, верно, Энни?

— Так или иначе, — сказала она, — я просто хочу, чтобы ты представлял себе, как обстоят дела. Если тебе действительно все равно, можешь орать, когда они приедут. Тебе решать.

Пол не ответил.

— Когда они приедут, я выйду к ним и скажу: да, здесь был человек из полиции штата. Скажу: когда он приехал, я как раз собиралась в Небесный Пароход за керамикой. Скажу, он показывал мне твою фотографию. Скажу, что не видела тебя. Тогда один из них спросит: «Но это было зимой, как вы можете быть так уверены?» И я отвечу: «Если бы Элвис Пресли был жив и вы бы встретили его зимой, вы бы сейчас помнили об этом?» Он скажет — да, вероятно, но при чем тут это, и я скажу: Пол Шелдон — мой любимый писатель, я сто раз видела его фотографии. Мне придется сказать об этом. Знаешь почему, Пол?

Он знал. Ее хитрость все еще поражала его, хотя он думал, что ему уже не следует ничему удивляться. Он вспомнил подпись под фотографией из потайного альбома Энни. Снимок был сделан в перерыве судебного заседания, после окончания слушания дела и до возвращения присяжных из совещательной комнаты. Он запомнил ту подпись слово в слово. *МИЗЕРИ ОЗНАЧАЕТ ОТЧАЯНИЕ? ТОЛЬКО НЕ ДЛЯ ДРАКОНА В ЮБКЕ. В ожидании вердикта Энни мирно читает любимую книгу.*

— Потом я скажу, — продолжала она, — что парень записал все это в блокнот и поблагодарил меня. Скажу, что предложила ему выпить чашку кофе, хотя и торопилась в Небесный Пароход. Они спросят, зачем я пригласила его на кофе, и я объясню, что хотела, чтобы он убедился, что здесь все в порядке. Но он отказался, сказал, что ему надо ехать дальше. Тогда я предложила ему взять с собой бутылку холодной пепси, ведь день был жаркий, и он сказал: да, спасибо, вы очень добры.

Она осушила вторую пластиковую бутылку и посмотрела на Пола сквозь нее. Ее глаз, искаженный и увеличенный, показался ему глазом циклопа. На месте половины ее головы Пол увидел уродливое вздутие, как у гидроцефала.

— В двух милях отсюда я приторможу и брошу эту бутылку в канаву. Но сначала я, естественно, приложу к ней его руку. — Она сухо, невыразительно улыбнулась. — Отпечатки пальцев, — пояснила она. — Тогда они убедятся, что он проехал мимо моего дома. Или *подумают,* что убедились, но насто это тоже устроит, а, Пол?

Его охватило нарастающее отчаяние.

— Они поедут дальше и не найдут его. Он исчез. Как свами в Индии, те, которые играют на флейтах, потом из их корзины выпрыгивает веревка, встает торчком, они лезут по ней и исчезают. Пуфф!

— Пуфф! — сказал Пол.

— Конечно, скоро они вернутся. Я знаю. В конце концов когда они не найдут ни единого следа, если не считать этой бутылки, то решат, что надо как следует подумать обо мне. В конце концов, разве не известно, что я сумасшедшая? Так во всех газетах писали. Совсем слетела с катушек!

Но сначала они мне поверят. Думаю, они не станут обыскивать дом — по крайней мере вначале. Они поищут в других местах, переберут другие варианты и только потом вернутся. Сколько-то времени у нас есть. Может быть, неделя.

Энни очень спокойно посмотрела на него.

— Ты будешь писать быстрее, — произнесла она.

19

Стемнело, и полицейские не появились. Но Энни не дожидалась их появления, коротая время в обществе Пола; она решила вставить новое стекло в окно спальни Пола, потом собрала с газона осколки и скрепки. Завтра приедут полицейские в поисках своего ягненочка, сказала она, а мы же не хотим, чтобы они увидели что-нибудь необычное, ты согласен, Пол?

Господи, только бы они заглянули под газонокосилку. Только бы заглянули под газонокосилку, и необычного им хватит.

Однако, как он ни старался заставить работать свое яркое воображение, так и не мог найти вариант, в котором полицейским пришло бы в голову заглядывать под газонокосилку.

— А тебе не интересно, Пол, зачем я тебе все это рассказала? — спросила она, прежде чем покинуть погреб и заняться окном. — Зачем я посвятила тебя в такие важные планы?

— Нет, — отрешенно ответил он.

— Отчасти затем, чтобы ты знал, каковы наши ставки, а также затем, чтобы ты знал, как именно тебе надо действовать, чтобы остаться в живых. И еще я хочу, чтобы ты знал вот что: я положила бы конец всему прямо сейчас. Если бы не книга. Книга мне все еще небезразлична. — Она широко улыбнулась, но улыбка вышла неожиданно грустной. — Это действительно лучшая из всех книг о Мизери, и мне очень, очень хочется узнать, чем она закончится.

— Мне тоже, Энни, — сказал он.

Она изумленно воззрилась на него:

— Как... Ты разве не *знаешь?*

— Энни, когда я сажусь за книгу, то *предполагаю,* что события будут разворачиваться так-то и так-то, но еще ни разу конец не выходил *в точности* таким, как я рассчитывал. И если над этим глубоко не задумываться, то это даже не удивительно. Начинать работу над книгой — это вроде запуска межконтинентальной ракеты... Только ты преодолеваешь не пространство, а время. То время, которое проживают на протяжении романа его герои, и то реальное время, за которое книга создается. Полагать, что знать заранее, чем закончится книга, — это все равно что запустить ракету «титан» на другой континент и рассчитывать, что она пройдет точно в намеченное тобой баскетбольное кольцо. Есть писатели, которые скажут, что добиться нужного конца проще простого, и скажут с серьезным лицом, но на самом деле очень мало шансов, что книга закончится так, как ты задумал.

— Да, — сказала Энни. — Я понимаю.

— Наверное, у меня есть хороший внутренний компас, так как я обычно предвижу достаточно точно, а коль скоро сюжет — это взрывчатка, хорошо иметь хотя бы приблизительное представление о том, где она разорвется. На сегодняшний день у меня есть *два* возможных варианта развязки. Один — очень печальный. Второй — пусть не традиционный счастливый конец а-ля Голливуд, но он по крайней мере оставляет надежду на лучшее будущее.

Энни вдруг встревожилась... и словно туча надвинулась на него:

— Пол, ты же не собираешься *еще раз* убить ее?

Он слегка улыбнулся:

— Энни, а что, если я это сделаю? Ты меня убьешь? Это меня совершенно не пугает. Пусть я не знаю, что случится с Мизери, зато я прекрасно знаю, что случится со мной... и с тобой. Я напишу слово КОНЕЦ, ты прочитаешь и потом напишешь *свой* КОНЕЦ. Конец для нас обоих. Какой? Даже гадать не приходится. Реальность не бывает причудливее фантазий, что бы люди ни говорили. Как правило, нам *в точности* известно, что нас ожидает.

— Но...

— Думаю, мне известно, чем кончится книга. Я уверен процентов на восемьдесят. Если получится так, книга тебе понравится. Но даже если книга закончится иначе, ни один из нас не узнает подробностей, пока они не возникнут на бумаге.

— Наверное, так оно и будет.

— Помнишь старую рекламу? «Приехать — полдела!»

— Но все-таки книга ведь почти закончена?

— Да, — сказал Пол. — Почти закончена.

20

До отъезда она принесла ему новую бутылку пепси, коробку крекеров, банку сардин, сыр и... судно.

— Если ты принесешь мне рукопись и один из тех желтых блокнотов, я продолжу писать от руки, — сказал он. — Быстрее пройдет время.

Она подумала, потом с сожалением покачала головой:

— Это было бы хорошо, Пол. Но тогда тебе потребуется по крайней мере одна лампочка. Я не могу так рисковать.

Паническая волна опять захлестнула его при мысли о том, что она оставит его здесь, в погребе, в кромешной темноте. Но только на мгновение. Хладнокровие тут же вернулось к нему. По коже поползли мурашки. Он подумал о крысах, прячущихся в норах и в потайных ходах внутри стен. Они выбегут, когда в погребе станет темно. Надо полагать, они почуют запах беспомощности.

— Энни, не оставляй меня в темноте. Пожалуйста.

— Это необходимо. Если кто-нибудь заметит свет в моем погребе, он захочет остановиться и посмотреть, и ему не помешают ни цепь, ни записка. Если я оставлю тебе фонарик, ты, может быть, попытаешься подавать им сигналы. Если я оставлю свечку, ты можешь поджечь дом. Видишь, как хорошо я тебя знаю?

Он почти никогда не осмеливался заговаривать о тех случаях, когда покидал свою комнату, так как упоминание о них приводило ее в ярость; но страх перед одиночеством в темном погребе заставил его сказать:

— Энни, если бы я хотел поджечь твой дом, я бы уже давно это сделал.

— Тогда все было по-другому, — сухо возразила она. — Мне жаль, что ты не хочешь оставаться в темноте. Мне жаль, что тебе придется остаться. Но виноват в этом ты сам, так что не веди себя как щенок. Мне надо уехать. Если почувствуешь, что тебе нужно обезболивающее, сделай себе укол в ногу. — Она взглянула на него. — Или в задницу.

Она направилась к лестнице.

— Тогда затяни окна! — закричал Пол. — Затяни их простынями... или... замажь черной краской... или... Господи, Энни, крысы! *Крысы!*

Она остановилась на третьей ступеньке и посмотрела на него. Глаза ее тускло светились, как грязные серебряные монеты.

— У меня нет на это времени, Пол, — сказала она. — Уж крысы-то тебя не станут беспокоить. Может быть, они даже признают тебя за своего. Примут в свое общество.

Она рассмеялась и пошла вверх по лестнице, смеясь все громче и громче. Потом послышался щелчок выключателя, свет погас, Энни продолжала смеяться, и Пол сказал себе, что не станет кричать, не станет умолять — все это позади. Но сырой мрак был слишком безобразен, и смех Энни звенел у него в ушах, вынести все это было свыше его сил, и он закричал, чтобы она не делала этого, не оставляла его так, но она все смеялась, а потом дверь захлопнулась, и смех стал глуше, но смех продолжался, продолжался по ту сторону двери, там, где был свет, потом щелкнул замок, закрылась другая дверь, и смех стал еще глуше (но продолжался), и еще раз щелкнул замок и звякнул засов, и смех стал удаляться, смех был уже на улице, и Полу казалось, что он все еще слышит, как она смеется, даже когда она отъехала на полицейском автомобиле и выбралась из него, чтобы накинуть преграждавшую проезд цепь. Пол подумал, что ее смех будет все звенеть, звенеть, звенеть.

21

Посреди погреба был очаг, неясных очертаний громадина, похожая на осьминога. Полу подумалось, что он бы слышал тиканье часов в гостиной, если бы ночь выдалась тихая; но дул сильный ветер, как это часто бывало здесь в летние ночи, и только время ускользало навсегда. Когда ветер стихал, Пол слышал, как верещат сверчки около дома... А через некоторое время он услышал и те негромкие звуки, которых так боялся: тихое шуршание крыс.

Только ведь он боится вовсе не крыс? Не крыс. Он боится того полицейского. Его яркое, черт подери, воображение нечасто представляло ему ужасные картины, но уж когда представляло — Господи, спаси и сохрани. Господи, спаси и сохрани, если его воображение разогреется. А сейчас оно не просто разогрелось, оно раскалилось и заработало во всю силу. И не важно, что все, о чем он думает, не имеет смысла, в темноте это не важно. В темноте разум беспомощен, а логика всего лишь призрак. В темноте он думает кожей. И видит, как в сарае патрульный полицейский возвращается к жизни — некоей жизни, — садится, сбрасывает с себя сено, которым прикрыла его Энни; на лице его после встречи с лезвием газонокосилки нет никакого выражения, только кровь. Он выбирается из сарая и ползет по дорожке к пристройке у дома, а ветер треплет клочья его формы. Он сверхъестественным образом испаряется, просачивается сквозь крышку, и мертвое его тело материализуется уже на полу погреба. Он ползет по утоптанному земляному полу. Тихий шорох, который слышит Пол, — это не крысы, это он приближается, и в его остывающем мертвом мозгу сидит всего одна мысль: *Ты убил меня. Ты разинул пасть и убил меня. Ты швырнул пепельницу и убил меня. Ты — гребаный сукин сын, ты отнял у меня жизнь.*

Пол почувствовал, что мертвые пальцы полицейского поползли вниз по его щеке. Он громко завопил и дернулся. Ноги взорвались болью. Он в ужасе ударил себя по щеке и смахнул с нее не пальцы мертвеца, а громадного паука.

Резкое движение нарушило шаткое перемирие между болью в ногах и наркотиком в крови, но благодаря ему страхи Пола несколько рассеялись. У него включилось ночное зрение, он теперь лучше видел, и это ему помогло. Видеть, собственно, здесь было нечего — очаг, остатки угольной кучи, столик и темные очертания банок на нем, инструменты... и еще справа... что это за силуэт? Тот, что возле полок? Ему *знаком* этот силуэт. Он *знает* о нем что-то, и знает, что это *нехороший* силуэт. Он стоит на трех ножках. У него круглый верх. Он похож на уменьшенную копию машины смерти из «Войны миров» Уэллса*. Пол задумался, отключился ненадолго, очнулся, снова посмотрел направо и решил: *Ну конечно. Я сразу должен был его узнать. Это и есть машина смерти. И если на Земле есть хоть один марсианин, то это Энни Трахнутая Уилкс. А это ее жаровня для барбекю. Это крематорий, и она заставила меня сжечь в нем «Быстрые автомобили».*

Он поерзал, потому что почувствовал, что немеет зад. Болят ноги, особенно уродливые остатки левого колена, и поясница тоже болит. Это означает, что нынче у него очень плохая ночь, так как последние два месяца поясница не давала о себе знать.

Он нащупал на тумбочке шприц, взял его, потом положил обратно. Она говорила, тут легкая доза. Лучше оставить ее на потом.

Он услышал легкий шорох и быстро посмотрел в угол, ожидая увидеть подбирающегося к нему ползком полицейского, кровавое месиво лица и единственный карий глаз. *Если бы не ты, я бы сидел сейчас дома перед телевизором, положив руку на колено жены.*

Полицейского нет. Только неясная темная фигурка — возможно, плод воображения, но скорее крыса. Пол заставил себя расслабиться. Ему предстоит очень долгая ночь.

22

Он немного подремал и проснулся; корпус перекосился влево, и голова свесилась набок, как у заснувшего на улице пьяницы. Он выпрямился, и ноги тут же обругали его за это.

---

* «Война миров» — роман английского писателя-фантаста Герберта Джорджа Уэллса (1866—1946).

Он воспользовался судном. Мочиться было больно, и он с тревогой подумал, что мог подхватить инфекцию. Он сейчас так беспомощен. Беспомощен перед чем угодно. Он отставил судно в сторону и снова взял шприц.

Она сказала — легкая доза скополамина. Может, и так. А может, она зарядила его чем-нибудь покрепче. Например, тем, что она уже испробовала на таких, как Эрни Гоньяр или Королева Болифан.

Он улыбнулся. Да разве это было бы так уж плохо? Ответом послужил беззвучный вопль: *НЕТ, ЧЕРТ ПОБЕРИ! Это было бы хорошо. Столбы уйдут. И отлив не настанет. Никогда.*

С этой мыслью он нащупал пульсирующую жилу в левом бедре. Хотя ему никогда прежде не приходилось делать себе укол, он умело и даже с нетерпением ввел шприц под кожу.

23

Он не умер и не заснул. Боль исчезла, и он уплыл, почти потеряв связь с собственным телом, превратился в сгусток мысли, в воздушный шар, покачивающийся в воздухе на длинной нитке.

Ты стал Шахразадой для самого себя, подумал он и взглянул на жаровню для барбекю. Подумал о лучах, которыми марсиане поджигали Лондон.

Внезапно ему вспомнилась песенка диско, ее исполняла группа «Трампс»: *Жги, бэби, жги и мамочку сожги...*

Что-то мелькнуло в мозгу.

Какая-то идея.

И мамочку сожги...

Пол Шелдон спал.

24

Когда он проснулся, в погреб проникли пепельно-серые лучи рассвета. Огромная крыса сидела на оставленном Энни подносе, обвив тело хвостом, и грызла сыр.

Пол завопил, дернулся и тут же опять завопил — от боли, ударившей по ногам. Крыса исчезла.

Энни оставила ему несколько капсул. Он знал, что новрил не справится с этой болью, но все-таки это лучше, чем ничего.

Кроме того, больно тебе или нет, пора приступать к утренним занятиям, верно, Пол?

Он положил в рот две капсулы, запил их пепси и откинулся назад, морщась оттого, что заныли почки. Что-то там в них растет. И ладно. Замечательно.

Марсиане, подумал он. *Марсианские машины смерти.*

Он посмотрел туда, где стояла жаровня для барбекю, ожидая, что при утреннем свете она покажется ему обычной жаровней для барбекю. К его удивлению, она по-прежнему выглядела как придуманная Уэллсом шагающая машина, несущая разрушения.

У тебя была идея. Какая?

Откуда-то вернулась песенка «Трампс»:

Жги, бэби, жги и мамочку сожги...

Правда? Какую еще мамочку? Она даже свечки не оставила. И свои-то выхлопные газы поджечь нечем.

Сообщение из подсознания:

Тебе ничего не нужно жечь здесь. И сейчас.

Э-эй, так о чем мы толкуем, друг? Намекните хотя бы...

И тут идея пришла, пришла сразу, как приходят все действительно стоящие идеи — завершенная, полностью отделанная, недобро-прекрасная и абсолютно убедительная.

И мамочку сожги...

Он взглянул на жаровню, собираясь вновь испытать досаду от того, что он сделал, — что она *заставила* его сделать. И досада вернулась, но легкая и далекая; боль в почках хуже. Что она сказала вчера? *Я всего лишь... убедила тебя избавиться от плохой книги и написать твою лучшую книгу...*

Может быть, в этом и есть кое-что от правды. Может быть, он здорово переоценивал «Быстрые автомобили».

Твой ум просто старается исцелиться такими рассуждениями, зашептала часть его сознания. *Если ты когда-нибудь выберешься отсюда, ты точно так же будешь убеждать себя, что тебе вообще не нужна левая ступня — стричь придется на пять ногтей меньше, только и всего. Сейчас умеют делать чудо-протезы. Нет, Пол, у тебя была чертовски хорошая книга и чертовски хорошая нога. Так что давай не будем себя обманывать.*

Но более глубинный пласт его сознания подозревал, что как раз последнее рассуждение — самообман.

Не самообман, Пол. Говори правду. Не надо лгать себе. Ты — парень, который выдумывает истории, то есть лжет всем, и этот парень никогда не должен лгать себе. Это смешно, но это правда. Как только ты займешься таким дерьмом — все, сливай воду. Можешь зачехлять машинку и учиться на брокера или на кого угодно.

Так в чем же правда? Правда, если на то пошло, в том, что ему крайне неприятно, что в прессе критики все чаще и чаще характеризуют его как «популярного автора» (что в его понимании лишь на одну ступеньку — на одну маленькую ступеньку — выше «литературного поденщика»). Это никак не согласуется с его представлением о себе как о Серьезном Писателе, который выдает время от времени говенные романы лишь затем, чтобы заработать денег для (оркестр, туш!) НАСТОЯЩЕЙ РАБОТЫ! Он ненавидел Мизери? В самом деле ненавидел? Если так, почему же он так легко сумел снова скользнуть в ее мир? Не просто легко; с наслаждением, как в теплую ванну с хорошей книгой в одной руке и кружкой холодного пива в другой. Возможно, он ненавидел ее только за то, что ее лицо на обложках книг привлекало куда больше внимания, чем фотографии автора, ее лицо отвлекало критиков, и они не замечали, что имеют дело с молодым Мейлером или Чивером* — имеют дело с *тяжеловесом!* И не стала ли в результате его «серьезная работа» превращаться в своего рода вопль? *Посмотрите на меня! Посмотрите, как это превосходно написано! Эй, ребята! Здесь скользящая перспектива! Здесь интерлюдии! Поток сознания! Это моя НАСТОЯЩАЯ РАБОТА, слышите, козлы! Только ПОПРОБУЙТЕ от меня отвернуться! Только ПОПРОБУЙТЕ, гребаные щенки! Только ПОПРОБУЙТЕ отвернуться от моей НАСТОЯЩЕЙ РАБОТЫ! Только ПОПРОБУЙТЕ, и я...*

Что? Что он им сделает? Отпилит ноги? Отрежет пальцы?

Пола неожиданно стала бить дрожь. Он почувствовал, что должен облегчиться. В конце концов ему удалось помочиться, хотя и с большей болью, чем в прошлый раз. Он стонал, пока мочился, и после этого еще долго стонал.

Наконец милосердный новрил отогнал боль — чуть-чуть — и Пол стал засыпать.

Разлепив тяжелые веки, он посмотрел на жаровню для барбекю.

Что ты почувствуешь, если она заставит тебя спалить «Возвращение Мизери»? — спросил его внутренний голос, и он слегка подпрыгнул. Уплывая, он думал — да, это будет больно, это будет ужасно, ему будет так же больно, как и тогда, когда дымом взвились над жаровней «Быстрые автомобили», как сейчас, когда у него в почках развивается инфекция, как тогда, когда она опустила топор, внеся редакторскую правку в его тело.

Еще он понял, что это праздный вопрос.

Непраздный вопрос — что почувствует *Энни.*

---

* Норман Мейлер (р. 1923) и Джон Чивер (р. 1912) — выдающиеся американские писатели.

Возле жаровни для барбекю стоит столик. И на нем — с полдюжины разных банок.

В одной из них — горючая жидкость.

А что, если Энни закричит от боли? Не хочешь полюбопытствовать, как это будет звучать? Совсем-совсем не хочешь? Есть пословица: месть — это блюдо, которое лучше всего есть холодным, но эту пословицу придумали раньше, чем изобрели горючую жидкость.

И мамочку сожги, подумал Пол и заснул. На его бледных, серых губах играла легкая улыбка.

25

Энни вернулась без четверти три. Ее вечно всклокоченные волосы теперь распрямились под мотоциклетным шлемом. Она была молчалива, что свидетельствовало скорее об усталости и задумчивости, а не о депрессии. Когда Пол спросил, все ли ей удалось сделать, она кивнула.

— Кажется, да. Не сразу смогла совладать с мотоциклом, а то была бы здесь час назад. Зажигание загрязнилось. Как твои ноги, Пол? Сейчас отнесу тебя наверх, а пока хочешь еще укол?

После двадцати часов в сырости погреба его ноги чувствовали себя так, как будто в них забивали ржавые гвозди. Он очень хотел укола, но не здесь. Этот вариант его совершенно не устраивал.

— Думаю, я в порядке.

Она повернулась к нему спиной и присела:

— Тогда забирайся. И помни, что я тебе говорила насчет попыток задушить и тому подобного. Я очень устала и вряд ли мне сейчас понравятся шутки.

— Запас моих шуток, кажется, иссяк.

— Очень хорошо.

Она со стоном поднялась, и Полу пришлось закусить губу, чтобы не закричать от боли. Она подошла к лестнице, слегка повернула голову, и он увидел, что она смотрит — наверное, смотрит — на столик, где стоят банки. Взгляд ее был коротким, как будто случайным, но Полу показалось, что смотрела она чрезвычайно долго, и он был уверен, что она заметила отсутствие банки с горючей жидкостью. Лишь через несколько месяцев после своих первых опытов он набрался мужества для новой попытки... И если ее рука скользнет по его бедру, то нащупает не только костлявую задницу.

Выражение ее лица не переменилось, когда она отвернулась от столика, и он испытал такое облегчение, что тряска при подъеме по лестнице показалась ему почти терпимой. При желании она хорошо умела делать совершенно непроницаемое лицо, но он полагал — *надеялся,* — что на этот раз провел ее.

На этот раз он действительно ее провел.

26

Энни, наверное, мне все-таки нужен укол, — сказал он, когда она уложила его в кровать.

Несколько мгновений она рассматривала его потное бледное лицо, затем кивнула и вышла из комнаты.

Как только она вышла, он достал плоскую банку и засунул ее под матрас. После случая с ножом он ничего туда не прятал и банку с горючим тоже не собирался долго там хранить. Но до конца дня ей придется полежать под матрасом. Вечером он перепрячет ее в другое, более надежное место.

Энни вернулась и сделала ему укол. Затем положила на подоконник пачку бумаги и несколько свежезаточенных карандашей и подкатила инвалидное кресло к кровати.

— Вот, — сказала она. — Я хочу пойти поспать. Если подъедет машина, я услышу. Если все оставят нас в покое, я, может быть, просплю до утра. Кресло будет стоять здесь, на случай, если тебе захочется поработать. Твоя рукопись здесь, на полу. Но я совершенно искренне не советую тебе работать, пока твои ноги не успокоятся.

— Сейчас я работать не могу, но не исключено, что оклемаюсь и вечером просижу долго. Я понял, что ты имела в виду, говоря, что мне нужно поторопиться.

— Я рада, что ты понял, Пол. Как ты думаешь, сколько тебе нужно времени?

— При обычных обстоятельствах я бы попросил месяц. При моих нынешних темпах — две недели. Если я смогу прыгнуть выше головы — дней пять. Может быть, неделя. Книга будет сырой, но она будет окончена.

Она вздохнула и рассеянно взглянула на свои ладони:

— Я знаю, тебе понадобится меньше двух недель.

— Я хочу, чтобы ты мне кое-что пообещала.

Она посмотрела на него с легким интересом, но без гнева или подозрительности:

— Что такое?

— Обещай больше не читать, пока я не закончу... или пока мне не... Ну, ты понимаешь.

— Пока не придется прервать работу?

— Да. Или пока мне не придется прервать работу. Таким образом ты получишь цельное, не разбитое на фрагменты окончание. Так оно произведет на тебя куда более сильное впечатление.

— Пол, правда получится хорошая книга?

— Да, — улыбнулся Пол. — Просто отличная.

27

В тот же вечер, около восьми часов, он осторожно перебрался в кресло. Прислушался. Сверху не доносилось ни звука. Последнее, что донеслось до него оттуда, — это скрип пружин; она легла около четырех часов дня. Он не сомневался, что она *в самом деле* устала.

Пол достал банку горючего и подкатился к окну, где находился его импровизированный рабочий кабинет: ухмыляющаяся пишущая машинка, у которой не хватало трех зубов, мусорное ведро, карандаши, стопки бумаги, черновики, из которых одни еще сослужат службу, а другие отправятся в ведро.

Должны были отправиться, только раньше.

Здесь находилась невидимая дверь в иной мир. И здесь был его призрак, как будто бы движущийся при быстром просмотре серии фотоснимков.

Благодаря долгой практике он с легкостью проехал между пачками бумаги и разбросанными на полу блокнотами, остановился у стены, на всякий случай прислушался, наклонился и поднял девятидюймовый кусок плинтуса. Примерно месяц назад он обнаружил, что в этом месте доска легко отходит от стены, а Энни, судя по тонкому слою пыли на этой доске *(еще немного, и ты начнешь оставлять волосы для проверки,* подумал он), не знала, что именно в этом месте в плинтусе есть изъян. За плинтусом имелось небольшое пространство, наполненное только комками пыли и мышиными экскрементами.

Пол поставил банку с горючей жидкостью в нишу и задвинул кусок плинтуса. В самый первый момент он испугался, что доска не встанет в точности на прежнее место (а у нее — о Боже! — *дьявольски* острые глаза!), но потом доска легко скользнула в проем.

Пол оценил результат, затем открыл блокнот и прошел в дверь, распахнувшуюся в бумажном листе.

Ничто не отвлекало его от работы в течение четырех часов. Три карандаша, которые Энни заточила для него, затупились, после чего он подкатился к кровати, забрался под одеяло и с легким сердцем заснул.

28

ГЛАВА 37

Руки Джеффри начинали затекать. Он стоял в тени хижины, принадлежащей вот уже пять минут «Прекрасному», владению М'Чиби. Он был похож на исхудавшего силача из цирка, а над его головой висело тело баронессы.

Когда он наконец решил, что никакие слова Езекии не смогут убедить М'Чиби покинуть хижину, до него донесся звук какого-то поспешного движения. Джеффри обернулся, и мускулы на его руках напряглись. Вождь М'Чиби был хранителем Огня, и в хижине у него горело больше сотни факелов, и каждый был покрыт толстым слоем тягучей смолы. Смола эта добывалась из местных низкорослых деревьев, и сами бурка называли ее «маслом для огня» или «маслом для огня и крови». Некоторые предметы назывались на языке бурка, как и на многих других примитивных языках, весьма уклончиво. Впрочем, как бы ни произносились названия этого вещества, ясно было, что в хижине имеется достаточно факелов, чтобы поджечь всю деревню; она вспыхнет, как чучело Гая Фокса, подумал Джеффри... если удастся убрать М'Чиби с дороги.*

---

* Чучело Гая Фокса, участника так называемого «порохового заговора», ежегодно сжигалось на улицах английских городов во время народных гуляний 5 ноября.

Не бойтесь его бить, босс Джеффри, сказал ему Езекия. М'Чиби, он первый выходит, он хранитель Огня. А Езекия второй выходит. Так вы не ждите! Разбейте башку этого щенка, только быстро!

И все же, несмотря на острую боль в руках, Джеффри заколебался, когда услышал, что они приближаются. Предполо

29

Карандаш замер на середине слова, потому что Пол услышал приближающийся звук мотора. Он сам удивился собственному спокойствию; самым сильным чувством было легкое раздражение от того, что его прервали, когда карандаш летал по бумаге, как бабочка, и жалил, как пчела. Из коридора донеслось дробное цоканье каблуков Энни.

— Отъезжай от окна. — Лицо ее было напряженным и хмурым. На плече висела незастегнутая сумка цвета хаки. — Чтобы тебя не заме...

Она умолкла, увидев, что Пол уже откатился от окна. Она проверила, не остались ли на подоконнике какие-либо его вещи, затем кивнула.

— Полиция штата, — пояснила она. Несмотря на тревогу, она держала себя в руках. Ей ничего не стоит опустить правую руку в сумку. — Пол, будешь хорошим?

— Да, — ответил он.

Ее взгляд впился в его лицо.

— Я поверю тебе, — сказала она, повернулась и вышла, закрыв за собой дверь, но не потрудившись запереть ее.

Ровное сонное гудение двигателя «Плимута-442», очень характерное для таких машин, доносилось теперь с подъездной дорожки. Пол услышал, как хлопнула дверь кухни, и подкатился к окну так, чтобы остаться незамеченным, а самому иметь возможность наблюдать. Машина подъехала к Энни, и двигатель затих. Водитель вышел из машины. Стоял он почти на том же месте, где стоял молодой патрульный, произнося четыре последних слова в своей жизни... Но на этом параллели заканчивались. Тот полицейский был хилым парнишкой, ему только-только исполнилось двадцать, новичок, которому поручили распутывать дерьмовое дело — идти по остывшему следу какого-то, хрен его знает, писателя, который разбил машину, а потом либо уполз в лес умирать, либо торжествующе удалился от суеты этого мира.

Мужчине, только что сидевшему за рулем «плимута», было около сорока, как говорится, косая сажень в плечах. Квадратное его лицо было словно высечено из цельного куска гранита, и возле глаз и уголков рта скульптор провел несколько тонких линий. Энни — крупная женщина, но рядом с этим парнем она показалась Полу почти маленькой.

И еще кое-что не так, как в прошлый раз. Полицейский, которого убила Энни, приехал один. А сейчас с переднего сиденья «плимута» выбрался невысокий длинноволосый блондин в штатском. *Давид и Голиаф,* подумал Пол. *Матт и Джефф. Господи.*

Человек в штатском переминался с ноги на ногу. Лицо его казалось старым, измученным, он как будто засыпал... но совсем другое впечатление производили глаза. Глаза его бодрствовали, глядя во все стороны одновременно. Пол решил, что этот человек будет действовать быстро.

Они встали так, что Энни оказалась между ними. Она что-то говорила, сначала снизу вверх — Голиафу, затем, повернув голову, сверху вниз — отвечая Давиду. Пол подумал: что произойдет, если он опять разобьет окно и опять позовет на помощь? Наверное, решил он, восемь шансов из десяти за то, что они ее схватят. Конечно, у нее хорошая реакция, но великан вопреки своим габаритам как будто должен реагировать еще быстрее. К тому же он силен, он голыми руками вырвал бы из земли дерево средних размеров. Расслабленность человека в штатском может быть столь же намеренно обманчивой, как и его сонный вид. Пол полагал, что они справятся с ней... Правда, она готова к тому, к чему они не готовы. В этом ее преимущество.

Спортивная куртка Давида. Она застегнута, несмотря на знойный день. Если Энни вначале выстрелит в Голиафа, то вполне может успеть влепить пулю и Давиду, прежде чем тот расстегнет свою проклятую куртку и достанет пистолет. Застегнутая куртка служит лучшим доказательством правоты Энни: пока они заняты всего лишь рутинной проверкой.

Пока.

Тебе известно, что его убила не я. Его убил ты. Если бы ты держал рот на замке, я спровадила бы его. Сейчас он был бы жив...

Верит ли он в это? Нет, конечно же, нет. И все же у него мелькнуло острое, болезненное чувство вины. Должен ли он держать рот на замке лишь потому, что есть два шанса из десяти, что она одолеет их, если он откроет рот?

Чувство вины мгновенно возникло и исчезло. И на этот вопрос ответ отрицательный. Было бы заманчиво объяснять свое бездействие чисто эгоистическими мотивами, но правда в другом. Его резон очень прост: он хочет взять на себя заботу об Энни Уилкс. *Они могут только посадить тебя в тюрьму, сука,* думал он. *Я же знаю, как сделать тебе больно.*

30

Конечно, остается возможность, что они что-нибудь учуют. В конце концов чуять — это их работа, и они знают о прошлом Энни. Если они учуют, да будет так... но он считал, что в этот день Энни в последний раз сумеет ускользнуть от наказания.

Пол знал теперь вроде бы достаточно. После своего долгого сна Энни непрерывно слушала радио. Исчезновение полицейского по имени Дуэйн Кашнер было главной новостью. Было упомянуто, что Кашнер занимался розысками также пропавшего писателя Пола Шелдона, но никто не предположил, что причина исчезновения обоих одна. По крайней мере пока никто не предположил.

Поток талой воды отнес «камаро» на пять миль от шоссе. Он мог бы спокойно пролежать в лесу хоть месяц, хоть год, и обнаружили его по чистой случайности. Два офицера Национальной гвардии, рыскавшие по местным фермам в поисках складов наркотиков, заметили солнечный луч, отразившийся от осколка ветрового стекла. О степени серьезности катастрофы было трудно судить, так как «камаро» здорово пострадал, пока вода несла его с места аварии. О результатах экспертизы образцов крови, оставшейся в машине (если, конечно, *была* экспертиза), ничего не сообщалось. Пол понимал, что даже самый тщательный осмотр выявил бы очень немного крови в салоне — всю весну машину омывали потоки талой воды.

Штат Колорадо обеспокоен в первую очередь исчезновением патрульного Дуэйна Кашнера — Пол считал, что визит двух полицейских штата это доказывает. Пока все предположения сводились к трем версиям: самогон, марихуана, кокаин. Считалось, что Кашнер в ходе поисков того писателя случайно наткнулся на плантацию марихуаны, подпольное производство спиртного или склад наркотиков. По мере того как испарялась надежда найти Кашнера живым, все громче звучали вопросы: почему он ездил один? Пол сомневался, что бюджет штата Колорадо смог бы выдержать постоянное патрулирование парами, но на поиски Кашнера его коллеги отправились по двое. Чтобы свести риск к минимуму.

Голиаф указал рукой на дом. Энни пожала плечами и помотала головой. Что-то сказал Давид. Поколебавшись, она кивнула и провела их к двери, ведущей в кухню. Пол услышал скрип дверных петель, и они вошли. Звук шагов нескольких человек даже испугал Пола, как будто свершилось богохульство.

— В какое время он приехал? — спросил Голиаф — *наверняка* Голиаф. Грубый, прокуренный голос. Выговор выдает уроженца Среднего Запада.

Около четырех, ответила Энни. Приблизительно. Она только что закончила подстригать газон, и часов у нее не было. Она хорошо помнит — было безумно жарко.

— Долго он у вас пробыл, миссис Уилкс? — осведомился Давид.

— Прошу прощения, я *мисс* Уилкс.

— Извините.

Энни сказала, что не может сказать наверняка, только оставался он недолго. Может быть, минут пять.

— Он показывал вам фотографию?

Да, ответила Энни, затем он и приезжал. Пол даже восхитился ее самообладанием и приветливым тоном.

— Вы когда-нибудь видели изображенного на фото человека?

Энни сказала: ну конечно, это был Пол Шелдон, она его сразу узнала.

— У меня есть все его книги, — пояснила она. — Они мне очень нравятся. Офицер Кашнер был как будто разочарован. Он сказал, если так, я, вероятно, знаю, о чем говорю. Он был прямо-таки обескуражен. И еще страдал от жары.

— Да, верно, день был жаркий, — подтвердил Голиаф.

Пол встревожился: голоса зазвучали намного ближе. Они в гостиной? Да, почти наверняка в гостиной. Пусть он великан, но двигается бесшумно, как рысь. Голос Энни прозвучал еще ближе. Полицейские прошли в гостиную, она следовала за ними. Она не приглашала их, но они все равно прошли в комнату. Осматривают дом.

Голос Энни звучал по-прежнему спокойно, хотя ее домашний писатель находился меньше чем в тридцати пяти футах от них. Она пригласила Кашнера в дом на чашку кофе со льдом, но он сказал: не могу. Тогда она предложила ему взять с собой бутылку холодного...

— Пожалуйста, не разбейте, — вдруг тревожно сказала она. — Мне эти штучки нравятся, а они такие хрупкие...

— Простите, мэм. — Это, наверное, Давид, у него голос тихий, смущенный и слегка озадаченный. При других обстоятельствах Полу было бы приятно, что полицейский говорит таким тоном, но обстоятельства сейчас особенные, и тон этот ему не понравился. Он выпрямился и сжал ручки кресла. В гостиной осторожно поставили на стол какой-то предмет (возможно, глиняного пингвина на льдине). Он представил себе, как Энни опускает руку в сумку. Сейчас один из полицейских — скорее Голиаф — спросит, что у нее там такое.

И тогда начнется стрельба.

— Так на чем вы остановились? — спросил Давид.

— Я предложила ему взять с собой бутылку пепси из холодильника, ведь день очень уж жаркий. У меня бутылки пепси лежат рядом с морозильной камерой, так что вода почти ледяная. Он сказал, что я очень добра. Очень вежливый парнишка. И почему такого молодого человека отправили в патруль одного?

— Он выпил воду здесь? — спросил Давид, игнорируя ее вопрос. Он был теперь еще ближе. Пересек гостиную. Полу не пришлось закрывать глаза, чтобы представить себе, как он выглядывает в коридор и видит дверь ванной и закрытую дверь спальни для гостей. Пол сидел очень прямо; на его исхудавшем горле бешено пульсировала жилка.

— Нет, — сказала Энни все так же спокойно. — Он взял бутылку с собой. Сказал, что ему надо ехать дальше.

— А там что? — спросил Голиаф. Стук двух пар каблуков зазвучал резче — люди сошли с ковра и ступили на голый дощатый пол коридора.

— Ванная и пустая спальня. Бывает, я сплю там, если жарко. Если хотите, взгляните, но уверяю вас: ваш патрульный не привязан там к кровати.

— Да, мэм, я вполне в этом уверен, — сказал Давид, и — о чудо! — их шаги стали удаляться в направлении кухни. — Вам не показалось, что он был чем-то взволнован?

— Вовсе нет, — ответила Энни. — Просто ему было жарко, и он был расстроен.

Пол снова мог дышать.

— Или озабочен?

— Нет.

— Он не говорил, куда направится дальше?

Полицейские почти наверняка ничего не заметили, но привычное ухо Пола уловило мгновенное замешательство; в этом вопросе может таиться ловушка, она может захлопнуться сразу или чуть позже. Нет, не говорил, наконец сказала Энни, но поехал он на запад, и она предполагает, что он поехал к Спрингерс-роуд, там есть несколько ферм.

— Спасибо за содействие, мэм, — сказал Давид. — Возможно, нам еще придется к вам вернуться.

— Конечно, — отозвалась Энни. — Пожалуйста. Я в последнее время редко бываю в обществе.

— Вы не возражаете, если мы заглянем в сарай? — резко спросил Голиаф.

— Разумеется. Не забудьте только поздороваться, когда войдете туда.

— С кем поздороваться, мэм? — спросил Давид.

— С Мизери. Это моя свинья.

31

Она стояла в дверях и внимательно смотрела на него — так внимательно, что он почувствовал, что краснеет. Полицейские уехали пятнадцать минут назад.

— На мне что-нибудь написано? — спросил он наконец.

— Почему ты не верещал? — Оба полицейских приподняли головные уборы, садясь в машину, но ни один не улыбнулся. Пол, наблюдая за ними из своего укрытия, обратил внимание на выражение их глаз. Они знали, кто она. Прекрасно знали. — Я ждала, что ты будешь верещать. И они бы набросились на меня как лавина.

— Может, и так. А может, нет.

— Так почему же ты?..

— Энни, если ты постоянно думаешь о самом худшем, что с тобой может случиться, то вполне можешь когда-нибудь ошибиться.

— Нечего со мной умничать!

Пол видел, что под ее внезапной яростью таится глубокое недоумение. Его молчание не вписывалось в созданную ею картину непрекращающегося борцовского поединка: Энни Уилкс против единой гнусной, наносящей со всех сторон удары команды «Гребаных Щенков».

— Да кто тут умничает? Я сказал тебе, что буду держать рот на замке. Так я и поступил. Я хочу закончить книгу в относительно спокойной обстановке. Хочу закончить эту книгу для тебя.

Она неуверенно смотрела на него; ей хотелось поверить, она боялась верить... и в конце концов поверила. И правильно сделала, так как Пол говорил правду.

— Тогда принимайся за работу, — мягко сказала она. — Немедленно. Ты же видел, как они на меня смотрели.

32

Два дня жизнь продолжалась так же, как и до появления Дуэйна Кашнера; Пол почти поверил, что Дуэйн Кашнер не появлялся вообще. Пол писал почти без перерывов. Он отказался от пишущей машинки, и Энни молча поставила ее на каминную полку под фотографию Триумфальной арки. За эти два дня Пол исписал три блокнота. Остался последний блокнот. Когда он будет исписан, Пол начнет писать в тетрадях. Энни точила для него шесть карандашей «Черный воин», они тупились, и Энни снова чинила их. Карандаши становились все короче, а Пол все так же сидел, склонившись над блокнотом, у окна, время от времени рассеянно почесывая большим пальцем правой ноги то место, где когда-то была левая подошва, и смотрел на лист бумаги, смотрел в открытую настежь дверь. Книга ракетой неслась вперед к развязке, как это бывает с лучшими произведениями. Пол совершенно отчетливо видел все... Три команды, разыскивающие Мизери в многочисленных коридорах внутри головы идола, две группы людей, желающих убить ее, и одна — Йен, Джеффри и Езекия, — спешащая ей на выручку. А поселение бурка сгорело, и все, кто не погиб в огне, караулили у единственного выхода, у левого уха идола, поклявшись убить *всех,* кто выберется оттуда живым.

Состояние гипнотической сосредоточенности было поколеблено, но не нарушено на третий день после визита Давида и Голиафа, когда к дому Энни подъехал «форд» кремового цвета с эмблемой местной телестанции. «Форд» был битком набит оборудованием для видеосъемки.

— О Боже! — пробормотал Пол. Чувства его застыли где-то между скепсисом, радостным возбуждением и ужасом. — Чтоб тебя, это что за явление?

Едва фургон затормозил, как задняя его дверца распахнулась и на дорожку выпрыгнул парень в защитного цвета брюках и майке с надписью «Deadhead». В одной руке он держал нечто, напоминающее очертаниями большой пистолет, и Пол даже подумал было, что сейчас он выпустит облако слезоточивого газа. Парень поднял черный предмет к плечу и направил его на дом, и Пол понял, что это видеокамера. С переднего пассажирского сиденья спрыгнула молодая девушка, распушила волосы, кинула взгляд в зеркальце заднего вида, чтобы убедиться, что макияж в порядке, и встала рядом с оператором.

Внешний мир, несколько лет не смотревший в сторону Дракона в юбке, явился теперь, чтобы наверстать упущенное.

Пол поспешно откатился от окна, надеясь, что его не успели заметить.

Успели или не успели — можешь узнать из шестичасовых новостей, подумал он и зажал рот ладонями, чтобы сдержать хихиканье.

Хлопнула дверь.

— Убирайтесь отсюда к чертовой бабушке! — закричала Энни. — К чертовой бабушке из моих владений!

Глухой голос:

— Мисс Уилкс, если бы вы позволили...

— Я позволю себе засунуть динамит в ваши гребаные задницы, если немедленно не уберетесь!

— Мисс Уилкс, я Гленна Робертс с телеви...

— Может, ты Джон Смит Иисус Говнодав Христос с планеты Марс! Мне плевать! Вон из моих владений, или вы ПОКОЙНИКИ!

— Но...

ГРОХ!

Энни Боже мой Энни убила этих придурков...

Он подкатился к окну и выглянул. У него нет выбора — он должен увидеть. Волна облегчения накрыла его. Энни стреляла в воздух. И этого оказалось достаточно. Гленна Робертс во всю прыть неслась к фургону. Оператор навел объектив на Энни; Энни навела дуло ружья на оператора; оператор решил, что ему больше хочется остаться в живых и еще раз побывать на концерте «Грейтфул дэд», нежели заснять на пленку Дракона в юбке, и плюхнулся на заднее сиденье. Он еще не успел захлопнуть дверцу, а фургон уже дал задний ход.

Энни с ружьем в одной руке проследила за отъездом телевизионщиков, затем медленно возвратилась в дом. Пол услышал, как она кладет ружье на стол. Затем она вошла к нему в комнату. Выглядела она хуже, чем когда-либо на его памяти. Бледное, измученное лицо, глаза мечут молнии.

— Они вернулись, — прошептала она.

— Успокойся.

— Я знала, что все эти щенки когда-нибудь вернутся. И вот они вернулись.

— Энни, они ушли. Ты их прогнала.

— Они *никогда* не уходят. Они узнали, что пропавший полицейский навестил Дракона в юбке. И вот они здесь.

— Энни...

— Знаешь, что им нужно? — выкрикнула она.

— Конечно. Я имел дело с журналистами. Им всегда нужны всего две вещи: чтобы ты смотрела телевизор и материлась и чтобы кто-нибудь угостил их мартини за удачный сюжет. Тебе, Энни, надо успоко...

— Вот *это* им нужно, — сказала она и поднесла руку со скрюченными пальцами ко лбу. Внезапно она резко царапнула кожу, оставив на лбу четыре кровавые дорожки. Кровь залила брови, потекла вниз по щекам, вдоль носа.

— Энни! Прекрати!

— И это! — Левой рукой она ударила себя по щеке с такой силой, что остался красный отпечаток. — И *это!* — И по правой щеке, с еще большей силой; там, где ногти соприкоснулись с кожей, брызнули капельки крови.

— *ПРЕКРАТИ!* — завопил он.

— *Вот это им нужно!* — завопила она в ответ. Ладонями она зажала раны на лбу, унимая кровотечение, потом продемонстрировала ему окровавленные ладони. И вышла из комнаты тяжелыми шагами.

Прошло много, много времени, и Пол вернулся к книге. Сначала работа двигалась медленно, ее прерывала возвращающаяся картинка — Энни, раздирающая ногтями кожу на лбу, и Пол уже решил, что ничего хорошего у него не выйдет, лучше отложить на другой день, а потом книга захватила его и он прошел сквозь дверь в бумажном листе.

И, как всегда, испытал блаженное облегчение.

33

На следующий день опять приехала полиция. На сей раз — деревенские парни из местных. И с ними — костлявый человек с чемоданчиком, в котором могла находиться только электронная стенографическая машина. Энни вышла к ним с пустым лицом. Затем провела их в кухню.

Пол тихо сидел у себя с большой тетрадью на коленях (последняя страница последнего блокнота была исписана накануне вечером) и слушал, как Энни делает заявление, то есть повторяет то, что рассказывала Давиду и Голиафу четыре дня назад. В сущности, подумал Пол, ее заявление состоит по большей части из невразумительного мычания. С удивлением и страхом он обнаружил, что чуть-чуть жалеет Энни Уилкс.

Полицейский из Сайдвиндера, который в основном задавал вопросы, начал с того, что Энни может отказаться отвечать до прибытия ее адвоката. Энни отказалась от вызова адвоката и просто повторила свой рассказ. Пол не заметил каких-либо отклонений.

Они провели в кухне полчаса. В конце один из полицейских поинтересовался, откуда у нее эти ужасные шрамы на лбу.

— Расцарапала во сне, — объяснила она. — Мне приснился плохой сон.

— Какой сон? — спросил полицейский.

— Мне приснилось, что люди вспомнили обо мне спустя столько лет и опять стали таскаться сюда.

Когда они ушли, Энни пришла к Полу. Ее лицо, отрешенное, больное, было как будто вылеплено из теста.

— Этот дом превращается в отель «Гран Централь», — пошутил Пол.

Она не улыбнулась.

— Сколько еще?

Он помолчал, посмотрел на стопку машинописных страниц, на исписанные от руки листы, потом — снова на Энни.

— Два дня, — сказал он. — Возможно, три.

— В следующий раз они приедут с ордером на обыск, — заметила она и вышла, не дав ему времени ответить.

34

Примерно без четверти двенадцать она вошла и сказала:

— Пол, ты должен был лечь спать час назад.

Он поднял голову; она вырвала его из сонного царства его романа. Джеффри — сделавшийся главным героем этой книги — только что встретился с царицей пчел, с которой должен был схватиться не на жизнь, а на смерть ради спасения Мизери.

— Не имеет значения, — сказал он. — Книга скоро будет готова. Бывает, надо записать сразу, а то идея уходит. — Он сделал жест дрожащей натруженной рукой. На подушечке указательного пальца, столь усердно сжимавшего карандаш, появилось вздутие — то ли мозоль, то ли волдырь. У него есть капсулы, они уймут боль, но и спутают мысли.

— А хорошо получится? — мягко спросила она. — Действительно хорошо? Ты ведь пишешь не только для меня?

— О нет, — ответил он, и ему вдруг захотелось добавить: *Никогда, Энни, я не писал для тебя, равно как и для всех женщин, которые подписываются «Ваша самая большая поклонница». Как только ты приступаешь к книге, все остальные оказываются на другом конце галактики. Никогда я не писал для своих жен, для матери, для отца. Знаешь, почему авторы пишут, что посвящают книги своим близким? Потому что в конце концов масштабы собственного эгоизма начинают их пугать.*

Однако было бы неразумно говорить Энни подобные вещи.

Он писал, пока небо на востоке не стало светлеть, потом скользнул под одеяло и проспал четыре часа. Ему снились путаные, неприятные сны. В одном из них отец Энни поднимался по длинной лестнице. У него в руках была корзина, вроде бы полная газетных вырезок. Пол хотел окликнуть его, предупредить, но, открыв рот, не мог произнести ничего существенного, только начинал какое-то повествование, каждый раз новое, но начиналось все с одних и тех же слов: «Однажды, примерно неделю спустя...» А потом появилась Энни Уилкс. Она, вопя, бежала по коридору, торопясь столкнуть отца туда, где тот найдет свою смерть... и ее крики превращались в зловещий монотонный гул, тело под юбкой и шерстяным свитером стягивалось, видоизменялось, так как Энни превращалась в пчелу.

35

На следующий день представители власти не появлялись, зато прибыли неофициальные посетители. Праздношатающиеся подростки. Битком набитая машина. Когда они вырулили (задним ходом) на подъездную дорожку, Энни выбежала из дома и закричала, чтобы они убирались из ее владений, пока она не пристрелила их за то, что все они — грязные подлюги.

— Вали отсюда, Дракон в юбке! — крикнул кто-то из них.

— Где ты его зарыла? — закричал другой, а машина в тот момент двинулась вперед, прочь от дома.

Третий швырнул пивную бутылку. Когда машина отъезжала, Пол заметил на ее заднем бампере наклейку: МЫ ЗА ГОЛУБЫХ ДЬЯВОЛОВ САЙДВИНДЕРА.

Через час он увидел, как Энни крадучись пробирается мимо его окна к сараю, натягивая рабочие перчатки. Какое-то время спустя она прошла обратно, волоча за собой цепь, в которую были теперь вплетены куски колючей проволоки. Когда эта мрачная цепочка перегородила подъездную дорогу, Энни достала из нагрудного кармана несколько лоскутов красной материи и для наглядности привязала их к звеньям цепи.

Когда она наконец вошла в комнату Пола, то сказала:

— Полицию это не остановит, зато остальные щенки не сунутся.

— Правильно.

— Твоя рука... болит.

— Да.

— Не хочу быть гребаной занудой, Пол, но...

— Завтра, — сказал он.

— Завтра? Правда? — Ее лицо немедленно просветлело.

— Думаю, да. Наверное, часов в шесть.

— Пол, это же изумительно! Я могу сейчас почитать или?..

— Лучше тебе подождать.

— Тогда я подожду. — В ее глазах опять появилось нежное, тающее выражение, которое Пол теперь ненавидел больше всего. — Я люблю тебя, Пол. Ты это знаешь.

— Да, — сказал он. — Я знаю. — И он опять склонился над тетрадью.

36

В тот вечер она принесла ему кефлекс (боль в мочеиспускательном канале оставляла Пола, но слишком медленно) и ведерко со льдом. Рядом с его креслом она положила аккуратно сложенное полотенце и вышла, не произнеся ни слова.

Пол отложил карандаш — пальцы правой руки ему удалось разогнуть только при помощи пальцев левой — и опустил опухшую руку в ведерко со льдом. Он держал там руку до тех пор, пока она почти совершенно не онемела. Когда он вытащил ее, опухоль чуть-чуть спала. Он обернул руку полотенцем и откинулся на спинку кресла, всматриваясь в темноту. В руке чувствовалось покалывание. Он отложил полотенце, несколько раз сжал руку в кулак (сначала он морщился от боли, но потом пальцы стали сгибаться свободнее) и снова принялся писать.

На рассвете он медленно подкатился к кровати, забрался под одеяло и тут же заснул. Ему снилось, что он заблудился во время снежной бури, только засыпал его не снег; мир был полон летящих по воздуху во всех направлениях бумажных листов, покрытых машинописными строчками, где не было букв «н», «т» и «е», и он понимал, что, если будет жить, когда закончится буран, ему придется собственноручно вставить все эти буквы в слова, которые едва читаются на листах.

37

Проснулся он около одиннадцати, и Энни, едва заслышав, что он ворочается в кровати, вошла к нему со стаканом апельсинового сока, капсулами новрила и миской горячего куриного бульона:

— Пол, у нас сегодня торжественный день, правда?

— Да.

Он попытался взять ложку правой рукой и не смог. Кисть покраснела и распухла. Он попробовал сжать ее в кулак и почувствовал, что в пальцы будто вставлены металлические стержни. В последние дни, подумалось ему, он как будто только и делал, что раздавал автографы, и очередь за ними не убывала.

— Ох, бедная твоя *ручка!* — воскликнула Энни. — Я принесу тебе еще капсулу! Сейчас иду!

— Нет. Мне нужна ясная голова для последнего рывка.

— Ты же не можешь писать такой рукой!

— Не могу, — согласился Пол. — Рука болит безумно. Я собираюсь закончить так же, как и начал, — на «Ройале». Остается напечатать восемь — десять страниц. Надеюсь, я справлюсь со всеми этими «н», «т», «е».

— Я должна была приобрести для тебя другую машинку, — сказала Энни. Она выглядела в самом деле виноватой; у нее в глазах стояли слезы. Пол подумал, что редкие моменты, подобные этому, наиболее отвратительны, потому что в такие моменты он видел женщину, какой она могла бы стать, если бы получила правильное воспитание или железы ее вырабатывали бы не такие ядовитые вещества. Или то и другое вместе. — Я вела себя как дура. Мне тяжело в этом признаться, но это так. Это произошло потому, что я не хотела признать, что эта проклятая Дартмонгер подсунула мне негодную вещь. Прости меня, Пол. Бедная твоя ручка.

Она взяла его руку и поцеловала ее — осторожно, как Ниоба* умирающего сына.

— Все в порядке. Мы справимся. Мы с Дакки Дэддлсом. Я ненавижу *его,* но у меня такое чувство, что он тоже ненавидит *меня,* так что мы квиты.

---

* В греческой мифологии жена царя Фив. Чтобы наказать Ниобу за ее гордыню, Аполлон и Артемида убили семерых ее сыновей и семь дочерей, после чего сама Ниоба обратилась в каменную статую.

— О ком ты говоришь?

— О машинке. Я дал ей прозвище в честь персонажа мультфильма.

— О-о... — Она погасла. Выключилась. Он терпеливо дожидался ее возвращения, не спеша хлебая куриный бульон. Ложку он неуклюже сжимал между указательным и средним пальцами левой руки.

Наконец она вернулась и взглянула на него, улыбаясь, словно только что проснулась и увидела, что утро на дворе замечательное.

— Доел суп? Кажется, у меня есть для тебя кое-что особенное!

— Посмотри, Энни, какой я Послушный Парень! — без тени улыбки сказал он.

— Ты самый лучший Послушный Парень в мире, Пол, и ты заслужил целый *ряд* золотых звезд! Впрочем... погоди. Посмотрим, как тебе это понравится.

Она вышла; Пол посмотрел на календарь, затем на Триумфальную арку. Потом на потолок, на три сплетенные в пьяном танце буквы «В». И наконец взглянул на пишущую машинку и толстую неаккуратную стопку исписанных листов. *Прощайте,* подумал он, и тут же Энни вошла в комнату с другим подносом.

На нем было четыре блюда: ломтики лимона на одном, тертое вареное яйцо на втором, жареный хлеб на третьем. На четвертом, самом большом блюде лежала

(дрожала)

красная икра.

— Не знаю, — смущенно заговорила она, — нравится тебе это или нет. Не знаю даже, нравится ли это *мне.* Я никогда этого не пробовала.

И Пол засмеялся. У него болел живот, болели ноги, даже правая рука болела; и скоро, может быть, ему станет еще больнее, так как паранойя Энни заставит ее подумать, что, если человек смеется, значит, он смеется *над ней.* Но он не мог остановиться. Он смеялся, задыхаясь и кашляя; он раскраснелся, в уголках глаз показались слезы. Эта женщина отрубила топором его ногу, отрезала ему электроножом палец, а теперь принесла ему икру в количестве, достаточном, чтобы заставить поперхнуться африканского кабана. И — чудо из чудес! — на ее лице не было и намека на *расселину*. Она даже начала смеяться вместе с ним.

38

Обычно люди обожают икру или терпеть ее не могут, но Пол никогда не испытывал ни того, ни другого чувства. Если он летел куда-нибудь первым классом, стюардесса ставила перед ним блюдце с икрой, он съедал ее и забывал о ней до следующего полета, когда стюардесса снова ставила перед ним блюдце. Но сейчас он с жадностью набросился на икру и все прочее, словно человек, впервые в жизни осознавший, какую важную роль в его жизни играет еда.

Энни осталась к икре равнодушна. Она размазала ложку икры по поджаренному кусочку хлеба, откусила, поморщилась с отвращением и отложила тостик в сторону. Зато Пол поедал икру крайне активно. За пятнадцать минут он срыл половину возвышавшейся перед ним горы. Затем рыгнул, прикрыв рот ладонью, и виновато поглядел на Энни, а та вновь разразилась веселым смехом.

Думаю, я убью тебя, Энни, подумал он и дружелюбно взглянул на нее. *Я действительно это сделаю. Может быть, я уйду вместе с тобой — но если и так, я уйду с набитым икрой желудком. Смерть бывает и хуже.*

— Это было замечательно, но я больше не могу, — произнес он.

— И не ешь, а то тебя вырвет, — отозвалась Энни. — Это очень калорийный продукт. — Она улыбнулась. — У меня есть для тебя еще сюрприз. Бутылка шампанского... На потом. Когда ты окончишь книгу. Называется — «Дом Периньон». Стоит семьдесят пять долларов! *Одна бутылка!* Но Чаки Йодер из винного магазина говорит, что это самое лучшее шампанское.

— Чаки Йодер прав, — заметил Пол, подумав, что «Дом Периньон» не в последнюю очередь виноват в том, что он, Пол, попал в этот дом. Помолчав, он добавил: — Я бы хотел кое-чего еще. Когда закончу.

— Да? Чего же?

— Ты как-то говорила, что сохранила все мои вещи.

— Да.

— Тогда... У меня в чемодане лежала пачка сигарет. Я хочу выкурить одну сигарету, когда закончу.

Ее улыбка пропала.

— Пол, такие вещи не доводят до добра. От них бывает рак.

— Энни, неужели ты думаешь, что сейчас меня будет беспокоить возможность заработать рак?

Она не ответила.

— Я хочу одну-единственную сигарету. Каждый раз, когда я заканчивал книгу, я откидывался на спинку кресла и выкуривал сигарету. Поверь, у такой сигареты отличный вкус, даже лучше, чем у самого роскошного обеда. По крайней мере так было раньше. Сейчас, наверное, меня замутит после сигареты и будет пучить живот, но мне нужна эта связь с прошлым. Ну как, Энни? Сыграй честно. *Я* играл честно.

— Хорошо... Но до шампанского. Я не намерена пить шипучее пойло за семьдесят пять долларов в комнате, где ты будешь потом распространять вокруг себя этот яд.

— Отлично. Если ты принесешь мне сигарету часов в двенадцать, я положу ее на подоконник и буду время от времени поглядывать на нее. Потом закончу книгу, вставлю буквы, после этого покурю, пока не почувствую, что теряю сознание. Тогда я погашу ее. И позову тебя.

— Хорошо, — сказала она. — И все-таки я недовольна. Пусть от одной сигареты у тебя не разовьется рак, я все равно недовольна. И знаешь почему, Пол?

— Нет.

— Потому что курят только Непослушные Парни, — ответила Энни и принялась убирать посуду.

39

— Мистер босс Йен, она?..

— Ш-ш-ш! — зашипел Йен, и Езекия послушно умолк. Джеффри чувствовал, как сильно пульсирует жилка у него на горле. Снаружи доносился скрип мачт; легкий бриз, первый предвестник свежего морского ветра, заставлял хлопать паруса; кричали птицы. Джеффри слышал, как на нижней палубе распевают песню гортанные, сорванные мужские голоса. Но здесь, в каюте, три человека — два белых и один черный — молча выжидали, желая убедиться, будет Мизери жить... или...

Йен громко застонал, и Езекия сжал его руку. Джеффри, в последнее время пребывавший в почти истерическом напряжении, напрягся еще сильнее. Неужели теперь, когда все позади, Господь будет так жесток, что позволит Мизери умереть? Однажды Он уже отверг такую возможность, причем был скорее весел, чем сердит. В те времена он отверг бы мысль о том, что Господь может быть жесток, как абсурдную.

Но его представление о Боге — как и представление о многих других предметах — переменилось. Перемены произошли в Африке. В Африке Джеффри осознал, что в мире не один Бог, что их много и среди них есть не просто жестокие — есть безумные боги, и это представление переменило его взгляды. Жестокость в конце концов объяснима. Противостоять же безумию не может ничто.

Если его любимая Мизери в самом деле мертва (а этого он всерьез боялся), он выйдет на верхнюю палубу и бросится в море. Он всегда знал и принимал как должное, что боги суровы; но он не желал жить в мире, где боги безумны.

Езекия резким, испуганным возгласом прервал его мрачные размышления:

— Мистер босс Йен! Мистер босс Джеффри! Смотрите! Она — глаза! Она — глаза — смотрите!

Глаза Мизери, ее глаза неуловимо василькового оттенка открылись. Посмотрели на Йена, на Джеффри, опять на Йена. Сначала Джеффри увидел в них только изумление, потом в них засветилось узнавание, и он почувствовал, как радость согревает его душу.

— Где я? — спросила она, зевая и потягиваясь. — Йен? Джеффри? Мы в море? Почему мне так хочется есть?

Смеясь и плача, Йен обнял ее, повторяя без конца ее имя.

Она была удивлена, но с радостью обняла его, и Джеффри, увидев, что она жива, понял, что сможет, отныне и навеки, смириться с их взаимной любовью. Он будет жить один, он сможет жить один — в мире и покое.

Может быть, боги все же не безумны... По крайней мере безумны не все?

Он тронул Езекию за плечо.

— Старик, давай-ка оставим их одних.

— О, это правильно, босс Джеффри, — сказал Езекия, обнажая в широкой улыбке все семь золотых зубов.

Джеффри украдкой бросил на нее последний взгляд, и ее васильковые глаза согрели его, наполнили светом. Полонили его.

Люблю тебя, дорогая, подумал он. Ты меня слышишь?

И ответ пришел — возможно, рожденный его собственным опечаленным разумом, хотя вряд ли; слишком он был ясным, слишком узнаваем был ее голос.

Я слышу... Я тоже тебя люблю.

Джеффри закрыл дверь каюты и поднялся на палубу. Вместо того, чтобы броситься в море, как он намеревался сделать совсем недавно, он закурил трубку, глядя, как солнце садится, как оно скрывается на горизонте в далеком облаке, в которое превратился берег Африки.

А потом — он не мог поступить иначе... Он вынул из машинки последний лист и нацарапал ручкой самое любимое и самое ненавистное для писателя слово:

КОНЕЦ

40

Распухшая правая рука не желала вставлять пропущенные буквы, но он заставил ее работать. Если он не сможет заставить руку хоть как-то двигаться, то не сможет довести свое дело до конца.

Закончив, он отложил ручку и посмотрел на свою работу. Он испытывал те же чувства, что и всегда, когда заканчивал книгу; как будто он в течение долгих месяцев взбирался на гору и продирался сквозь заросли, выбрался на вершину и увидел заасфальтированное шоссе, а на нем — за хорошее поведение — несколько заправочных станций и кегельбанов.

И все же приятно заканчивать — заканчивать всегда приятно. Приятно создавать, вызывать кого-то к жизни. Не отдавая себе отчета, он понимал, что его работа требует смелости, что он обязан творить никогда не существовавших людей, заставлять их совершать поступки и вдыхать в них призрачную жизнь. Он понял — понял наконец, — что это довольно глупый трюк, но единственный подвластный ему, и хотя он проделывал его порой неловко, всегда при этом его переполняла любовь. Он тронул кончиками пальцев рукопись и улыбнулся.

Его левая рука оставила толстую пачку бумаги и подползла к единственной сигарете «Мальборо», оставленной на подоконнике. Рядом с ней — керамическая пепельница, изображающая прогулочный пароход. На пепельнице надпись: СУВЕНИР ИЗ ГАННИБАЛА, ШТАТ МИССУРИ, — ЭТО РОДИНА АМЕРИКАНСКОГО СОЧИНИТЕЛЯ!

В пепельнице лежала упаковка картонных спичек, но спичка там была всего одна — только одну Энни соизволила ему дать. Впрочем, ему достаточно одной.

Он слышал, как она расхаживает наверху. И это хорошо. У него есть время на кое-какие приготовления, а если она вздумает спуститься раньше времени, он услышит и будет предупрежден.

Энни, пришло время для настоящей шутки. Посмотрим, смогу ли я. Давай посмотрим — я могу?

Он наклонился, не обращая внимания на боль в ногах, и отодвинул кусок плинтуса.

41

Через пять минут он позвал ее; на лестнице зазвучали тяжелые, какие-то неуклюжие шаги. Он считал, что его охватит паника, когда дойдет до ее прихода в комнату, но оказалось, что он совершенно спокоен. Тем лучше. В комнате пахло горючей жидкостью, которая капала на пол с доски, лежащей на ручках инвалидного кресла.

— Пол, ты *в самом деле* закончил? — крикнула она из коридора.

Пол взглянул на внушительную стопу бумаги, лежащую на доске рядом с мерзким «Ройалом». Бумага уже пропиталась горючей жидкостью.

— Ну, Энни, — крикнул он в ответ, — я сделал все, что мог!

— Ух ты! Грандиозно! Я не могу поверить! Я столько ждала! Подожди минутку! Я принесу шампанское!

— Хорошо!

Она шагнула на линолеум в кухне. Пол знал, когда и как скрипнет дверца холодильника. Вот она скрипнула. *Все эти звуки я слышу в последний раз,* подумал он и почувствовал, что сейчас свершится чудо, и все его спокойствие разлетелось вдребезги, как яичная скорлупа. А под скорлупой был страх... и что-то еще. Наверное, исчезающий вдали берег Африки.

Дверца холодильника захлопнулась. Энни прошла через кухню; идет сюда.

Конечно, Пол не выкурил сигарету; она по-прежнему лежала на подоконнике. Ему нужна была спичка. Вот эта единственная спичка.

Что, если ты чиркнешь, а она не загорится?

Поздно размышлять.

Он потянулся к пепельнице и взял картонную упаковку. Оторвал спичку. Она уже в коридоре. Пол чиркнул спичкой, и она, как и следовало ожидать, не зажглась.

Спокойнее! Спокойнее, и все получится!

Он чиркнул еще раз. Безрезультатно.

Спокойнее... спокойнее...

В третий раз провел он головкой спички по темно-коричневой полоске на задней части упаковки и увидел бледно-желтый язычок пламени.

Надеюсь только...

Она замолчала; следующее слово застряло у нее в горле. Пол сидел в кресле, а перед ним высилась баррикада, состоящая из стопки бумаги и старинной пишущей машинки «Ройал». Он намеренно повернул верхний лист так, чтобы она смогла прочитать:

ПОЛ ШЕЛДОН

ВОЗВРАЩЕНИЕ МИЗЕРИ

Распухшая правая рука Пола была занесена над промокшей стопкой бумаги, и между большим и указательным пальцами была зажата горящая спичка.

Энни остановилась в дверях; в руке она держала обернутую в кухонное полотенце бутылку шампанского. Рот ее закрылся так резко, что щелкнули зубы.

Очень осторожно:

— Пол! Что ты делаешь?

— Книга готова, — сказал он. — Энни, это хорошая книга. Лучшая из книг о Мизери и, возможно, лучшая из всех, что я написал. А сейчас я собираюсь произвести над ней одну операцию. Хорошую операцию. Этой операции я научился у тебя.

— *Нет, Пол!* — завопила она. В голосе ее звучала смертная боль — она все поняла. Она протянула руки вперед, и позабытая бутылка шампанского выскользнула и разорвалась на полу, как бомба. Во все стороны разлетелись пенистые брызги. — *Нет! Нет! ПОЖАЛУЙСТА, НЕ НАДО...*

— Очень жаль, что ты никогда ее не прочтешь, — сказал Пол, улыбаясь. Впервые за долгие месяцы он искренне и лучезарно улыбался. — Могу сказать без ложной скромности: она более чем хороша. Энни, это *превосходный* роман.

Спичка догорала, пламя уже обжигало ему пальцы. Он уронил спичку. Было жуткое мгновение, когда ему показалось, что она погасла, а потом бледно-голубое пламя охватило верхний лист. Послышался явственный шорох. Огонь лизнул кипу бумаги сбоку, нашел горючее и взвился желтым вихрем.

— *О БОЖЕ, НЕТ!* — кричала Энни. — *ТОЛЬКО НЕ МИЗЕРИ! ТОЛЬКО НЕ МИЗЕРИ! НЕ УБИВАЙ ЕЕ! НЕТ! НЕТ!*

Лицо ее блестело в ярком свете пламени.

— Хочешь загадать желание, Энни? — крикнул Пол. — Хочешь загадать желание, ты, тварь?

— *О БОЖЕ МОЙ ПОЛ ЧТО ТЫ НАДЕЕЕЛАЛ!*

Она шагнула вперед, вытянув руки перед собой. Теперь бумага уже не просто горела, она полыхала. Серый бок «Ройала» быстро чернел. Горючее разлилось, под машинкой и между клавишами заплясали язычки огня. Пол чувствовал, что лицо его поджаривается.

— *ТОЛЬКО НЕ МИЗЕРИ!* — завывала Энни. — *ТЫ НЕ МОЖЕШЬ СЖЕЧЬ МИЗЕРИ, ТЫ, ГРЕБАНЫЙ ЩЕНОК, ТЫ НЕ МОЖЕШЬ СЖЕЧЬ МИЗЕРИ!*

А потом она сделала то, чего он почти с полной уверенностью ожидал. Она подхватила горящую стопу бумаги и повернулась к Полу спиной, вероятно, намереваясь бежать в ванную и там залить рукопись водой.

Как только она повернулась, он схватил «Ройал», совершенно не чувствуя боли оттого, что искалеченная его рука сжала раскаленный бок машинки. Поднял «Ройал» над головой. С каретки падали синие огненные капли. На них Пол обратил не больше внимания, чем на вспышку боли в спине. От сверхусилия и предельной целеустремленности его лицо исказилось в безумной гримасе. Он швырнул машинку вперед. Она ударила Энни в середину ее широкой спины.

— *УУУУХ!* — Это был даже не вопль, а протяжный удивленный стон. Энни рухнула на пол, накрыв телом пачку горящей бумаги.

Маленькие синие огоньки танцевали на доске, служившей Полу письменным столом. Тяжело дыша (каждый вздох ощущался как глоток расплавленного железа), Пол отшвырнул доску, рывком поднялся и встал на правую ногу.

Энни корчилась и выла на полу. Между ее левой рукой и боком взметнулось пламя. Энни завопила. Пол почувствовал запах горящей кожи, горящего сала.

Ей удалось подняться на четвереньки. Почти вся рукопись осталась на полу; одни листы все еще горели, другие, шипя, гасли в луже шампанского, а часть горящей бумаги Энни попрежнему сжимала в руках. Шерстяной свитер Энни горел. Темно-зеленые бутылочные осколки впились ей в предплечья. Осколок побольше торчал, как лезвие томагавка, из ее правой щеки.

— Я убью тебя, поганый ты лжец, — проговорила она и поползла к нему на коленях. Ей удалось сделать три «шага», потом она наткнулась на пишущую машинку и упала. Она еще успела повернуться на бок, и тут Пол рухнул на нее сверху. Даже сквозь ее тело он почувствовал под собой острые углы машинки. Она завопила, как кошка, изогнулась, как кошка, и попыталась выскользнуть из-под него, как кошка.

Огонь вокруг почти погас, но Пол чувствовал, что от извивающейся под ним горы мяса исходит нестерпимый жар, и понимал, что ее лифчик и по крайней мере часть свитера намертво вжарились в тело. Никакой жалости он не испытывал.

Она попыталась стряхнуть его, но он удержался и лежал теперь на ней, как насильник. Лицо его почти касалось ее лица. Он протянул правую руку вбок, твердо зная, что ему нужно.

— Слезь с меня!

Его рука захватила полную горсть мокрой горячей бумаги.

— *Слезь с меня!*

Он скомкал листы бумаги, гася пальцами последние огоньки. Он чувствовал запах Энни — запах горелого мяса, пота, ненависти, безумия.

— *СЛЕЗЬ С МЕНЯ!* — заорала она, широко разинув рот, и тут Пол заглянул во влажную пасть богини. — *СЛЕЗЬ С МЕНЯ, ГРЕБАНЫЙ ТЫ ЩЕ...*

Он затолкал в эту вопящую разинутую пасть ком бумаги — белой, черной, коричневой, как кожица луковицы. Ее выпученные глаза еще сильнее расширились от неожиданности, страха и новой боли.

— Вот твоя книга, Энни, — выдохнул он, хватая с пола вторую горсть бумаги. С этих листов капало, и они источали кислый запах разлитого вина. Она брыкалась и извивалась под ним. Соляной купол на его левом колене стукнулся об пол, боль взвилась до немыслимого уровня, но он остался сверху. *Да-да, Энни, я тебя изнасилую. Я изнасилую тебя, потому что могу применить к тебе только самые худшие меры. Так соси мою книгу. Соси мою книгу. Соси, пока не задохнешься к чертовой матери. Он сжал мокрую бумагу в кулаке и затем затолкал ее в рот Энни, пропихивая первый полусожженный ком дальше в глотку.*

— Вот тебе, Энни. Как тебе это нравится? Первый экземпляр, издательство «Энни Уилкс», как тебе? Жри ее, Энни, соси, соси и *жри,* будь Послушным Парнем и сожри ее *всю до конца.*

Он запихнул ей в пасть третью порцию, четвертую. Пятая еще горела, и на нижней части правой ладони Пола уже вздулся пузырь от ожога.

Энни издавала глухие злобные звуки. Она отчаянно дернулась еще раз и выбралась из-под него. С усилием опять встала на четвереньки. Пальцы потянулись к почерневшему и распухшему горлу. От ее свитера мало что осталось, если не считать обгоревшего воротника. На животе и груди вздулись пузыри. С комка бумаги, торчавшего изо рта, капало шампанское.

— *Мампф! Мрк! Мрк!* — хрипела Энни. Все еще держась за горло, она сумела как-то подняться на ноги. Пол отполз от нее, неуклюже вытянув ноги. — *Хрку? Дрг? Мампф!*

Она сделала шаг. Второй. Опять споткнулась о пишущую машинку. Голова ее неловко повернулась, а в застывших глазах читался только обращенный к Полу и почему-то жутковатый вопрос: *Что случилось? Я же просто несла тебе шампанское.*

Падая, она ударилась левой стороной головы о каминную полку и осела на пол, как мешок с камнями, и дом задрожал при ее падении.

43

Энни упала на горящие бумажные листы и погасила огонь своим телом. В середине комнаты поднялся столб черного дыма. Почти все рассыпавшиеся листы погасли в лужах шампанского. Только две или три страницы, отлетевшие к стене слева от двери, все еще горели, и отблески пламени падали на обои... но горели они словно нехотя.

Пол, опираясь на локти, подполз к своей кровати, стянул с нее покрывало и потащился с ним к стене, расчищая ладонями путь от бутылочных осколков. Он ощущал растяжение позвоночника. На правой ладони остался серьезный ожог. У него разболелась голова. От запаха жженого мяса начались спазмы в желудке. Но он был свободен. Богиня умерла, и он был свободен.

Он подтянул под себя правое колено и неуклюже поднялся, держа в руках покрывало, вымокшее в шампанском и испачканное пеплом. Сбив покрывалом последние языки пламени, он отшвырнул его к стене; в том месте выгорел кусок обоев и загнулась вверх страница календаря.

Он пополз обратно к своему инвалидному креслу; когда он миновал полпути, Энни открыла глаза.

44

Не веря своим глазам, Пол смотрел, как она медленно встает на четвереньки. Сам он полз, опираясь только на локти, а ноги волочились сзади как безжизненные обрубки.

Нет... Нет, ты же умерла.

Ошибаешься, Пол. Убить богиню невозможно. Богиня бессмертна. Теперь надо прополоскать.

Ее жутко выпученные глаза таращились на него. На левой стороне головы зияла багровая рана, которую не могли скрыть спутанные волосы. Лицо было залито кровью.

— *Грызны!* — прокричала Энни сквозь комья бумаги. Она, извиваясь, ползла к нему, вытянув вперед руки. — *Грызны уугху!*

Пол развернулся и пополз к двери. Он слышал, что она пытается двигаться за ним. Когда она добралась до бутылочных осколков, он почувствовал, как ее рука мертвой хваткой вцепилась в его левую ногу, в обрубок левой ноги. Непереносимая боль. Он закричал.

— *ГНЫЗНЫЙ!* — торжествующе вопила Энни.

Он оглянулся через плечо. Ее лицо медленно багровело и как будто увеличивалось в размерах. Он увидел, что она в самом деле *превращается* в идола племени бурка.

Он дернулся изо всех сил, и его нога, лишенная ступни, выскользнула из ее хватки, и в руке у нее остался только кожаный ремешок, которым она в свое время перевязала культю.

Он пополз вперед; из глаз текли слезы, а по щекам струился пот. Он полз по-пластунски, как солдат под бешеным автоматным огнем противника. Он слышал, как сзади подтягивается одно колено, за ним другое, потом опять первое. Она все же приближалась. Она тверда, как он всегда опасался. Он сжег ее, сломал ей хребет, затолкал бумагу в глотку, и все-таки она приближалась.

— *ДЛЮК!* — кричала Энни. — *ХРС... ДЛЮК!*

Осколок бутылки впился ему в локоть. И все-таки он полз вперед, а зеленое стекло торчало в его руке, как кнопка.

Ее пальцы сомкнулись на его левой икре.

— *УО! ГОО! ООО! ОУ! АУУ!*

Он обернулся; да, лицо ее почернело и походило цветом на сгнившую сливу, глаза налились кровью и вылезли из орбит. Горло распухло. Лицо исказилось в гримасе. Пол подумал, что она, вероятно, силится ухмыльнуться.

Он уже подполз к двери. Ему удалось дотянуться до косяка и вцепиться в него мертвой хваткой.

— *ГОО... ООО... ОУ!*

Ее правая рука на его бедре.

Сссах. Одно колено подтянулось. *Сссах.* Подтянулось второе.

Еще ближе. Ее тень. Ее тень накрывает его.

— Нет, — прохныкал он и плотно зажмурил глаза, не отпуская косяк.

— *ГОО... ООО... ОУ!*

На нем. Гром. Богиня грома.

Ее пальцы, как паучьи лапы, ползли по его спине. Остановились на шее.

— *ГОО... ООО... ГРЗН... ДЛЮГ!*

Воздух исчез. Пол держался за косяк. Он держался за косяк, ее пальцы впивались ему в горло, и он, казалось, кричал: *Умирай неужели ты не можешь умереть неужели ты не можешь умереть неужели ты...*

— *ГОО... ГХ...*

Давление ослабло. Он сумел вздохнуть. Затем Энни рухнула на него сверху, и он, погребенный под горой плоти, уже не мог дышать.

45

Он выбрался из-под нее, как альпинист, которого накрыла снежная лавина. Из последних сил он выбрался из-под нее.

Он выполз в коридор, ожидая, что в какой-то момент ее пальцы схватят его за лодыжку, но этого не случилось. Энни неподвижно лежала в луже крови и вина среди битого стекла. Мертвая? Она *должна* быть мертвой. Пол не верил, что она мертва.

Он захлопнул дверь спальни. До засова, поставленного Энни снаружи, было далеко, как до горной вершины, но Пол добрался до него, задвинул и, обессилев, рухнул возле двери.

Он не знал, сколько времени пролежал в прострации. Пришел он в себя оттого, что услышал тихий короткий скребущийся звук. *Это крысы,* подумал он. *Кры...*

И тут толстые, запачканные кровью пальцы Энни просунулись под дверь и бессознательно вцепились в его рубашку.

Он вскрикнул и дернулся в сторону. Левая нога завопила от приступа боли. Он ударил по пальцам кулаком. Вместо того чтобы убраться, пальцы слегка вздрогнули и замерли.

Пусть это будет ее конец. Пожалуйста, Боже, пусть это будет ее конец.

Медленно, задыхаясь от боли, Пол тащился в сторону ванной. Одолев полпути, он оглянулся. Ее безжизненные пальцы по-прежнему торчали из-под двери. Боль сделалась такой сильной, что он не смог вынести этого зрелища, прополз по коридору назад и затолкал пальцы обратно под дверь. Он проделал это, пересилив себя; ему казалось, что, как только он до них дотронется, они вцепятся в него.

Каждая клеточка его тела трепетала от боли, когда он наконец добрался до ванной комнаты, втянулся внутрь и закрыл за собой дверь.

Боже, а вдруг она перепрятала лекарство?

Этого она не сделала. Беспорядочно сваленные в кучу лекарственные препараты лежали на прежнем месте, и среди них — коробочки с образцами новрила. Он проглотил, не запивая, три капсулы, потом подполз к выходу и улегся там, заблокировав дверь своим телом.

Пол заснул.

46

Когда он проснулся, было уже темно, и сначала он не понял, где находится — почему его спальня настолько *уменьшилась* в размерах? Потом вспомнил все, и вместе с воспоминаниями пришла уверенность: она не умерла, она все еще жива. Она стоит сейчас за дверью, в руках у нее топор, и, когда он высунется, она отрубит ему голову. Голова покатится по коридору как мяч, а Энни будет хохотать.

Это безумие, подумал он, а потом до него донесся тихий шорох, шорох накрахмаленной юбки, трущейся о стену.

Ты сам это выдумал. Твое воображение... оно такое яркое.

Не выдумал. Я это слышал.

Не слышал. Он сам это знает. Его рука потянулась к дверной ручке, потом неуверенно опустилась. Да, он знает, что ничего не слышал... А что, если *слышал?*

Она могла вылезти в окно.

Она МЕРТВА, Пол!

И тут же возражение, неоспоримое в своем алогизме: богиня не умирает.

Он заметил, что отчаянно кусает губы, и заставил себя прекратить. Значит, вот как сходят с ума? Да. Он близок к безумию, а у кого на то есть больше оснований? Но если он поддастся сумасшествию, если завтра приедут полицейские и обнаружат мертвое тело Энни в спальне для гостей и плачущий комок протоплазмы в ванной, плачущий комок протоплазмы, который был когда-то писателем и носил имя Пол Шелдон, не будет ли это победой Энни?

Еще бы. А теперь, Поли, ты будешь Послушным Парнем, не правда ли, и исполнишь то, что предписано сценарием. Хорошо? Договорились.

Его рука опять потянулась к дверной ручке... и опять упала. Следовать первоначальному сценарию *невозможно*. Сценарием было предусмотрено, что он подожжет бумагу и она ее схватит, так и произошло. Но при помощи пишущей машинки он должен был вышибить ей *мозги*, а не сломать хребет. Потом он должен был пробраться в гостиную и поджечь дом. Сценарий предусматривал бегство через окно гостиной. Его ждала дьявольская боль, но он уже убедился, насколько тщательно Энни следит за тем, чтобы двери были надежно заперты. И все же лучше быть покалеченным, нежели замученным, как говорил, кажется, Иоанн Креститель.

В книге все планы осуществились бы без сучка без задоринки... Но жизнь — грязная штука. А что еще можно сказать о реальности, в которой в самые критические моменты жизни человеку может захотеться в туалет или еще что-нибудь подобное? О реальности, в которой даже *глав* нет?

— Очень грязная штука, — прохрипел он. — Хорошо еще, что есть такие, как я, кто может ее полоскать. — Он загоготал.

Бутылки шампанского в сценарии не было, но это мелочь по сравнению с чудовищной живучестью Энни и нынешней неизвестностью, терзавшей Пола.

Он не может поджечь дом и позвать таким образом на помощь, пока не узнает наверняка, жива Энни или нет. И не из-за того, что Энни, возможно, жива; он поджарил бы ее заживо и не испытал бы при этом никаких угрызений совести.

Он не должен устраивать пожар не из-за *Энни,* а из-за рукописи. *Настоящей* рукописи. Сжег он всего-навсего ее имитацию — титульный лист и множество чистых листов вместе с черновыми записями и отвергнутыми вариантами. *Подлинную* рукопись «Возвращения Мизери» он предусмотрительно убрал под кровать, где она сейчас и находится.

Если Энни умерла. А если жива, то, возможно, сидит сейчас в комнате и читает ее.

Так что ты будешь делать?

Ждать здесь, посоветовала ему одна часть его сознания. *Жди здесь, поскольку здесь ты в безопасности.*

Но другая часть сознания, более мужественная, побуждала его все-таки следовать сценарию — насколько это возможно. Доползти до гостиной, разбить окно, выбраться из этого кошмарного дома. Дотащиться до шоссе и остановить какую-нибудь машину. В прежние времена на это, возможно, ушло бы много дней, но сейчас — иное дело. Дом Энни теперь притягивает публику.

Собрав все свое мужество, он дотянулся до дверной ручки и повернул ее. Дверь медленно открылась, и в темноте — да, там стояла Энни, там, среди теней, стояла богиня, белая фигура в форме медицинской сестры...

Он плотно зажмурился и снова открыл глаза. Тени — там. Энни — нет. Никогда он не видел ее в униформе медицинской сестры, только на газетных фотоснимках. Там только тени. Тени и

(такое яркое)

воображение.

Он медленно выполз в коридор и бросил взгляд на дверь спальни для гостей. Дверь была плотно закрыта, и Пол начал пробираться в гостиную.

Гостиная полна теней. В каждой из них может прятаться Энни. Каждая из них может *оказаться* Энни. И у нее может оказаться топор.

Он полз вперед.

Вот захламленный диван; за ним Энни. Вот распахнутая дверь в кухню; *за ней* Энни. Скрипнула половица... Ну конечно! Энни *за его спиной!*

Он обернулся; сердце бешено колотилось, кровь прилила к вискам, все так и есть, Энни у него за спиной, и в руках у нее топор, но — только на секунду. Она растворилась в темноте. Он заполз в гостиную и вдруг услышал приближающийся звук мотора. Слабый свет фар осветил окно. Ярче. Он услышал скрип шин и понял, что гости увидели цепь, которой она перекрыла подъездную дорогу.

Открылась и захлопнулась дверца машины.

— Черт побери! Смотри!

Он пополз быстрее, глянул в окно и увидел приближающийся к дому силуэт. Очертания головного убора не оставляли сомнений. Полицейский.

Пол наткнулся на столик с коллекцией керамических безделушек. Некоторые из них упали на пол и разбились. Он нащупал рукой одну из них и наконец-то почувствовал себя героем книги. Произошло одно из тех чудесных совпадений, которые так часто встречаются в литературе и так редко — в реальной жизни.

Это был пингвин, сидящий на ледяной глыбе.

ОКОНЧЕН МОЙ РАССКАЗ, гласила надпись, и Пол подумал: *Ну да! Хвала Создателю!*

Он приподнялся на левом локте, сжимая в правой руке пингвина. Волдыри на ладони лопнули. Он отвел руку назад и швырнул пингвина в окно гостиной — точно так же совсем недавно швырнул в окно своей спальни пепельницу.

— *Сюда!* — как в бреду кричал Пол Шелдон. — *Сюда, идите сюда, ко мне, я здесь!*

47

Еще одно литературное совпадение окрасило развязку этой истории: в дом Энни Уилкс явились двое полицейских, Давид и Голиаф, те самые, которые несколько дней назад задавали ей вопросы насчет Кашнера. Правда, на этот раз спортивная куртка Давида не просто была расстегнута; в руке он держал пистолет. Давид оказался Уиксом. Фамилия Голиафа — Макнайт. Они приехали с ордером на обыск. Когда они, услышав дикие вопли, доносящиеся из гостиной, вломились наконец в дом, то обнаружили там человека, походившего на оживший персонаж ночного кошмара.

На следующее утро Уикс говорил жене:

— В школе я прочитал одну интересную книжку. Вроде «Граф Монте-Кристо», а может быть, «Узник Зенды». В общем, там герой провел в одиночестве сорок лет. Сорок лет он не видел живой души. Вот так выглядел и тот парень. — Уикс помолчал, подыскивая наиболее точные слова, стараясь передать сложную смесь испытанных им противоречивых ощущений — страха, жалости, грусти, отвращения, а более всего — изумления, ибо человек, выглядевший настолько ужасно, был все еще жив. — Когда он увидел нас, он заплакал, — сказал Уикс и добавил: — Он все время называл меня Давидом. Уж не знаю почему.

— Может быть, ты похож на кого-то из его знакомых, — предположила жена.

— Может быть.

48

Пол исхудал, кожа его приобрела сероватый оттенок. Он лежал на полу, вцепившись в ножку столика, весь дрожа, и глядел на вошедших широко открытыми глазами.

— Кто... — начал Макнайт.

— Богиня, — перебил его лежащий на полу калека и облизал губы. — Опасайтесь ее. В спальне. Она меня там держала. Домашний писатель. В спальне. Она там.

Уикс:

— Энни Уилкс? Там, в спальне? — Он кивнул в сторону коридора.

— Да. Да. Там заперто. Но конечно. Есть окно.

— Кто... — еще раз повторил Макнайт.

— Господи, ты что, не видишь? — перебил его Уикс. — Это же тот парень, которого искал Кашнер. Писатель. Не могу вспомнить фамилию. Но это он.

— Слава Богу, — сказал калека.

— Что такое? — Хмурое лицо Уикса склонилось над ним.

— Слава Богу, что вы не помните мою фамилию.

— Друг, я разыскивал не тебя.

— Порядок. Все нормально. Но... Будьте осторожны. Я думаю, она мертва. Но будьте осторожны. Если она жива... она опасна... Как гремучая змея. — Невероятным усилием Пол передвинул свою искалеченную левую ногу так, чтобы луч фонарика Макнайта упал на нее. — Отрубила мне стопу. Топором.

Несколько долгих, долгих секунд они смотрели на то место, где не было ступни Пола, потом Макнайт прошептал:

— Боже правый.

— Пошли, — сказал Уикс, направив пистолет на запертую дверь спальни Пола, и оба полицейских медленно двинулись по коридору.

— *Берегитесь ее!* — закричал Пол хриплым, сорванным голосом. — *Осторожно!*

Они отодвинули засов и вошли в комнату. Пол вжался в стену, откинул голову назад и прикрыл глаза. Он похолодел. Он не мог унять дрожь. Сейчас они закричат или она закричит. Сейчас начнется борьба. И стрельба. Ему хотелось быть готовым ко всему. Время шло, и шло очень медленно.

Наконец в коридоре застучали каблуки. Он открыл глаза. Уикс.

— Она умерла, — сказал Пол. — Я знал — я *настоящий* знал, — но все-таки не мог по...

— Там много крови, битого стекла, жженой бумаги... — сказал Уикс. — Но в комнате никого нет.

Пол Шелдон поглядел на Уикса и закричал. Даже теряя сознание, он продолжал кричать.

Часть четвертая

Богиня

— Придет к тебе высокая темная незнакомка, — сообщила цыганка, и Мизери одновременно поняла две вещи: перед ней не цыганка и в палатке они уже не одни. Она почувствовала запах духов Гвендолен Честейн, а потом руки сумасшедшей женщины сомкнулись на ее горле.

— Я думаю, — сказала цыганка, которая не была цыганкой, — я думаю, она уже здесь.

Мизери хотела закричать, но не смогла набрать воздуха в грудь.

«Сын Мизери»

— Так всегда кажется, босс Йен, — сказал Езекия. — Откуда ни гляди, она вроде как глядит на тебя. Не знаю, правда, нет, но только бурка говорят, если даже сзади подойдешь, она вроде глядит на тебя.

— Но она же каменная, — возразил Йен.

— Ну да, босс Йен, — кивнул Езекия. — Отсюда ее сила.

«Возвращение Мизери»

1

коричневый ухмнннн
йерннн коричневый ухмнннн
фэйунннн
Вот такие звуки: даже в дымке.

2

Теперь надо прополоскать, сказала она, и вот что из этого получается:

3

Прошло девять месяцев с тех пор, как Уикс и Макнайт вынесли Пола Шелдона из дома Энни на носилках. Теперь он часть времени проводил в больнице в Куинсе*, а часть — в своей новой квартире на восточном берегу Манхэттена. Доктора заново переломали неправильно срастравшиеся кости. Левая нога ниже колена все еще оставалась в гипсе. Врачи сказали: ему суждено прихрамывать всю оставшуюся жизнь, но ходить он *будет,* и вполне вероятно, что ходьба будет безболезненной. Если бы он сохранил ступню, то, вероятно, хромал бы сильнее, и ходьба потребовала бы от него больших усилий. По иронии судьбы Энни оказала ему услугу.

Он очень много пил и ничего не писал. Ему снились дурные сны.

Выходя майским днем из лифта на девятом этаже, он в порядке исключения думал не об Энни Уилкс, а об увесистой пачке, которую держал под мышкой. Гранки «Возвращения Мизери». Его издатели торопились с публикацией нового романа — и неудивительно, если принять во внимание заголовки газетных статей, рисующих обстоятельства, при которых этот роман создавался. Беспрецедентный случай: «Хастинг хаус» заказал первый тираж в миллион экземпляров. «И это только начало, — говорил Полу за обедом в тот день его ре-

---

* Район Нью-Йорка.

дактор Чарли Меррилл. — Друг мой, эта книга побьет мировой рекорд продаж. Мы все должны на коленях молить Бога о том, чтобы книга получилась хоть почти так же хороша, как история, стоящая за этой книгой».

Пол не знал, так ли хороша книга, и ему в общем-то не было до этого дела. Ему хотелось только, чтобы эта книга осталась позади, хотелось найти *следующую* свою книгу... Но бесплодные дни превращались в бесплодные недели, а потом в бесплодные месяцы, и он уже начинал сомневаться, что следующая книга *будет.*

Чарли уговаривал его написать хронику ниспосланных ему испытаний. Успех такой книги, говорил Чарли, превзойдет успех «Возвращения Мизери». По тиражам такая книга превзойдет Якокку*. Когда Пол — из праздного любопытства — спросил Чарли, сколько могли бы стоить права на издание в мягкой обложке, Чарли отбросил со лба длинную челку, зажег сигарету «Кэмел» и сказал: «Думаю, мы могли бы продать эту *хренотень* с аукциона и танцевать от десяти миллионов долларов». Говоря это, Чарли даже не прикрыл один глаз. Через несколько секунд Пол понял, что Чарли говорит серьезно или по крайней мере в это верит.

Но он не в состоянии написать такую книгу. Сейчас он не может, а возможно, не сможет никогда. Его работа — писать романы. Может, он и мог бы выполнить заказ Чарли, но это означало бы, что он навсегда отказывается от возможности написать новый роман.

Как ни смешно, получится именно роман, подумал он и едва не сказал об этом Чарли Мерриллу... однако в последний момент удержался. Как ни смешно, Чарли нет до этого дела.

Начнется он как невыдуманная история, а потом я начну подправлять то, что было... сначала чуть-чуть... потом еще

---

* Книга американского предпринимателя, крупного специалиста в области маркетинга Ли Якокки «Карьера менеджера» («Якокка: автобиография», 1984) долгое время была чрезвычайно популярна в мире.

чуть-чуть... потом еще чуть-чуть... Не для того, чтобы я сам выглядел лучше (хотя скорее всего я об этом позабочусь), и не для того, чтобы Энни выглядела хуже (это невозможно). Просто для того, чтобы придать роману пресловутую литературную завершенность. Я не хочу превращаться в выдуманный персонаж. Может быть, писательство — это мастурбация, но Боже сохрани от превращения писательства в самоедство.

Он жил в квартире 9-Е, самой дальней от лифта, а сегодня ему показалось, что до двери предстоит идти мили две. Он обреченно двинулся вперед, опираясь обеими руками на палки. *Клак... клак... клак... клак...* Боже, до чего отвратительный звук.

Тупая боль в ногах. Очень нужен новрил. Иногда он подумывал о том, что ему хочется вернуться к Энни просто затем, чтобы получить лекарство. Врачи запретили ему наркотические препараты. Отчасти их заменяла выпивка, и теперь, когда он доберется до своей квартиры, то примет двойную порцию бурбона.

А потом какое-то время будет пялиться в пустой экран компьютера. Отлично проведет время. Пресс-папье Пола Шелдона, купленное за пятнадцать тысяч долларов.

Клак... клак... клак... клак...

Теперь надо достать из кармана ключ и не выронить при этом зажатую под мышкой пачку гранок, завернутых в оберточную бумагу. Он прислонил обе палки к стене. Пачка выскользнула у него из-под мышки и упала на коврик возле двери.

Он выругался, и обе палки тоже упали на пол. Для полного счастья.

Пол стоял, покачиваясь на искалеченных зудящих ногах, и спрашивал себя, сойдет ли он с ума или заплачет. Не хотелось бы плакать здесь, в коридоре, но не исключено, что он все-таки расплачется. Он заплакал. У него постоянно болят ноги, и ему нужно его лекарство, а не аспирин, которым его пичкали в больнице и от которого только тяжелеет голова. Ему нужно *хорошее* лекарство, такое, какое давала ему Энни. И еще — он постоянно измучен. Разве эти дерьмовые палки нужны ему, чтобы твердо стоять на ногах? Нет, ему нужны сюжеты, нужна работа фантазии. Вот настоящее безотказное лекарство, но оно куда-то испарилось. Похоже, закончилось время игры.

Вот что следует за окончанием романа, думал он, открывая дверь и входя в прихожую. *Никто никогда об этом не пишет. Потому что это — сплошная тоска. Она должна была умереть, когда я натолкал ей в глотку бумаги, и я тоже должен был умереть. По крайней мере в тот момент мы были персонажами ее любимых сериалов — никаких полутонов, только белое и черное, добро и зло. Я был Джеффри, а она — Богиня Пчел Бурка. Да-да, развязка и все такое, но это же смешно. Пусть все это тут валяется, плевать. Сначала выпью, потом подберу. Сначала буду Непослушным Парнем, а потом...*

Мысли его прервались. Он заметил, что в квартире слишком темно. И еще — запах. Ему знаком этот запах, убийственная смесь грязи и пудры.

Энни в униформе медицинской сестры и шапочке белым привидением поднялась из-за спинки дивана. В руке у нее был топор, и она закричала: *Прополоскать, Пол! Пора прополоскать!*

Он завопил, хотел развернуться, но больные ноги не слушались. Мощным прыжком она перемахнула диван. Накрахмаленная униформа зашуршала. В первый раз топор только рассек воздух у Пола за спиной — так он подумал, а потом рухнул на ковер, вдыхая запах собственной крови. И увидел, что топор почти рассек его пополам.

— *Прополоскать!* — крикнула она, и кисть его правой руки полетела прочь.

— *Прополоскать!* — И левая кисть отлетела; опираясь на обрубленные запястья, он пополз к входной двери, выглянул в коридор, и — невероятно, но факт! — гранки все еще лежали там, те самые гранки, что вручил ему Чарли после обеда у мистера Ли, и шелковым блеском отливала обертка, а сверху доносилась музыка.

Энни, ты теперь можешь ее прочитать! — хотел крикнуть он, но успел выговорить только Энни ты, а потом голова его отделилась от туловища и покатилась к стене. Последнее, что он увидел как сквозь туман, было его собственное застывшее тело и белые тапочки Энни.

Богиня, подумал он и умер.

4

Сценарий: Изложение сюжета. Сюжетная схема.
Словарь Уэбстера*

Автор: Создатель произведения.
Словарь Уэбстера

Вымысел: Описанные в произведении события, не имевшие места в действительности.
Словарь Уэбстера

5

Поли, Ты Можешь?

* Словарь Уэбстера (Webster's Dictionary) — общепринятое название словаря, созданного видным американским лексикографом, реформатором орфографии американского варианта английского языка Ноа Уэбстером и впервые изданного в 1828 г.

6

Да; конечно, он может. «В *авторском сценарии* Энни осталась в живых, хотя он и понимал, что это из области *вымысла*».

7

Он действительно обедал с Чарли Мерриллом. У них действительно состоялся разговор. Но когда он вернулся домой, то сразу понял, что шторы в квартире задернула приходящая уборщица, и хотя он упал и закричал от страха, когда Энни, подобно Каину, поднялась из-за спинки дивана, на самом деле он увидел всего лишь кота, сиамского кота с раскосыми глазами по кличке Дампстер, которого приобрел в кошачьем питомнике в прошлом месяце.

Энни не явилась в его квартиру, потому что вовсе не была богиней, она была просто сумасшедшей женщиной, которая мучила Пола, повинуясь своим прихотям. Энни сумела извлечь изо рта и из дыхательного горла почти всю бумагу и выбраться из окна спальни Пола, пока Пол спал наркотическим сном в ванной комнате. Она доползла до сарая, и там ей пришел конец. Когда Уикс и Макнайт нашли ее, она была мертва, но умерла она не от удушья. Она умерла оттого, что проломила себе череп при падении. Так что в некотором смысле убила ее та самая пишущая машинка, которую Пол так люто ненавидел.

Но, что и говорить, у нее имелись свои планы. На этот раз она не удовлетворилась даже топором.

Они обнаружили ее лежащей возле стойла свиньи, именуемой Мизери, и пальцы ее сжимали ручку цепной пилы.

Впрочем, все это осталось в прошлом. Энни Уилкс в могиле. Но не лежится ей там спокойно, как и Мизери Честейн.

В снах, да и наяву, Пол вновь и вновь вызывал ее. Богиню убить нельзя. Можно, наверное, отгородиться от нее на время бурбоном, но и только.

Он подошел к бару, взглянул на бутылку, потом посмотрел в коридор, где лежали на полу гранки и костыли. Бросив прощальный взгляд на бутылку, он заковылял обратно в коридор.

8

Прополоскать.

9

Полчаса спустя он сидел перед пустым дисплеем компьютера и думал о наказании, которого заслуживает. Вместо алкоголя он принял аспирин, но знал, что еще пятнадцать минут или, быть может, полчаса будет таращиться на мигающий на темном экране курсор, а потом пойдет и все-таки выпьет.

Правда...

Правда, возвращаясь домой после обеда с Чарли, он увидел на улице нечто примечательное, и у него родилась идея. Небольшая. Маленькая такая идея. В общем-то совершенно незначительная встреча. На 48-й улице ему навстречу попался мальчик, толкающий перед собой тележку, вроде тех, что бывают в супермаркетах, но в тележке стояла клетка, а в ней находилось довольно крупное пушистое животное, которое Пол сначала принял за кота. Присмотревшись, он заметил на спине кота широкую белую полосу.

— Сынок, — спросил он, — это у тебя скунс?

— Да, — ответил парнишка и чуть прибавил шаг. На городских улицах не рекомендуется вступать в пространные беседы с незнакомцами, в особенности с незнакомцами мрачного вида, у которых под мышками какие-то пачки размером со средний чемодан и которые ковыляют, опираясь на две металлические клюки. Мальчишка скрылся за углом.

Полу очень хотелось поймать такси, но ему было велено за день проходить пешком не меньше мили, и он должен пройти свою милю, а ноги болят немилосердно, и чтобы не думать об этой миле, он начал гадать, откуда идет этот мальчик, где он взял тележку, а главное — где раздобыл скунса.

За спиной послышался какой-то шум, и он обернулся, готовясь увидеть Энни с цепной пилой в руке, Энни в красной фланелевой блузе и в джинсах.

Он зажмурил глаза, открыл их, увидел привычную пустоту и вдруг разозлился. Тогда он повернулся к компьютеру и начал писать, изо всех сил лупя по клавишам.

— 1 —

В доме что-то копошилось, и мальчик сразу подумал о крысах, но все-таки свернул за угол; домой идти было рано, так как уроки в школе закончатся только через полтора часа, а он сегодня решил прогулять школу.

Возле стены он действительно рассмотрел при свете солнца изогнутую спину животного, но то была не крыса, а большой черный кот с таким пушистым хвостом, какого мальчику еще не доводилось видеть.

10

Пол остановился. Сердце внезапно забилось сильнее.

Поли, Ты Можешь?

Он не смел отвечать на этот вопрос. Снова склонился над клавиатурой и после короткой паузы застучал по клавишам... теперь уже не с такой силой.

11

Это был не кот. Эдди Десмонд всю жизнь жил в Нью-Йорке, но в зоопарке в Бронксе он бывал, а кроме того, елки-палки, на свете есть книжки с картинками, не так ли? Поэтому он знал, что это за животное, хотя не имел ни малейшего представления, как оно очутилось в сдающемся внаем доме на 105-й улице. Идущая вдоль спины белая полоса не оставляла места для сомнений. Это был скунс.

Эдди медленно двинулся к нему. Его ноги утопали в пыли

12

Он может. Он *может*.

Может, подумал он с благодарностью и страхом. Дверь перед ним открылась, и он смотрел теперь на то, что за ней происходило, не замечая, что пальцы все быстрее стучат по клавишам, не замечая, что больные ноги находятся в этом же городе, в пятидесяти кварталах от места действия, не замечая, что он пишет и плачет.

Ловелл, штат Мэн, 23 сентября 1984 —
Бангор, штат Мэн, 7 октября 1986.
Вот и окончен мой рассказ.

СОДЕРЖАНИЕ

Литературно-художественное издание

Кинг Стивен

Мизери

Роман

Редактор *Е. Кострова*
Технический редактор *Т. Полонская*

Общероссийский классификатор продукции
ОК-034-2014 (КПЕС 2008); 58.11.1 — книги, брошюры печатные

Произведено в Российской Федерации
Изготовлено в 2022 г.
Изготовитель: ООО «Издательство АСТ»

ООО «Издательство АСТ»
129085, г. Москва, Звёздный бульвар, дом 21, строение 1, комната 705, пом. I, 7 этаж.
Наш электронный адрес: **www.ast.ru**
E-mail: ask@ast.ru
ВКонтакте: vk.com/ast_neoclassic

«Баспа Аста» деген ООО
129085, Мәскеу қ., Звёздный бульвары, 21-үй, 1-құрылыс, 705-бөлме, I жай, 7-қабат.
Біздің электрондық мекенжайымыз: www.ast.ru
E-mail: ask@ast.ru

Интернет-магазин: www.book24.kz
Интернет-дүкен: www.book24.kz
Импортёр в Республику Казахстан ТОО «РДЦ-Алматы».
Қазақстан Республикасындағы импорттаушы «РДЦ-Алматы» ЖШС.
Дистрибьютор и представитель по приему претензий на продукцию в Республике Казахстан:
ТОО «РДЦ-Алматы»

Қазақстан Республикасында дистрибьютор
және өнім бойынша арыз-талаптарды қабылдаушының
өкілі «РДЦ-Алматы» ЖШС, Алматы қ., Домбровский көш., 3«а», литер Б, офис 1.
Тел.: 8(727) 2 51 59 89,90,91,92, факс: 8 (727) 251 58 12 вн. 107;
E-mail: RDC-Almaty@eksmo.kz
Өнімнің жарамдылық мерзімі шектелмеген.

Өндірген мемлекет: Ресей
Сертификация қарастырылмаған

Подписано в печать 01.07.2022. Формат 84x108 $^1/_{32}$.
Печать офсетная. Усл. печ. л. 20,16.
Доп. тираж 10 000 экз. Заказ № 1229.

Отпечатано с готовых файлов заказчика
в АО «Первая Образцовая типография»,
филиал «УЛЬЯНОВСКИЙ ДОМ ПЕЧАТИ»
432980, Россия, г. Ульяновск, ул. Гончарова, 14

ISBN 978-5-17-081072-7

9 785170 810727 >

16+

Читайте захватывающий роман Стивена Кинга «11/22/63»

Этот роман безоговорочно признают лучшей книгой Стивена Кинга и миллионы фанатов писателя, и серьезные литературные критики.

...Убийство президента Кеннеди стало самым трагическим событием американской истории XX века.

Тайна его до сих пор не раскрыта.

Но что, если случится чудо? Если появится возможность отправиться в прошлое и предотвратить катастрофу?

Это предстоит выяснить обычному учителю из маленького городка Джейку Эппингу, получившему доступ к временному порталу.

Его цель — спасти Кеннеди.

Но какова будет цена спасения?